封笔告白

我年已一百零六岁，老且朽矣，弄笔生涯早该封笔了。因此，拟趁我的新著《夜谭续记》出版并书赠文友之机，特录出概述我生平的近作传统诗五首，未计工拙，随赠书附赠求正，并郑重告白：从此封笔。

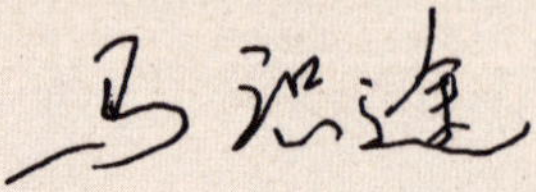

2020年6月于成都未悔斋

附赠五首传统诗

一

风云回首究何如，不意寿登百又六。
壮岁曾磨三尺剑，暮年苦恋半楼书。
文缘未了情无已，尽瘁终身心似初。
无悔无愧犹自在，我行我素幸识途。

二

时光逝者如斯夫，往事非烟非滴露。
初志救亡钻科技，继随革命步新途。
三灾五难存钢筋，九死一生铸铁骨。
报到通知[1]或上路，悠然自适候召书。

三

韶光恰似过隙驹，霜鬓雪颠景色殊。
近瞎近聋脑不傻，能饭能走体未枯。
砚田种字谋收获，墨海挥毫写胡涂。
忽发钩沉稽古癖，说文解字读甲骨[2]。

四

本是庸才不自量，鼓吹革命写文章。
呕心沥血数千日，码字成篇满几筐。
敝帚自珍竟出版，未交纸厂化成浆。
求真务实无诳语，泰否任人评短长。

五

年逾百岁兮日薄山，蜡炬将烬兮滴红残。
不是江郎兮才怎尽，早该封笔兮复何憾。
误为推举兮成巨匠[3]，浪得浮名兮未自惭。
若得二年兮天假我，百岁党庆兮曷能圆。

注：

1 “报到通知”，诙谑语，意指逝世，即向马克思报到。涵义“终身革命，死而后已”。

2 “读甲骨”，上世纪四十年代，我在西南联大中文系时，曾选读唐兰教授开讲的《说文解字》和《甲骨文》二年。

3 “巨匠”，指被人文纪录片《百年巨匠》制作组列为《百年巨匠》拍摄人物。

马识途

著

夜譚續記

人民文学出版社

图书在版编目(CIP)数据

夜谭续记/马识途著. —北京:人民文学出版社,2020(2024.4 重印)
ISBN 978-7-02-013926-2

Ⅰ.①夜… Ⅱ.①马… Ⅲ.①长篇小说—中国—当代 Ⅳ.①I247.5

中国版本图书馆 CIP 数据核字(2019)第 223276 号

责任编辑 刘 稚
装帧设计 刘 远
责任印制 胡月梅

出版发行 人民文学出版社
社 址 北京市朝内大街 166 号
邮政编码 100705

印 刷 侨友印刷(河北)有限公司
经 销 全国新华书店等

字 数 276 千字
开 本 890 毫米×1290 毫米 1/32
印 张 11.25 插页 3
印 数 39001—54000
版 次 2020 年 6 月北京第 1 版
印 次 2024 年 4 月第 6 次印刷

书 号 978-7-02-013926-2
定 价 56.00 元

如有印装质量问题,请与本社图书销售中心调换。电话:010-65233595

目　录

絮　言

此书之所以名《夜谭续记》者，盖人民文学出版社1982年出版之《夜谭十记》之续作也，仍援原例，四川人以四川话讲四川故事耳。率皆四川十来个科员公余之暇，相聚蜗居，饮茶闲谈，摆龙门阵，以消永夜。仍以四川人特有之方言土语、幽默诙谐之谈风，闲话四川之俚俗民风及千奇百怪之逸闻趣事。虽不足以登大雅之堂，聊以为茶余酒后、消磨闲暇之谈资，或亦有消痰化食、延年益寿之功效乎。读者幸勿以为稗官小说、野老曝言，未足以匡时救世而弃之若敝屣也。幸垂察焉。

谨以此书献给曾首创“夜谭文学系列”并大力推出《夜谭十记》一书的韦君宜先生，以为纪念。

上卷　夜谭旧记

不第秀才

龙门阵茶会缘起

1949年12月,也就是民国幺[1]年幺月,四川终于解放了。我们这个县城自然也不例外。昨天才看到我们衙门里的县太爷和他的家眷以及县城里大小官员们,惶惶然如丧家之犬,疾疾风似漏网之鱼,卷着他们搜括来的民脂民膏,拖儿带女,逃出西门,不知道往何方去了,今天,或者说是民国幺年幺月的幺日,却已见一些学生娃娃,在满街贴红纸上还滴着墨汁的标语,结成队伍,在大街游行,说是迎接解放。他们许多人的背上有几个大字:“天亮了!”

“天亮了”,说得好,我们这些在衙门里混事的科员们也有感觉,好久阴沉沉的天,今天忽然出了大太阳,明亮得很。真是改朝换代了。下午,胸前佩戴着“中国人民解放军”牌牌的军队踏着整齐的步伐开进城里来了。

军代表进了衙门,把我们全衙门的人召集起来,对我们宣布:“解放了,人民当家做了主人了!”我们这些在旧衙门里做过事的科员们,算不算得是人民,真的是这个新衙门的主人吗?我们也不明白。有一点是听得明白的,军代表说,我们这些人不是反动派,由国家全“包

---

① 幺:四川方言,最后的意思。

起来”。我们起初不知道把我们这些大活人怎么能包得起来，哪有那么大的一块布包得起来，包起来又干什么，后来才知道“包起来”就是叫我们继续在衙门（呵，再不能叫衙门了，要叫人民政府）里上班，管吃管住，还发人民币作工资。这真是太好了。我们有好几个月没有见工资了，吃饭也是有一顿无一顿的，到头来只听到一句“遣散”，就把我们打发了。听说上面发得有遣散费的，可是不知道是哪位老爷中饱私囊，半路打劫，我们却是分文未见，弄得来家里一家人捆起肚子干挨。现在新政府一来，却把我们全包起来管吃管住，还发工资，天下竟有这样的好政府，我们谁能不高兴？谁能不拥护？

军代表说，我们虽说还在衙门——该打嘴巴，还不改叫政府！——对，是在人民政府里上班，还不是政府的干部，叫留用人员。留用人员算不算得是主人，我们不清楚，也不好去问个明白。但是可以肯定，正如老科员峨眉山人生前对我们说过的，古往今来，无论哪一个衙门，没有科员，就如车无轮，舟无楫，无法运转。人民政府想必也一样，还是需要把我们留下来做坐办公室摇笔杆子的科员。而且新来的在我们头顶上做官的大半是工农干部，看来文化都不怎么高，有个把恐怕大字不识几个，至于那些新参加工作的大半是中学生，也有少数大学生，算是知识分子，他们被送进“革命大学”训练几个月，都分配了工作，但他们好像都不愿坐办公室，下到基层抓实事征粮食去了。果然我们这些笔杆子便有了用武之地。

虽然我们原来写惯了的“等因奉此”“等情据此”“等由准此”那套公文格式不能用了，文言文也要改成白话文了，但是只要把那些“之乎也者矣焉哉”，换成“吗呀啦啊哦嗯哪”，也对付得过去。当然要学一些新名词。这也不难，天天学习，听报告，看报纸，都有范文可循。果然还是“铁打的衙门流水的官，科员端的是铁饭碗”，我们都被留下来当科员。只是县人民政府办公室里，容不下我们这么多的科员，怎么办？好在政府跟着成立了许多的局、处、科，哪个单位不要文书科员？于是我们“冷板凳会”里能活到解放的几个科员，都分配了工作，真叫各得其所。

我们六个科员中外号叫砚耕斋主的调到建设局办公室，外号叫羌江钓徒的调到民政局办公室，他们自然都是重操旧业，摇笔杆子。外号叫三家村夫的虽说年纪大一点，但是他有一手记账和打算盘的好功夫，调到税务局去发挥余热，还颇受欢迎。外号叫山城走卒的也还不错，调到行政科依然做他的“走卒”，当跑腿的，不再摇笔杆子了。只有我这个外号叫不第秀才的，大概看来比较年轻，文化也比较高一点，继续留在县政府办公室里当秘书，当然还是摇笔杆子。我们之中最“有出息”的恐怕要算外号叫今是楼主（他原来叫无是楼主，现改名叫今是楼主了）的那位科员了。他有一个当时也是当科员的朋友，就是那个托他保存过《亲仇记》稿件、当时对我们“姑隐其名的某君”出去参加了解放战争，现在穿起解放军制服，得胜回来，出现在我们这些留用人员的面前，好不神气。他参加了县军管会的工作。这位现在姓秦的同志一回来就来看望今是楼主，对他另眼相看，把他介绍到“革命大学”那个染缸里去染成红色，入了党，就不再是留用人员，调到秦同志主持接管的文教局当办公室的主办科员，接着又提起来当了办公室主任。

说到这里，有人可能会问，什么叫“冷板凳会”？为什么参加的科员都有个外号？这件事有的人读过一本书叫《夜谭十记》的，可能知道，别的人没有读过，当然不知道，我在这里要作个交代才好。原来是我们在旧衙门里坐了多年冷板凳的十个科员，穷极无聊，苦中寻乐，结了一个“冷板凳会”。我们这个会虽说没有到县党部去登记过，算是非法集社，但是我们都是标准良民，安分守己，不敢犯上作乱。我们无非是在每月初二、十六的夜晚，相约轮流到这家那家去坐冷板凳，喝冷茶，扯乱谭，说牛皮酢，摆龙门阵，吹野狐禅而已。

在那战乱不已，硝烟纷飞，民不聊生，衣食难继的日子里，我们能有一个这样的避难所、乐天安命与世无争的冷板凳会，也算得是乱世桃源了。参加的人各人取了一个雅号，计有峨眉山人、三家村夫、巴陵野老、野狐禅师、山城走卒、羌江钓徒、今是楼主、穷通道士、砚耕斋主和我这个不第的秀才。我们推举老科员峨眉山人当会长，我做干事。峨眉山人这个会长领导有方，我这个干事也热心干事，我们风雨无阻地按时集会，喝冷茶，扯乱谭，消永夜，乐天命。这就是我们当时的冷板凳会。

只是天不假年，会长峨眉山人和巴陵野老解放前几年寿终正寝了，其后穷通道士和野狐禅师，在那个被号称国民的政府发行的金圆券、银元券之类的通货榨干，一日三餐难以周全，勉强拖到解放大军进城，但还没来得及享受解放后的幸福日子，就先后病故了。剩下我这个不第秀才，当然还有三家村夫、羌江钓徒、砚耕斋主、今是楼主、山城走卒，就是我们这几个科员迎来了解放。

我们这些科员虽然都分配到各个局里去工作了，可是这些局还都挤在我们县政府的这个大院里，我们还是能够天天见面，晚上还能够东家西家坐在一起，喝茶说闲话。于是有人提议，把我们过去的“冷板凳会”恢复起来吧。

“赞成！”这是一致的声音。

于是有一天，我把现任科员们叫到我家里来。只有今是楼主我没有通知，因为他已经被文教局的秦局长提拔起来当了办公室主任，再也不是科员了。但是他听到消息后，自己跑来了，还把我骂了一顿，说我不够朋友。他既然不对我们摆革命架子，是我们科员同类，大家也乐于接纳。我们一面喝着我先泡好的一大壶酽茶，一面商量恢复冷板凳会的事。

不过有人说：“我们现在坐的不是冷板凳了，是热板凳，在新社会再叫冷板凳会，似有不妥。”

“对。”另外一个人说，“这可是个原则问题。”

“那就叫热板凳会吧。”

“热板凳，没有听说过，叫谈心会如何？”

“或者叫清谈会吧。”

“清谈误国，不妥，换个新名称，叫解放学习会吧。”

大家七嘴八舌地议论起来，不知道该换个什么名称好。

“这样吧，四川人喜欢喝茶摆龙门阵，我们就叫‘龙门阵茶会’，怎么样？”

“好。”这样才取得了一致的意见。

于是我们决定成立龙门阵茶会，并且要选个黄道吉日开张了。

“不过我还有个想法，说出来你们考虑考虑。”大家公认在我们中间最有革命知识的今是楼主一直没有发表意见，现在说话了。大家洗耳恭听。他说：“军管会有规定，凡是群众团体都要登记，我们这个会真要去登记，一定批不准。龙门阵茶会，这算个啥子会呢？喝茶还成立一个会？和现有的群众团体工、农、青、妇，一个也不沾呀。”

这简直是给大家兜头泼一瓢冷水，说了半天等于零。大家都沉默了。

还是今是楼主出来解交，他说：“我不是不赞成办这个会，我赞成办，并且喜欢这个会，不然今天我就不撵起来了。我是说，我们三朋四友，高人雅士，闲来无事坐在一起摆龙门阵，一不妨碍革命，二不伤风败俗，有何不可？但是我们其实用不着发宣言，草章程，选会长，正儿八经地开成立会。我们对内可以叫龙门阵茶会，对外什么也不是，也不说出去，就是三朋四友，闲着无事，坐在一起喝茶，说闲话罢了。”

大家这才松了一口气。有没有名称，其实无所谓，只要能坐在一起喝茶摆龙门阵就行。

既然不再正式成立龙门阵茶会，也就用不着草章程，选会长了。但是龙无头不行，鸟无翅不飞，总要有个承头的人，或者按新说法叫召集人嘛。谁来干呢？大家还没有等我开口说话，便一致叫起来：

"你不第秀才当了这么多年的干事,干得不错,你就当召集人吧。"

我还能说什么呢,当仁不让,我说:"好吧,萧规曹随,我还是按我们的老章程办事,拈阄排次序,喝转转茶,轮到谁就该谁摆一个龙门阵。"

于是我们的龙门阵茶会便这么运转起来。开始来参加的人,就是我们原来冷板凳会剩下来的今是楼主、砚耕斋主、三家村夫、山城走卒、羌江钓徒和我不第秀才,已经过世的峨眉山人、巴陵野老、穷通道士和野狐禅师的后代不晓得从哪里听说了我们龙门阵茶会的事,他们都不愿意放弃他们先人在冷板凳会上占有的光荣席位,坚持要来参加我们摆龙门阵的会,并且也各取了一个雅号。峨眉山人的后代取号叫"没名堂人",他说他痴长几十岁,还是一个没有搞出个名堂来的科员。穷通道士的后人取号叫"觉非道人",取陶渊明《归去来辞》中"悟已往之不谏,知来者之可追,实迷途其未远,觉今是而昨非"的意思。巴陵野老的后人取号叫"巴陵后人",他说他数典不忘祖,自标为巴陵野老的后人。野狐禅师的后人说,他还喜欢他的爸爸这个野狐禅师的雅号,他不敢称师,就号"野狐禅子"吧。事实证明,他的确和他老子一样,是一个家传的说野狐的能手。后来,又有几个新参加机关工作的年轻干部,跑来参加我们的龙门阵茶会,他们开初是听,后来也跟到摆,这些年轻娃儿们,都上过学,又有文化,在新社会见的事情也多,摆起龙门阵来,未见得比我们老家伙差呢。我们几个老家伙都很高兴,后继有人呀。

再后来,龙门阵会又新来了一个人,说也奇怪,竟是文教局的秦局长。他大概是听信了今是楼主的鼓动,硬要来听我们摆龙门阵。他说他是文教局长,理应"采风"。我们只得同意。他来听了几回,很有兴趣,不过他的工作的确忙,没有能经常来参加。幸喜秦局长来参加过,不然不得了。后来机关兴起搞"运动",有人怀疑我们是在搞秘密小组织,向领导告了我们。这还得了,搞不好就是反革命的罪。幸得秦局长出来证明,不过是一些老科员在一起喝茶摆龙门阵罢了,他亲自参加过几回,没有什么。算是免了一场无妄之灾。

其后机关的"运动"不断,有的人怕惹是生非,不再来了,龙门阵会开得也不那么正规了,时开时停。不过还是有那么几个热心的人,尽量维持下去。这样一直拖到那个"史无前例",才彻底地停了下来。那个时候,"偶语者弃市",连"腹诽"也是有罪的,我们这些秀才遇到那些到处造反、号称天兵天将的红卫兵,有理也说不清呀,还敢搞什么龙门阵茶会。

转眼间,从迎接解放大军进城,已经三十年过去了。在这说长不长的三十年中,沧海桑田,人世代谢,原先留下来的几个老人多已凋谢。三家村夫在税务局早已光荣退休,在家里颐养天年,不大出来活动了。至于今是楼主,"文革"后,秦局长被调到省里头去当什么厅长,他也随到秦局长的高升,跟到被调去省里头去了,后来,没名堂人和觉非道人也相继离开我们这个小县城,调到省城去了。我虽然还算健在,也已垂垂老矣。原先龙门阵茶会那些年轻点的,也有人曾来找过我,说想把龙门阵茶会恢复起来,但我已是心有余而力不足了,我对他们说,老的龙门阵茶会已经真正结束了。

之后的日子,我也和别的老人一样,在家含饴弄孙,颐养天年。忽然有一年,秦厅长衣锦还乡,专门到我家看望我,和我说起今是楼主那年调到省里头后,和没名堂人、觉非道人一起,居然又弄了个新龙门阵茶会,也学到我们老龙门阵茶会,参加的人各取一个雅号,还整得有声有色的。秦厅长还说,他有心比到《夜谭十记》的样子,从大家摆的龙门阵中,挑出十个故事,编个《夜谭续记》。我听了很是激动,奋起老迈之身,翻箧倒箧,把我整理保留下来的几个老龙门阵茶会的故事交给了秦厅长,以作为《夜谭续记》中的旧记。

是为缘起。

三家村夫

狐精记

我们龙门阵茶会的发起人也是召集人不第秀才，在他的“缘起”篇节里已经说清楚了，我们在旧衙门里坐冷板凳的几个科员，总算挨到了民国幺年，也就是1949年，多承新成立的人民政府把我们几个作为留用人员，留在新衙门里头——哦，我说错了，不是新衙门，是新政府里头——上班，从此有吃有穿，日子过得很巴适。隔三差五，我们几个科员旧性复发，公余之暇，互相串门子喝花茶说闲话，于是由不第秀才发起组成一个龙门阵茶会，还是照老规矩拈阄，哪个拈到阄了，就摆一个龙门阵，这日子倒也过得逍遥自在。

今晚上是龙门阵茶会开张的日子，我这个三家村夫中了头彩，我拈到了阄，就该由我来摆第一个龙门阵，我就当仁不让，开口来摆我的龙门阵了。

不过，我还没有开摆前倒要问你们一个问题，为啥子四川人总是把讲故事说成是摆龙门阵呢？哦嗬，大家的舌头打了结吗？咋没得人做声了？好，还是让我来说个子丑寅卯吧。不过，我这是专门去向快到一百岁的张老请教，是他告诉我的。当然，张老说他也是道听途说，他姑妄言之，叫我姑妄听之。我现在也对你们姑妄言之，你们各位也姑妄听之吧。

想必你们都留心过，不论古今，但凡一个衙门的外面，正对着站有卫兵的衙门口隔十几步远，都修有一个丈把高的砖壁，涂成土红色，有的修得气派点，顶上还盖有琉璃瓦，这个地方就叫做龙门。那堵红砖墙老百姓叫做红照壁，这里既不挡衙门口进出，却又看不透衙门里头。听得见衙门里头大老爷正在打人的板子声响，却看不见挨打的死活了。在这块龙门前面的空地方，夏天老百姓爱在这里喝茶乘凉扯闲话讲故事。于是天长日久，大家就把在这里讲故事叫做摆龙门阵了。信不信由你们。我还是书归正传，摆我的龙门阵吧。

我摆的这个龙门阵，该叫啥名字，我还没有想清楚，等我摆完了，大家说该叫个啥名字就叫个啥名字。好，开始了。我先从我们赵家坝的赵大老爷的家事说起。

在我摆赵大老爷的家事以前，先要摆我们赵家坝出的两件稀奇事。

头一件事，我们赵家坝靠长江边的官道上，一连立了好几座贞节牌坊，都是奉皇帝的御批修建的，当然是为了表彰赵家坝过去的几位节烈贞妇，也就是说，表彰这里有几个死去了丈夫守寡终身的模范节妇。这当然是赵家坝赵氏家族的最大荣誉。常常有走长路从这里过路的人，在半路的幺店子里，喝茶歇气，不免看到这一串辉煌的贞节牌坊，要奇怪地问："官道一路过来，穿州走县，几十上百里的路，从来没有见到赵家坝不过十里路的官道上，却一连立了四座贞节牌坊，咋回事？"店里有赵姓的人便引为荣誉，骄傲地说："这里立了四座并不算多。听老辈人说赵家祖上有个身强力壮的夯汉，能举起几百斤重的石条走路都不带打散散的。他曾经带领赵家坝一百多人去帮助皇帝打了大胜仗，结果死了几十个人，留下了几十个年轻寡妇在家守节，一辈子不准改嫁。所以赵家坝赵氏家族里守寡的节妇是出了名的多，这里的四座牌坊不过是表彰四个模范节妇。"但是也有虽然是赵姓的人，却在一旁冷言冷语说出大煞风景的话："也有守节不终的女人,临死要求扒去她的贞节牌坊结果用头撞上牌坊石头一命呜呼。"这是后话,我后头再摆。

我们赵家坝第二件稀奇的事是不晓得唧个[1]搞起的,赵家坝后山上出了狐狸精。听说看到的还不止一个人。最怪的是还有人在东岩下的石框里,修了个仙女庙,说是供奉成了仙飞升上天的狐狸精的,这个庙还一直香火不断呢。山里头只是听说有狐狸精晚上幻化成妖娆女子到单身男人家勾引男人的事,但是哪个也说不出被勾引的人姓啥名谁。至于出狐狸精和贞节牌坊有没得关系,那就不得而知了。

好了,摆完了赵家坝这两件稀奇事,我现在来摆赵大老爷家头的事。

赵大老爷当年是我们赵家坝的首富,赵氏家族的族长自然非他莫属了。他是赵家坝最有权势的人,据说他的脚在地上跺几下子,赵家坝的地皮都要抖几抖,至于他说的"赵家坝的事我说了算"已经成为他的口头禅。赵家坝的人老远看到他走过来,都让到路的两边,忙天慌地[2]地向他点头问候:"大老爷好!"连他的"赵"姓和本名"进忠"似乎都被大家忘了,很难有人提起。

赵大老爷家是咋个成了富豪之家的呢?听说就是他家先辈祖宗里头出了个泥脚杆的草莽英雄,打起光脚板带领赵家几十上百的泥脚杆去帮助朝廷打仗,他冲锋陷阵,英勇无比,为朝廷立下大功。皇帝老倌听说了他的事,要他到朝廷领赏,他仍然是没穿鞋子,光起脚板就跑到皇宫大殿去领赏。执事的司礼大官嫌他进宫面圣居然不穿朝服,还打光脚板,是亵渎圣上,下令把他赶出去。喜得好[3]皇帝佬儿倒觉得他这个为朝廷立下大功的草莽英雄可爱,立刻封他为泥脚将

① 唧个:表示疑问,有"怎么"的意思。
② 忙天慌地:手忙脚乱。
③ 喜得好:幸好。

军，在他家乡赵家坝赏赐良田美地一千亩，还准他为赵家祖宗建个祠堂。于是他成为皇封的将军，堂而皇之回到赵家坝。

不过，当时跟到他去打仗的一帮子泥脚杆就没他那么幸运了，大半成了忠烈之士，虽然他把这几十个赵家兄弟的名字送交给本县忠烈祠，在那里供上他们的牌位，享受香火，但是他却没有顾及这些兄弟伙家头的老婆，她们年纪轻轻都成了寡妇，按赵氏宗族的族规，生是赵家人，死是赵家鬼，一辈子守节，不准改嫁，她们中好多人连子女都没得，只能是孤苦伶仃过一辈子。当地从这些寡妇中推出几个守节忠贞的上报朝廷，为她们在赵家坝的官道上修了几座叫做御批的沐了皇恩的贞节牌坊，连大官过路都要下马致敬，真是荣耀之极，可是又有几个人晓得这些守节寡妇们的痛苦呢？

到了赵大老爷当这一任族长，更是特别苛刻。不准寡妇改嫁不说，还不准和任何男人有任何来往。如果查出有所谓不守族中清规的寡妇，便把她和“奸夫”一起绑了，先是押往祠堂向祖宗认罪，然后把两个人赤身裸体地捆在一起，装进竹编的篼篼①，抬起在赵家坝游乡，一直抬到长江边，在篼篼上吊一块大石头，直接沉江。一些守寡的贞节烈妇见此当然只能是烧香拜佛，祈求下辈子不嫁到赵家坝。

但是，就是赵家宗族这样一面用贞节牌坊示范，一面把“奸夫淫妇”沉江，还是禁不住有的年轻寡妇暗地里偷汉子。有的借口到长江边洗衣服，和来来往往的纤夫壮汉眉来眼去，有的干脆找机会跟到这些拉纤的大汉跑了，再也捉不回来。

这时，忽然传来消息，说是赵家坝旁边的高山深林里出了狐狸精了，一到晚上，就偷偷窜到孤身男人家过夜，天快亮前便逃得无影无踪，赵家族人再咋个密查暗访都无济于事。还有说这些狐狸精吸男人精血，修炼成仙飞升了的不止一个两个，以至于有迷信的乡人在东

---

① 篼篼：用竹条编制的椭圆形的箩筐。

岩框修了个外号叫狐狸洞的仙女庙，你不要说，香火还好得很。赵大老爷根本不相信啥子狐狸成精的说法，但是抓又抓不住，禁也禁不到，他心头恼火得很。张眼望去，说不定他的跟班、手下都有做苟合之事的，他也只好睁一只眼闭一只眼了。

可是偏偏还是出了一件叫赵大老爷难堪得无法睁只眼闭只眼的事。

赵家坝多年前出了个守节模范，曾报请朝廷批准为她修了一座堂皇的御批贞节牌坊。可是在这个寡妇老年生病快死时，却要人把她抬到自己的贞节牌坊前，还告诉邻居说在她死后一定要把牌坊拆掉，然后一头撞向牌坊。这个消息一下子就传开了，各种猜测更是传得沸沸扬扬，赵大老爷想制止这个传闻，可越是制止却越是传得更快更广，连赵家坝之外的人都晓得了，还有不少人跑到那座牌坊前去看是不是真的有血迹。这让赵大老爷和赵氏家族的乡绅很是恼火，这个牌坊立在那里，拆也不是，不拆也不是，赵大老爷只得半夜三更喊信得过的手下，偷偷摸摸去用水洗刷那个牌坊。不过，那血都浸到牌坊的石头里头去了，洗得掉啥子哦，我小时候还去看过那个牌坊，上头真的有模糊的血迹透出来。

牌坊这件事情还没整平顺呢，另一件事情的发生更让赵大老爷毛焦火辣①。就像在水里头按葫芦，好不容易把小的这头刚刚按下去，大的那头却冒上来了。

赵大老爷的先辈泥脚将军领受皇恩得到的一千亩田地，几辈子传下来，到了赵大老爷的父亲赵太老爷，只剩下六百多亩。这六百多亩的红契，赵太老爷一直自己掌握在手。因为他们赵家屋里头从泥脚将军传下的几代都是单传，所以赵大老爷自以为那六百多亩田地等把赵太老爷送上山②后，自然而然由他独得，那是铁板上

---

① 毛焦火辣：形容一个人心情非常烦躁。

② 送上山：四川乡下对埋葬死人的诙谐说法。

钉钉子的事。

哪晓得赵大老爷口中“那个老不死的”赵太老爷，人老了花心却不死，忽然有天看上了城里头一个被大家称为狐狸精的扬州妹子，一乘小轿从太老爷府第后门抬进，成了赵太老爷的二姨太。城里头人谣传，不是赵太老爷花心不死看上了那个下江来的妹儿，而是有一个狐狸精附在了那个妹儿身上，晚上自己找到太老爷门上去迷住了太老爷，想要吸血成仙。

这些荒唐的谣言，赵大老爷一点也不信，他担心的是这个二姨太得不得生个男娃儿出来。可你越是不想发生的事，它就偏偏发生了，那个二姨太真的给太老爷生了个小少爷出来。俗话说：“皇帝爱长子，百姓爱幺儿。”太老爷老来又得一子，特别喜欢。这个一直由赵太老爷亲自抚养，比赵大老爷小了十好几岁的小弟娃儿，长得那是身体健壮，活蹦乱跳的，又聪明伶俐，看来将来大有出息。

哦嗬！赵大老爷独得六百多亩田地的好梦就这样被赵太老爷的二姨太打碎了，即便他暗地支使人放出谣言，说赵太老爷年老体衰，根本不可能和二姨太生出娃儿，这个赵家小少爷不晓得是哪个跟班或马弁的野种，但赵太老爷对此根本不当回事，对这个幺儿还是爱得很。更恼火的是，不晓得是不是那个二姨太给太老爷吹了枕边风，或者是赵太老爷本来就晓得自家的大儿子霸道，又是赵家族长，大权在握，怕他在自己死后，独占家产，把二姨太和宝贝幺儿扫地出门，于是甩出了个让赵大老爷心火冒三丈的杀手锏。

有天，赵太老爷把赵家宗族里有地位和身份的乡绅召集到赵家祠堂，当众宣布了分家产的决定：除了把那六百多亩田产中的儿十亩留给自己用作置办上等楠木棺材，修砖砌阴宫和将来办后事的花销外，其余的六百亩一分为二，平均分给两个儿子。

赵太老爷当众打开装有田地红契的箱子，取出他早已分配好的红契，他把较好的三百亩田地分给了大儿子，次点的那三百亩分给了小儿子，交由二姨太代为收管。赵太老爷的这个决定，在场的赵氏家族宗亲无人反对，一致表示这样很是公平。

但是赵大老爷听到赵太老爷如此安排，如惊雷当头炸响，他原本以为可以独占的田产，一下子少了三百亩，虽然是不太好的三百亩。他那个心头，硬是鬼火冲①，可当到那么多家族宗亲，他又不得不装着满心欢喜的样子，跪在赵太老爷面前磕头接受，感谢太老爷分给自己三百亩田地。接下来当着宗亲的面，他终于还是争取到了那六百多亩田地由他来管理，而且此举还得到大家的称许。事实上，赵太老爷和二姨太还有那个小少爷，本来也没有能力去管理，自然也得赞成由赵大老爷来管理全部田产了。这样一来，赵大老爷以后还是有机会把全部田产据为己有的。

赵大老爷回到自家屋里头，拍桌子摔板凳，大发脾气。"那个老不死的"，居然还来这么个突然袭击，还真是老到高明。眼见好好的含在自己嘴头的三百多亩田地被估倒②吐出来，他实在是不甘心。他把自己的两个心腹喊来臭骂一通，说："你们两个在我的锅头舀饭吃这么多年了，出这么大的事情你们居然事先滴点儿③风声都没打探到，我养你们来做啥子？现在，快点，看想个啥子法子，让我能收回那个小杂种的三百亩田产红契，我也能出口恶气。"

赵大老爷的这两个心腹，一个姓贾，一个姓祁，原本就是在他家吃闲饭的清客，相当于古代说的门客之类的，一般赵家的下人们称他们为"先生"。这两个人平常想个歪点子，出个馊主意，占点小便宜，倒还能行，可一时要让他们两个想出个从二姨太和小少爷手中夺回那么大一笔田产的好办法，还真是难为了，祁先生竟想出"动武"的烂点子，遭到赵大老爷一通斥责："你这叫啥子法子？让我当到赵家老

① 鬼火冲：形容心头烦躁。

② 估倒：有强迫强制的意思。

③ 滴点儿：很少一点，也形容很小。

倌们的面去杀人？我这个族长还想不想当了？”贾先生说：“武的肯定不行，得来文的。”

赵大老爷问：“你有啥子文法子？”

贾先生其实也没想出什么办法，只得敷衍说：“办法是人想出来的嘛。反正现在他们的田地还不是大老爷你在管理，走一步算一步，来日方长，总会找到机会下手的。”

日子一天天过去了，转眼间，赵家小少爷已是十多岁了，还在当地的私塾和洋学堂学了点识文断字的本事。不知从何时起，赵家下人已将“小少爷”的称呼，改为“二老爷”。赵大老爷眼见这个小弟娃儿①一天天长大，心里更是有些慌了，生怕他乘赵太老爷还在的时候，提出来管理自己和太老爷的田产，那样，自己更是鸡飞蛋打一场空，白白帮到打理那些田产不说，连那三百多亩的租子的魆头②都吃不到了。赵大老爷也顾不到找机会想文法子了，他找来两个心腹商量，是不是先找人私底下“武”一下，也不要把人弄死，整个残废啥子的，让二老爷上不了台面，管理不了田产就好。

他们这边还没有找到合适机会下手，忽然传来太老爷要送二老爷到上海那个大城市去读书的消息。看来这个姜还是老的辣哦，担怕③是赵太老爷摸到了自家大儿子的心思，深谋远虑，干脆来了个让幺儿远走高飞的万全之策。

赵大老爷这下子又气到了，眼看快煮熟的鸭子要飞了。他准备以小弟娃儿年纪小到大城市让人不放心的理由去阻止，但那个说要用文法子的贾先生却很是高兴，说终于找到机会了。他附在赵大老爷的耳边如此这般地说了一番，赵大老爷听后眉开眼笑，直见④夸：“好，这个主意好。”

---

① 弟娃儿：弟弟。

② 魆头：便宜。

③ 担怕：恐怕、担心。

④ 直见：连续不断地，一直不停地。

究竟啥子好主意让赵大老爷那么欢喜呢，这就要从赵家屋头这个二老爷的性情说起。

二老爷的大名叫赵进义，一生下来就受到太老爷的百般宠爱，天不怕地不怕的，很是顽皮贪耍。他不大肯认真读书，但可能是天资聪慧吧，他在学堂里头背书，人家读十遍都背不好的文章，他读一两遍就可以背得滚瓜烂熟。他还喜欢糟蹋东西，到处搞破坏，连太老爷屋头贵重的挂钟、留声机都被他拆得稀巴烂①，根本还不到原。让这样一个不把钱当成钱的败家子到大上海那个十里洋场去，犬马声色一番，还不得几下子就把给他的钱败光？到时候赵大老爷来捡脚子②，那三百亩田产自然可以名正言顺地回到赵大老爷手上了。

赵大老爷打的这个精算盘，他的那个小弟娃儿二老爷是根本想不到的。十六七岁的年轻人，又是在太老爷的呵护下长大的，可以说是少不更事，他一听太老爷要把他送大上海去读书，再加上还要叫下人陈小二陪他去，高兴得不得了。一来他可以自由自在地在上海见大世面，开大洋荤，更没得人管到他了；二来到上海读书，还有人伺候，而且是和自己一起长大，陪到自己上树掏鸟窝，下沟捉螃蟹、淘小虾，到河头游泳，到地头偷掰嫩苞谷煮来吃以及其他种种恶作剧的玩伴。赵进义想到他和陈小二两个，不管做啥子，陈小二都听他的，出了事情惹出麻烦都是陈小二替他受过挨罚，连在学堂里头都是陈小二替他挨板子。到那个人生地不熟的大上海，有这么个人陪着，自然是大大的好事了。

陈小二是赵家大管家陈廷柱的二儿子。陈廷柱本是个孤儿，自小被赵太老爷收留在赵家做下人，他聪明勤快，待人接物不失分寸，为人也算正派，对赵家更是忠心耿耿，他从赵家小跟班，一直做到大

---

① 稀巴烂：形容损坏的程度很深。

② 捡脚子：收拾残局或烂摊子。

管家，不光赵太老爷信任他，赵大老爷对他也很信任。让他的儿子陪二老爷去上海，赵大老爷也是听了心腹的“文法子”，花了一番心思的。

赵大老爷专门把陈廷柱父子喊到他那儿，交代了一番，说的自然是冠冕堂皇的话，叫陈小二要好生[1]服侍二老爷，帮二老爷管好钱财，凡事让到二老爷一点。还说：“二老爷在家大手大脚惯了，到大上海那个地方，也不要拘着他，他想怎么花钱就让他花，有啥子麻烦事要多替二老爷担到点，实在搞不定的就写信回来给我说。”

一旁的贾先生对赵大老爷的话心领神会，他直接对陈廷柱父子说：“二老爷那个人，你们是晓得的，尤其是小二，你从小就跟到二老爷，二老爷的脾气你也是摸得到的。到了上海，他想咋个耍都由到他，免得惹大家不高兴。有些地方，”贾先生停顿了一下，咳了一声，陈家父子都明白了，“有些地方”是指哪种地方了，“花钱可能多些，如果你们带去的钱用光了，拿红契当抵押找大老爷借钱就是了……”

“话不能这个样子说，”赵大老爷打断贾先生的话，“虽然说是由着二老爷，但该说的还是要说。陈小二，我说的话你可要听清楚？叫你去上海陪读，要懂得分寸。二老爷有啥子事，你要随时写信回来告诉我。”

陈廷柱父子对赵大老爷的吩咐全部应承下来。回到自己的家里，陈廷柱又嘱咐了陈小二一番，最后他说：“赵家对我们陈家有恩，我们自然是要报的。但我们陈家的家风，做人要凭良心，歪门邪道的事，我们不能做。”

陈小二从小陪着二老爷读书，脑袋也不愚笨，听他爸这么一说，心里就有几分明白了。他回答说：“爸，你放心，我晓得的。”

赵太老爷的二姨太在赵进义出发前，把他叫到跟前，自然是千叮

---

① 好生：好好地。

咛万嘱咐，让他到上海后好好读书，并且谈到了那三百亩红契的事情。她对赵进义说："你那个大哥的为人想来你多少也是晓得的，这个红契放在我这里怕是不保险，所以趁这次你到上海读书，我就把它交给你带走保管，你到上海后，可以找家可靠的大银行存放起来。那些大银行是可以代人保管这些贵重东西的。这样，就算有啥事，有红契在手，总要好说些。"

随后，二姨太又叫来陈小二，当着儿子对陈小二说："小二，你和二老爷是一起长大的，亲如兄弟，我也从来没把你当外人。你比二老爷大一些，出门在外，凡事多照顾到点。还有，他有不对的地方，你该说还是要说的，不能像在家里一样，由到他乱来。"

"二姨太你放心，我一定把二老爷服侍好。不得让他吃亏。"陈小二拍着胸脯对二姨太下了保证。

诸事安排停当，赵进义在陈小二的陪同下，先坐滑竿，再乘轮船顺江而下到上海去。路上，因为陈小二的"二老爷"这个称呼引起旁人议论，二老爷让陈小二从此改称他为"二少爷"。

几天之后，他们到了上海。他们乘坐的轮船刚靠上海码头，就听到一大片旅馆拉客的吵闹声。他二人从船上走下来，两个机灵的旅馆伙计热情地冲过来，没等他们回过神，已经把他们连人带行李送上一辆马拉车，直奔旅馆去了。

赵进义和陈小二是到上海来上大学的，长期住在旅馆肯定是不行的，首要的问题是要租套房子。他们在旅馆房间里的上海地图上看到"四川北路"几个字，很有种亲切感，于是决定到这条街上去找出租房。但他们人生地不熟的，啷个找呢？好在他们住的这个旅馆老板还算厚道，也不欺生，况且一看他们也是有钱的主，听说他们想租房子，便通过自己的关系在四川北路一带的一个弄堂里为他们找到一套出租房。

这套房子是在一个公寓式洋楼的三楼，由两个房间和一个卫生间组成，房间里家具虽然旧些，倒也齐全。套房里虽然没有厨房，但公寓楼附近有可以包餐的饭馆，还有一个提供开水热水的老虎灶，吃饭用水的问题也就解决了。赵进义带到陈小二去看过后很满意，便和房东签了租房合同，交了半年的租金。

他们回到旅馆拿行李，赵进义让陈小二在结账时多给旅馆老板点钱，表示感谢。老板一高兴，话也就多了两句。他告诉赵进义说上海大学的学生，大多穿洋装，长衫不时兴，建议他们去置办几套洋装来穿，还说可以给他们介绍洋装做得好的裁缝店，到他们租住的地方上门服务。

赵进义在上海这几天，在街上走动时，确实看到像他们这种年龄的人，大多穿的是洋装，心中已有想换装的打算，听老板这么一说，正对心思，也就应允下来。他们回到住处不久，真有裁缝店的人带着样书和布料样品上门来了，说是某老板介绍，来给二少爷量体裁衣的。赵进义接过样书翻看，裁缝店的人在旁说："听说少爷您是来上海上大学的，既然这样，您除了做西服，还可以做套学生装，现在上海大学里，男学生大多穿这种服装。"

赵进义到上海后，已经发现自己的"土"，他很想尽快地融入上海这个社会，一听说大学的男学生大多穿学生装，立刻同意了裁缝的建议，反正有的是钱，多做几套衣服也无所谓。

裁缝店的人走后，陈小二告诉赵进义，他们搬进新家，需要添一些用品，他已经打听到南京路上的新新百货商店啥子都有卖的，不如他陪少爷到那里去逛逛。

他们来到南京路上，只见街道两侧高楼林立，商厦鳞次栉比，相峙而望，这是他们从来没有看到过的繁华景象。他们乘坐有轨电车在南京路上往来一番，已经是眼花缭乱，等走进新新百货公司，店堂宽大敞亮，货架上的货物更是五光十色，琳琅满目，他们站在那里，都不晓得该咋个办了。

就在赵进义刚开口对陈小二说:“这么大个店,到哪去找我们要买的东西?”马上就有一个店员模样的人似乎是从地下冒出来一样站在了他们面前,面带笑容地用四川话招呼道:“少爷,你想买啥子?”

咦,怪了,恁个遇缘儿[①]?居然能在上海这个大商场里头碰到个说四川话的店员。其实,这是人家商场的手段。那么大的商场,每天不晓得有好多外省市的顾客光顾,雇些能说各地方言的店员来当接待,拉近顾客和店员的距离,这生意就更好做了。这些店员训练有素,善于察言观色,能够从顾客的样子和穿着打扮来判断来人的大致身份,投其所好地推荐商品,让你不买都说不过去了。

赵进义他们哪里懂得这些世故,只觉得这个店员的微笑和四川话很是亲切。结果就是在这个店员的引导下,不知不觉中,除了购买了一大堆盥洗用品卫生用品床上用品外,还买了皮鞋、皮带、礼帽、睡衣、绸衬衫、汗衫等衣物。购物完成后,又被店员鼓动到商场的理发部去梳理了个连苍蝇站到上面都要杵拐棍的“蜡波头”[②]。

赵进义带到肩背手提着大包小包东西的陈小二在同样帮拿着东西的店员的陪送下正准备离开商场,走过来一个店员称为经理的人,他对赵进义说:“先生是刚搬进新家吧?需要购买的东西恐怕还不止这些,不如我们派人送您回家,顺带看看还缺什么,都帮您置办齐全,这样先生就不必来回跑了。所有的商品商场给先生您打个折扣,如何?”赵进义想了一下,新租的房间里,很多东西确实有些陈旧,反正又不缺钱,欣然同意。

几天后,裁缝店的人把赵进义他们定做的衣服送到了,附赠有领带领结之类,还指导赵进义如何穿西装打领带。穿衣镜前,立起一个翩翩公子哥儿,少了穿长衫时的几分土气。赵进义很高兴,也就多打

---

① 恁个:那么、这样;遇缘儿:正好碰在某个机缘上。恁个遇缘儿,“这么巧”的意思。

② 蜡波头:像蜡一样光亮的波浪式大背头。

赏了些钱。

吃住安顿好了，服装也置办齐全了，在等裁缝店的衣服那几天，赵进义带到陈小二在上海城头玩了个够，唯独到上海上大学这个主要目的，赵进义似乎没得放在心上，陈小二不得不提醒他："二少爷，你想得起太老爷让你到上海来是做啥子的不？"

"还要你提醒？不就是准备功课考个大学嘛。"赵进义不以为然地回答。不过呢，要说考大学，他那点在老家中学学的东西可能还不行，而且现在还不到各大学招考时间。他想了一下，对陈小二说："这样子，你去买些报纸来，查下子有没有啥子补习班在招生，我们去报个名。"

他们两个在翻看报纸的广告时，一条"国民大学"的广告引起赵进义的兴趣。广告上说这个大学学科齐全，名师荟萃，入学不用考试，包能学成毕业。

"好，这个大学好，不用考就能读，还能包毕业，就读这个学校了。"赵进义说。

陈小二有点怀疑："这个大学都没听说过，正不正规哦？咋个不考试就能读？"

赵进义本来就不太喜欢读书，同意到上海考大学不过是为了不受家头管束、开个洋荤而已，至于大学的好坏他根本不在乎，能混个文凭回去让爹妈高兴，在乡头露个脸也就满足了，所以他满不在乎地对陈小二说："管他正规不正规，只要是大学就行。"

他们两个按报纸上登的地址找到了国民大学。奇怪的是，这个大学居然只是弄堂里一个石库门建筑，他们刚走进天井，有个戴眼镜的人很热情地迎了上来，自称姓钱，是负责招生的老师。

钱老师把他们带进东边一间标有接待室字样的厢房落座，拿出一本印得倒还精致带图带文的小册子，上面印有招生简章和几张所谓的学校校舍的照片。钱老师向他们介绍说，国民大学是一座刚成立的私立大学，目前只是暂时在这排石库门房舍办公和上课。校舍正在上海郊区修建，公立大学有的建筑国民大学也都会有，而且会比公立大学修得更好。大学聘请的都是有名望的教授来学校串讲。学校保证每个学生都能毕业，都能拿到和公立大学一样的毕业证书和学士学位证书。

钱老师听到陈小二叫赵进义为“二少爷”，心头就明白赵进义是个怎样的学生了。他特别告诉赵进义说：“我们学校并不要求天天来上课，有名教授来串讲的时候来一下就好。赵同学你如果很忙，我们学校有代读制度，不但可以请人帮你代做作业，代参加考试，在教授串讲点名时，还可以帮你签到。请来代读的人都是高才生，保证让你的成绩单上都是好成绩。当然，费用是不包含在一般学费里的，需要另交钱。”

赵进义没有接受代读的待遇，他不是在乎钱，而是觉得已经有了陈小二这个陪读，何必多此一举，况且，陈小二肯定比外人靠得住些。

陈小二帮着赵进义在学校工作人员的帮助下办完入学手续，钱老师让人拿来了一大堆东西，有入学证、校徽、学校规章和注意事项，还有一学期的学习教材、作业题和试卷及其答案，一应俱全。真是一手交钱一手交货，完成交易，皆大喜欢。

二老爷赵进义在上海上国民大学的消息由陈小二传回老家。太老爷和二姨太自然很高兴，可赵大老爷却不高兴了，他叫来那个心腹，又是一顿臭骂，这才是偷鸡不着蚀把米喃①，万一这个弟娃儿真学成归来，那自己还有戏唱吗(man)？

那个心腹却说：“大老爷，你未必然②相信陈小二信头写的那些好话嗦③？我都打听过了，二老爷在这边乡下学堂读书的时候，好多作

① 喃：语气词，类似“呢”。

② 未必然：难道。

③ 嗦：语气词吗。

业都是陈小二帮到起[1]做的，那篇二老爷得了高分让太老爷直见说写得好的作文，听说也是陈小二写的。这些事，学堂头的先生看大老爷你的面子，难得管而已。这回二老爷到了上海，那么容易就考起个大学了？狗改不了吃屎，就他那个贪玩好要的禀性，未必然到上海就突然转性了？”

这心腹还真的是把他们家这个二老爷批[2]准了。赵进义在国民大学的一次社交活动中，结识了几个和他差不多的公子哥儿，都是到上海来“挣资格”的。其中有个不晓得从哪个省来的军阀家的姓孙的大少爷，听到赵进义在跟陈小二说作业的事，嘲笑他说：“你还真的要听课做作业考试啊？这种大学，多给点钱，什么问题都解决了。像我，我爸让他的副官给国民大学的校长打了个招呼，学校就派人屁颠屁颠地把大学毕业证书给我送来了。只不过我爸说刚到上海就拿毕业证回去，人家会不相信，让我在上海待两年再回去，到时候随便给我找个官当。”

赵进义把这位孙大少爷的话听进去了。他跟那几个公子哥儿裹[3]在一起，哪有好耍好看好吃的，就往哪钻，吃喝玩乐，把个大上海差不多要耍交[4]了。陈小二也曾劝过，但赵进义玩得正上瘾，哪里听得进去。

大概是单纯的吃喝玩乐已经提不起少爷们的兴趣了。他们中有人提到，说是玩了那么多地方，居然都没到上海的堂子里去逛过，听人说这些堂子里江淮美女如云，琴棋书画样样精通。听他这么一说，这群少爷们都想去见识一下。

这天，陈小二从国民大学那边回到住处，看到书桌上有赵进义留下的条子，说是他们到会乐里的长三堂子耍去了。陈小二心头一惊，

---

① 帮到起：帮忙。

② 批：判断、评价。

③ 裹：此处的意思是同流合污。

④ 耍交：玩遍。

坏了,二少爷咋个能到这种地方去?他们来上海的时间也不短了,堂子就是妓院,这点他还是晓得的,如果二少爷只是到那里打打牌喝个花酒啥子的,倒没好大关系,也就是多花点钱罢了。关键是如果二少爷一时昏了头在那里过夜,天晓得会不会染上啥子怪病,万一真有个啥子,他咋个给太老爷、二姨太交代?这不正中了大老爷的下怀?陈小二想起出门时自家爸"做人要凭良心"的话,决定去堂子里把二少爷拖回来。

陈小二找到长三堂子,刚要进门,就被两个五大三粗的大汉拦到起了,问陈小二来干啥子。陈小二告诉说他家少爷在里面,他是来给少爷送钱的,说着,亮了下装着银元的钱袋,两个大汉一看他是来送钱的,就把他放进去了。

陈小二刚一进门,就有两个花枝招展的女子迎了上来招呼,陈小二说他是来找人的,一个被这些女子称为"妈妈"的女人走过来,问明是找孙大少爷等人的,把陈小二带到一个包房。陈小二推开房门,看到二少爷他们几个正围坐在方桌前打麻将,每个人的旁边都坐着一个妖艳儿①的女子"抱膀子"②。

赵进义看到陈小二进来,忙喊:"小二,带钱没得?我带的钱输完了。"

陈小二拿出一些银元交给赵进义,赵进义一看说不够,陈小二正愁用什么理由带二少爷离开,听赵进义这么一说,连忙说:"二少爷,只有这么多了。不过,太老爷托人带信带钱来了,我跑去取,人家说必须要二少爷您亲自去。这不,我就跑来喊你了。"

旁边有人说:"明天去取还不是一样的。"

---

① 妖艳儿:艳丽但不庄重。

② 抱膀子:在牌桌前替打牌人出主意。因为一般都坐在身旁,靠近打牌人臂膀,所以称为抱膀子。

陈小二不等赵进义发话，连忙说："来的人说他明天还有事，喊今天去拿，现在正在我们住的地方等到起①的。"说完伸手去拉赵进义，补充了一句，"二少爷，如果今天不去拿，明天不要说你出来耍的钱，担怕饭钱都不够了。"

一听到明天没得钱耍了，那几个公子哥都笑着催赵进义赶紧去拿钱。赵进义把手边的银元一一点给他欠钱的人，还剩下两三个，他顺手扔给抱膀子的女子，就跟到陈小二出门了。

回到他们住的地方，赵进义进门发现并没有什么老家来的人，生气地回头一把抓住陈小二："你娃硬是耍长了②，居然敢呵③老子了！"

"二少爷，"陈小二赶紧从衣服包包里头摸出一封信递给赵进义，"二姨太的信，喊我转给你的。"

赵进义一听说是他妈来的信，放开陈小二接过信来看。信里头又是叮咛又是嘱咐，和他离开家时说的话也差不多，但二姨太在最后提到，太老爷身体一天不如一天了，如果哪天不在了，只怕大老爷就更肆无忌惮了。她让自己的儿子长点出息，在上海好好读书，挣个前途，往后家里真有什么变故，也就不怕大老爷使坏了。

自家大哥是个啥子样的人，赵进义虽然年轻，心头还是有些明白的。他看完信，半天没说话。

"二少爷，"陈小二一脸严肃地对着赵进义叫了声，"按说你是主子，我是跟班，有些话是不该我来说的。但出门前，你是晓得的，太老爷和二姨太都叮嘱过，要我该说的该管的还是要说要管，赵家对我们有恩，尤其是二姨太，就没有把我当成下人看。我要报恩，就不能看到你跟到孙少爷他们鬼混。那些堂子，哪儿是你去的地方。"

---

① 等到起：等着。

② 耍长了：过分、没规矩。

③ 呵：读 huo，欺骗。

赵进义不以为然地回答:“不过是逢场作戏嘛。”

陈小二说:“逢场作戏?二少爷,那些堂子里的女人,都是些狐狸精,只怕你把持不住,跟她们床上作戏就麻烦了,万一惹出点啥子怪病,你咋个对得起太老爷和二姨太。”

赵进义辩解:“人家长三堂子,不是你说的那种低等场所,那儿都是些高级交际花,去的也都是达官显贵富商大贾,你没几个钱连门都进不了。听孙少爷说,那些女的都是经过医院检查过的,没得你说的啥子病。”

“孙少爷孙少爷,孙少爷说的啥子你都听得进去。”陈小二嘟囔了两句,又说,“二少爷,你想下子,二姨太都来信说太老爷的身体一天不如一天了,你不为你和二姨太的将来想下子[①]啊?我晓得,二少爷你肯定想到你还有三百亩田产,可是像你这样天天伙到[②]孙少爷他们花天酒地的,哪经得住整[③]?大老爷可是一直盯着你那三百亩田产的。”

“那你说咋个整?”

“二少爷,我是这样想的。”陈小二一本正经地回答,“你不要再去和孙少爷他们搅到一起了,也不要去上那个狗屁国民大学了。我们考个正牌的大学来上。”

赵进义说:“你默倒[④]我不想上正牌大学嗦?我肚子里那点墨水,你是晓得的,咋个考得起嘛?”

陈小二说:“二少爷,我记得在学堂那阵,先生喊背书,别个读好多遍都背不出来,你只读一两遍就背出来了。先生都说你天资聪明,只要肯读书就一定读得好。现在离大学考试还有好几个月,我们找

---

① 想下子:想一下。
② 伙到:混在一起。
③ 整:挥霍,使用。
④ 默倒:以为。

个正儿八经的补习班补一下，肯定考得起。”说完他看赵进义没有反应，又补充了一句，“实在不行，我去帮你考。”

“你去帮我考？”赵进义虽然这样问，但他心头明白，从小到大，陈小二除了陪他嬉戏打闹闯祸外，从发蒙初始到中学读书，陈小二跟到他在学堂，虽然是旁听，却比他学得好，先生布置的作业基本上都是陈小二帮他完成的，甚至一些考试都是陈小二代考的。不过，那是在当地，赵家的势力范围内，别个不好也不敢说三道四。可这是在上海，虽然让陈小二代考当然把握大得多，但万一被当场逮到了，这人生地不熟的，也太丢人现眼了。

“陈小二，你不要小瞧本少爷！”赵进义虽然心头其实有点发虚，嘴上说话却很硬气，“我就不信了，我这个天资聪明的人，未必还考不过你。你去帮我考，你要是考飞了，让本少爷的脸往哪放？”

“是，是，是，”陈小二虽然晓得赵进义在提虚劲①，但只要二少爷愿意去学去考，啥子都好说。他顺到赵进义的话说：“二少爷，还是学堂先生那句话，你只要上心，肯定比我们这些人得行②。我们明天就开始复习，中学的书我都是带来了的。再去找个靠得住的补习班，好生整一下。”

赵进义明白陈小二激他，但话说到这个程度，也不好反悔了，他想了一下，说：“好，就这样子定了。不过，等到考试的时候，我们一起去。”赵进义说这话，其实是想考试的时候拉着陈小二去壮胆。

说干就干，赵进义真的没有再去找孙少爷他们玩，在陈小二的鼓励和陪伴下，他真的定下心来复习功课。功夫不负有心人，他终于考进了上海大夏大学。

陈小二把这个喜讯写信告诉了他的父亲陈廷柱。陈廷柱回信把

① 提虚劲：故作强势，绷起。

② 得行：强，能干。

儿子大大称赞了一番，叮嘱他进大学后要陪到二老爷好生读书。陈小二按照他爸说的，在赵进义入学后，陪到他去听课，帮着作课堂笔记，帮助他完成作业，成为名副其实的“助学生”，这是后话了。

赵进义考进的这所大夏大学是所私立大学，和当时的复旦大学、光华大学、大同大学齐名，聘请了不少学识渊博的名教授为学生授课。学校对学生要求严格，提出学生进校时还要亲笔签署“愿遵守学校的一切规则”的入学自愿书。教授们上课都要点名，不好好听课的会被当场请出教室，考试不及格的要求复读，不准走水。

在这样的环境中，起初，赵进义感到很不适应，上课还走神，但有被当众请出教室遭同学耻笑的经历后，生性要强的他，在陈小二的鼓励和帮助下，不得不强制自己收起玩心，认真听课，完成作业。好在他确实天分较高，只要认真起来，学习成绩很快就上升了。还不到一学期，耳濡目染，赵进义对学习渐渐有了兴趣，而且是越学习越有兴趣，他不仅长了见识，也懂得了一些为人处世的大道理，更明白了那些田产不过是身外之物，今天是自己的，明天可能就是别人的，坐吃山空，根本靠不住。要想立足社会，没有一些真功夫是站不住脚的。他不再单纯地满足学习及格，而是追求进入优秀的行列。

大学的生活是丰富多彩的。除了上课，课外还有许多社团活动，特别是假日，不少社团会组织同学出去搞活动，这些活动中最受欢迎的自然是郊游野炊。大家把自己带的吃食摆在野外草地上，共同品尝分享，还会一起唱歌，跳文明的交际舞。

赵进义本来就喜欢玩耍，碰上有这些社交活动他都积极参加。虽然他是从乡下出来的，但生就一副少爷面孔，谈吐还算机灵，跳舞自然也会有些女同学邀请他做伴，赵进义有种受宠若惊的感觉，只是他根本不会跳这种交际舞，动作笨拙，常常出错，后来只好坐在一边看同学们跳舞了。

在这些社团活动中，有一个女同学特别引起赵进义的注意，虽然这个同学从来没有接近过他，但他却不期而然地觉得她有一种特别的吸引力，很想去亲近。但是，看到这个女同学舞跳得那么好，身边还老是有一个风度翩翩、舞也跳得好的男同学，而且他从别的同学那里还打听到这个女同学姓申，是一个大人物的千金，男同学家也是有背景的。这让赵进义很自卑，虽然他强制自己打消了亲近她的非分之想，但是，这个女同学的身影却常常入他梦中。

一学期很快结束了，赵进义像是心血来潮，突然跟陈小二说他要到百乐门去学跳舞，把陈小二吓了一大跳，书读得好好的，这又是要做啥子？赵进义解释说他只不过是想学会交际舞，更好和同学交往。

他们两个找到百乐门舞厅，直接向管事提出想要学习交际舞。那里本来就有教跳舞的规定，明码实价。他们付了学费后，管事让人叫来几个女教习让赵进义挑选。这些所谓的女教习，其实就是舞跳得比较好的老资格舞女，而所谓教舞，其实也就是由选好的舞女带下舞池，随到不同的音乐，即教即学。

赵进义的天资又一次展现出来，在女教习的指导下，他一学就会，没过好久就已经跳得很有架势了，再加上他跳舞时一直保持着大学生的文雅风度，对舞伴很尊重，不像某些舞客那样粗野轻浮下流，所以不但几个女教习赏识他，连一些年轻的舞女都争着来当他的舞伴。赵进义感受到精神上的慰藉，到百乐门跳舞成了他天天的必修课。

这天，赵进义走进舞厅，一个正在和几个男舞伴说笑的舞女看见他后主动向他走过来，这让他大吃了一惊，这不是那个申同学吗？她不是大家闺秀吗？咋个会在这儿？还是舞女打扮？看到舞女向他款款走来，浅笑盈盈。赵进义只觉得心中慌乱，手脚无措，完全没有了平常应对舞女们的风度。

“赵少爷，你好啊。”那个舞女站在赵进义面前，主动向他打招呼，吴侬软语，让赵进义觉得心都酥透了。这时，他才看清楚了，这个舞女不是申同学，只是和申同学长得很像，却没有申同学大家闺秀的气势，不过，却比申同学显得成熟妩媚。

舞女看到赵进义傻傻地站在那里盯着她不答话，“扑哧”一声笑出来，她再次主动说话：“赵少爷，听说你来学跳舞学得好快的，已经跳得很出色了，姐妹们都争着想做你的舞伴呢。”

赵进义让自己镇定下来，客气地说：“哪里话，我这是才入门，这位小姐说笑了。”

“赵少爷不打算请我跳一曲吗？”舞女笑着问。听到这个话，赵进义受宠若惊，这可真是求之不得的。一个男舞伴走了过来，拍拍赵进义的肩膀说：“杨小红杨小姐可是我们百乐门的舞星，找她伴舞的人都拿钱排着长队等着呢，你居然能得到杨小姐的青睐，这是哪辈子修来的哟。”

“那是，能请杨小姐跳舞是我的幸运。”赵进义这才回过神来，急忙答话，然后向杨小姐礼貌地伸手发出邀请，挽着她走进舞池，随着音乐起舞。

搂着身轻如燕的杨小红，赵进义觉得简直是一种享受。一曲舞罢，他就让陈小二去把管事找来，对管事说他要杨小红小姐当自己的舞蹈教习。管事对他说，想要杨小红伴舞，价码可不低，已有人在她的舞票上照常规加半价了。赵进义想都没想，张口就来：“我加一倍！”

管事早就看出眼前这个少爷就是个“土老肥”，有点不屑地说：“你加一倍杨小姐也未必肯陪你跳。”

“杨小姐刚才已经主动和我跳过一曲了。”管事一看这样，想了想，说：“那你就每天茶舞的时间来，那个时候人少些，到了晚上，哪能那么容易就轮得到你。”只要能多和杨小红跳舞，赵进义哪管它下午晚上的，马上叫陈小二跟管事去把定钱交了。陈小二对赵进义拿那么多钱只为和一个舞女跳舞很不以为然，回到住所后，他和赵进义说起这件事，赵进义回答很干脆："你晓得啥子哦。"

第二天茶舞时间，赵进义穿戴整齐，早早地来到百乐门。打扮入时的杨小红已在舞厅等候，主动过来挽着他的手，把他带到舞池边上的茶座上落座。赵进义一见杨小红，就有些神魂颠倒，都不晓得该咋个开口了。杨小红主动开口，轻笑着说要赵进义拜她为师，刚坐下来的赵进义连忙起身，拱手作跪拜姿势，杨小红伸手扶住他，银铃般的笑声响起："赵少爷，我是说笑的，你还真要跪拜啊！"旁边一个舞女也笑着说："赵少爷实在哦。"赵进义红着脸落座，杨小红补充了一句："我名义上是你请的教习，实则就是你的舞伴。赵少爷不必拘束。"几句闲话后，音乐声起，杨小红拉着赵进义下到舞池跳舞。

他们两个在舞池轻步曼舞，赵进义对杨小红表达了倾慕之情，说他早就在梦中认识她，爱上她了。杨小红笑着问："赵少爷，我们从来没有见过面，怎么可能出现在你的梦中，成为你的梦中情人？"赵进义当然不可能告诉她真正出现在自己梦中的是谁，因为他已经对杨小红一见钟情了，他说："我也不晓得，或者是上天的安排，又或者我们前世就相好过吧。"

赵进义这近乎荒唐的话，杨小红并不以为然。在舞厅这个地方，各种各色的达官贵人她见得多了，一些姐妹傍上有钱有势的人后的不幸遭遇她也有所耳闻，况且把她介绍到百乐门的老师曾告诫过她，在舞厅这种鱼龙混杂之地，一定要做到"自尊自爱，守身如玉"，因此她对伴舞对象，从来都是表面应酬。昨天晚上她主动和赵进义打招呼，只是因为听姐妹们说起这个来习舞的大学生，觉得有点好奇。没想到这个人和她跳过一曲后，居然出双倍高价定下她作他的舞蹈教习，这让她更想见识一下这到底是个啥子样的大学生了。不过，尽管不以为然，还是让杨小红心中一动，在舞厅的这几年，她认识的舞客不少，对她说情话的也大有人在，但她从来不会动心，为什么独对赵进义有了想了解他的愿望，难道冥冥中真有天意，自己的命运会和这个大学生联系在一起？

一段时间下来，赵进义和杨小红渐渐熟悉起来，知道杨小红是扬州妹子，赵进义有了些许亲切感，毕竟他的妈妈也是扬州的，他和杨小红也算是半个老乡了。赵进义主动向杨小红介绍了自己的家世和现状，杨小红也向赵进义讲了自己的身世，两人之间又多了几分惺惺相惜。

杨小红是啥子人呢？她出生在扬州乡下一个贫苦农家，可以说家徒四壁、房无片瓦。她从出生长到十二三岁，从来没有吃过一顿饱饭。大概是因为得到扬州好水土的滋养吧，她生就一副好面孔，因此跟着几个和她差不多情况的小姐妹到上海来谋生活。她到上海后，投考了一个舞蹈学校，凭着她的好身段和美貌，加上还会唱些扬州小调，因此被学校录取，还包吃包住。杨小红明白仅靠美貌当不得饭吃的，只有认真学好一门技艺，才有出头之日。因此，她在学校学得很刻苦，很受老师欣赏。学成后，老师把她介绍到百乐门大舞厅做见习舞女。见习舞女即是舞厅老板的"随声应"，叫干啥就得干啥。无论白天晚上，随叫随到，老板和管事让她和哪个舞客跳她就得跟哪个跳，要求跳几场就得跳几场，经常累得只能趁乐曲间隙坐下来喘口气。而那些老资格的舞女，是和老板订了合同，讲好条件，待遇多高，分成多少，一个星期只来几个晚上，只跳多少场，都是有规矩的，对那些不老实的装怪的舞客，也敢于一脚踢开。杨小红看在眼前，想在心里，自己还只是见习阶段，这样的待遇可望不可即，只有靠自己努力再努力了。见习半年之后，她终于有资格和老板订合同，成为挂牌的舞女了。在舞厅的时间长了，她的美貌和精湛的舞技让她渐渐地有了名气，舞客们要排号甚至加价买她的舞票才能轮上和她跳舞。人红了，身价高了，但是杨小红越来越感到危险，她不愿意像有的姐妹那样被有钱人包养，沦为富人的玩物，她想要自己选择自己的前途。这时候，赵进义的出现，给了她一种选择。

于是杨小红几乎每次都应赵进义的约会，或同去茶座喝茶，餐馆吃饭，看电影，一同去郊游，以至于来到大夏大学参观，当然这是被赵进义邀请来的。赵进义正在享受他一生未曾享受过的快乐。陈小二也看出二少爷是迷上这个舞女了，经常会自动避讳，让他们两人有相恋的机会。

杨小红是想和赵进义相交下去，至于是不是相爱，她还要加以考察，看这个人是不是可以托付终身。如果这个青年不是一个浪荡子弟，就和他认真相恋下去，如果不行，中途放弃，另寻托身之人。杨小红是在两可之间，赵进义却几乎是一见倾心，认定杨小红就是他的梦中人转化成的意中人，一心和她生死相恋，达到喜结良缘。他恋到一日也不离开，有点鬼迷心窍了，以致对学习也懒心无肠的，成绩明显下降，本来对他这个生性聪慧的学生寄予希望的教授也对他淡漠下来。

陈小二看在眼里，急在心里，他再三劝勉，似乎效果不大，他只得去求杨小红了。他对杨小红说："我看出来，你对我们家少爷只是有点意思，但我们家少爷对你却是死心塌地地爱。少爷和我从小一起长大，是一个心地善良的本分人，认死理不拐弯的老实人。他要爱你就会生死不改的。他的确是一个值得你爱，可以托付一辈子的人。如果你真心爱他，请为他着想一下。他因为迷恋你，连学校里的功课都荒疏了，成绩明显下降了。现在只有你的话，他才听得进去，所以希望你好生劝勉一下我们家少爷，在大学要继续努力学习，一直学到毕业，成为一个对得起他自己，对得起他家里头人的人，这样他才能对得起你呀！"

陈小二的话，杨小红听进去了。几个月和赵进义的相交，知道他是坠入爱河不可改变的人了，她自己也准备正式和他相恋相爱下去。于是，杨小红对赵进义说，要想和她好，她有一个条件，就是赵进义必须大学毕业，她才能把终身托付给他。

杨小红宣布要和自己真心相恋，同意和他订婚，又苦口婆心地劝他上进，拿出好的学习成绩来迎娶她，赵进义高兴得不得了。他对杨小红赌咒发誓，他不学好，誓不为人。嘿，这男女相恋，竟然有这么大的动力！

杨小红为断了杨进义老来舞厅混日子这一线路，决定和舞厅解除合同。眼见从此以后她的收入即将减少，赵进义拍胸膛："这点钱我包了。"其实杨小红并不会从此靠赵进义过日子，她早已和一个新的电影公司订了合同，答应去做配角。她去试过镜头了，测试的人见她舞蹈了得，身段长相都很好，稍微指点提示一下，便能让导演叫OK。这种做配角的收入虽然不稳定，有戏就去，无戏就歇班，但凭她多年的积蓄，也还能够应付生活。

这一对天作之合的恋人，便这么顺当地恋爱、订婚，直到赵进义在大学读毕业，得了个学士学位，他们才走上红地毯，成就了终身大事。赵进义因为成绩良好，被大学聘为助教。"这一下好了，我有个有学问的如意郎君，接下来我还要成为教授夫人呢！"这是杨小红对赵进义的戏言，也是两人共同的愿望和誓言。

生活作了这样美好的安排，赵进义和杨小红自然是在上海安家，而不打算回四川乡下了。赵进义也不打算征求家里头人的意见，他只是写了封信回去说自己结婚了，他们已经在大学外面租了房子，结婚后的家就安在上海了。

最有意思的还是陈小二，因为在大学跟读几年，竟然按自己的名字谐音改名叫作了陈晓尔。以这样一个名号去参加一个中学教员的岗位，自然也因为跟读几年确实在肚子里装了些墨水，他成功了，当上一个初中的合格教员。这时的他也不想回四川，就想在上海自立门户，和赵进义和杨小红当了邻居。

但是，真叫天有不测风云，一天，陈小二回来时，手里拿着一封电报，进门就对赵进义说："二少爷，大事不好。"

赵进义问:“啥子事,惊惊诧诧的?”

杨小红接过电报一看,说:“大老爷发来的电报,太老爷过世了,要我们回去奔丧。”

该来的事情终于来了,新婚燕尔之际,太老爷去世了,小日子过得正美的小两口不回去奔丧送葬肯定是不行的。拿着电报,赵进义发了一会儿呆,然后他对杨小红说:“也好,我是应该回去一趟。奔丧事大,另一桩事也大!我准备自己回去,把我名下的田产卖了,把钱带回上海来,好过我们自己的日子。”

杨小红说:“不行呀,电报上说的夫妻二人都要回去送老太爷归山。”见赵进义有些迟疑,杨小红又说,“且不说嫁鸡随鸡嫁狗随狗,就是我们正恩爱着呢,你怎么舍得就自己走了,把我一个人孤单单地留在上海?”

赵进义想,也是,相爱这么深,咋个能分手?一东一西,相隔万里,不想死他了!那还是照电报上说,夫妻二人都回四川乡下吧。其实他不想杨小红回去是怕杨小红过不惯乡下的日子。杨小红想的却是,自己的丈夫一表人才,这么个年纪轻轻的人,回去空房守得住吗?没有我陪他,别胡思乱想出了事。但她没有把这话说出口,说出来的话却是:“我们结婚这么长时间了,也该回老家拜见赵家上下的亲人吧。”

二人终于在陈小二的陪护下,回到四川乡下老家。赵家自然是全家出门欢迎,看这位最有出息的少爷,穿着崭新的西装,擦得铮亮的皮鞋,踏在乡下的石板路上梆梆响。头上那顶灰色博士帽一戴,那样子硬是比哪个乡绅都受看。至于新婚的太太也是了得,穿得花枝招展,露出白藕那么嫩的手杆,一脸笑眯眯的,一口一个大哥大嫂,叫得好亲热。一家大小,隔壁邻户,都来看上海远来的媳妇。古话说的“闭月羞花之貌,沉鱼落雁之容”,怎比得这么标致的江南姑娘。看看她的眉眼,倒是苏东坡那句“水是眼波横,山是眉峰聚”的词句比得恰好。水灵灵的眼光，忽闪忽闪的，粉脸上溜圆的笑窝，开口白玉成排的细齿，头上没有什么珠翠，可那波浪形的烫发实在是舒展自然。

赵进义的大哥要笑不笑地招呼着这个初次见面的兄弟媳妇，脑子里却冒出“真是个狐狸精带进家里来了”的想法，由此更联想到当年赵太老爷从县城里带回来的二姨太的事。这时乡邻婆娘们正说得热闹，说杨小红腰像水蛇扭来扭去，屁股墩圆滚滚的，经得起压，这一些太俗的土话，杨小红根本听不懂。婆娘们嘻嘻哈哈走开了，又听村头几个喜欢评头论足的年轻人在说，买回这么个漂亮媳妇，拿再多银子也值得！

赵进义——现在该恢复叫他二老爷了——一进门，大家都叫他“二老爷好！”叫杨小红“二老爷娘子好！”杨小红听起来很不自在，但是，被叫成二老爷的赵进义却有几分骄傲，他和杨小红一前一后，夫唱妇随地回到为他们准备好的小院，小院收拾得干净，净几明窗，芭蕉遮檐。不过那硬木板凳子和硬木板大床，的确不招上海姑娘的喜欢。至于桌子上那几盘菜，几乎每一盘都总要带上点乡土的麻辣味，更叫江南人难以下口了。

赵进义衣锦还乡的热闹劲、杨小红花容月貌的新奇劲过去了，赵进义很快意识到：从回到赵家坝就一直没看到自己的亲妈出来迎接，一直到现在也没看露面。待进了屋，回头向陈小二的爸爸、管家陈廷柱问起，才知道他的亲娘二姨太早在太老爷病重时，就吞鸦片自尽了。弥留之际留下一句话，不要告诉她的儿子。至于丧事，赵大老爷说这个女人是太老爷用小轿从后门抬进来的，不能为她办丧礼，草草地买口棺材殓了，从后门送到山上去找个地方埋了完事。

自从眼见自己心爱的女人自尽、身后又受如此薄待，赵太老爷病情更是加重，最终自然是倒床不起，路已走到尽头。过世前也留下一句话，要把他埋在二姨太坟附近。

赵进义这才明白自己的亲妈早已走在父亲之前,他不明白这是为什么,于是又从服侍二姨太的心腹丫头那打听到,二姨太深知手握大权的大老爷对她嫁给太老爷心有不满,更不满她还为太老爷生了个儿子、夺走了大老爷近一半的田产。太老爷在世时尚且闲言碎语不断,若太老爷走了,肯定要找她的麻烦。而大老爷这个人心狠手辣,是啥子花样都玩得出来的。咋个置她于死地,她死后大约还要造出狐狸精附身的谣言,在大老爷手里都是小菜一碟。二姨太想来想去,不愿在太老爷死后受大老爷的折磨,加上自己的儿子已有大出息,没什么可牵挂的了,所以干脆选择走在太老爷前面了。

赵进义听到这些,悲愤交集,起身要去找大哥理论,但被陈小二和杨小红劝住了,毕竟二姨太是自杀的,你能理论个啥子呢?眼下还是太老爷的丧事为重!听了这番话,赵进义只得忍下这口气。

赵太老爷的丧事,照古礼上说的是"当大事",照族规早已准备好的硬木棺材及一应俱全的太老爷到阴间用得上的纸糊房舍、家具、车马、坟飘儿,一件没缺。和尚道士都到位,哀而不伤地边念经文边打法器,雇请来的代哭丧的孝子贤孙也照规矩,用头撞木板墙,装作大哭大叫,只是干号不流眼泪,一切事宜都一一照办,反正太老爷在密封好上了好多道髹漆的棺材里是听不到的了,而且几乎全赵家坝的赵姓族人都听到了。赵家坝即使非赵姓族人都准时前来吊孝,满墙满壁的挽对、吊幛,门口临时账房的礼品登记簿子已写满厚厚一册,这才是大老爷最关心的事。

送太老爷上了山入了土的丧事办完了,赵大老爷这才叫赵进义和杨小红到旁边去给二姨太上上坟。得到允许,赵进义扑爬跟斗①地扑向他妈的坟头,一头倒下,号啕大哭起来:"妈,可怜的妈,儿子不孝,没有回来送你上山,他们一直瞒倒起,没有让儿子知晓,现在有机

① 扑爬跟斗:形容很着急地跑动。

会带到你的儿媳妇来给你上坟磕头。”杨小红呆呆地一同跪在坟头前，向没能见着一面的婆婆磕头。

陪来的家人照上坟的一切规矩，扫墓、上香、上供、挂坟飘、鸣鞭炮……礼成，赵进义和杨小红才依依不舍地回家。

丧事办完，大老爷马上提出要办赵进义和杨小红的结婚典礼。这里有个问题，如按古礼，守孝服满之前，儿辈是不能结婚的，而赵大老爷外面显得是很讲古礼的，现在又是族长，更应该讲究这个礼俗，不应该在其父亲刚办完丧事就让弟弟办结婚典礼。所以，赵进义试图反对，说：“我和杨小红在上海已经去婚姻登记处登记结婚，举行过婚礼，你看嘛。”他拿出两人的结婚证给赵大老爷看。赵大老爷却说：“在上海办的那不算数，管不到我们这儿来。你是赵家坝赵家的人接老婆，只能照赵家坝的老规矩办事，我把一切都安排好了。这也是为你们两个好，喜事冲丧事，才能去晦气噻。”

赵进义听大老爷这样子说，也不好说打退堂鼓的话了。其实赵大老爷是听了他的那两个狗头军师献言，说婚礼虽然开销不小，但钱是归二老爷自己出。他们那两口子才回乡下，人生地不熟的，搜刮的那一大笔礼金还不是落到大老爷头上了！

杨小红拿出在上海结婚时穿的婚纱，大老爷一看雪白的婚纱就生气，说这是白色的丧服，如此不吉利怎好拿出来，赶快收起来，重新做婚服！结婚一定要用大红颜色嘛。一切带红色喜庆的物件，雕花六柱架子婚床，复杂的化妆梳洗柜，大小花柜箱笼，桌椅板凳，和红色便桶（乡下没有自来水）也已经摆放好。大红丝帐，床上叠着不知多少床的盖被，绣花枕头，床上要动用的物件，都归了位。杨小红看到那枕头上绣的“寻好梦，梦难成，有谁知我此时情”几个字，特别觉得有意思，她当然不知道乡里也有文人读过宋人的词句的。

婚礼开始，一切照乡下的规矩，二老爷赵进义和新媳妇杨小红穿着大红婚服，新郎官头戴插了红色宫花的礼帽。二人站在立着天地君亲师牌位的神龛下，站在主持婚礼的大哥大嫂的面前行礼，他二人一向天地、二向兄嫂叩了头，然后二人相对叩个碰头，一声“入洞房”，赵进义牵着头上盖着红盖布的杨小红的红丝绳，昏头昏脑地走进红烛高烧的洞房，才算礼成。这时大坝上宴会开始，他们两个必须提着酒壶，向每一桌的客人敬酒，尽欢而散。乡里大小人众也都在摩拳擦掌地要为二老爷新婚闹一下房呢。

真正的闹婚直到天黑后才开始，无论平辈、长辈和小辈的人，都要来洞房祝贺，所谓祝贺其实就是不论辈分大小，不讲礼貌地胡闹。掀了盖头的新媳妇，任由大家说笑推搡，估倒灌酒。赵进义还招架得住，陌生的新媳妇杨小红却六神无主，只能任由大家打闹取乐。拥抱接吻倒没有难为他们，要他们二人站在板凳上摇摇晃晃地共啃一个苹果，着实为难。最叫杨小红吃惊的是满床散放着表示早生贵子的红枣、花生、桂圆和瓜子这些乱七八糟的果品，她示意赵进义看，这晚上咋个睡呀？不承想到还有更意外的。已到夜深，人都散去，他们两个打扫床铺上床睡觉，正在相互依偎浓情蜜语，忽听床下有人在敲床板，竟有人偷偷藏在床下。据说这还是一个重要的闹婚节目叫“听房”，听房的人第二天早上有义务为同辈描述夫妻二人在床上的活动呢。赵进义这下真的生气了，用扫把把那个听房的娃儿赶了出来，那个娃儿却欢乐地逃下楼去，第二天一样加油添醋地四处散布昨晚之所见。杨小红没有想到四川农村有这么欢乐而野蛮的婚礼，和上海的文明婚礼真是相去甚远呢。

赵进义和杨小红回乡被迫再度按乡规举行的结婚大礼已经完成。剩下来还要办的大事，自然就是处理好赵进义名下田产的事了。

处理田产是大事，必须在赵氏祠堂举办祭拜列祖列宗的大典，以此来昭告族人。大典应该由族长大老爷主持，族中长辈和有身份的人自然都要参加，凡赵姓人家都可以来观礼。在这个典礼上宣告赵进义二老爷从此成家立业，独立门户，自然就拥有了合法的财产和财产的掌管处理权，当初由大老爷管理的田产理应全部移交给二老爷，而杨小红既然已正式宣告成为二老爷的正室夫人，称二老爷娘子，就应当掌管二老爷的家业了。

举行祭拜大典这天，赵氏家族的长辈们都来了，有身份的财主都来了，连不少赵姓的泥脚杆也想来分得一点荣誉，众多喜欢热闹的乡邻拥来观礼。尤其值得一提的是赵家兄弟的一个远房堂弟，现任县教育局督学也是县议会议员的赵进仁，也早早地到来了。

赵督学和乡绅们以为，赵进义去上海留学，得了大学学士学位，就好比赵家终于出了一个“进士”，这真是赵家从来没有过的光荣，理应举行一个昭告祖宗的大典，应该早办大办，轰轰烈烈地办，比过去御批贞节牌坊建立典礼还要荣耀一些！

但是不晓得为啥子，等了许久，主持大典的赵大老爷却不见了踪影。人们等了很久，对大老爷迟迟不现身很有意见，其实大家心里都有数，都晓得这个大老爷一直在谋划把二老爷赵进义名下的田产如何弄到手。

赵大老爷确实一直在谋划，直到此时还未罢休，所以迟迟来不了。

早在太老爷有病在身的时候，他就和两个狗头军师开始商量如何把赵进义的田产弄到手。狗头军师他们已经研究了好久，想出了上中下三策。大老爷一听很兴奋，叫他们一一说来。

那俩军师想出来的，就是明抢、暗偷、放谣言。

一个说：“我觉得明抢肯定是不行的，那会败坏大老爷的名声。最好的办法不如放谣言。当年太老爷娶二姨太时，城里头不是就有人传说二姨太是被狐狸精附身的吗？我们现在再把这个话让人放出去，就说太老爷讨来的那个二姨太本来就不是正路货，而且还是狐狸精附身，要不太老爷咋个会被她迷得神魂颠倒。她被讨进门来生的娃儿，也不晓得是不是赵家的种。这个所谓的二老爷，从小就不学好，太老爷把他送到上海去读书，他反而在上海花天酒地胡闹，那个学士学位到底咋个弄来的都不清楚。这都不说了，他还私底下娶了个上海舞场十人爬百人抱的扬州舞女，太老爷其实是被二老爷气死的。还有，那个附身在二姨太身上的狐狸精，在二姨太死后就跑去附在了这个扬州舞女杨小红身上，所以她才会怂恿二老爷把她从上海带回来，好继续在赵家兴风作浪，不光是当二老爷的家，搞不好还想败了整个赵家……”

大老爷觉得有点意思，军师继续说，“这种谣言一放出去，一传十，十传百，越传就会越灵。这时候大老爷你就可以去找赵氏家族的乡绅，就说空穴来风，非是无因，应该把这个扬州女人的身世和来路弄清楚，不然的话，好端端的赵家田产担怕就会被外人占了去！所以这个田产目前还不能分，只能由大老爷你管到！”

赵老爷虽说对两个女人有怀疑，但是找不到实证，再说这番话乡绅们未必肯信，说得太玄乎了，也会伤到太老爷，伤到太老爷不就是给赵姓抹黑？给赵姓抹黑不就等于给他脸上抹黑了？不行，不行，他摇头否定了，想听另一个的计策。

另一个开口说：“我早就对他说了，谣言就是谣言，传一阵就消失了，兑不到现的。我倒是早就发现了一个秘密，不晓得你们觉得没有。你们看二老爷带去带来的那个铁皮小箱，那里面装的肯定是二老爷田产的红契。我们想办法找个翻墙进屋的高手，把那个铁皮箱偷了来，大老爷你掌握二老爷田产的红契，随便打官司到哪里证据都是实。哪个拥有红契哪个就得田产，这是天经地义嘛。”

大老爷听起来觉得是个门路。他问：“你探听得到那个铁皮箱是装的二老爷田产红契吗？你找得到高明的三只手去一试吗？”

那个军师说：“这一行的人我有熟识的，可以试一下。”

大老爷说：“好，就试一下。”

大老爷却咋个也没有想到，其实二老爷去上海读书时，二姨太悄悄交给儿子的铁皮箱里确实装有红契,但同时叫他带到上海以后,凭开锁密码取出红契,一定要存入银行保险库,所以二老爷身边只是一个空铁皮箱。军师费心尽力找了梁上君子偷回铁皮箱献给大老爷,大老爷找人很是花了点工夫才把铁皮箱打开,结果却只是个空箱!大老爷把两个狗头军师狠狠地骂一顿,问:“还有啥子办法没得?”

两个说,倒还有一个计策,就是料定这个浪荡成性的二老爷,到了上海这个销金窟肯定胡乱花钱,哪晓得具体的账目。那就让账房的人下点功夫,编造一本二老爷花销的账册,到时拿去对账,如果把二老爷的花销账目做得刚好抵销他的田产,田产自然就不用归还给二老爷了。

大老爷觉得这个计策还真是可行,于是,编造这本假账的事情,就落在大管家陈廷柱也就是陈小二的父亲头上了。话说陈廷柱和陈小二俩父子,都是大老爷从小喂养大的心腹人,哪有不听话的?到时俩父子一起出来验证,二老爷和他娘子还能说啥子?

但是这个世道里偏还有良心未泯的善良的好人。大管家陈廷柱接到这桩事情后,他不得不做,而且要做得符合大老爷的意思。但同时他也偷偷将这几年依照事实做的真实账本保留了下来。陈廷柱心里明白总有一天会东窗事发。

这天,陈廷柱把儿子叫来,拿出假账本给他看。陈小二一见,不觉大声叫:“这是咋个回事?这几年在上海,二老爷所有用的钱我都是记了账的,完全对不上嘛。这是哪个黑心人做出的黑账哦!”陈廷柱说:“你爸爸有苦难言,这是按大老爷的意思做的。”同时早有准备地拿出另外那本真账册,对陈小二说,“到时有人找你对账,你就把这个拿出来给他看。”

跟儿子说了掏心窝子的话以后,陈廷柱把假账本放在他平日做事的柜台上面,只身从赵家大门走出去,从此再也不见踪影,只是当时连陈小二都没有注意到父亲的出走。

果然在祭祖大典开始前，两个狗头军师到处找管家陈廷柱，找来找去找不着，一看他们要的账本放在柜台上，顾不上那么多，拿着账本就来跟陈小二对账了，陈小二说："好啊，那就对一下吧！"说着拿出父亲交给他的真账本和他在上海用的记账本，俩军师一下愣住了，说不对不对，快把你父亲找来，陈小二说，"这就是我父亲亲手交到我手上的啊！"

二人赶紧回头找大老爷，说："大老爷，你一辈子把那两条狗养肥，却不给你守门，反倒咬起主人了。"大老爷不明白，问："啥子两条狗？"二人："就是你当心腹人用的陈廷柱和他的儿子陈小二。到了要对账了，他们却打你的翻天印了！陈廷柱把那本你喊他毁了的真账本交给了陈小二，留在柜台上的就是现在我们手上这本，自然和陈小二手上那本对不上，弄得我们哑口无言。"大老爷大吃一惊，咋个也想不到平常百依百顺的俩父子，在这节骨眼上反咬了他一口，打他的翻天印了。他气得不行，喊："把陈廷柱这个人精给我叫来！"去传话的下人回话说："陈大总管不晓得去哪里了，到处找都不见他人影了。"大老爷气得跌坐在椅子上说不出话来。

就这样，大老爷的所有计策都失算了，而此时，祭祀大典那边已经等大老爷好久了，赵进仁督学老爷和各位乡绅大爷三催四请，大老爷无可奈何，只得强压心头怒火来到了现场。

赵进义二老爷和杨小红其实并没想到还有这么一出戏要演出。只得像木偶一样，任他们摆布了。祠堂里上下几层的神主牌位打扫得干净，香烛辉煌，供品满案。墙上挂满送来的贺联贺幛，连赵家祖宗得皇帝恩赐的补巴官服，带孔雀毛尾的尖顶官帽，也从祠堂里多少年没有人上去过的阁楼里搜索出来，加以刷洗，陈列在大案上，供大家瞻仰磕头。赵进义没有想到，他在大学毕业典礼上戴过的学士帽也被拿出供在大案上，与祖先共享光荣。至于座次，他被排坐在有身份的大爷们座位之首。

典礼开始，锣鼓乍响，鞭炮齐鸣，大老爷宣布典礼开始。一堂人全都跪下，向祖宗牌位三叩首，大老爷宣读文告。他读到赵进义学士时，特别高声补说是他的小弟，赵进义和杨小红迷迷糊糊地照司仪喊的跪下向祖宗牌位磕头，他只听清楚了大老爷宣布：从此赵进义成了家，立了业，独立门户了。宣布杨小红从此进入赵氏家庭，是二老爷的正室夫人，二老爷娘子了。大老爷还说了很多门楣生辉、光宗耀祖的话，就是不说掌管家业的事，绝口不提由他代管的田产物归原主。

赵进仁督学和几个乡绅忍不住了，就大声地问："族长大老爷，你似乎该宣布你代管的二老爷的那些田产从此归还给二老爷赵进义了吧？"

满堂叽叽喳喳的声音："对头，二老爷成家了，应该还了！"

大老爷早已料到要过这一关，他"这个那个"东拉西扯一阵，只好嗫口说："这个嘛，当然的，是应该交老二自己管了。不过事过多少年了，家产的事一下扯不清，比如我二弟去上海读书，在我手里头拿了多少钱，这个账就该算清，等到他们把欠我的钱还清了，我才好把田产交割给他。"

堂子里有人在附和他："是呀，亲兄弟明算账嘛。"

赵督学老爷心里正想大事不好，这大老爷当真话①是想把二老爷的田产打来吃起②了呐，却想不到杨小红站起来要说话了。

"嘿，二老爷娘子说话呢！"大堂子叽叽哇哇的，都觉得十分新奇。乡下很少有妇人家在这种场合开口发言的。

杨小红却不动声色地说："我现在是赵家的人，二老爷娘子了。在这个典礼上，可以名正言顺地说话吧？大老爷刚才说要等账算清、

---

① 当真话：这里有"真正"的意思。

② 打来吃起：把别人的东西据为己有。

钱还清，才归还田产。可二老爷现在田无一角，地无一方，哪来的钱来还清欠账？吃饭的钱都没有，我们只有喝西北风吗？”

在场的人没有想到这个女人才得了二老爷娘子的名分，就这么泼辣，赵进仁督学也想不到她把话说得很到位，叫大老爷推不掉躲不开。于是他也打起了帮腔：“大老爷恐怕还是要先归还田产，再清算账目吧？”

大老爷哑口无言，只说几声“对，对”就宣告典礼完成。在众人的叽叽喳喳议论中，落荒而逃地退场了。有许多人边退堂边不断啧啧称赞：“这女子有胆量！”“人家说的是在理嘛。”

赵大老爷回到家里，心生怨恨。

一恨他那个死了的花心爸，老都快老了，还到城里头去接回个狐狸精的下江妹回来当二姨太。给他生出这么个小老弟来夺走本该他得到的赵家祖辈传下来的全部家产，这个老弟分了他一半田产啊，真是心有不甘。他真心怀疑这个小老弟是不是赵家的正统血脉但又找不到证据，退一步说即使真是太老爷亲生的，那也是一个姨太太生的，并非正房大老婆生的，算不得赵家嫡派正宗。按皇朝的规矩，他也不该得到一半江山。因此他也曾经盘算过，等太老爷一归天，他就可以以族长名义名正言顺地宣布，这个弟娃儿不是赵家嫡出，不配享有赵家的田产，然后把他们撵出赵家。只不过后来一想，这田产是太老爷在世时当着那么多赵氏宗亲分给这个弟娃儿的，他如果这么做，那意图实在是太明显了，族中乡绅未必同意。为了顾全名声，他只好把这个主意打消了。

二恨这个小老弟，本来是一个浪荡公爷，蚀财的主儿，送他出去到上海那个销金窟去消耗钱财，事情却偏不是这样，这个浪荡公子一到上海，反倒认真读起书来，甚至读到大学毕业，还得了一个学士学位，给赵家挣了一份荣誉。

三恨这个小老弟从上海带回来的狐狸精杨小红。听陈小二说，就是她劝勉浪荡的赵进义认真读书，竟然读成了大学学士。她迷惑了赵进义，嫁进了赵家来，成为二老爷娘子，就要掌管二老爷的全部家产了。今天她在赵家祭祀大典上那么厉害，竟敢和我这个大伯子说硬话，讲道理。她到底是个啥子人？莫非真是外边谣传的修炼成精的狐狸精附在她身上了？传说古代就是有个狐狸精附到皇帝的一个宠妃妲己身上，蛊惑了无道的纣王，叫他失去了江山。不然赵家坝后山里咋个会一直传说出了狐狸精呢？

"这两个狐狸精似的下江妹，硬是专门来祸害我赵家，和我作对的呢！"赵大老爷是越想越气，他靠是①想把军师编的那个谣言拿出来去和赵氏乡绅们说下子②，好败了那两个女人的名声。只不过他心头清楚，这个时候去说，担怕是也起不到啥子作用了。

那边回到家的赵大老爷气得火冒三丈，这边回到家的赵进义和杨小红却大大松了口气，赵进义对杨小红说："你可是救了我的驾了，想不到在那样的场合，你敢站起来说话。"杨小红说："那是被迫的。如果照大老爷说的办，清账不知道要清到猴年马月，我们只该喝西北风了。"赵进义说："我没想到大哥竟是这么个无情无义的人。"杨小红说："你才晓得？"

他们两个觉得这件大事已毕，开始研究如何处理好近三百亩田产，然后回上海的问题。这时候陈小二来了，把之前对账的事情原原本本跟赵进义夫妻二人说了一遍，他二人完全没有想到还有这一出戏，一时都不知说什么好了。

陈小二说，总之这件事情还没有了结，大老爷肯定还会生出啥子事情来，你们两个要有个思想准备。说完这个话他告辞走了。赵进义和杨小红发了一会呆，说："我这个大哥太看重这份田产了。看来

---

① 靠是：硬是。

② 说下子：说一下。

他确实不会善罢甘休,我留着这份田产怕是不得安宁。要不干脆就顺了他的心意,半卖半送给了大老爷。"但是杨小红却有不同的想法,她说:"我们该得的为啥子要送给大老爷?"赵进义好言劝道:"我在上海有份职业,养家没问题的,你又何必去争这争那的,过好我们自己的日子才是最重要的嘛。"杨小红看自家丈夫是认真的,这时她突然冒出一个想法来,高声说道:"其实照我说,这些田产都是剥削穷苦农民得来的不义之财,无论大老爷二老爷的都不应得。"赵进义好奇问:"真不愧是上海来的啊,一下子还激起你的新思想来了!我们都不应得,那么你说该给哪个呢?"杨小红说:"还给老百姓!给老百姓做点公益事业,你还可以在老家挣得个好名声。"至于做啥子公益事业,两个一时都想不出个好主意来。

赵进义和杨小红决定去找见多识广的督学老爷赵进仁。

话说赵进仁也正想找他们呢。相见之后,不说多话,直奔主题。他们二个说到大老爷对那份田产心不甘情不愿,用了各种办法都不见效,现在还有两本账摆在那里,一看就是打算拖起的意思,只说等账理清了再说,这可要多久才理得清呢?大老爷存心是永远理不清的。因此他们想把这二百多亩田产干脆去做点公益事业。

督学老爷不禁拍掌说:"真是不谋而合!我想的和你一样,至于做公益事业,我早就想在乡下办一所学农业技术的中学。就是公家没有钱,现在正好可以利用你们的田产作为办学的基金。"

话说这个赵督学因为没有背景,当了十几年的督学,想再往上爬有点爬不动了。他看中了教育局长的位子,因此已经照规矩辞去县议会议员的差事,一心想去竞选教育局长。这时如果能够拉来二老爷的二百多亩田产作教育基金,就是最得力最方便的上升台阶,局长这把交椅就有望了。

但是对赵进义,赵督学却从另一个角度分析给他听,说二老爷你得了学士,好比中了进士,是这乡里的众人尊敬的人物,可是还没有一个到处说得起话走得到路的名头，现在正好因他辞去了县议会的议员，本乡要补选一个议员，如果名声本来不错的二老爷愿意捐田产，那么就有资格参加竞选，他再帮助推一把，二老爷的县议员位置就算是坐稳了。赵督学更进一步说好话："你要当了县议会议员，以你的才学名位，下一步竞选县议会议长是大有希望的，你晓得当了县议会议长，那就离县长不远了。"

杨小红听了这番话，笑得眉飞色舞，但赵进义却马上拒绝说："不行，不行，我还是想回上海去大学教书，将来当教授。我怕来当议员，公事太过繁忙。"督学老爷说："那不妨事，这议会是民决机关，一年也难得开一两回会，到开会时你回来到会场晃两下子①，就可以回去了，仍然教你的书去。"这样一来，二老爷当了有名分的县议会议员，督学老爷爬上教育局长位置，他一直想办的农业中学也有着落了。一举三得，同时还把大老爷想霸占他人田产的美梦打碎，他想赖着不归还二老爷田产的事也怕要落空了。

于是督学老爷说出具体操作办法，叫赵进义向县政府写一份申请书，自愿捐出二百多亩田产作教育基金。杨小红补充说，只要批准了，她就可以把存放在上海银行保险库的田产红契取出来交给公家。督学老爷说："县政府收到捐资助学的申请，一定批得准，叫教育局经办，到时我拿着你们交来的田产红契，伸手向大老爷，要他马上交出这份田产的管理权，他就没得话说了。这一下，你们的烦心事，就再也不用烦心了。"

督学老爷是办公事的能手，很快写好申请书，赵进义盖了章，他拿去县政府走几趟，一切事情都顺利办好。

事情果然就按他们策划的那样实现了，督学老爷也顺利当上了县教育局长。但当他以局长的身份，催大老爷交出二老爷田产时，大

① 晃两下子：露个脸。

老爷又有了新的说辞。他说二老爷把自己的田产交公,是违反族规的,自古道肥水不流外人田,二老爷却把赵家田产交出去做啥子公益事业,赵氏家族的人都不得同意。他还说,二老爷要送田产就该先送或是卖给赵氏家族的人,其意思明显是说送给他或卖给他。他在族中闹嚷,以致家族中许多不明事理的泥脚杆,听了他的鼓惑,一起到祠堂喧吵,说二老爷把田产送给公家还不如拿来平分给家族中的人呢。接着大老爷鼓动这些人到县政府请愿,要求把二老爷的田产退还给赵家。县政府认为这是无理取闹,财产是二老爷的,他就有权出卖出租或捐赠,对这些请愿的根本不予理会。那些赵氏家族的人想分得田产,闹得更凶了,说就是要照赵家族规办。他们在城里叫骂政府,事情是越闹越大。

教育局的人问这些闹事的人:“是你们皇帝时代行的族规大,还是现在民国政府的法更大?”并且告诉他们说:“你们这样闹是犯法的事,再闹就要把你们给法办了。”教育局长赵进仁心头明白,这是大老爷在背后鼓动的,必须釜底抽薪。于是县政府派警察去找到大老爷,问他是不是想去坐牢?大老爷才晓得这天下早已不是他一直宣称的“这坝上的事我说了算”,现在是一切由政府的法说了算。法是啥子?就是班房大牢,就是那些手里头有警棍、手铐的家伙说了算。大老爷终于不敢做声了。这时那些祠堂里明事理的乡绅也出头发话了,闹事的人再也不敢闹了。

事情平息了。赵局长他们按照策划继续推进。这天赵局长约二老爷赵进义和娘子杨小红去拜访在私塾里教书的古先生。私塾就设在赵家祠堂里,一个看门老倌把他们接进去,见赵局长称老倌为“老辈子”,赵进义夫妇也跟着叫老辈子。抬头看一位儒雅的长衫先生已站门口相迎,向大家拱手为拜。开口就说:“久仰久仰!早已闻得二老爷的大名!”赵进义赶忙回礼,双方都很热情。

赵局长把谈话拉到主题,说:“虽然初次见面,但你俩都是读书人，就不用多客气了。我们来拜访你古先生，就是想来和你一同研究如何筹办农业中学的事。”古先生说：“赵局长是办教育的能手，一切胸有成竹，何劳我说啥子？”

确实赵局长对于办农业中学的一切章程早已拟好，他向大家作一个简单的介绍，古先生听后说：“多亏二老爷赵进义慷慨解囊，热心公益，捐资办学。”

赵进义说：“这热心公益，捐资办学是我这娘子杨小红出的主意。她说，我们两口子都可以自谋生活，何必要这一笔祖宗传下来的财产，说白了，这些其实都是在穷苦农民身上刮下来的。她主张从哪里刮来的，还到哪里去，把财产还给农民，办法就是做公益事业，这样才说起办农业中学的。”

杨小红娘子坐在一旁不吭声，只是微笑。赵局长才想起，赶忙给古先生介绍：“这就是二老爷娘子杨小红。”

古先生其实早已注意到这么巧笑倩兮的靓丽少妇了，尤其那一双眼睛实在是有光彩，他起身到杨小红面前向她拱手：“久闻大名，今天才见真容，有幸有幸。”

杨小红起立拱手说：“古先生言过了。”杨小红的笑貌和谈吐，在古先生内心留下深刻的印象。

古先生说：“这个世道就是怪，一门两亲兄弟，大哥是那么豪强霸道，贪财如生命，小弟却是把钱财当粪土，视富贵如浮云。”

赵局长也很感慨地说：“现在世风日下，有些人满口仁义道德，一肚子阴谋诡计，就是因为民智卑下，需要教育救国。”

他们正喝茶闲谈，赵进义眼见古先生的书桌上堆满了线装书，他去拿起一本看，看不懂。打趣地说：“它认不到我，我也认不到它。”

古先生说：“这可都是古中国的文化典籍。”

赵进义感叹：“我还在大学里教书呢，对于中国的传统文化懂得太少，这些典籍都无缘学习，我看大学里有些教授也未必比我强多少。"他反身对古先生说:"古先生,你是否可以也做我的老师,教我读一点古书?"

古先生说:"岂敢,我只一个私塾老夫子,不过对于古文、诗词,我倒愿意和你切磋。"

赵进义说:"赵局长为证,我们就定好了,我常来向你请教。"杨小红在一旁也说:"我们这些当演员的,演历史上古人的事,却不懂古书,惭愧。我也来古先生这里当个小学生可以吗?"

古先生说:"欢迎欢迎。"他对杨小红是真的欢迎,但却有点不敢看她。

谈笑间,老辈子一直进进出出,掺茶倒水忙个不停,这时也加入进来,开口就对古先生赞不绝口:"古先生不但书讲得好,他在有闲时,在花架下喝茶给学生摆龙门阵,那才叫好呢。《三国》《水浒》那些英雄豪杰,《西游》《封神》那些神仙魔怪,就像他亲见一般。他摆古说《聊斋》还自有道理,说那些狐狸精妖怪,不是去害人,却是去助人行好向善,叫我们听了好感动哟。"

几人说说笑笑时间过得飞快,赵局长说了一声,他要回局里去有事,告辞走了,赵进义和杨小红也起身向古先生告辞,说:"古先生,说话要算数哦,我们要常来请教。"古先生微微一笑,念一句孔夫子的话:"与朋友交而不信乎?"

后来二人果然常去祠堂古先生书房听古先生说书摆古,成了亲密的朋友。

古话说天有不测风云,人有旦夕祸福。如果说赵进义在上海接到电报说大老爷过世了,要他回乡奔丧,算是天有不测风云,那么我们晓得他和杨小红回乡,办完丧事办婚事,捐了田产做公益,一切都顺风顺水正在走红运呢,忽然大祸临头,就是人有旦夕祸福了。

就在赵进义和杨小红觉得处理完各种事务,不久后可以放心回上海的时候,赵进义却忽然感到身体不适,全身乏力。而且开始厌食，任杨小红每天精心备办山珍海味，放在他面前，他搛几箸就放下筷子了。他自己也不晓得是啥道理，杨小红更莫名其妙。她想大概是因为回乡后一连忙这忙那，东奔西跑都是一些烦心的事，当然搞得二老爷筋疲力尽，哪能不感到困乏疲倦呢？但是为啥厌食，身体显得消瘦起来呢？

小弟得病，大哥岂有不知道的。大老爷听说二老爷病了，身体消瘦，马上就联想到乡下一般人都晓得的“弱症”，这就是男人被女人晚上耗尽了精血了。二老爷从上海带回的杨小红，那个妖艳女子，一进门他就觉得活生生是个狐狸精了。日日夜夜被狐狸缠住了，二弟哪能不得“弱症”呢？

这一点，赵进义的跟班陈小二还是同意大老爷的看法的。是的，二老爷太爱杨小红，杨小红也太爱二老爷了，从他们两个还没结婚时他就冷眼旁观，俩人卿卿我我的如胶似漆缠在一起，常常抱住乱啃乱摸，哪有不失神的道理？结婚后更是到了几乎夕无虚度的程度，有时白天就见到二老爷把杨小红按在沙发上，杨小红想挣也挣不脱，只听到她哎哎地叫，又哧哧地笑。搞到现在，二老爷是钢是铁，也招架不住呀，就招来弱症了。

杨小红好像也看出这一点，她慌了起来，她隔房、逃床，都禁欲了，可赵进义的身体还是一天一天地消瘦下来，事实上他再也无力和杨小红亲热。杨小红到处找医生，都是给他开来一些人参、鹿茸之类的大补品，吃了不少，看来有点好处，改变却不大，有的甚至是属于壮阳药，倒刺激得赵进义想和杨小红上床。杨小红怕得跪在床前向他求饶：“我的心肝呐，你就自觉点嘛，你好了，我一切听你的。”赵进义才收了手。

大老爷为了二老爷派人去庙里烧香、卜卦、看相、算命。拿着二老爷和杨小红的“八字”在那里推来推去，结果编出一个故事。说是赵家坝后山里就是有一个老狐狸，正在修炼，要吸男人的精血，这个狐狸精现在就附身在二老爷娘子身上，每到晚上取而代之，偷偷上床吸二老爷身上的精血。只要把附在二老爷娘子身上的这个狐狸精女妖驱逐了，二老爷就会好的。

于是大老爷差人请跳大神的到二老爷家里跳神，男跳神女跳神都寻来驱妖，把杨小红折磨个半死，人都晕了过去，跳神的才说女妖已被赶走了。

过了许久，杨小红才回了阳，她醒过来就扑向二老爷身上大哭起来，跪着向天上大喊："天老爷呀，你就可怜可怜我们吧，我们都是善良人，从来没有做一件害人的事，我们还把全部田产捐出来，办公益事业呢，我们回上海，分文不要。"

杨小红本来不信鬼神，被这样一折腾，却也似信非信地让陈小二陪着到东岩岩框下去仙女庙拜仙女。她磕头作揖，求仙女饶恕她的丈夫，给他一条生路，愿意给仙女贴金挂红。那个在岩框深处被灰尘铺满无精打采的仙女泥塑像，木然坐在那里，陈小二不晓得是不是眼花了，忽然叫："咋的那个仙女倒有点像我们二老爷娘子呢？"杨小红抬头望去，黑咕隆咚的地方，那仙女像她面孔？心头一惊，一头栽地就昏过去了。陈小二好容易等杨小红醒过来，慢慢扶她回去，这事陈小二对哪个也不敢说。

大老爷这天招来他的两个狗头军师，说眼见得二老爷都这样了，你们倒是出个主意。军师心里自是明白大老爷叫他们出主意的意思，其中一个说，不如设法把二老爷的老命去脱算了。大老爷听了，没有说话，另一个狗头军师却献出一个切实的办法。他说城里头有个专治男人"弱症"的江湖走医，何不请来看一下。

于是大老爷让人去把那个走医请了来，给杨小红他们说这是城里头有名的神医，不管好重的病，吃了他的药都能治好。常言道，有病乱投医。杨小红一看这神医一副仙风道骨的样子，自然是相信了。

这个神医摸一下赵进义的脉，就说这个病好治得很，他有灵丹妙药,于是皆大欢喜,请他施药。不过神医说他这药的吃法是要用鸦片烟枪像吸鸦片烟泡子一样把药吸进去。大家当然都赞成,把神医送来的药照他说的方法让二老爷吸了。前头几天还真灵,赵进义忽然精神好一些,而且对这药很嗜好,说是很香。于是一盒一盒的妙药吸了下去,药送来迟了还叫唤快送上来。杨小红就有点怀疑了,这样子和鸦片烟瘾发了有点像。她拿一盒去找一个医生问,医生闻了一下,验看一阵,说有点像是鸦片烟,却又有点不同。杨小红拿回来问那个神医,神医矢口否认,说鸦片是有一点,但只是药的引子,是为了引发药发挥作用,最能起作用的还是药。杨小红听他说得好像也有道理,于是让赵进义继续吸下去。赵进义也觉得有精神一些,更要不断地吸,愈来愈分量加重地吸,像吸食鸦片烟一样越吸越想吸,越吸用量越多,但越吸身体越瘦。这时候,那个神医却忽然游走到别的地方去了,再也没有来看二老爷的病。杨小红哪里晓得这个神医早就在大老爷的狗头军师支使下,不但开出的药就是鸦片烟,而且还在里面掺进了一种缓释毒药,起初毒性没有发作,日积月累,那神医猜出毒药的毒性将要发作就溜走了,捞了杨小红不少钞票。

杨小红去找赵局长说起神医为二老爷治病的事情,赵局长心生怀疑,他拿一块神药去找城里天主堂医院他认识的洋医生看一下。洋医生一看,这不过是一坨鸦片烟,他再验了一下,告诉赵局长说,鸦片烟混进了毒药,发作了是很危险的。洋医生让赵局长他们把赵进义送到医院做了一番检查,告诉杨小红说,病人确实是吃了一种慢性毒药,现在毒性积累过多,已没办法了。不过他告诉杨小红说,真正致命的是这病人早就得了肺癌,已经全身转移,不可救药了。为啥不早点来检查呢?

杨小红听医生这样一说,一口气没上来,登时就昏倒了,醒过来号啕大哭,叫道:“是我害了二老爷呀。”

赵局长听说那个已失踪的神医是大老爷的一位狗头军师邀请来

的,便起了疑心,莫非这里面有个阴谋吗?但是因为知道二老爷的死因根本在于是不治的癌症后,就晓得二老爷命该如此,也就不想追究了。他安慰杨小红说:"二老爷娘子,人各有命,二老爷得的是绝症,怪不得你的,只有认命,安排后事吧。"

他们回到家后,古先生和老辈子前来看望。这时,听赵进义在里屋病床上叫,杨小红和赵局长连同古先生老辈子赶了进去。

进了里屋,杨小红还没来得及说有人来看你的话,赵进义突然大叫一声:"小红!"杨小红赶过去俯下身子,赵进义紧紧抱住杨小红说:"我这一辈子最幸福的事情就是找到了你做一场夫妻,我一生最痛苦的是把你带回乡下,叫你进了火坑,跟我受罪。"杨小红泣不成声,抱住赵进义,脸贴脸,眼泪流在一起,她说:"我这一生最幸福的是找到你这个人做丈夫,我这一生最痛苦的是不能陪你白头到老,我愿意现在跟你去,随便你到哪里,我都陪着你。"

赵进义紧握住杨小红的手,"别说傻话了,你还年轻哩。"他勉强抬头,看到赵局长、古先生和老辈子都来了,说:"我正想去请你们来呢。"

赵进义让把他扶起来一点,忽然变得精神起来,他说:"我这一辈子最感幸福的事,是找到真爱,我的小红,是她把我引上正道的。但也是我一生最痛苦的事,我不能和她白头到老。我这一辈子最感高兴的是我和小红捐资办学,这是我们一生想办的大事,也是我一生最遗憾的事,我不能参加农中的开学典礼了。"

赵进义喘着气,停息一会儿,杨小红依偎他,忍住泪水。二老爷勉强支撑着,用微弱的声音说:"我最后一件事,最不放心的一件事,我把我最亲爱的杨小红交给你们,她一个外方人,弱女子,一切都得靠你们照顾。我衷心感谢你们。"他想挣起身来行个礼,但没有成功。众人忙上前拦着不让他起身,一旁的杨小红早已哭成一个泪人儿。

赵局长和古先生当然明白,二老爷为啥这么不放心杨小红,也许正有人虎视眈眈地等着二老爷过世呢。两个齐声说:“二老爷,你放心,我们一起来扛。”

赵进义想笑,却连牵动肌肉的力气都没有了,他渐渐沉入昏迷状态,紧紧埋在杨小红胸前,杨小红抱住赵进义的头,眼见他想睁却睁不开眼,告别了这个世界。但他的手中却紧紧抓住杨小红不放。杨小红从赵进义僵硬的手中用力才抽出手来。抱着他痛哭,喊着:“二老爷,我跟你去。”她伏在赵进义的身上一直哭到天黑,怎么劝都劝不到。赵局长、古先生和老辈子怕她真寻了短见,三个人只好陪着他,在微弱的闪闪的送行灯光中,直到天明。然后赵进仁找来自家屋头的娘子,陪到杨小红。

赵进仁他们三个看到杨小红好像有点缓过劲来,加上又有妇人陪到,便起身告辞,他们对杨小红说:“二老爷娘子,天命难违,你节哀顺变吧,有啥子事就来找我们。”

他们出门来,古先生说:“外边还在传说,二老爷是狐狸精害死的,那个狐狸精就是二老爷娘子,说二老爷娘子都自认了。简直是胡说八道。”老辈子说:“明明是那个神医害死的,现在人跑了,都没地方去找,到底是哪个请来的神医?”赵局长只说:“二老爷得的是绝症,就是存心害人的人也可以推卸责任了。”

三家村夫讲到这里,山城走卒打岔了:“呃,三家村夫,你刚才说到赵局长、古先生和老辈子去看望临终的二老爷,赵局长你前面约略说到他,无头无脑突然又冒出个古先生和老辈子,这古先生和老辈子是啥子来头,办了这么好的事,你总得交代一下他们的由来吧。”

这倒是真的,我在前头没有说清楚,我就趁这时,把这三位人物的来历去路向你们作个简单交代吧。这三位人物在后面将要扮演重要角色呢。

说到赵局长,其实就是我的父亲。他在县里新制中学堂读书,辛亥革命曾经跟到去闹过一阵革命。那些有钱的到日本留学去跟孙中山闹革命,民国建立后都当大官了。唯我父亲家穷出不去,只捞到一个县教育督学,一直督了十几年,没有长进,借二老爷赵进义捐田产办学一事,才有机会升到县教育局长的位置上。

我父亲当督学时,把赵家坝的赵姓娃儿都弄到新制国民小学发蒙,不到两年,赵家坝最有势力的族长赵大老爷把我父亲叫去说:"我们赵家的子弟不准去读那些'的呀吗啦'的国民小学教科书,要读'之乎也者'的圣贤之言的四书五经。"虽然我父亲背地说现在是民国,不再考秀才了读来无用。可还是只能照大老爷的吩咐,在赵家祠堂办了一个读古书的私塾,要把赵家有身份的富家七八个娃娃送去读私塾。

我父亲奉命在赵家祠堂后面办起了私塾,最重要的事情当然是请一个好老师。他到城里去寻访一位饱学之士来专教古文,这就找到了古钟鸣就是我前头说的古先生了。古先生年岁不大,算不得老夫子,但书香之家出身,自小饱读诗书,只因家道中落,衣食无着,只得在这个公馆那个豪门开馆教书。

我记得有一天上午,我们家门外来了一位背着被卷、褡裢,手里提一个书袋的人,父亲迎接进屋。寒暄之后,就谈正事。我们兄弟知道教书先生来了,就躲在木板隔壁偷听。这位古先生说来这里设馆教书,只教"四书"和《古文观止》,一年为期,续教再议。

他们谈得很顺畅,不久就叫我们出来拜师。接着父亲请他吃饭,让我们作陪。饭后喝茶休息,这位古先生发现我父亲的书架和书案上堆有不少线装古书,他从书架上抽出一本,看灰尘扑满,用口气吹了一下,还不行,用衣袖在书面上轻轻拂去灰尘,很珍惜的样子,我父亲看在眼里,微微点点头。

只见古先生一连翻了好几本书，很高兴地对我父亲说："这么多好书，够我看一年了。"

我父亲说："我没有工夫再读，娃娃们读不懂，你有兴趣就都搬到祠堂去吧。"立刻叫我用书篮把书装好，送去祠堂。

出门前，我父亲从内室拿出一个三尺竹教鞭和一根木戒尺，对古先生说："这两件礼物我送给你，该用的时候你尽管用，严师出高徒嘛。"古先生接过去，笑着说："谨遵台命。"

我们正要上路，父亲迟疑一下，还是对古先生说了："我敢动问先生一句话吗？先生的家眷没有带来吗"

古先生也是迟疑一下才回答："真是羞于回答你督学先生的问话，我是孤身一人，形影相吊呀。"

父亲问："咋个的呐？"

古先生说："说来惭愧，我家虽然不能说是名门望族，可也是书香之家，只因家父称病抽了大烟，又打一场官司，把家产荡尽，不久辞世。我连衣食都无着落，哪里有人愿意下嫁来陪我受苦，我只得凭家学这点本事，在城里这家那家大户人家设馆教徒过日子，只求温饱而已。"

父亲安慰他说："先生乃饱学之士，引领后生学子，也算无愧孔孟之徒了。"

我背起古老师的行李，陪他提着装得满满的书篮，慢吞吞地爬坡上坎，进入深山老林里的祠堂。他举眼而望，不觉叹道："有幸到这么清静之地来读书修身，也算有福了。"

我们赵家的祠堂，平常只有一个我前头说到的，我们大家尊称为"老辈子"的老馆看守。我们才进门，老辈子就迎了上来，对古老师不断打躬作揖："古先生好，你的书房都安顿好了，我带先生去。那里原来是我住的，我搬了出来，打扫干净了。"他接过古老师的行李，径直带到我们走进为古先生准备的房间。

古先生的房间果然一切都安排好了。一间房子隔成两小间,外间是书房,里间是卧室。卧室床上铺的干草棉絮,倒也软和。卧室外间书房的长案上,笔墨纸砚一应俱全。茶壶茶杯放在窗台上,那茶杯里的热茶正冒着热气呢。古先生看到这些,不禁对老辈子说:"多谢老辈子。"

老辈子忙摆手,"当不得的,啥子老辈子,你是先生,我是跑腿的,你是上人,我是下人。"古先生忙说:"我算啥子上人,我们都是帮人的匠人,你是帮帮匠,我是教书匠,都一样的。"

"不一样,不一样。"老辈子拱手说。

古先生给我们开课讲书。第一课就是讲"四书"里的《论语》的第一章:"子曰,学而时习之,不亦说乎。"古先生说,这里的"说"字应该读成"悦"字,别的他一字不讲解,只是要我们跟到他摇头晃脑地读,他说背熟了自然就明白了。我们就这样一直学下去。上午是读新课,读熟了就去古先生面前背诵,能背出来才准我们写几张大字,一张小楷字。他用红笔圈了,才准回家吃中饭。他说这字一定要写好,这是读书人的面子,也是进社会的敲门砖。下午上学就捧起书到古先生面前背书,背不出来,就要挨头顶敲,我们叫做吃栗子。他还要出题目,教我们写文章,说这更重要,是进身之阶。他很细心地在我们的作文习作上用红笔圈圈点点,有时还加写评语,有好有坏。古先生他还教我们读《声律启蒙》,啥子"天对地,雨对风,晚照对晴空。"说要背《千家诗》,能随口就对成章,吟诗作对联,我也学会一点,至今还能胡诌几句。

古先生教我们读孔夫子的《论语》,并不一定照朱熹的经解,他有他独特的看法,他说那些圣贤之言,经过后来的道学先生适应皇朝的需要,加以曲解,早已走了样。他对孔夫子这位圣人的看法也不一样。他说孔夫子是很通人性善良的教书先生,他游学战乱纷飞的各国,宣传仁义道德,劝人向善。循循善诱,学生各有所长。他说孔夫子哪里是现在文庙里供的那样正襟危坐、一脸道学气的圣人，这圣人先师，也是后来皇帝封的，他哪里是后来道学夫子讲的什么三从四德、男女授受不亲的那些封建礼俗。古先生讲的这些颇有点离经叛道的话，我父亲思想新，很能理解，却不敢传进大老爷耳朵里去。

但是古先生要免除在私塾正堂里立"至圣先师孔子"的牌位、学生入学都要先叩头的礼节。这事惹恼了族长赵大老爷，他坚持要我父亲解聘古先生，幸得我父亲好说歹说，同意在正堂里头挂一张孔子圣像供大家礼拜，这事才算了，把古先生留住了。

那个时候，我们基本是住读在学堂。下课后都喜欢凑到古先生身边去，听他对我们说古圣先哲的事迹，鼓励我们读书上进。但是我们最感兴趣的是听他摆古，讲故事。《三国》《水浒》自不必说，尤其喜欢他在桌边躺椅上喝了二两烧酒，二糊二糊的半醉半醒，放开讲《聊斋》里那些喜事或悲剧，真是说得有声有色，如在眼前。以至在一边旁听的老辈子，也眉飞色舞，还加油加酱说他亲见或听来的鬼故事，狐狸精迷人吸血、成仙得道、飞升上天的故事。

古先生说那都是文人吃饱了无事编来吓人或哄人的，老辈子却坚信并举例说，就在我们读书的祠堂古老师的房顶上的阁楼上，他就半夜听到阁楼上有动静，好像是女人的细碎的沙沙脚步声，可是一到楼梯口就不响了。老辈子不怕事，亲自搭竹梯子提灯上去看过，见有狐狸的黄毛，那一定是狐狸成精了。

老辈子的话，叫我们胆战心惊，古先生却一点也没有害怕的神色，反倒笑说："要是那阁楼上有个成精的狐狸，变成迷惑人的美女，下得楼来和我同房，那么我这鳏夫算是有福了。"可是老辈子却说："那是要不得的，狐狸精会吸干你的血哟。"古老师却还在半醉半醒地打胡话："可惜她跑了，不然下楼来和我同床共枕，那多好呀。"老辈子不以为然地摇头。

说到这个老辈子，我再介绍一下。这也是一个有趣的人。

老辈子当然姓赵，却不知道叫啥名字，也许他根本就没有名字，他是赵家哪一辈子的人，已无从查考，赵家宗族的人都叫他老辈子。反正叫他老辈子不会有错，大家都这么叫他几十年了。

你看他那样子，方正的脸，两腮蓄有短桩桩胡子，都快白完了，还那么硬伸伸的四处张扬。头上剃的光头，圆圆的像个榔头。嘴巴要不发声还好，他要大声说话，就像打雷。不过他为人却十分和气，好像从未对人发过脾气，总是笑呵呵的。

老辈子从来不说他的身世，只偶然听说他年轻时曾跟什么武将打过仗，立过功，在搏斗中丧失了生殖的能力，所以一直接不到老婆，自然也就无儿无女，孤身一人。多亏族长赵大老爷怜贫惜苦，安排他看守赵家祠堂。他就孤身一人在这空静的院子里过了几十年，没有个可以说话的人。

直到我们进祠堂读私塾，这里才算有了生气。我们见面，喊他一声老辈子，他乐呵呵应一声。还用长辈的口气训诫我们："你们这些娃娃是接赵家烟火的种苗，要好好读书，才有出息哟。"他按规矩早晚对大堂神龛上的祖辈神主牌，上香进供，磕头作揖，口中念念有词说："你们天天看好这些娃娃，保佑他们长进哟。"他每天除了服侍好古先生，还要管我们的饮食起居，常常来陪我们读书写字，其实他一个字也不认识，听我们读书，看我们习字，好像帮我们使劲一样。有时他看到有的娃娃贪玩，不认真，他就去找到这个娃娃的祖辈人的神主牌，当面告状："嘿，滴水岩的赵三爷，您那个小孙子不用功，您要给他投梦，叫他不要贪耍哟。"

他照顾古先生的生活，真叫无微不至，泡茶煮饭，早晚送洗脸水和洗脚水，还常去亲候古先生："今天你想吃点啥子？ 我进林子给你摘新鲜菌子，回来炒菜行不？"

老辈子闲来无事，在院子里养了一群鸡鸭，每天天才亮，就从圈里放出来，听他的号令，游荡觅食。这些鸡鸭对老辈子很亲热，都围在他身边，跳来跳去，啄他的手，老辈子便一面撒吃食，一面和鸡鸭对话。他说些啥子，只有鸡鸭才听得懂。它们听他的话，叫拢来就拢来，叫走开就走开，比我们一帮小孩听话多了。

好了，扯多了。我父亲赵局长、私塾教书先生古老师，还有守祠堂的老辈子的来路也算介绍完了，现在我继续说正题了。

赵进义的丧事当然是大老爷主办，钱由杨小红出。倒像办喜丧，吹吹打打，抬着赵进义的棺材上了山。杨小红穿着白麻布孝服，捧着赵进义的灵牌，直到大家把二老爷入了土，起了坟，挂上坟飘，杨小红似乎都没有知觉。不知道大老爷他们啥子时候已经离开了，杨小红还跪在坟头前面的地上，不哭，也没有做声，呆呆地望着坟头上那飞舞的坟飘。夕阳已靠山，乌鸦飞过坟场，杨小红才由陈小二陪着，东倒西歪地回到家里。她不吃不睡，老抱着赵进义在上海和她的合照发呆。

第二天，大老爷到来，找杨小红进行严肃的谈话，杨小红在一旁坐着，似听不听的样子，泪眼模糊的。

大老爷说："依照赵家的族规，你是老二的未亡人，未亡人，你晓得不？你生是赵家的人，死是赵家的鬼，你要在这里给二老爷守寡一辈子。等你老了，给你立一块贞节牌坊，那是我们赵家的第四块贞节牌坊，立在大路上，那是你的荣耀，也是赵氏宗族的荣耀。你要守族规，不准和赵姓外的人来往，男的女的都不行，特别是年轻男子。寡妇门前是非多，你要不守族规，去找野男人，辱没我赵家祖先，我就要把那个野男人和你绑在一起游乡，然后背上石磨墩沉河！你听懂了没有？沉河！沉河！"

说到最后，大老爷出了个大声，杨小红还是似听似不听的呆在那里，不点头不做声。大老爷离去时嘴里还大声叫着："遵守族规！"杨小红还是木然不动。

杨小红就这样闭门不出，一直穿着麻布孝服，每天给案桌上赵进义的照片上香叩头。没有外人来看望她。大老爷有言在先，哪个还敢去和寡妇往来。赵局长非常想去看望她，并且关于办农业中学，有些事要找她，也因为避嫌，免得大老爷拿短，不敢去登门。至于古先生，自从那次在他的书房一睹芳容后，心里十分称赞这个女子，之后二老爷经常带她学习讨教，他更是领教了她的冰雪聪明。只是本着朋友妻不可戏的底线，不敢有任何非分之想，二老爷突然去世，合眼前又托他们几个多多照顾赵小红，他的心自然一直在她身上。但也是不敢登门看望。于是赵局长和古先生两人不谋而合地把眼睛转到了老辈子身上，这个看守赵家祠堂的人称老辈子的男人，年过七十是不会有人怀疑的。于是俩人都托老辈子去看望赵小红，多多问好，多多劝勉。

老辈子去看望杨小红，还不仅是得到赵局长和古先生的嘱托，大老爷竟然也对他提出了要求。老辈子因为是大老爷把他安排看守祠堂的，在大老爷面前，他从来就是感恩式的言听计从的。大老爷对二老爷娘子也不放心，特意把老辈子叫来训话，要他常去看望实则是看住二老爷娘子，要他经常把二老爷娘子独守家门的情况向他密报。老辈子笑嘻嘻地满口应承。

老辈子这个人，你看他十分憨厚的样子，其实他内心里点子颇多。特别他和古先生相处久了，受到古先生的潜移默化，很尊重古先生。他人穷而不志短，分得清是非，对大老爷的豪强做派，早已看在眼里，闷在心里。他自从和二老爷和娘子往来后，更是亲近，他对二老爷说出要把二百多亩田产捐出来，为农村穷苦孩子办学，更是敬佩。以至在二老爷和大老爷争论时，他对大老爷反对办学，说“把那些泥脚杆娃娃教好了，他们是会造反的”，他敢于顶大老爷几句：“穷娃娃就该受穷，不该有见识？”他听二老爷娘子说刮了穷人的财产应返给穷人，更是感动不已。所以大老爷要他去当包打听，监视二老爷娘子，他满口应承，却在心里打点了主意。

他怜惜二老爷娘子杨小红年纪不大独守空房，对她还要守节一辈子，枯等立贞节牌坊的事情很不以为然。他表面上常向大老爷密报，说杨小红守节很规矩，一天就是守着二老爷的照片；转身就去领受赵局长和古先生的话，去安慰和劝勉二老爷娘子，要她心放宽些，没有过不去的火焰山，有啥难处，尽管对他说，能办的他一定去办。有一次，他竟向二老爷娘子传了这么一回话："莫非就在这个火坑里苦一辈子？"

杨小红叹一口气说："我有好多话，想找赵局长和古先生说，他们就是不敢来见我。"老辈子听了这话，就心想如何能够让她和赵局长和古先生见一面，说说心里话。

这天老辈子突然想出一个法子。他对赵局长和古先生说："二老爷过世后，他的灵牌已经安放在祠堂里神主牌架上了，还因为二老爷是个秀才，所以放在高位上，受大家的点香上供。杨小红是二老爷的正牌娘子，难道不可以常去祠堂神主架下亲候二老爷的灵牌，烧香上供吗？别的老爷家的人，还常来祠堂烧香上供，还准许坐在神坛下和神主牌老爷说私房话呢，我就听到过好多私房话。我去对大老爷说，二老爷娘子要求去祠堂拜二老爷的神主牌，这个合理要求他怕是不好拒绝的。你们不就能在祠堂里，和二老爷娘子见面了吗？"

"好主意。"赵局长和古先生齐声说。

果然老辈子回去给大老爷汇报，提出二老爷娘子这个合理的要求，大老爷当然无法拒绝，不过对老辈子说："她去祠堂，来回你给我把她跟紧，不准见外人，你要回来给我报告。"老辈子满口答应："我一定亲自带她去祠堂，拜过二老爷神主，就亲自送她回去。"

事情就这样办妥了。杨小红由老辈子陪着从侧面小门到赵家祠堂，当然首先进大堂对二老爷的神主牌上香献供，顶礼三叩头。杨小红一面哭，一面坐在神主牌前和赵进义说私房话，哪个也听不清她说了些啥子私房话。

赵局长和古先生本来是好朋友,赵局长直接到古先生的书房,两个人拱手,默契地相互眨一眨眼。杨小红由老辈子引进古先生书房,不用客套。三个熟人低声欢谈起来。老辈子进出端茶上水,不时四处察看一下,见没有人看就放心了。老辈子这么笑呵呵地合不拢嘴,哪个晓得他心里在打啥算盘?他伴送杨小红回家的路上,杨小红问他:"你笑啥子?"老辈子一句话也不说,只笑不说话。

事情就这样进行。二老爷娘子杨小红每次去祠堂拜完二老爷神主后,就到古先生书房里喝茶休息。赵局长有时来,有时忙于公务就没来,这时古先生就和杨小红谈古说今,说远说近,兴趣高昂,口若悬河,特别讲《聊斋》,说那些稀奇古怪的事,杨小红听来特别有兴趣,她对古先生的学识见地,真是打心里佩服,这么一位博学多闻、儒雅端庄的中年读书人,给她留下难灭的印象,也排解了她新寡独居的忧伤和寂寞。

就这样,赵家祠堂里不时就上演这么一场戏码,却因为少有知情者而得以持续。赵局长借口公务繁忙,去的次数越来越少了,他是想给古先生和杨小红多留些单独相处的时间。而老辈子呢,只要杨小红来了,经常独自笑着走到一边去,心里还赞叹着:"一个文雅的夫子,一个美貌的娘子,真是棒槌对椎窝,正般配呢。"

慢慢地,古先生和杨小红都领会了这二人的意图,只是红了脸,含笑不言,好似心有灵犀。古先生对杨小红越说话越多,杨小红越听越有精神。他们进一步交流思想,叙说过去,希望未来,更多了互相倾慕之情。有时候老辈子还在一旁鼓劲:"天上一对,地上一双呀,郎才女貌嘛。"不晓得老辈子从哪里捡来这些流行的俗话。虽是俗话,一男一女,听起来十分舒坦,心里都有对方了。

大凡一男一女,无分老少,只要相识,相认,情投意合,相亲相爱,便会携手走到爱河,哪怕是茫茫孽海、莫测高深,也会脚踏浅水,相拥相抱，逐渐向深水区方向慢慢前进。到了后来，不知不觉，就被爱河吞噬了。一到这样的境界，男人都是疯子，女人都是傻子。男子肆无忌惮地胡作非为，女人温柔相就百依百顺。一个发疯，一个变傻了，那就是颠鸾倒凤，如胶似漆地贴合在一起，不知天高地厚，今夕何夕了。就是暴风骤雨，电闪雷鸣，以至刀剑相加，也无法把他们分开，这才叫真爱。

古先生和杨小红，惺惺相惜、相亲相爱到啥子程度，只有赵家祠堂先生屋里的桌椅板凳床铺枕席可以做证。老辈子或者也看到听到一二，却也在为他们两个高兴。他心里想外边世界咋个样子，现在他们不会想到，也不会去应对。但是确实有隐雷在远方响起，风雨即将到来。

这天县教育局赵进仁局长来到这对恋人面前，此时老辈子也在场。

赵进仁自从当了县教育局长，经常在城里生活，只是有事才回到赵家坝来，今天赵局长就是有事回乡。既然回来了自然想先去看望一下古先生，然后他还要再去拜赵大老爷。他单身熟路，到了赵家祠堂，老辈子直接引到古先生书房。主客坐定，老辈子献上清茶。赵局长问古先生："近来还好吧？"古先生点头，再问，"杨小红常来吗？"老辈子说："常来。每次由我亲自接二老爷娘子，到祠堂先去大堂向二老爷的神主牌顶礼上香，在蒲团上望着二老爷的牌位呆坐一会，上香礼做完，就转到古先生书房喝茶休息，再由我亲自送二老爷娘子回家。"

赵局长这就把话挑明了："这是我们的主意，由老辈子牵红线，作合古先生和杨小红。现在进展得咋样了？"古先生抢先回答："谢谢你的美意，一切正常进行。"老辈子说："正常得很，两个恐怕用棒棒也打不脱了。"古先生自然嫌老辈子把狗恋拿来比配的说法太俗气，他用自己的话说，"我们正在深水区游泳，快到彼岸了。不过，最近出了一点小岔子。”

赵局长很关切地问:“啥子岔子?”老辈子说:“虚惊一场,其实没事。”于是老辈子把前几天发生的事简单说了一下。

那天,他带着二老爷娘子来祠堂,做完法事后,照惯例就来到古先生书房,像往常一样,喝茶休息闲谈,也像往常一样闭门遮窗,俩人少不了相拥相抱,卿卿我我,老辈子也有意回避在大堂外,忽听得祠堂大门有人砰砰乱拍乱叫:“开门!”老辈子想,今天是休假日,学生都回家了,这节点没别人,清静得很,哪个这么拍门乱叫?老辈子门还没打开,蹿进来两个小子,他认识,正是大老爷家的下人,一冲进来,就直往古先生书房跑,老辈子想拦也没能拦住他们,问:“你们两个冲来干啥?找古先生吗?”他提高声音叫:“古先生,大老爷派人来叫你了。”

事出突然,屋里古先生早已听见大门被拍得山响,他在屋内让杨小红从书房通大堂的小门出去,自己把房里简单收拾一下,此时那两个小鬼拍打书房正门,打不开,窗帘下垂,也看不见什么,便转身往大堂走去。正好,杨小红已经坐在大堂蒲团上就位了。老辈子气冲冲地撵来,揪住他们就说:“二老爷娘子正在给二老爷上香礼拜呢,你两个跑来捣乱干啥?”一个小子回答:“我们找古先生,大老爷有个帖子要请古先生写一下。”另一个小子踏进大堂,眼见二老爷娘子坐在蒲团上,顺口说:“在这里呢。”古先生打开书房正门,伸懒腰打呵欠地说:“我睡午觉呢,啥鸡毛蒜皮的帖子拿来叫我写?”

其实那两个小子手里啥也没有拿,分别见到古先生和杨小红,转身就出门,一溜烟跑了。

老辈子说完经过,说:“没事,是找古先生的。”

赵局长一听,马上说:“不对,大老爷可能想搞啥名堂了。这不是没事,也不是小事。”他转头对古先生说:“恐怕你正想俘获杨小红的心,却有一把箭瞄中了要射向你的背后,而且打算一箭两心,穿在一起。你懂了吗？最近你不要再和杨小红多来往了。”

古先生不无丧气地说：“我一生好不容易找到一个真心爱我、我也真心爱她的人，叫我们咋个分开。我宁愿为她受罪，哪怕弓箭穿心。”

赵局长没有想到古先生竟然是这么一个多情种子，没有想到俩人已经深恋到如此程度，连死亡的威胁也不怕了，他只得劝他：“危险的信号已经出现，你和杨小红只是暂时停步，以保安全。等我一会儿去见大老爷，探听一下风声再说。”

赵局长对老辈子说：“我把这一对人交给你了，他们的千里姻缘是你用红线牵的，你要保他们永结同心，就要保他们的安全。”

老辈子原以为不过是小小的岔子，不晓得是啥危险的信号。赵局长在社会混得长久，他说的一定对，我照办，把这一对扯不脱的人看顾好。他对赵局长点头说：“赵局长，你放心，有我在呢。”

赵局长匆匆到了大老爷的公馆和大老爷见面寒暄，大老爷说：“进仁老弟，你去当官了，来找我啥事？”

赵局长说：“兄弟无事不登三宝殿，是有事来请教的。”

大老爷问：“你说就是了。”

赵局长说：“这事你一定想到了，二老爷娘子捐资办学，县政府已经批准，交我来办，我就是来讨债的。你把二老爷的田产收在名下这么多年，现在该交给我了，也不是交给我个人，是交给政府的教育局。”

大老爷说：“我已经答应交出来，就是要等算清他的欠账，清了再说。你放心好了，迟早的事。”

赵局长见大老爷一说到田产的事还是在拖延，有点无奈，没想到大老爷话题一转，神秘地问赵局长：“进仁老弟，你听说过没有，赵家后山一带又出现狐狸精了。”

赵局长心头吃惊，大老爷为啥子转了话题，又提起二老爷过世后曾经传出的狐狸成精的事来？他镇定地回答说："我在城里头公务繁忙，很少回赵家坝来，没有听说过。"

大老爷说："听他们说得活灵活现，是山里头那个狐狸修炼成精，变成妖女，夜晚就去找男人吸尽他精血好成仙。"说到这里，大老爷提高话音说，"全是狗屁！啥子狐狸精晚黑吸精血，其实就是有女人在偷野男人。进仁老弟，你说是也不是呀？"

赵局长心头更是吃惊，他想起在祠堂里听老辈子说起的大老爷派两个下人突然到祠堂找古先生并跑到大堂看二老爷娘子的事，大老爷话中带话提到的偷野男人的女人是指哪个，不是明摆着了吗？他继续不露声色地回答大老爷说："我在城里头是啥子也没听到，咋个能说是还是不是呢？不过你老哥子历来就自称是眼观六路耳听八方，你说是，还有不是吗？"

赵局长巧妙的推托话，赵大老爷听到虽然不满意，但也不好说啥子。他索性把话直接明说："我晓得是有人故意编故事来替不守规矩的寡妇打掩护，哼，我正派人在山里头明察暗访，这些狗男女，要是让我抓到了，我就要按族规来办，直接把他们沉河。"沉河两个字，赵大老爷说得很重很响亮。

赵局长到底从大老爷口中探得真言，也晓得这种伤天害理的事，大老爷是说得到做得到的。他故意装得大惊失色："老哥子，做不得哦！你把一男一女绑起弄去沉河，现在这可是犯法的事哟。"

大老爷理直气壮地说："我才不管啥狗屁法呢。我只能照我们赵家古辈人传下来的族规办事。我看哪个敢说啥子。"

赵局长明白和这个在山旮旮①里头称王称霸的大老爷，再也没有话可说。他从大老爷家里头告辞出来后，赶忙直接到祠堂，由老辈子陪到进了古先生书房，直接开口对古先生说："大老爷看来是要直接

① 旮旮：读ka ka，角落。

抓人了。”

赵局长把大老爷已派出人在山里明察暗访的事告诉了古先生，也提到大老爷说的抓到人要沉河的事，他对古先生说：“大老爷一直对二老爷和杨小红捐出田产办学的事情怀恨在心，现在二老爷死了，他把所有的怨恨都集中在杨小红身上了，千方百计要找出杨小红的错处，置她于死地。所以你们要多加小心。”

古先生说：“拿贼要拿赃，捉奸要捉双，他无凭无据，能把我们咋个？”

赵局长说：“他已经怀疑到你们头上，要找证据还不是早晚的事，所以你和杨小红还是暂时不要往来了，小心为上。”

古先生自然明白赵局长的意思，虽然他对杨小红心有眷恋，但是为了杨小红的安全，他向赵局长表示，一定暂时不和杨小红来往了。

赵局长心事重重地回到城里，很快公务缠身，一时间也没有听到赵家坝有啥子动静，从老辈子那里，他得知为了不引起怀疑，杨小红有时也要到祠堂拜二老爷的牌位，但没有再和古先生有往来了。赵局长以为，赵大老爷照样当他的大权在握的族长，二老爷留下的并捐出的那笔田产还在由他赖着执掌，月月有大笔额外的浮财到手，一切都还顺他的心合他的意，应该不会有什么事吧，赵家坝似乎应该风平浪静了。

可树欲静而风不止，没过好久，又有狐狸精在赵家坝后山出现的谣言传来，这谣言，辗转相传，越传越玄，越传越活灵活现。据说有人真的在山林间看到一身雪白的狐狸精在羊肠小道上一早一晚忽隐忽现。赵大老爷放出话来，一定要不择手段逮到这个白毛狐狸精，并派出了不少手下早晚公开在后山逡巡。

赵局长细细想来，这次谣言的传出，明摆着是针对杨小红去了，因为杨小红去祠堂拜二老爷就是从后山走的。只要杨小红在，这狐狸精的谣言也会一再生出。这一次，担怕赵大老爷必须要做出点事情来才能够了结。

赵局长越想越担心，第二天一大早，他悄悄回到了乡下，避开任何人，径直来到赵家祠堂，看到老辈子就说："走，马上去见古先生！"老辈子一看赵局长脸色严峻，不晓得发生了啥子事情，也不敢多问，立马带路去敲开古先生的房门。

赵局长见面谈起这次谣言的事，告诉古先生，不除掉杨小红，大老爷是不会甘心的，可能这次要直接对杨小红和他动手了。

古先生说："我们听了你的话，暂时停止往来了。他们捉不到双，奈我们何？"

赵局长却说："你们太不了解大老爷的为人了，他可以为达目的不择手段，不达目的誓不罢休。没得证据又咋个，可以栽赃嘛。做个证据出来就是了。道理都在大老爷那里，他要说是，大家就跟着说是，还会有人帮到起添油加酱地制造情节呢。这山高皇帝远的，你们到哪里讲理去？"

古先生听赵局长这样一说，急得脸色发白：难道我这辈子都见不着杨小红了？那还不如让我死了呢！赵局长见他如此说，更知他俩是真心相爱赴汤蹈火也在所不惜的情侣了，就拿出自己的主意："听我的话，事情紧急，三十六计，走为上计，你们马上走，叫老辈子马上去通知杨小红收拾细软，趁白天她还可以光明正大地来祠堂的机会，赶快把她接过来，等天黑了你俩就出走，就私奔！老辈子最熟悉山间小道，也清楚哪里有安全歇脚的地方，他会带你们摸黑出山逃走。"

古先生和老辈子见赵局长神色严肃，亲自跑回来出这么一个主意，心里明白事态紧急，一下也慌了神，只得照办。

老辈子赶着去接杨小红，给她说了杨局长的意思，杨小红也晓得大老爷心狠手辣，啥坏事都干得出来。她急忙打点了好带的细软，跟老辈子到祠堂去。才一出她家大门，老辈子眼尖，就看到远远有人在注意。他到祠堂说起这个怀疑，赵局长说："他们晓得杨小红来祠堂了，如果下午不回去，会怀疑她，所以老辈子你下午还得光明正大送杨小红回家，做给他们看。他们看到以后放了心，晚点你再偷偷从小路带杨小红过来，天黑以后事情就好办了。"

一切照赵局长说的办。老辈子下午把杨小红从大门送她回家，天擦黑时，又去带杨小红从小门出来，抄小道偷偷回到祠堂，只等天黑尽了就上路，老辈子说带他们走出赵家坝，再翻过一道山梁子，他晓得有一处岩洞，干燥又舒服，俩人可以在那里过夜，等到天亮了看得见路了，俩人就可以上路一起奔前程去了。

再说大老爷这头的事。大老爷派人早晚进山林巡查，几天来也没看到啥了。这天来报确实老辈子接杨小红去了祠堂，但是下午又送回来了，所以没得啥子问题。其实正是因为看到老辈子送回了杨小红，那几个大老爷的耳目觉得今天不会有啥子事情了，就放松了，借这个空当，杨小红又在老辈子的引领下从后门出去会合了古先生，双双走脱了。

赵大老爷有一个儿子，叫大毛，岁数不大，也在赵家祠堂古先生名下读书。大毛在祠堂读书时，和其他娃娃一样，最喜欢听古先生摆古，那些神魔仙侠和聊斋故事特别吸引大毛这些娃娃听，他自然也听说过这个祠堂阁楼上曾经有狐狸做窠、狐狸成精，变成美女，常去迷惑书生，吸血、成仙的传言，也听到古先生说的他倒希望阁楼上有个狐狸精下来和他幽会的话。所以大毛夜半起夜时好像听到过阁楼上有小脚步沙沙沙地走到楼梯口的声音，他相信这就是狐狸精要下楼来，担心古先生要被迷惑遭吸血。前不久，他和另外两个娃娃半夜起来解溲[①]，路过古先生书房窗子底下的时候，好像还真听到有细声。

这件事大毛有次回家吃饭时，曾对他爸就是大老爷说过。怕他

---

① 解溲：上厕所。

爸不信，还强调了是他和另外两个同学一起听到的。大老爷忽然有了兴趣，他对大毛说："儿子，以后晚上你半夜起来解溲路过古先生窗子底下时，再好生听一下，有啥子人在说话，是男人还是女人，是女人的话，你得细听，听她在说啥，听到后你赶紧回来一五一十地告诉爸。你要听好了，爸给你加零用钱。"

大毛后来晚上果然偷偷去听了，但是也没听到个啥子，最多有些时候听到滴点古先生扯噗鼾①的声音。他没有完成爸爸交给他的任务，得不到多加的零用钱了，很是失望。不过前一天晚上，大毛起来解溲，从厕所头迷迷糊糊地好像看到古先生和一个女的出后门去了，他怕古先生真被狐狸精带走了，解完溲跑去看，后门又是关到起的，古先生屋子头也没得啥子动静。

第二天大毛他们起来，听老辈子说古先生今天进城去办事情去了，学堂放假，所以他就回了家。刚好这天赵大老爷中午不晓得到哪家吃酒席去了，下午才醉醺醺地回来，倒头睡到快吃晚饭了才起来。他看到大毛在屋没有去上学，很奇怪，问儿子咋个会在家头没去上学，大毛回答他说："老辈子说，古先生今天进县城去了，放我们的假。"

"啥子？古先生进城去了？"大老爷忽然又像想起啥子来，他问大毛，"儿子，我叫你晚上去听房的事，你去听了没有？"大毛答："去了，听了好几次，啥子都没有听到，昨天晚上更安静，是连古先生扯噗鼾的声音都没得听到。"

赵大老爷听到儿子说昨天晚上特别安静，而今天一大早古先生又进县城去了，心里有了计较，这是啥子情况呢？这时，大毛随口说了一句："倒是昨天晚上我去解溲，好像看到古先生出了后门，还有个女的和他一起的。等我跑出去看，又啥子都没看到。"

"啥子？你再说一遍，古先生半夜出门去了？还带了个女的？看

① 扯噗鼾：打呼噜。

清楚那个女的啥子样子没得?”

“没得。”大毛答得很干脆,“黢麻打黑[1]的,只看到个背影儿。”

“慢点,儿子,你好生想下子,那个背影,你觉得像哪个?”看到儿子不耐烦的样子,大老爷拿出杀手锏,“你要是说得清楚,爸给你加零用钱。”

一听到说有钱,大毛来劲了,他认真想了一下,说:“会不会是狐狸精哦,背后看到有点妖艳的样子。”

听儿子这样回答,赵大老爷有点哭笑不得,不过,他马上反应过来,他大叫一声:“哎呀,我的儿呀,你咋个不早点给你爸爸说呢?”

大儿不耐烦地说:“你老人家中午到别人家里吃香香去了,醉醺醺回来就一头倒在床上呼呼大睡,我咋个给你说嘛。”

“哎哟,我的儿哦,一定是你二婶娘跟古先生跑了,这下子完了,那是几百亩田产除脱[2]了呀!”

大毛不明白地问:“古先生是有事进城去了,老辈子亲口对我们说的,咋个跑了呢?”

大老爷没工夫和儿子磨牙齿了。他大声叫:“来人啦,快来人啦!”一巴掌拍在桌子上,桌上的杯子碗都跳起来了。

一家大小都赶了过来,两个狗头军师也应声而至,不晓得发生了啥子大事,房子也没有起火呀。

“快,叫鲁队长,连你们两个,带几个跟班,拿起手枪,给我去追!去追!”赵大老爷急得连追哪一个,为啥事情都没说清楚,“追呀,追呀,去追那对狗男女!去追,进城的路上,把他们两个给我抓回来,我一定要把他们两个狗男女,奸夫淫妇,绑在一起游乡,然后弄到长江边沉河,沉河!”

---

① 黢麻打黑:形容天色很暗,很黑。

② 除脱:此处表示“失去,找不回来了”。

看到大家目瞪口呆地看着他，赵大老爷才发现是自己没说清楚，他高声叫道："杨小红和那个古先生啊！你们还瓜兮兮[1]地站到那干啥子？还不快点去把他们追回来。"

大家终于弄清楚了，是古先生带着杨小红跑了。于是分头出发，一些人往祠堂后山的小路去追，一些人往进城的大路上去追。可是深山里头小路七拐八岔的，往哪儿追好呢？加上天也快黑了，更是不好追了。不多一会儿，往后山追的几路人就回来了，都说没看到二老爷娘子。有一路说他们一直追到东岩仙子庙那儿，只看到几个清寒在烧香上供的女人，没得二老爷娘子。再过一会，进城大路上追的那路人马回来了，说一路问过去，就没有人看到有一男一女赶路的。

"完了，完了，她把几百亩田产红契也带跑了。"大老爷颓然倒在太师椅上，要死要活的样子。他忽然像想起啥子，带人冲到二老爷院子那儿，把门砸开，进去乱翻一阵，除了陈旧衣物和二老爷吃剩下的药瓶药罐，啥都没有。唯独在书房抽屉里发现一张杨小红留的纸条，上面写了几个字："等我拿了红契回来找大老爷算账。"

接着，这群人又转到祠堂，打进古先生的书房，乱翻一气，除了一些书外，其他啥也没得。赵大老爷把老辈子喊来问，老辈子坚持说古先生亲口对他说的，是进城办事去了。至于大老爷说到大毛前晚黑看到古先生和一个女的出门往后山走了的话，老辈子显得很惊诧的样子，说大毛这个娃娃家，看来是听白毛狐狸精的传言听多了哦。大老爷气得话都说不出来。

古先生和杨小红从此像从世界突然蒸发了似的，没有踪影，一过三年多，没有消息，是死是活，无人得知。赵局长和老辈子虽然担心，但没得消息也应该算好消息吧，起码他们没被赵大老爷抓到。

在这三年时间里，赵大老爷依然霸到赵进义的田产，不肯交给教

---

① 瓜兮兮：傻乎乎。

育局,因为没有田契,赵局长也没得办法。这天,赵局长突然收到杨小红的来信,要他一定去一趟上海。赵局长这才彻底放心了。

赵局长到了上海,会到了杨小红和古先生,才得知他两个多亏老辈子带路、指点,沿着一条人迹罕至的羊肠小路,走出本乡本县。然后他们赶①轮船回到杨小红的老地方上海,俩人终于在上海安了家,古先生在一个中学教国学,颇受欢迎,杨小红还是回到她原来干过的电影公司,拍点半老徐娘的配角,也颇出色。他们两个半道相亲相爱,没有子嗣,只愿恩恩爱爱,白头到老。

杨小红要赵局长去,就是告诉他,他们一直记挂赵进义生前捐资办学的事。她说,赵进义到上海读书前,就按他妈的嘱咐,把田产红契存放在一个银行的保险库里。赵进义去世前,把密码告诉了杨小红。他们请赵局长到上海来,就是想让他去取出红契带回去,找大老爷要回田产,实现赵进义生前想给乡下娃娃们做件好事的愿望,让乡下的娃娃们学点本事,过好一点的日子。

赵局长根据杨小红提供的密码取出田产红契,连带杨小红办好的必要证明文件带回县里。县里头根据县教育局的报告,批准建个农艺中学,并由赵局长兼校长。

赵局长拿起②县里头的公文,当着赵家众乡绅的面,终于从赵大老爷手中把赵进义名下的全部田产接管过来,成为农艺中学的校产。赵大老爷虽然心痛,但眼见红契,又有众乡绅做证,还有啥子说的呢,只能是如数交接。其实大老爷心里明白得很,赵局长肯定在这件事背后做了手脚的,没得个高人指点,古先生和杨小红未必跑得出他的手心。不过这话却只能哑巴吃黄连说不出口了。赵老爷送赵局长出门时,他拍一下赵局长的肩膀,伸出大指姆,冷冷地说:“局长老

① 赶:乘坐。

② 拿起:拿着。

弟,你的本事高,本人佩服。”

赵局长终于把农艺中学办起来了。就在赵家祠堂的空地上建了一栋教学楼,几座宿舍。招的学生都是本乡农家子弟,课程设置与一般中学不同,着重教科学的种稻植麦、栽桑养蚕、养蜂织布、竹木编织。要每个学生学会一门手艺,改善生活。中学办得很出色,本县许多农家子弟都闻讯前来求学。大家都赞成在校园里为捐资办学的赵进义二老爷塑一尊半身铜像。

我的故事到这总算完结了。就按你们大家说的,这个故事的名字就叫《狐精记》。至于你们问到的赵局长和赵大老爷,还有老辈子,他们这一生还发生了些啥子事情,大家只管自己回家去猜想了。

羌江钓徒

树精记

今晚上轮到我羌江钓徒来摆龙门阵。前几天三家村夫摆了一个《狐精记》，说的是狐狸成精的故事，我今天来摆个大树成精的龙门阵。你说狐狸能成精，晓不晓得大树也能成精？闲话少说，听我道来。

你们在四川这地方走来走去，不晓得发现没有，凡是来往交通要道，像过山顶上、山腰垭口、溪水渡口、或都城边大码头，那里都有老一辈人栽下的黄葛树，南方叫榕树，我们这里叫黄葛树。黄葛树生长最快，几年时间就枝繁叶茂，几十年树冠就占据一亩地大小的地盘，树腰要两个人才抱得拢。你看它雄赳赳地站在紧要路口，成为来往人歇气乘凉的好去处。往往在树荫下有几条石凳，供你坐卧，抽烟喝水说闲话。有时还有摆小摊摊卖零食和茶水的。

我摆的这个龙门阵就从一个山腰上的大垭口边一棵大黄葛树说起。

这棵黄葛树有好大岁数，弄不清楚，想来怕是不下百把岁吧，反正我小时候到八里外的龙潭小学上学，天天经过大垭口时，它就在那儿了。它挺起那个五大三粗的腰杆，直立在大石岩边的石缝上。它的根最喜欢钻石缝缝，越是硬的岩石，它那个根越是估到钻进去，把石头都崩裂了。还有它那些向四方张扬的树枝，密匝的绿叶，就像一把大伞，遮天蔽日的，给树下带来一片清凉。它的主干腰上或者粗大树枝上常常平白无故地长出许多像胡须一样粗细不一的气根伸向地面，有的直接扎进石缝，有的干脆垂在那里，硬伸伸的，十分扎眼。

这棵黄葛树虽然和别的黄葛树一样长气根，但怪就怪在它居然有一天，标新立异地长出一根一尺长两寸粗带圆头的气根，那个圆头就像和尚的光头一样，而且它还时不时地流出白色的树浆来。本来黄葛树流树浆没啥好奇怪的，你往树身上砍一刀，便会流出像牛奶一样的树浆。可是不知道从哪里传出谣言，说这棵黄葛树成精了，像个活人一样长出灵根了，还能流出精液呢。

乡下人大概有一种嗜好，越是离奇的谣言传得越快越广，而且往往还会加油添醋。比如你本来在地里只看到一条普通的菜花蛇，也就只有手指头粗二尺来长，你回去给人家吹牛的时候，就说成看到一条绿色的大蛇，有茶杯那么粗四尺多长，嘴里吐着尺把长的信子，窜得飞快……于是一夜之间，那条蛇已变成比碗口还粗，有一两丈长，眼睛瞪得像铜铃，张着血盆大口的蟒蛇或者说是蛇精了，至于是谁看到的，张三李四王二麻子，名字已不重要了。再过几天，又有人艺术加工，说那条蛇是天上玉皇大帝派下凡世来收人的龙神，而且说得有鼻子有眼的，什么在河边看到不守贞节的女人被龙神的雷劈了等等。还说上天已经发下《天鹭文》，要是不去敬龙王庙的龙王爷，七七四十九天后，就要出精怪，起妖风，发大水，一方的人要死他一半，但是只要去敬香烧纸念什么咒语，就可以免祸消灾。于是善男信女们都去烧香磕头乞求保佑。然后过不了半年，又传出那条蛇实际是为某个朝代皇帝看守埋在山里的金银珠宝的，有人晚上看到山里金光闪闪的，还有人挖到黄石头也就是金子了。于是人们一窝蜂地进山去寻宝发财了。

你们说这样的怪事和谣言，你我在乡下听得还少吗？

一般作为无中生有的谣言，噪一阵子，总会消失的，可是这一回大垭口黄葛树成精的消息却是经久不衰，越传越盛，惊动了四方。这份传播的头功要归于一个行走于那一带的木匠班子。

旧时的乡下有一种习俗现在好多人都不熟悉了。那就是各行各业都组成各自的班子走乡串户，比如裁缝就经常是夫妻俩人搭成班子，有人备好一家的衣料请他们上门，他们就挑着工具东家做三天，西家做五天。木匠经常是由师徒二三人组成，也是在南村揽了些活路就待半个月，北村人家户多，要打的饭桌板凳木桶脚盆也多，就多待些时候。在这一带行走的是谭木匠和他的小徒弟，年辰久了人也熟了，相互也信得过了，好多人家有要做的东西，都要等到他来做，可以说那一带的活路都由他师徒二人包了，他们一年到头只管走乡串户就是。这个职业特点就方便了谭木匠把东山的消息传到西河去，把北乡的新鲜事说给南村听。谭木匠本来就是个身手利索、待人热情的年轻人，经常手里做着活儿，嘴里和人说笑着，实在没人来听他说话，他就干脆哼着小曲儿。看见有大闺女小媳妇走过，嘴里的小曲内容可就丰富得多了。总之谭木匠就是这么个潇洒快活的巧手能匠。要说他还有什么与众不同之处，那就是谭木匠还是一个左撇子，干起活儿来左右开弓，身手十分敏捷。

关于大垭口黄葛树成精的消息后来是越传越远。居然有隔壁乡坝的女人，来大垭口向黄葛树精上香磕头，还在树身上挂了好多许愿的红布条，有名有姓的。问她们来干啥子，她们说，树精到他们那里传话了，说是他们乡头有一个女嫂想生儿子，多年怀不起，忽然有天晚上，她在梦中见到自称是大垭口黄葛树精，因为知道她想生个儿子，所以给她送儿子来了。树精说完话就不在了。那个女嫂晓得自己是在做梦，没有当一回事，但是不久后，她真的怀孕了，到时候真的生了个胖嘟嘟的儿子。她现在就是来拜树精还愿的。

和这个女嫂一起来的还有几个没有怀孕的女嫂。她们几个在黄葛树面前作揖磕头，敬香上供，乞求树精晚上也去给她们托梦，让她们早生儿子。叩拜完后，她们羞答答地含笑低头走到那根圆头上还滴着白浆的气根前，叽叽喳喳，推来搡去，想看又不敢多看的样子。

大垭口大路下小河边有一个村子，大概有几十户人家，都是面朝黄土背朝天在并不肥沃的坡地上刨食吃的贫苦农民。村里的男人听说有邻乡的女嫂来给树精上香，说是黄葛树精在她梦中送来儿子，谁不想有儿子？于是他们都跑到大垭口来看热闹。其中一个人说，我们村子里头也有想生儿子的女嫂，树精老爷给别个村子女嫂送儿子，咋个它不给眼皮子底下的女嫂托梦呢？男人们听后互相玩笑着回村子去了。

这个村子头有几个女嫂听说此事后，当天晚上天擦黑时，她们躲开自家男人，相约一起到垭口，给树精上香求福，乞求树精也给她们一个好梦。跟着她们上垭口的还有一个没出嫁的小女子，也在那里拜叩，也不晓得许的啥子愿。

不久后，不晓得是天从人愿，还是树从人愿，那几个女嫂中长得比较好看的人称俏嫂子的女嫂，竟然真的如愿以偿。

事情是这样的。

那天晚上，俏嫂子的男人干了一天活路，吃罢晚饭后约几个同村的男人到不远的小镇上去推牌九、喝小酒，以此解除疲劳，夜深了都还没回村。俏嫂子见天黑了，也没点灯，就关门上床睡觉了。

也不知睡了多长时间，俏嫂子迷迷糊糊似梦似幻地在黑暗中看见一个男人站在床边，二话不说，脱了衣服就上床抱着她动作起来。她以为是深夜间自家男人回来了，也没有言语，任由他粗鲁，过了一会，又迷迷糊糊地睡过去了。

第二天早上，俏嫂子醒来，看到身边呼呼大睡的自家男人，想到他前晚黑的折腾，肯定累倒了，不忍心叫他。但是地里头的活不等人，于是她使劲推了推她男人，“太阳都晒屁股了，还不起来。”

男人在俏嫂子的推摇下，终于从床上爬起来了。他揉了下眼睛，打了个大哈欠："我还没睡够哩。"

"哪个喊你头天晚上死皮赖脸地弄人家，这下子累到了嘛。"俏嫂子笑着说。

"啥子？"男人清醒白醒，"我哪儿弄你了。昨夜深回来倒下就睡了，一直到天亮你喊我。你做梦了嗦[①]？"

"这就怪了，"俏嫂子心里想，"难道昨晚上我真的是在做梦吗？"

当天晚上，俏嫂子男人吃过晚饭，又到镇上去了。俏嫂子习惯地关上门，也不点灯，独自上床脸朝里面睡下。过了一会儿，她还没睡着，忽然感到床边似乎站着一个人。她翻过身一看，真的是有一个身材颀长的黑影站在床边上脱衣服。

"你干啥子？"俏嫂子惊问。

"不要做声。"那个黑影发出低沉磁性的声音，一听就是个男人。那声音魅惑而又有几分威严："你不是想要个儿子吗？我给你送儿子来了。"

俏嫂子被这个声音吸引。她的确巴心巴肝[②]地想要生个儿子，但是不晓得为啥子，结婚都两三年了，就一直没怀起过，更不要说生儿子了。眼前这个男人咋个晓得自己的心事，难道真是像外面传的那样，树精给自己送儿子来了？

没等俏嫂子想明白，那个男人不由分说上了床，俏嫂子无力抵抗，由他摆布一番。完事后，那男人对她说："我来的事，不要给你家男人说。"一晃，人花花儿[③]就没了。俏嫂子躺在那里回不过神，不晓得到底自己是在做梦呢还是真有这事。

过了一段时间，俏嫂子发现自己的月信没有了，然后她开始想吃

---

① 嗦：四川话中的语气应答词，此处表示疑问，同"吗"。

② 巴心巴肝：全身心地投入。

③ 人花花儿：人影子。

酸的东西。她男人听说后特别高兴,这没吃过猪肉还没见过猪跑?自家女人肯定是怀起娃儿了。又过了几个月,俏嫂子的肚子大了起来,九个多月后,顺理成章地生了个胖儿子出来。两口子好得意哟,煮了一大堆红鸡蛋八方四邻到处送。

树精给自己送儿子的事,俏嫂子自然没有给自家男人说。但既然许了愿,愿望也实现了,那还是要还的。于是她约上平时和自己要好的王家女嫂,一起到垭口树精那里去还愿。

在去垭口的路上,俏嫂子在女伴的追问下,说出了树精老爷给自己送儿子的事,谈起那两晚上似梦非梦的情境,意犹未尽。王家女嫂羡慕地对俏嫂子说:"我要是像你一样有那个福气就好了。"

王家女嫂的男人对她倒是好,只是她头胎生了个女娃儿,男人有点不高兴了,说要生个男娃儿才好传宗接代。说得倒是轻巧,想生儿就生儿啊,哪有那么容易。这事一直是王家女嫂的心病:"树精老爷要是也给我送个男娃儿就好了。"

说话间她们两个走到大垭口。俏大嫂对王家女嫂说:"这树精老爷不管是精还是神,真的很灵验。说不定我们说的这些,他都听到了。一哈儿[①]你好生烧个香拜一下,肯定可以。"

她们两个一个还愿一个乞求,自然是很虔诚地拜了一阵子。嗨,你不要说,那树精真的神呢,她们两个的对话,好像都听到了。有天晚上,王家女嫂的男人不在家,半夜里真的有个男人出现在王家女嫂的床头。

王家女嫂听他说话的声音多好听的,个头也和俏嫂子说的差不多,料想一定是树精老爷听到了她的话,真的给她送儿子来了。她掀开被子,敞开怀抱,热烈欢迎树精老爷的到来,并且热情地接待了树精老爷。事后她将此事告诉了俏嫂子,两个女人自然又是叽叽喳喳

---

① 一哈儿:一会儿。

一番。说起那个送儿子来的树精老爷，俩人的描述也差不多，个子不高不矮，身材瘦削但很有力气，声音好听而且还有点熟悉，俩人都觉得好像这个声音自己是听过的，但无论如何都想不起是谁的声音了。

过了没好久，王家女嫂发现自己真的怀上了，到生娃儿的那天，还真的生了个儿子出来。男人高兴得不得了，买了一大堆好吃的东西回来。

两个女嫂求儿子得儿子，心中自然欢喜。不过，这里倒还出了个意外，就是前头跟俏嫂子她们去树精那儿叩拜的那个没嫁人的小女子，忽然有一天也怀起了。家里头的人急得不得了，追问之下听说她和俏嫂子一起拜过树精，于是家头悄悄咪咪①地把她嫁到外地去，给一个小商人做了填房。后来听说也生了个儿子，那家人也高兴得很。

几年过去了，听说还有好几个女嫂在树精这儿求到了儿子，也没得哪个晓得。大垭口的那棵黄葛树还是那样郁郁葱葱，树上仍然挂着很多许愿的红布条，已经不仅仅是求子的了。

有一天，垭口下那个村里头突然来了几个穿着制服的警察，说是在省城破了个采花贼的大案，他们是到村头来取证的。

村长大吃了一惊，自己当了多年的村长了，从来没听说过有采花贼的事，怕是弄错了。但来的警察告诉他说，这个采花贼自己供认，他奸污的女子不下二三十人，其中就有这个村里头好几户人家的女嫂。

来的警察说得有鼻子有眼的。说是这个采花贼是一个手艺人，心灵手巧做得一手好木匠活路，也长得不高不矮一表人才，只是不学好，他凭着自己走乡串户的行当，又凭着自己长得标致又能说会道，有时还长声悠悠地唱一段小曲，在城里街上专门盯人家大姑娘呀小

① 悄悄咪咪：不声不响，暗地里。

媳妇，一对上眼后就与人眉目传情，一旦火候成熟就诱奸人家女子。在乡下的手段近年来又有所翻新，据说是听到了黄葛树精的传言后，他偷偷藏在黄葛树边，偷听那些叩拜女子们的话，然后暗中尾随找到她们的家门，趁晚上那家男人不在屋头时行事。尝到甜头后，他把黄葛树精的传言加油添醋地到处散布，于是有更多女人去求子，而他下手的机会也就更多了。最后他终于犯事，是因为胆子越来越大，居然钻到了省城一户大家小姐的闺房里去，终于被发现而且被捉拿了，绑送到公安局。审讯时他把什么都招了。

村长看到这些警察说得有根有据的，前几年也确实有个谭木匠在这一带行走，于是把村上的人家户都喊拢来听警察是如何说的，叫女人们自觉起来揭发坏人，帮警察结案。这下不得了了，当场就有好些个女嫂跳了起来，不仅不承认村上来过什么采花贼，还指桑骂槐地说是哪个王八蛋看自己生了儿子，心生嫉妒编起谣言来栽诬[1]自己。男人们听说此事后，更是马上翻脸，提起菜刀想砍人。村里头其他人也跟到起哄，说是本村一贯风清俗正，女嫂们从没有不检点的地方，本村男女老少品格端正，少在这里败坏清白，肯定是那个采花贼在打胡乱说[2]。

警察看村里头的人是这个态度，此事肯定是问不下去的，只好走了。后来，据说省城那户人家是很有势力的，采花贼谭木匠自然是被敲了沙罐[3]，但因为那个小姐的脸面需要，此事的处理就十分低调，警察局那边不声不响就结案了。

警察不晓得的是，当他走了以后，当没有了外人的时候，村子里的一场血统保卫战开始了，这些年生了儿子的人家，分别开始审问起

---

① 栽诬：诬蔑。

② 打胡乱说：没有依据地乱攀扯。

③ 敲了沙罐：沙罐是头的意思。敲了沙罐是指被枪毙了。

自家的女嫂。这些审问当然是半夜关起门来进行的，审问的结果也根本不容许任何外人知道。外人所知道的是，在后来一段时间里，有几户人家的儿子不见了踪影，有个才刚刚断奶说是有病无钱医治只好送给外地的亲戚，有个都会说话了，结果说是带进城丢失了，还有干脆说被人贩子拐走了找不回来了。

一晃几十年过去了，大垭口发生了很大的变化。尤其是在新社会，政府反对封建迷信，黄葛树上挂红布条是越来越少。垭口下那个村子头的不少年轻人，陆续乘着小船，顺河而下，外出打工，到远方去寻找出路去了。虽然黄葛树还是那么生气勃勃地越长越枝繁叶茂，气根吊得更多，但树精送子的事情却很少有人提起了，这个故事慢慢被人遗忘了，也不晓得以后会不会有啥人因啥事会再提起这个故事了。

《树精记》后续

我把保留下来的几个老龙门阵茶会的故事翻出来交给秦厅长时，看到了羌江钓徒当年所摆的这个《树精记》。

这个故事，虽然我们老一辈的可以说人人皆知，但可惜很多老辈人都不在人世了，有的中年人或者说年轻一点的也有晓得的，但是也没有咋个提起了。不过，还真应了羌江钓徒摆这个龙门阵时最后的那句话，没想到这个埋没多年的故事，又因为近些年发生的一件事情，再次被人提起，连带着由它引发的后续故事也跟着传了开来。

这究竟是咋个回事呢？大家把我的这个补充看完就什么都明白了。

你们大概都看过中央电视一台有一档节目，叫《等着我》吧。这个节目是由我们国家著名电视主持人倪萍主持的，它是一个全媒体大型公益寻人节目。这个节目十分红火，栏目组聚集各方力量，有民政部、公安部等国家部委力量、公益明星、志愿者和广大热心公益的观众群，致力于帮助提出请求的委托人找到自己希望重逢的任何人，包括亲人、闺密、走失家属、战友、恩师等等。在这个节目中，每当看到经公安干警和志愿者们几经周折，费尽辛苦，让父母子女、夫妻家人、亲朋好友在央视的舞台上团圆重聚时，无尽的悲喜交集，倾诉不尽的艰难曲折，使在场的和电视机前的观众无不热泪盈眶，同声一哭。这个节目每周在央视黄金时段一播出，全国轰动，这就带动了许多长久失去亲人、寻找无门的人纷纷到《等着我》节目要求帮助，电视台就上演着源源不断的人间悲欢离合的各种故事。

话说在豫西一个山村有一户农家，父亲名叫王大栓，是山村里常叫的名字，不过这个王大栓有一个儿子，却起了个很气派的名字，叫王天地。

王大栓是一个本分的农民，是那种一年到头就只是刨土种地、看老天爷的脸色吃庄稼饭的庄稼汉。但是没想到的是，他的儿子王天地却心灵手巧，从小喜欢舞弄各种工具，还无师自通地会画一些花鸟虫鱼。他还是少年时，就喜欢在王大栓从山里砍回来的柴火中，挑出一些方正结实的木头，然后用斧头铲刀修修削削的，不是给爹拼个板凳，就是给妈敲个木箱，家里头用的水桶脚盆也都是他做的。他的爹妈看他喜欢做这些事情，就给他置办了一些木匠的专用工具行头。没想到王天地很快就上手了，做出的家什像模像样的，邻居在他家看到后传出去，居然还有人上门来请他帮忙打个脚盆啊做个箱笼什么的。王天地会做木工活慢慢地就在那一带传开了，上门来的人都夸他年少懂事，十三四岁的娃娃一个，就可以挣钱补贴家用了。

但随着传开的还有点关于他的身世的流言蜚语。

村里头一些男人婆娘们，活路做完后聚在一起扯闲话，有人说，这个王大栓的祖先坟地选得好哦，不消自己花力气就得了这么个心灵手巧的儿子。也有人说，王大栓两口子就只会种地，这个娃儿的本事是从哪儿学来的？莫非天生就会？更有人说，王大栓这钱花得值，买了个这么好的种回来……话一说多了，联想也就多了，这个娃儿的亲生父母是啥人的猜想也从这些人嘴巴中不负责任地传了出来。而且这些大人们说这些话时，也不管旁边有没得小孩子在场。时间长了，村里头一些小孩子有样没样地学话，骂王天地“野种”，王天地不明白这是啥子意思，回去问他的爹妈，爹妈马上怒气冲冲地直问是哪家小孩说的，然后冲出门去找那家大人理论。有过这样几次以后，说这话的人倒是少了，至少是当面说的人少了，但是王天地偶尔感觉到还是有人在背后戳他的脊梁骨，只是慢慢地随着他长大，把心事都埋在肚子里，不大回去给爹娘说了。

就这样王天地长成了一个不太爱说话但十分内秀的青年。他的爹妈以为儿子以后就吃定一碗木匠饭了，心里还为此感到高兴，觉得这是一个旱涝保收的饭碗，不管天干也好下雨也好，反正老天饿不死手艺人。

但是没想到成年后的王天地慢慢起了一些变化，他不大爱接活路了，经常把找上门来的生意往外推，自己成天关起门来做一些精细的玩意儿，还不爱让人看。这可把爹妈急坏了，哪里有人家把钱送上门来，自家往外推的道理？王大栓慢慢发现儿子的兴趣是做一些木刻雕花，东选西选，选到一块好料就高兴得很，然后就在上面精雕细刻起来，有时一块木板要费他十天半月的工夫。王大栓闹不明白了，你弄这个有什么用？一块木板上净是些花呀朵的，虫呀鸟的，这能吃还是能喝呀？有这工夫，十天半月给人家打几个结结实实的装粮食的柜子，或者给人家嫁闺女的做几个陪嫁大箱子不好吗？好在王天地是个孝顺儿子，他虽然长大成人，心里头有自己的主意，却从不忤逆爹妈，况且为了生计，他也得接一些爹妈口中的“正经”活路。但是他决不多接，挣的钱够家里生活开销就行。他把余下来的时间，多半还是用在那些自己喜欢的、爹妈看来无用的事上。

一次，王天地随爹妈走亲戚，在那家老辈子的房中，看到了一张老式的雕花大床，他很兴奋，拿起纸笔对着那张床描啊画的，亲戚们都晓得他会木匠活，任由他去。王天地回到家后，比照描回来的图，用了差不多半年的空余时间，竟然做出一张很漂亮的雕满花饰的婚床。虽然山村头不时兴这种婚床，但王大栓两口子还是很高兴，说儿子已到了谈婚论娶的年龄，这个床正好给儿子娶媳妇用。

王天地个子不是很高，长得却还算清秀，又有一门旱涝保收的手艺傍身，听说王大栓要给儿子找媳妇，前来说媒的人自然就有。但是连说了好几个王天地都没看上。这下子村里头议论开了，说这个看起来老实巴交的王天地，结果心气高得很哦，要啥子样的仙女下凡他才看得起？结果事情的发展让人们大出意外，所有人都没想到，王天地居然和邻近村里的一个小寡妇好上了！

说起来邻村这个小寡妇也是苦命。一个外地远嫁而来的女子，是被急急忙忙地迎娶过来“冲喜”的。她嫁的这户人家家境还算可以，但这家人的儿子身子很弱，一直是病恹恹的，虽求医吃药，却没见多大成效。眼见这儿子年龄也大了，但身体好像越发虚了，家里头的人四处寻医问药。结果神医灵药没有问到，却听人说了这样一个方子，那就是赶紧结一门亲事，热热闹闹红红火火地办一场婚事，让新人进门冲一下，就可以祛邪扶正，阳气回升了。家里人一听，这也是个办法，决定哪怕是把家中的老底子都拿出来，无论如何要说成一门亲。不过嘛，本地人对他们家知根知底，哪个会把自己的女儿嫁到这样的人家中去呢？

俗话说有钱能使鬼推磨，有这么大笔聘金彩礼垫底，果然没过多久就有能干的媒婆，硬是从遥远的福建漳州说来了一个女子。那个女子名叫陈秀秀，自小就没有妈，家里头不是很富裕，为了给家中唯一的儿子像模像样地娶个媳妇，她父亲不顾陈秀秀的反对，硬是收下了丰厚的聘金，答应了这门婚事。据说陈秀秀大哭大闹一场后对狠心的父兄寒心透了，临出嫁时给爹磕了一个头，丢下了一句狠话，说我没有你们这样的爸和哥，这辈子再也不回来了！也不晓得是不是那个当爹的心头还是有些过不去，所以从收取的聘金中间抽取了一份给女儿置办了还算过得去的嫁妆。

自己儿子能娶到媳妇，男方自然是高兴得很，迎娶新人的那天，足足放了几百上千挂的鞭炮，还请了十二人吹吹打打的大乐队，锣鼓喧天地闹了小半天。四方乡邻当然全都被惊动了，牵娃带崽、扶老携幼都跑去看热闹。

王天地也跟着一帮年轻人去了，当送亲队伍从面前经过的时候，他的同伴们眼睛直勾勾地全往新娘子身上看，王天地开初也不例外，但很快他被送亲队伍中挑夫挑着的一对箱子吸引住了。那是一对雕龙描凤做工极佳的陪嫁箱，第一眼看上去整体非常厚重沉稳，多看一眼又发现上面的图案又是那么精巧美妙，再细看呢，王天地真有些似曾相识的惊讶，因为这些图案刀工就好像出自他自己的手！

王天地很小的时候是个左撇子，爹妈发现他总喜欢用左手后，就开始纠正他。王天地很听话，一纠正就努力改，慢慢地，他和大多数人一样，无论平时干活儿还是吃饭写字，也多是用右手了，没有人觉得他是一个左撇子。但每当他关起门来悄悄做那精雕细刻的活儿时，仿佛潜伏在他本性里的左撇子习惯复活了，在一些关键部位，他自己下意识地很自然地会换成左手去做。常常是当某个细节处理好了后他满意地察看欣赏的时候，才会惊讶地发现工具是在自己左手上的，他也曾试过刻意地用右手去做，不但工法上有差异，而且还不如左手做得好。

此时王天地在新娘子的陪嫁箱上看到的是：不但图案和他做的相近相似，雕龙刻凤的人一定像他一样，是用左手来完成的。这也太叫人匪夷所思了。

话说这头。陈秀秀被红红火火地迎娶进门，但是并没有能够“冲喜”，反倒是因为婚礼的热闹和折腾，本来就很虚弱的新郎根本经受不起这番闹腾，草草完成了拜天地的仪式被送回洞房后，躺在床上的他就只有出气没有进气了。没等夜幕降临，新郎咽下了最后一口气。这下子红白喜事接着办继续热闹，却没多少人理会那个坐在新房像个木头人似的新娘的感受。

就这样，陈秀秀一进婆家门就成了没有圆过房的寡妇。让所有人都吃惊的是，时间过去差不多快一年后，王天地涨红着脸向爹妈提出要娶陈秀秀这个寡妇的要求。王大栓两口子大为惊讶，也很生气，说：“那么多大姑娘要嫁给你你不要，为啥偏偏去娶个小寡妇？”

王天地平时话就不多，遭爹妈这么生气地一问，更是吞吞吐吐地说不出所以然来了，最后说出一句话：“我就是要娶陈秀秀，除了她，我谁都不要，大不了这辈子不结婚就是了。”

王天地最后这句话，把王大栓老两口戗得一点办法都没有，从小到大，王天地很难得和他们红过脸甩过狠话，这次看来儿子是铁了心了。老两口盘算了半天，好在那个陈秀秀也没有圆过房，不算真正的寡妇，于是决定成全儿子，托媒人前去说亲。那边男方家头正拿着个名义上的儿媳妇不知如何是好，一看王家愿意娶她，正好还可以收点聘金回来，自然是满口答应。而且在陈秀秀出嫁那天，还把当初陈秀秀所有陪嫁原封不动地送到了王家。

婚后王天地和陈秀秀十分恩爱，陈秀秀跟王天地一样，也很孝顺王大栓夫妇。一年多以后，陈秀秀生了一对龙凤胎，全家人都很欢喜。王天地干活更加勤奋了，他的手艺越来越好，开始接手一些精巧的工艺家具活儿，以前做的一些雕花板子呀、镂空格子呀都派上了用场，普通的家具镶嵌点缀上这些精巧的东西，档次立马就提升了不少。只是由于当地农村经济不发达，人们的日常需求大于审美需求，大多数找上门的活路，都是做一些普通家什，所以王天地总觉得自己的手艺没有完全施展开来，这也是没办法的事情。他要赚钱养家，孝敬爹妈抚养儿女，就不能只顾自己的喜好。不过，有空时，他会去认真仔细地欣赏陈秀秀那对陪嫁箱，他还对陈秀秀说过，他也能做出这样的东西。

王天地的勤劳，陈秀秀的贤惠，一家人过着平静而安定的普通生活。但是在王天地的心里头，却藏着一个不安定的秘密：那就是随着年龄的增大，他已经明了，自己并不是眼前爹娘的亲生儿子。虽然爹娘对他很好，他也孝顺他们，但是自己总想弄明白，自己到底是谁？是从哪儿来的？自己的亲生父母又是谁？

一次，王天地和陈秀秀小两口说私房话时，王天地忍不住吐露出自己心里的疑惑。这时陈秀秀想起什么似的说："哎呀，你的情况和我老家那边一个人的情况好相像！"

看王天地茫然地不知道这话什么意思，陈秀秀指着自己的陪嫁箱子说："就是做这对箱子的人。我这对箱子就是我爸从他家开的家具厂的门店买的。"

陈秀秀告诉王天地说，当初她爸给她置办嫁妆时，有人推荐了这个家具厂，顺便讲到了这家老板的一些情况。说是这个家具厂的老板姓林，是个华侨，早年从福建随大流到南洋爪哇一带讨生活，在那里做木材生意有些积蓄，回到漳州来开了一个家具厂。林老板夫妻没有孩子，后来不晓得通过啥子关系收养了一个男孩。男孩那时有三岁左右，林老板给他取了个名字叫林家仁。意思就是说不管这个男孩从哪里来，从此以后就是林家的人了。林家仁长得聪明伶俐，读书上学也勤奋，课余时间居然十分喜欢到他家的家具厂去玩，先是东看西看，之后就开始动手了。厂里的人看是老板的儿子怕磕着伤着不让他动手，但他根本不听劝，想做什么就做什么。很快就有师傅发现，这位老板公子心灵手巧，且无师自通，好像天生就会很多木工技艺似的，十几岁的少年，手艺就已经不亚于林老板高价请来的任何一个师傅了，而且特别擅长一些精细木工活儿。这真是让林老板喜出望外,觉得自己的家业有人承接和光大发扬,于是在林家仁二十岁那年就正式把家具厂交给他经营了。

王天地听得很投入,他觉得这简直是自己的翻版。这让他心里找到了一点安慰:看来天底下多的是不知自己亲生父母是谁的人,自己又何必老是纠结这件事情呢?还是安安稳稳地过好自己的生活吧。当然,想是这么想,王天地的心事其实并没有真正放下。

日子就这样在平平静静安安稳稳中过去,在这二三十年的时间里,他的父母相继去世了。父亲去世前,把王天地叫到身边,对他说了实情:"你不是我们的亲生儿子,我花了两千元买你来,为的是给王家传宗接代,我当时买你时也问起过你的身世,姓啥名谁,是哪里的人,生辰八字,但人家就是不说,只说在路上捡来的,已经转手了两次,要说也说不清楚了。买来的时候你还不大会说话,所以也听不出来是哪里的口音。"

一听这话王天地心都凉透了,想了解自己的身世的念头算彻底打消了。为此他很是伤心,觉得自己这辈子居然弄不清楚自己到底生在哪里,更不要说寻到根系血脉了!王天地的伤心难过影响到了陈秀秀,这些年来,因为跟着王天地过得还算不错,也看到了王天地对并非亲生的爹妈的孝顺,陈秀秀心里对当初贪图彩礼逼自己出嫁的父亲已不再怨恨,渐渐觉得自己因此不认父兄有些过分。丈夫为不知从哪里来而难受,自己却是有娘家不肯回,这么多年了,也不晓得父兄到底怎么样了。想到这些,陈秀秀突然有了回老家去看看的念头,她和王天地商量,一起回福建漳州去看看,反正儿女都已长大成人,有了自己的小家庭,也用不到他们操什么心了。

王天地和陈秀秀一起回到了福建漳州。他们回来得还真是时候,因为陈秀秀的父亲已经是一个需要人侍候的老人,而她的哥嫂却早就和父亲分家另过了。陈秀秀和父亲抱头痛哭一场,前嫌尽释,决定留下来尽孝,为父亲养老送终,王天地也十分爽快地同意了。不过，光凭他们带回的那些钱生活只能是坐吃山空，王天地决定出门找点事做，他发现在漳州这个地方也许还可以大有作为呢，因为这里的木器制作水平决不是他河南乡下能够比的！他和陈秀秀商量，由陈秀秀在家里头操持家务、伺候老父亲，自己则出门去找活路做。

这天，王天地背着装有他最心爱的用得最顺手的木刻工具的挎包，转到漳州一条繁华的街上，这里满街挂的都是这样公司那样工厂的牌子，大多数都是经营家具的店铺。王天地在这些店铺里东转西转，当他走进一个家具大卖场时，一眼被店铺中一张气势不凡的婚床吸引住了。

这张花床大得出奇，像一个雕满花饰的小房间，重床架屋层层叠叠，每一叠都有讲究，材质要好，图形要好，寓意要好，手艺要好，造一间这样的婚床怕是要小半年的工夫。王天地最想做的就是这种活儿，只要手里拿着工具，他立刻变得精神焕发，脑袋充满了灵感，双手十指也像着了魔似的灵巧。他绕着花床仔仔细细地看，越看越喜欢，越看越奇怪，因为这张床上的一些雕花让他有一种似曾相识的感觉。

这时，店里的销售小姐见一个乡下农民模样的人，一直在展销厅里那张最昂贵的花床边绕来绕去，好长时间都不曾离开。她有些不放心，把这件事汇报给销售经理了。销售经理来到王天地身边，看见这个农民很仔细地盯着床上的雕花看，一点也没有察觉身旁来了人。销售经理见他看得痴迷，开口问道："先生是不是对这张床很有兴趣？"

听到问话，王天地这才回过神来，发现身边站着个人。销售经理接着说："我姓余，是负责这里的经理，请问你有什么需要吗？"

王天地叫了一声余经理，可还没等他说下去，余经理微微一笑就介绍开了："我们这有各式各样的床，当然各种价位也不同，从几万到几十万的都有，先生，要不我们先过那边看一下那张三万块钱的床？"余经理这样说，其实只是想把王天地从他面前最昂贵的花床边引开。

王天地一听吃惊得睁大了眼睛，开口说道："啥子？一张床卖这么贵啊？不说几十万的，就是三万的我也买不起！"余经理微笑着看着王天地，没说话。

"不过我也不用买，"王天地指着他面前那张雕花大床，很自信地说："这种东西，我自己就能做！"

这下轮到余经理吃惊了，"什么？你能做？你是吹牛的吧？你晓不晓得做这张床要费好大的工夫？真是的，这种大话你也敢说！"

王天地一听这话不干了，你说我买不起可以，但不能说我吹牛说大话！他轻轻指点着花床上的一对喜鹊说："我可以马上做出这一对鸟儿来。"

余经理笑着说："这话我还真不敢相信，要知道这对喜鹊可是出自……"

"年轻人，你过来看仔细了，"王天地不等余经理说完，打断他的话说，"我敢保证，右边这只喜鹊的嘴喙还有这几条羽毛，是左手雕出来的！"

王天地此话一出，余经理真正惊呆了，眼前这个并不起眼的农民，居然连这个都能看得出来。这让他不得不对这个农民刮目相看了。他客气地请王天地到他的经理室去喝茶叙话。王天地回答说我不喝茶，我是想找活路做的。

余经理上下打量他一番后，说："我们这是鲁班木业公司的销售门店，不过做家具的工厂就在这门店后面，要不我带你到后面去看一下？"王天地连忙点头表示同意。

他们走到后面的家具厂，余经理请来了工厂的负责人，给王天地介绍说："这可是我们这里资格最高的总工程师哦，我们都叫他程工！"他又对程工说："这位农民兄弟说他是木匠，能做雕花家具，想在这里找个活路做"

程工用怀疑的眼光打量了一下王天地，接着说："那好啊，我马上安排人配料配工具，你露一手给我们看看。”

王天地说：“工具就不用了。我自己带得有。用起来也顺手。”说着打开挎包亮出他的全套木匠工具，程工余经理看了一下，工具还挺全，看来是个做活路的人。

王天地接过送过来的木料，看了一下说：“我就在这上面刻一对喜鹊吧。”说完坐了下来，心无旁骛专注于手上的活来。

当一对喜鹊活灵活现地出现在木料上时，王天地放下工具，抬起头来，才发现程工正专注地盯着他的双手和手上的活，他身旁还有几个师傅模样的人在小声议论。

程工仔细地端详着那一对鸟，然后不露声色地说：“你这个木匠我收了。”然后问，“你叫啥名字，哪里人？”王天地回答自己是从河南过来的，名叫王天地，现在和老婆住在漳州这边老丈人家头。

程工说：“王师傅如果觉得天天来回跑起来麻烦的话，可以住到厂里来。”王天地同意了。接下来自然就是工厂和王天地签订雇用合同。程工告诉王天地，让他先回去把家里的事安排好，第二天就来上班。

王天地回到家里，高兴地和陈秀秀父女说起他已经和鲁班木业公司的工厂签了合同，第二天就去上班，并说工厂包吃包住，给的工钱也不低。他准备搬到工厂去做，隔三岔五地回来看看。陈秀秀父女听了也都为王天地高兴。

陈父告诉王天地说，这个鲁班木业公司，在当地是小有名气的，他当年送给秀秀的那对陪嫁箱子，就是经人介绍，在他们公司的门店买的，当时就听说这对箱子还是他们小老板的手艺呢。陈秀秀听了后对王天地说：“你那么喜欢林家仁做的那对箱子，结果现在居然到他们厂里头去上班了，这也太巧了。”王天地也觉得这件事好巧，怪不得他一看到那张床上的雕花，就有种似曾相识的感觉，觉得那个地方很有吸引力。

第二天，王天地早早就到工厂，他很希望能有机会看到老板林家仁。但是几天下来，他却没有看到他很想见的林老板，听程工说起，才晓得林老板外出还没回来。工余时，王天地和工友闲聊，听工友们说，林老板就是在，也很少到制作车间里头来了。不过林老板没得啥子架子，有时走到车间来，还会时不时地指点一下工人做活，偶尔也会亲自动手。像门店摆的那张标价几十万的花床，就是林老板亲自设计和指导几个师傅共同做的，那床上面的雕花，都是林老板自己雕的，耗费了不少心血呢。看那张床标价那么高大概是林老板根本不想卖吧。

又是好多天过去了。这天晚上，王天地和几个工友聚在宿舍客厅里看电视。刚好看的就是央视倪萍主持的那个《等着我》节目，看到多年不见的失散亲人又得重逢，拥抱相哭，工友们感慨地议论了几句。这时，王天地突然哭出声来，大家都奇怪地看着他。虽然节目很让人感动，但也不至哭得那么伤心吧？在场几人面面相觑，不知怎么安慰他。这时，工厂值班的门卫进来，说林老板请王师傅到他办公室去一趟。

这个林老板才回来不久，咋个会大晚上平白无故地喊一个工人到他办公室去呢？

原来，林家仁回到公司，程工和余经理去给他汇报工作，林老板请他俩一起，边吃饭边听汇报。席间，程工说起最近厂里新招进一个姓王的能工巧匠，在木料上雕花的技术很不一般，他拿出王天地雕的那对喜鹊，林家仁接过来一看，心中暗惊，这个人的手法怎么和自己相似，而且关键处也是用左手雕的。他指着喜鹊身上那几根活灵活现的羽毛问："这个王师傅是用左手雕的吧？"

程工回答说："是的。而且我看他右手也一样灵活。干活时也可以左右开弓。"余经理补充说："这个王师傅，那天来看到摆在店里的老板你新做的那张雕花床，一眼认出哪儿是你左手出的活。"

林家仁心头更惊了，世间还有这样巧的事！

“你别说，还真有点奇怪。”余经理乘着酒兴，把他和程工私下里议论的话说了出来，“那个王师傅，个头和老板你差不多高，眉眼也和老板你还真有点挂相。”程工瞪了余经理一眼，“王师傅咋能和老板比，他身上哪有老板的斯文儒雅气。”余经理才发现失言了。林家仁笑了笑，只说等自己有空了，会到厂里去认识一下这个王师傅。

林家仁回家后，独自坐在那里，想起席间程工和余经理的话，不晓得咋个的，总有点心神不宁。他和家里头的人打了个招呼，就直奔工厂。进厂后，在门卫的陪同下径直朝工人宿舍而来。

林家仁走到王天地他们住的地方，从门口正看到王天地在痛哭，他抬眼看了一下电视，是《等着我》节目，心有所动。他转身离开，对陪他来的门卫说：“一会儿王师傅平静下来，你陪他到我办公室来一下。”

这时王天地才知道刚才林老板来过了。他接过工友递过来的毛巾抹了把脸，急忙跟到门卫到林老板的办公室去。

王天地来到林老板的办公室，进门先道歉，说刚才不知道老板亲自到宿舍去了，很是失礼。林家仁笑笑说没有关系，客气地请他坐下谈。

一番寒暄之后，王天地坐下，林家仁递给他一杯茶，然后说：“王师傅，我刚才看见你们在看中央电视台那个《等着我》节目，冒昧地问一句，怎么你看那个节目会那么伤心呢？”

王天地喝了一口茶，抬眼看着林老板，觉得眼前这个大老板十分面善，且和蔼可亲，于是忍不住就说起了自己的身世，说自己真是枉活一世，这把岁数了还弄不清自己到底出生在哪里，亲生父母又是谁……林家仁听了有些动容，但他没有多说什么，只是安慰了几句就让人送王师傅回去歇息了。

过了一段时间，林家仁又派人来请王天地，并且把他带到一个酒店去喝早茶。他们坐定后，林家仁也没有多客套，开门见山地告诉王天地说："我们两个说不定是同乡呢。"

"同乡？"王天地一下被林老板这句话整蒙了。这福建和河南，相隔那么远，咋个也扯不到一起去呀。但就那么一瞬，他突然反应过来，自己不是河南的爹妈生的，听秀秀说过，林老板也不是福建爹妈的亲儿子，他们都是被抱养的，那么，他们有可能……王天地一动也不动地盯着林老板，期待中带着紧张。

林家仁说："王师傅，我比你大一些，我被抱养的时候已经有了记忆，还依稀记得幼年时候的一些事情。长大后我也曾有过想弄清楚自己身世的打算，但又害怕养父母多心，害怕惹得他们难过。我现在的父母对我实在是太好了，完全把我当亲生儿子一样，我爸还把这么大一份家业交到我的手上，我不能做让他们伤心的事，不能让他们心中有一丝丝不安。所以这些年来，我早就死了了解自己身世的心了。"

王天地听林老板这么说，频频点头，当年他养父母对他也视如己出，他自己心头的想法也和林老板一样。

"但自从那天晚上和你谈话后，我又动了这份心思。"林家仁看王天地的表情，知道他懂自己，微微一笑，接着说："昨天乘我爸高兴，我就试探着向他问了一句，没想到他老人家那么通情达理，说这些年来，他一直在等我开口问，还说就是我不开口，他也会在没死之前告诉我的。"

"我爸是在去世前告诉我的。"王天地说，"他们都是好人。"

林家仁赞同地"嗯"了一声，接着说："我爸告诉我，收养我的时候，我已会说话了，是一口四川话，只不过细崽学东西快，改口音快，没过多久，说话就完全没一点四川味了。这样看来，我应该是从四川那边过来的。"

"林老板，你爸这话，和我的身世也没关系呀。"王天地失望地说。虽说都是抱养，但林老板是四川的，也不能证明自己就是四川的啊。

“也是。”但林家仁接着对王天地说，“不过，我不知怎么的，自从和你见面，总觉得和你有一种说不出的亲切感。还有，你看，我们两个隔那么远，但是，我们不但在木匠活上，其他地方相似点也不少，保不齐我们真有什么关系呢。”

王天地被林老板这些话说动了，他们达成共识，先去做了个人的DNA鉴定。由于林家仁坚持，两人还做了比对鉴定，结果既在意料之外也在意料之中，居然他们两个父系血缘的匹配度很高。这更坚定了他们一起寻亲的信心，他们都已人到中年，他们的亲生父母和知情的老辈人如果还活着的话，也已进入人生晚年，再不行动恐怕更无法寻找了。

林家仁和王天地最后到底通过什么关系和办法找到我们县里来的，我就不得而知了。但是当他们来四川老家寻亲的事情传开来时，让一些老辈人想起了羌江钓徒摆的那个树精送子的龙门阵。至于这个龙门阵有没有传到林家仁和王天地的耳朵里头，也是不得而知，不过据说有人看到他们两个后来找到了大垭口，但只在那棵黄葛树前停留了一阵子，照了张相，然后就离开了。

山城走卒

造人记

“今晚上该我山城走卒来摆龙门阵了。你们晓得的，我既为走卒，自然是专门跑腿的，肚子里头没有几滴墨水，摆不出个啥子来，我看还是……”

“啥子？走卒，你今天想蒙混过关？你默倒①来这里喝茶，只带耳朵不带嘴巴？没那么撇脱②。今天我这一关你就过不去，我提起大刀在关口等你呢！”三家村夫掐断山城走卒的话。

三家村夫和山城走卒这对活宝是好朋友。在办公室他们两个一直是面对面地坐着，闲下来时亲热得很，但常常丁点儿大的事，他们两个就当面锣对面鼓地对上了。这人呀，就是怪，越是亲近的人，就越是苛求，越容易相互发脾气，大概就是俗话说的，哪有锅铲不碰锅沿边边的。

山城走卒瞥了三家村夫一眼，接着说：“我不是说不摆，你还没有听我说下文呢，你就心急火燎地掐断我的话，我看你老毛病又犯了。”

作为龙门阵会会长的不第秀才，眼看两人又要对上了，急忙阻

---

① 默倒：以为。

② 撇脱：轻松。

止："你们两个今天晚上还有没得完哦？走卒，不说其他的了，摆你的龙门阵。"

于是山城走卒开始摆他的龙门阵。

我刚才说了，我肚子里头没多少墨水，我摆的龙门阵其实不长，就是一个"造人"的故事。嗨，村夫，我看到你白眼了，我晓得你又要说我说得不对，人咋可能造出来？有啥子不对，哪个人不是妈老汉儿[1]造出来的？你们笑啥子嘛，我说的未必然[2]不是事实？好了，不扯了，说这头。

我的老家在靠山下的一片平原上，那片平原里有一座不是很大的山丘，那个山丘上周围团转[3]都长的是高大的松树，唯有山丘顶上的一块平地却长满了青杠树。不晓得好多年前，有人把山丘上的青杠树挖干净了，在那个地方盖起一座不大的庙子，叫观音阁。

村夫，你说树子嘛该是砍噻，咋个说是"挖干净了"？对头，就是挖，我没有说错。那个青杠树虽然长得高不过丈，但却枝繁叶茂，还喜欢打堆堆，一片一片地丛生。你们还记得那几年大炼钢铁砍树子不？一些山都砍秃了，可是青杠树头年砍了，一到春天，又从树桩上发出枝条，几下子又成林了。所以要除掉它只有连根挖尽。青杠树的树干不粗却结实得很，硬邦邦的，可以用来做各种工具把手。乡下人通常把它砍来当柴烧，我们往年子冬天取暖用的杠炭，就是用青杠木材封在专门的土窑里烧出来的，质地密实，敲打起来声音清脆。

哎呀，话扯远了，还是来说那个建在小山丘上的观音阁的事吧。

这个观音阁虽然不大，但和别的庙子不同，大殿上竟并排供着两个观音菩萨，其中一个专门管生儿育女的事，人们叫做送子观音。送

① 妈老汉儿：父母。

② 未必然：难道。

③ 周围团转：一周围。

子观音的香火盛得很，经常都有结了婚的女人来这里，对着送子观音磕头上供许愿，乞求观音菩萨保佑她们能够坐胎，当然送个儿子是最好的。

观音阁大殿外两旁各有两间套房，东边那间是用来招待善男信女的，西边那间的门锁着，说是当客房用的。大殿背后有个小院，住的是守观音阁的女人，

村夫，你又来了，打啥子岔？守观音阁的就一定要是尼姑啊？这个观音阁里就不是尼姑，而是一个带发修行的女人。至于这个每天在大殿上敲钟念经的女人叫啥名字，没人晓得，只知道姓杨，这个女人有一副菩萨心肠，时不时做些施舍，送点钱粮给穷人，因此，“杨善人”这个名字便叫开了，观音阁也跟着在十里八乡传开了。

杨善人长得很好看，青春正盛，风韵尚存。咋个说呢？用眉如山黛、眼似秋波、唇如激丹、肤若凝脂、腰如束素这些词来形容都不为过。但“巧笑倩兮”却是轮不上她了，因为很少有人看见她笑过。她总低眉敛目，很少抬眼看人，让人有一种冷冷的感觉，大家都说她像个冰美人，这反倒让好多男人起了打猫儿心肠①，只是碍于观音菩萨面前，怕报应，有那个心也没那个胆。

这么个漂亮女人，为啥子甘心不施粉黛，青衣素食地守在观音阁里头？有人好奇，细细打听，后来才晓得原来她是靠山那边一家张姓大财主的姨太太。张家大老爷把她迎娶进门不久，因为年轻貌美，招人嫉恨，被醋意横飞的张家大太太找借口撵出了门。张老爷惧内又爱妾，既惹不起娘家有钱有势的大太太，又舍不得年轻貌美的姨太太，一时竟然不知怎么办才好。这时张老爷的二管家给他出了一个主意，就是瞒到大太太，在靠山这边的山丘上修座观音阁，让姨太太住进去，相当于带发修行，一来让她有个安身落脚之处，二来又远离

① 打猫儿心肠：贬义词。此处指男人对女人起了歹意，有了坏心肠。

了大太太，更重要的是，老爷还不时可以去看望。

张老爷的这个二管家是张老爷没有出五服的远房侄儿，名叫张洪林，是一个头脑灵光的精明人。平时张老爷成天只晓得吃香喝辣抽大烟，张家的大事小情多半都是由他这个二管家打点。张老爷听了二管家的主意十分满意，顺手就把此事全权交给了二管家，从修建观音阁到安置姨太太，从头到尾都让二管家去操办，张老爷只管出钱就是。其实张洪林也并不完全是为老爷着想，他私心里也很同情这个姨太太。眼见一个年纪轻轻又长得貌美的女子，下嫁给张老爷这么个半截子都埋进土了的老头做小，本来就很是委屈了，进门来居然还不见容于大太太，眼看着就要被赶出家门，任谁看到也会于心不忍，何况张洪林是个风华正茂又怜香惜玉的多情人。

这个张洪林为啥子被称为二管家呢，是因为张老爷家先前有个大管家名叫张洪木，他是张洪林的兄长，也是以远房侄儿的身份给张老爷当了好多年的管家，办事得力，忠心不二。三年前，张洪木去一个住得偏远的佃户家里催租子，回来时打着火把走山路，一不留神摔断了腿，无法给张老爷继续效力了，就把自己的二弟张洪林推荐给了张老爷，来接管家这个差事。为了喊起来不至于混淆，张家上上下下都把张洪林称之为二管家了。这张洪木还有一个三弟叫张洪森的，也已经长大成人，他们三兄弟都长得端端正正，仪表堂堂，且都是眼观六路耳听八方的机灵人。那一带四方八面的人都在背后议论，说张老爷家有钱但是缺人，大太太只给他生了一个儿子，长得歪瓜裂枣的不说了，还成天病歪歪的；而张老爷的远房亲戚二管家这一房呢，家里穷是穷，没得啥子钱但是不缺人，三兄弟齐整整都长得一表人才，站成一排很有气势，叫人喜欢。

话说张老爷的姨太太被大太太赶出家门，眼见无处可去，就要流落街头的时候，张洪林找到姨太太，说是奉了张老爷的命，让姨太太暂时先到他家去住上一段时间。他告诉姨太太说是老爷已经有了万全的安排，让她放心，只等一切弄好后，他再来接姨太太。

张洪林把姨太太带回家，将事情的缘由告诉了大哥张洪木和三弟张洪森，让他们帮着好生照顾姨太太，张洪木和张洪森自然是应允下来。张洪林把姨太太安顿好后，回到张老爷那里开始忙到修建观音阁的事情。

听说张老爷自己花钱在山上修建起一座观音阁，当地的老百姓自然是心存感激，说张老爷硬是做了件大好事。啥子原因呢？这是因为这山下方圆数十里，近些年来，好多人家人丁都不旺，用现在的话说就是生育率不高，有的人家连传香火的都没得。这十里八乡的，男人上火，女人着急，屋里头扯筋过孽①的不少。有人怀疑是水的问题，有人又说是土不好，还有一种说法，认为近些年来流行男人们抽大烟才是最根本的原因。本来身强力壮的男人抽上了大烟很快会上瘾，成天就啥事也不想干了，过不了好久，身体垮了人也废了，这香火如何能够旺盛地传下去嘛！但这说法归说法，如今张老爷修观音阁，阁中供有送子观音，方便大家烧香磕头乞求神灵庇佑，不管咋个，总是好事。他们完全不晓得张老爷的醉翁之意，不过是用这个观音阁来金屋藏娇而已。

杨善人被接进了观音阁，虽然过的并不是自己想要的生活，但她觉得好歹也比和大太太同院子生活好得多。张老爷的大太太是出了名的河东狮吼，自从杨善人被张老爷抬进门，就没过上一天昌盛②日子。大太太完全把她当成使唤丫头，每天找事给她做，而且还找各种借口，就是让她和张老爷圆不到房。更可恶的是院子里的下人，完全不把她当回事，整个庄园里，也就只有二管家对她好些。

杨善人对比自己大得多、已出现老态的张老爷，并没有什么感

① 扯筋过孽：闹纠纷，吵架打架。

② 昌盛：舒心，顺心。

情，甚至从心里头是厌恶的。在张家，大太太不让她和老爷圆房，她倒也无所谓，老爷把她安排到观音阁，她以为躲了个清静，倒也没在乎。可她没想到，老爷根本放不下她，这观音阁没有了大太太的阻拦，老爷反而可以和她亲近寻欢了。她虽然心不甘情不愿的，可她一个弱女子，有啥子办法呢，毕竟自己的生活还得靠老爷。张老爷在观音阁时，她只能是白天强装笑脸，晚上任其作践。

其实杨善人在被大太太赶出来以后，也有过趁此机会离开张家的念头，只是身上连一件值钱的东西都没得，更不要说钱了。一个弱女子，身无分文，能往哪里走呢？所以她只得听从老爷的安排住进了观音阁，不过心头想的却是如何从老爷给的生活费里攒下点私钱，然后离开观音阁，远走高飞。只不过，张老爷给的钱也不是很多，尽管她省吃俭用，积攒起来也是比较慢的。放在观音阁殿上的功德箱虽然也有来烧香磕头的人往里面投钱，但杨善人把这些钱基本上都施舍出去了。

杨善人在观音阁的事，张家那边，也就只有二管家张洪林晓得，所以每次张老爷过观音阁来，也只带张洪林一个人。有时杨善人在大殿上独自烦心叹气，张洪林居然背着张老爷来安慰她。平常张老爷不过观音阁来时，会派张洪林送米粮瓜果和日用品到观音阁，三天两头的，张洪林和杨善人单独相处的日子自然就多。这一来二去，孤男寡女的，要说都不动心，那是假的。

有一回，张洪林又送东西到观音阁来，杨善人在给他端茶水时，不晓得是有意还是无意，突然被板凳脚脚绊了一下，整个人就朝张洪林怀里头栽①过去了。张洪林也不晓得啷个的，那么快的手脚，一下子站起来就把杨善人扯到起②了，顺势抱在怀里，杨善人嘴里头直喊

① 栽：跌跤、摔倒。

② 扯到起：抓住。

脚痛，两只手却搭在了二管家的肩膀上。

这下子不得了的了不得了。干柴烈火，烧成燎原之势，两个人不整出点啥子事来，都对不起自己。从那以后，杨善人和张洪林那是如胶似漆了。

杨善人在和张洪林的交往中，感觉这个男人相当不错，善解人意，对她又温柔又体贴。自从两人有了私情，更让她觉得眼前这个男人是她的依靠，这也让她收起了攒钱出走的想法，走了就再也看不到张洪林了，这是她不能忍受的。于是在后来的时间，她安心地待在观音阁里守护着观音娘娘，接待烧香磕头的人。她现在心里头有了人，而那个人又懂得爱惜自己，生活也变得不那么枯燥无味了。

到观音阁里来烧香磕头的人，大多数都是来求子的，不但女人居多，这中间大多数还是有钱人家的女人。一般小户人家的人，上完香就离开了，说是屋头还有活路要做。但那些有钱人家的女人们，求子似乎更是心切，到观音阁烧香的次数也多，烧完香后总会在杨善人引领下到东屋喝茶闲话，时间一长，杨善人晓得了很多张家长李家短的事情，对这些有钱人家的情况也了解得八九不离十，有时和张洪林亲热后，也会和他说起这些事。

这天，大殿上又结伴来了几个有钱人家的太太，她们虔诚地在送子观音面前上香磕头许愿，往功德箱里捐钱，乞求送子观音快点显灵，让自己早点怀上儿子。杨善人站在一旁念念有词，无非就是替跪在那里的太太们诵经祈福。

这些太太们烧完香后，杨善人招呼她们到东厢房喝茶闲话。一个年经太太对杨善人说："我都来求过两次了，咋个还是没有坐上？""坐上"其实就是怀孕的一种说法，杨善人自然明白。她对那个太太说："怕是你的那个日子没有算准吧？"她说的那个日子，自然是行房事的最佳日子，太太们也是明白的。杨善人对她们说："要不，你们把各人行经的准确日子写下来给我，我好帮你们在观音菩萨面前做法事。上天不落，地下咋生？”太太们听后感激不尽，临走时又拿出不少钱给杨善人，说是做法事用的。

晚上，张洪林过来，杨善人又和他说起白天的事，张洪林说这些有钱人家的老爷少爷，要么抽大烟整垮了身子，要么就是生活放荡染上了这样那样的病，屋里头的女人自然不容易怀上娃娃了。说到这里，张洪林灵光一闪，对杨善人说：“我有主意了。这样子，下次太太们来，你让她们把自己和屋头男人的生辰八字也写给你，就说好在观音菩萨面前帮她们算一下，啥子时候咋个样子才容易怀起娃娃。”

杨善人说：“我又懂不起这个八字啥子的，还有，就算乱给她们说些，钱倒是拿到手了，还是怀不起又咋个办呢？哄[1]得了一次哄不到二次，这不成了一锤子买卖[2]……”说到这里，杨善人“咦”了一声，她看了一眼睡在自己身边的张洪林说：“我有办法了。她们的男人不管用，就找管用的男人给她们。只有这样子，才有更多的人送钱来。”

“你是说……”张洪林晓得杨善人一直在攒钱，他才将[3]出的主意，也只是想帮她，弄多少算多少。听杨善人这么一说，啥子意思他自然懂起[4]了：“要不得哦？”

杨善人说：“有啥子要不得的。我辛辛苦苦攒钱，还不是想为我们将来打算，靠老爷每月给那点钱，哪里够嘛？”

张洪林想想，杨善人说的也是个道理，只是这男人……他心头一惊：“我不得行[5]的哦……”

杨善人推了他一把，“你想些啥子哦，你是我的男人，你就是想，我还不得干[6]呢！”

---

① 哄：读huo，欺骗。

② 一锤子买卖：生意只做一次。此处喻指没有长远考虑。

③ 才将：刚才。

④ 懂起：明白。

⑤ 不得行：不行，不可能。

⑥ 不得干：不同意。

“那去哪儿找呢？还要靠得住的。”问这话时，张洪林对上杨善人笑眯眯的眼睛，又是一惊，“你该不会是……”

“肯定是噻。”杨善人没等张洪林说出口，接住了他的话。

嗨，你们不要说，这两口子说话，有些时候话都没说完，外头的人听到肯定都不晓得是在说啥子，人家就心有灵犀了。这不，张洪林一下猜到了杨善人是想让他的兄弟来，杨善人一下子也晓得张洪林猜到了。于是她直接对张洪林说：“我住在你们家那阵子，大哥和三弟人多对[1]的。反正他们两个都没成家，自家兄弟肯定靠得住。”

于是张洪林抽空回了趟家，把他和杨善人的“造人”计划告诉了大哥张洪木和三弟张洪森。自家亲兄弟，啥子事情都好商量，况且这既帮了老二，还财色双收，两兄弟自然是答应下来了。这下子，诸事俱备，就欠东风了。这东风是啥子，当然就是那些来观音阁烧香的太太们了。

经常来烧香的太太中，有一个被称为周姨太的漂亮女人，她原本也是穷苦人家的女儿，因长得好看被他们那方乡镇上一曹姓大户人家的老爷看中，把她买了去做妾。因为大太太没有子嗣，曹老爷娶她的主要目的还是为了生个儿子传宗接代。大概因为都是人家姨太太的缘故，杨善人和这个周姨太自然走得近些。周姨太大概也感受到了杨善人对自己的态度，一些话也愿意私底下给她摆。

周姨太告诉杨善人说，她过门都两年了，肚子却没有一点动静。大太太本来就不安逸[2]她，看她照样生不出娃娃，冷言冷语的嘲讽话就多了，说她中看不中用，还说准备重新给老爷讨一门妾。慢慢地，连老爷也开始嫌弃她，长久下去，她都不晓得自己的日子该咋个过。她常来观音阁，就是希望观音菩萨能看到她的诚意，早点显灵，让她

① 对：很好的意思。用来夸奖人。

② 不安逸：此处的意思为不满意，不舒服。

能早点怀上个娃娃。

周姨太一说起这些事就流泪，杨善人想起当年自己在张家的往事，不禁对她生出同病相怜之心。实施这个“造人”计划，杨善人第一个想到了她。如果这个周姨太能生个儿子出来，在曹家的日子肯定就好过多了。当然，最主要的是，这个周姨太求子改变命运的心很强，笃信观音菩萨，很是虔诚，又没有文化，很容易让她相信杨善人说的话。

于是，在周姨太又来观音阁烧香时，杨善人告诉她，根据周姨太和曹老爷的八字，如果周姨太想怀上娃娃，就要在某个时间自己单独到观音阁小住几日，日日烧香乞灵——当然，杨善人告诉周姨太的时间，正好是根据她提供的月信时间计算好的行房事最佳日子，而且还要避开张老爷到观音阁的日子。

周姨太一听很是高兴，回家后斋戒沐浴，然后按杨善人说的时间，独自到观音阁小住。

周姨太在观音阁小住的这几天，每天虔诚地跪在送子观音像前磕头礼拜，晚上临睡前，杨善人会在她做完佛事后，从案上端起一碗供着的清水给她，让她喝下去，说是观音娘娘所赐，能帮助她怀上娃娃。周姨太深信不疑。其实这碗水里，放有蒙汗药之类的东西，人喝下去，自然会昏睡过去。等周姨太睡过去以后，就是等候在那里的张洪森的事了。

几天以后，杨善人送周姨太下山，说是法事已成，让她回家后即与曹老爷行房事，肯定能怀上娃娃。周姨太自然是千恩万谢，又让来接她的人把带的钱全部捐给观音阁当香火钱。

一个多月以后，周姨太欢天喜地来到观音阁，说她真的怀上娃娃了，并让跟到她来的下人拿出一大袋银元捐给观音阁供奉观音娘娘。正在烧香的几个太太听到这个消息，围到她仔细打听，周姨太就把自己咋个住在观音阁里虔诚求娘娘赐子的事说了一遍，那几个太太听了后都要求杨善人帮她们安排祈福求子。

后面的事自然是顺理成章了。“造人”计划进行得很顺利，凡来观音阁小住过的太太们，回去后居然一个二个都怀起娃娃了，其中有生了儿子的，更是带到重金到观音阁还愿。这下子，观音阁送子观音非常灵验的消息广为传播，来烧香拜观音求赐子的女人中甚至还有远道而来的。她们拿出大把的香火钱供奉观音娘娘，虔诚地跪在观音娘娘面前乞求早日得子，她们哪里知道，这哪是什么观音赐子哦，其实就是张洪木和张洪森做的“好事”。

就这么过了两年多时间，观音阁送子的消息七传八传，从山这边传到山那边，终于还是传到了张家大太太的耳朵里头，她和张老爷说起此事，本来是无意的，却让心中有鬼的张老爷吓了多大一跳，生怕大太太哪天好奇心来了，跑到观音阁去，发现藏在那儿的姨太太。他暂时也不敢到观音阁了，只喊来二管家张洪林问，张洪林自然是装瓜①了，还向老爷诚恳表示一定去把这件事好生查下子。

张洪林跑到观音阁和杨善人说起这件事，和杨善人商量，还是见好就收。这个黑路走多了，总会遇到鬼的，要是哪天事发了，怕是脱不到爪爪②。杨善人听二管家这么说，心头也有点发虚，但又舍不得这个发财的机会，她正在犹豫时，一件事却让她不敢再犹豫了。

原本杨善人分别和张老爷、张洪林行房事时，都是很注意的。一来她不想为张老爷怀娃儿，二来她不敢在观音阁为张洪林怀娃儿。这次，不晓得是咋个回事，避来避去，她还是怀上了。而且她还弄不清楚这个种是张老爷的还是张洪林的，因为他们和她欢好是前后脚的事。但是不管是和谁的娃儿，杨善人初当母亲，心里还是欢喜的。她思前想后，那“造人”的事虽然来钱，但这本就是在造孽，现在自家

① 装瓜：装傻，心头明白，表面上假装不知道。

② 脱不到爪爪：脱不到手。

有了娃儿,只怕报应到后代身上,还是早抽身早好。

杨善人和张洪林说起,张洪林倒是干脆,一口咬定肯定不是张老爷而是自己的种,原因是张老爷已衰而他正当年。张洪林想到往常看到别个"造"出儿子来,心头只有羡慕的份,现在自家也"造"出个儿子(他从心里头认定是儿子)来了,高兴得不行。他原本就想和杨善人好好过日子的,现在有这个儿子,那好日子就不远了。

当然,高兴归高兴,他们两个人盘算,这怀娃儿的事肯定不能让张老爷晓得的,况且大太太晓得观音阁了。他们只有躲得远远的,让张家的人找不到他们。好在杨善人的肚子还有段日子才显怀,张洪林准备抓紧时间把出走他乡的事情打点好,最好还要有个万全之策,这样才能带到杨善人一起远走高飞,过自己的好日子去。

但是事情有时候并不会顺着自家的想法走。张洪林正在准备出走之事,他大哥张洪木却忙慌慌地找到他,说他那个贪杯的三弟和朋友吃酒,饭桌子上有人提起观音阁那些已经被传得神乎其神的事,吃得二麻二麻[①]的张洪森竟然不当心漏了嘴,已有人在说这件事了,担怕没得好久,他们"造人"的事情就会败露。

张洪林听大哥这么一说,心头也是发慌了,只觉得背脊骨阵阵发冷。硬是鬼使神差呢！这还真应了自己那句"夜路走多了,总会遇到鬼"的话。这还想什么万全之策哦,三十六计走为上,只有赶紧跑路了。他让大哥赶紧回家喊到三弟,收拾钱财,晚上偷偷到观音阁会合,他自己这就赶去观音阁通知杨善人。

张洪林找了个借口离开张家,跟斗扑爬[②]地赶到观音阁,一见杨善人的面,往常的亲热话全没得了,直接告诉杨善人说:"不好了,事情发了,你赶紧收拾下东西,今晚我们马上走。"

① 二麻二麻:此处指喝酒喝得有些迷糊,不是很清醒了。

② 跟斗扑爬:此处形容很着急地跑动,亦作扑爬跟斗。

杨善人一下子没明白，问："啥子事发了？你喝口水，慢点说。"

"还有啥子事，"张洪林回答说，"老三吃酒说漏了嘴，现在外面有传言了。我已经喊大哥赶紧回去收拾，晚上到观音阁会合。"

杨善人一听，脸色也变了，张洪林接到说："这种事情，现在那些人还没搞醒豁[1]，但也是早晚的事了，真正人家找起来了就惨了，我们得赶紧逃。"

杨善人心想，她现在怀起娃儿在，可不敢有事。她顾不得再和张洪林说啥子，忙天慌地[2]地跑到后头院子去收拾东西，张洪林跟到她后头，又补充了一句："显眼的不好带的东西都不要了。"

他们两个收拾好东西，只等大哥和三弟来会合后一起走。这时，杨善人像突然想起了啥子，她对张洪林提起周姨太，说如果事情发了，担怕周姨太要受遭殃。这话正好被进门的张洪森听到了，他告诉杨善人，周姨太早在儿子满周岁时就突然暴毙了，有人传是曹家太太动的手脚，但无凭无据的，曹老爷也没有深究，这件事也就了了。

杨善人听张洪森这么一说，心头难过，唏嘘不已。张洪森说："二嫂，都这个时候了，就不要想那些了，我们还是赶快走吧，要被抓到了，担怕比周姨太还惨。"

当晚，夜深人静，又恰好是个月黑天，张洪林三兄弟带着杨善人连夜离开了观音阁，至于他们到底跑到哪儿去了，到最后也没得人晓得，就像是人间蒸发了一样，无影无踪了。

观音阁的杨善人平白无故地突然就不在了，消息传开后啥子说法都有。跟到的，张家二管家三兄弟莫名其妙消失了的事情也传了出来。这时候，有好事之人想起"观音阁一夜春梦获子"的传闻，再联想起二管家的三弟张洪森的酒后失言和后来传出来的一些不好听的

① 醒豁：清楚、清醒、明白。

② 忙天慌地：着急，手忙脚乱。

话，有些事情，不用点，也就明白了。不过呢，这些也只是些猜想和传言，哪个都无法去证实。

观音阁没得了杨善人，送子娘娘也好像不灵验了，再加上那些不好听的猜想和传言，观音阁也就冷清下来，也没什么人再去烧香了。后来，一些乡绅出资，在那儿办了个小学，叫观音阁小学。我小时候就是在那个小学读的书。

野狐禅子

借种记

今天轮到我野狐禅子来摆龙门阵了，前头山城走卒摆了一个造人的故事，说人是被造出来的，说得好像有道理。可是我想天上不落，地下不生，没有男人下种，女人咋能生出娃娃来呢，所以我说人是种出来的。今天我就来摆一个借人种的龙门阵，其实这个龙门阵，我还是听我爸也就是你们那个冷板凳会的野狐禅师告诉我的。

"且说某县某乡有一个黄大老爷……"

山城走卒马上插嘴："咋的又是说的大老爷的故事呢？我们前头已经摆了好几个大老爷的故事了"。

山城走卒的死对头、好搭档三家村夫接嘴："哎，我说走卒，你咋恁个[①]爱插嘴呐？人家野狐才将将[②]开个头，你就把话给人家打断了。"

山城走卒马上对三家村夫反唇相讥："村夫，你好意思说我，你还不是在我说话时候，半中拦腰[③]来那么一杠子！"

"你们还要不要野狐摆下去了？"砚耕斋主说，"我们走过来的那

① 恁个：那样或这样。
② 将将：刚刚。
③ 半中拦腰：中间，半截。

个旧社会就是大老爷、二老爷、三老爷、大少爷二少爷的世界，就是姨太太、鸦片烟、袍哥青帮、地痞流氓、窑姐、蹚神这些东西嘛。”

羌江钓徒接着补充：“还有三棒棒加两棒棒的五(武)棒棒，凭着有几杆破枪作后盾，耀武扬威，割据一方，打起国民革命的招牌，说是维持治安，收老百姓的粮税，预收到民国几十年，把子孙后代的都收了。那就是老爷们少爷们军阀土匪们搞得乌烟瘴气的世界，所以才有我们摆的那些稀奇古怪的龙门阵。好了，都不要开腔①了，还是好生听野狐摆他的大老爷的龙门阵。”

刚才你们也说起，那个旧社会就是个乌烟瘴气的社会，所以也才会有那么稀奇古怪甚至污七八糟的事情发生，而这些事还有很多。我说这话的意思是，我摆的这个黄大老爷的龙门阵，有些地方，可能和你们前头摆的龙门阵有相似之处，这先声明一下。好了，不废话了，书归正传，现在我就来摆下子，这人是啷门子②种出来的。

这个黄大老爷的大名黄承贵，是某县黄家坝的大财主，他的家世已经不可考，只是从他家住的那个有百多年历史的大院，和院子里头破旧楼上还藏有的“肃静”“回避”牌子和戴野鸡翎子的官帽等看来，大概其祖上曾经为朝廷出过力、立过功。要不然，啷个③会被封赏上千亩田地，还被特别恩准在其大院后山立功德碑和一个有围墙有花园的墓园。

据说这个为朝廷立过功的老祖宗生有四个儿子，其他三个儿子都是子孙繁茂，唯独幺儿这一房却一直是一脉单传。不过呢，那三个儿子的后代虽然多，但几代析产下来，大部分都变成只有不多田地的穷家小户了，而幺房一脉单传到黄大老爷这一代仍然拥有几百亩良

① 开腔：说话。

② 啷门子：怎么样。

③ 啷个：怎么。

田,生活富裕。那些穷家小户的同辈人只是种田勉强度日,没有机会读书,扁担倒在地上认不得是个"一"字。有的认得几个字,也只能在或典或当或卖田地给人在契约上认出自己的名字,在那里按红手印罢了。而黄大老爷这一房,自幼请过私塾老夫子教,也上过新学的中学堂,知书识礼,成为乡绅财主,在社会上走得了路说得起话。每逢过节,穷的富的同辈分的子孙,都要在大院堂屋向那个祖公磕头上香,先是那些穿着半截蓝布短衫的泥脚杆上来,没秩序礼貌地向祖公磕头,嘴里边叨叨咒骂,咋个不保佑我们这一支兴旺发达,叫我们受苦,过个年也是冷锅冷灶地不沾荤腥。又眼气[①]黄大老爷的富贵,气不过时就对空咒骂:天老爷,你就这样不公平,既然他家三辈单传,就让他祖祖辈辈单传下去,一旦有个天灾人祸就断子绝孙,田产金银拿来分给我们族里的穷家小户,也过个好日子。

黄大老爷要等泥脚杆的同辈堂兄弟们叩拜完了,才叫长年打扫堂起屋,在供桌上摆上腊猪头、美酒、水果,点上大蜡烛,上香,一家大小穿的都是时新布缝过的长衫,老爷还外穿八筒花的缎马褂,向祖公叩拜。看那祖公好像是笑眯眯地看着他们一家人热热闹闹地过年。正因有那么多穷户,黄大老爷才有机会去向他们放高利贷,到时候自然就有田契送上门,才能使自己的田亩越积越多,银钱越滚越多。随随便便,每到灾荒年份,就把粮仓扫点陈粮出来,办个粥厂,周济同祖同辈穷人,赢得个好名声。

但是黄大老爷觉得光靠自己的几百亩田地的收入和放高利贷的收入,还是富得不快。他脑子出奇地灵光,时来运转,他终于找到了一个堆集金山银山的好路子。

四川这个地方的特产是军阀特多。大小军阀各据一方,称王称霸,都想吞并别家,于是你打我,我吃你,一会儿合纵,一会儿连横,打

① 眼气:羡慕。

了十几年四百多仗，糟践了不少老百姓。打仗是要死人的，是要用钱的。人，好办，四川乡下多的是衣食无着的穷骨头，抓一些来就行；还有大小山寨，有的是占山为王的土匪袍哥，他们都叫出“要当官，杀人放火候招安”，把他们招安，给个啥子国民革命军的招牌，就不费力地扩大了自己的队伍。要说到钱，那就太难了，在自己的地盘横征暴敛：横征，收预征粮征到民国一百四五十年，要老百姓替他们的儿子，未出生的孙子，曾孙子交了粮了。暴敛，到处设立税卡，强征各种名目的捐税。啥东西都要上税。以致成都一个文人写诗打趣：“自古未闻粪有税，而今只剩屁无捐。”粪有粪税，只有打屁没有办法收捐，那也是实在无法叫人打屁就报告吧？

打仗要军火，买军火要钱，钱不够就种鸦片烟。百多年前西方文明的大英帝国就专门让在印度的东印度公司运鸦片烟到中国来卖。既弱中国，又害人民。大家都晓得的，为禁烟还打了一场鸦片战争，中国被打败，割地赔款，香港就是那时被割去的。林则徐禁烟未成，反得流放新疆。从此全国遍种鸦片烟，瘾民成千上万。军阀除开收取瘾民的高额鸦片捐，还提倡种鸦片，他们收去偷运到上海卖了，向外国人买枪支，怕中途被劫，由航行川江的轮船运进来，交给军阀，大开杀戒。

黄大老爷聪明过顶，发现这是个赚钱的窍门，拿出许多亩好田地，亲自督率长年①种鸦片。春天下种，三四月开花，那五颜六色真是妖艳撩人，大家说是妖精变的。到了夏秋之交收割时期，花谢，结果，那果实是二寸长的椭圆形果。黄大老爷晓得割烟是关键时刻，亲自下田监督，用像剃胡子的薄刀片，几片一组，用手拿起在每一株果实片上划一刀，烟浆就慢慢沁出来。大老爷叫长年搭棚子日夜看守，第二天清早用湿布把流的烟浆收回。这还不叫鸦片烟，还要把烟浆加

① 长年：长工。

以阴干提炼，凝结成一块一块的黑色鸦片烟，在模子里压成方正的条块，这就是可以发卖的“烟土”。烟土以云南出产的最好，黄大老爷懂得在自己收获的烟土上贴上金字印的“上等云土”，价钱就能提高几倍。鸦片烟的价格大概和银子的价格差不多，于是大家说的一股银水往家流，黄大老爷便大发横财了。

这还不是最发财的路子，最发财的是在乡镇场上开烟馆。那时在我们乡镇上遍街开了各种如“仙客来”“神仙乐”之类的烟馆。据瘾民（他们自号瘾君子）说吸醉了鸦片，真像轻飘飘地飞上天当神仙了，不晓得万贯家产也轻飘飘地化成烟雾飘散了。

烟馆要有背景的大老板才能开，是受警察保护的，收的税款特别多，是地方财政的主要来源。所以国民政府设立了禁烟督察总署，层层设立，禁烟为名，卖烟运烟收税是实，凡是个人都晓得，说那个禁烟督察总署是“种烟督察总署”。

烟馆里一般是两个人打横铺，一个是烟客，一个是枪手，中间放的精致的烟具，有罩子的烟灯，吸烟的烟枪。鸦片烟是毒药，不能直接吃的，要由枪手用银扦子挑一小坨在烟灯烧成泡子，装在玉石做的烟枪头上，就灯火烧成气，从有细孔的枪筒进入烟客口中吞下。这才叫吃鸦片。

有资格①的烟客吸烟时，还要漱口、吃水果零食。高兴时还要“钩脚”，啥叫钩脚？就是烟馆为了招徕烟客，常常雇女枪手，烟客一边吸烟，一边调戏女枪手，高兴了用脚尖钩女枪手的脚，这就是发信号，抽完烟后还可以到后院去喝茶吃饭，如果肯给钱，还可以到后房上床休息，女枪手陪到起②。这烟馆里没有灯，黑咕隆咚的真像是鬼狱世界。只要一吃上瘾，就陷入这鬼世界，家产花光，连自己的老命也搭

---

① 资格：此处意思为身份、地位。

② 陪到起：陪着。

进去了。最可怜的是那些街上下力人、长江边拉纤推船的，也常在烂房子铺上席子，点上油灯，用竹筒吸几口烟，据说这样才长精神有力气呢。

黄承贵大老爷便是这样一条龙地从种烟、割烟、做烟、卖烟、开烟馆，大发利市，才成为一乡的大财主的。

现在我才进入正题。我之所以要啰里啰唆地说鸦片的事，是现在的青年哪里晓得我们在旧社会是过的啥日子哦。

黄承贵大老爷的父亲过世后，他当然就升格为黄老太爷享清福了。儿子黄大少爷自然就升格为黄大老爷了。其实他才不到二十岁，就当起大老爷来了。我要摆的正是这位年轻的大老爷的龙门阵。

这位由大少爷升格成了大老爷的，名叫黄小宝，是他的父亲黄承贵去庙里求签拜佛才得来的宝贝，所以给他取名叫黄小宝。

黄小宝年纪轻轻，一表人才，打扮起来，真还像是一个乡绅的样子。只是不大肯学习，父亲黄承贵用大价钱请来饱学夫子专门教他，还送进县城读过新的中学堂，总算毕了业。可是他对于书本的字，总感到不亲热，说："我不认识你，也不想认识你。"把书本摔到一边，打麻将去也。

父亲黄承贵劝勉他，说："我们家有田有地，有金有银，人家总认我家是土老肥，在乡里可以欺哄吓诈，但到城里就是送钱送礼，也难见到那些有面子的人，在衙门里更走不到路。你还是要去给肚子多装点墨水，买个官像个体面人才好。"

黄小宝却说："我要那些官帽干啥子，吃不得，穿不得，玩不得，不如做生意的买卖人好，像你老人家，大字认得几斗，数码字背得熟，会使一股银水往屋里流的本事，哪要那么多学问。"老爷子竟然说不过儿子。他们家就这么一根独苗，既舍不得开口骂，更舍不得动手打，只得由他吃喝玩乐去吧。

这个黄小宝不要看不喜欢读书，倒是头脑灵活，精于玩乐。打麻将如果要比赛的话，他肯定全乡第一。无论啥子做成的麻将，只要他黄小宝参加，不用打好多圈，他就能在摸牌的当口，凭大拇指和牌底接触的瞬间，记住这是啥子牌，得心应手，准保能赢，以至好多牌友不愿和他同桌玩牌。说到吃喝，他的舌头的味觉既灵又怪，还专门会弄些稀奇古怪的川味，人家说他是地上走的、天上飞的、水里游的、田里生的，他都吃尽。至于喝酒嘛，乡下那种"烧老二"，一般人喝二两就头晕，他和人打赌喝半斤一斤居然不昏头。抽烟是乡下人谁都离不开，一根竹烟杆，载上土产叶子烟裹成的烟卷，你让我，我让你。黄小宝却不喜欢，叶子烟太辣，倒喜欢从上海来的什么英国海盗牌，一盒十支的香烟，再贵他也舍得花钱买，也买得起。唯独有一样乡下十分流行的嗜好——抽鸦片烟，他是不沾的。他们家是以种烟、做烟、开烟馆、卖烟出名的，正因为这样，他的大烟贩子父亲一口鸦片烟也不抽，更不准儿子抽，说只要一抽上鸦片烟成瘾，就会倾家荡产，骨瘦如柴，不得好死。有一次，黄小宝和朋友抽几口玩，被他爸发现后把烟盘子烟枪都砸了。然后拿出钱赔人家。黄承贵平常虽然百般疼爱儿子，连大声呵斥轻手打脸都没有，但唯独这一次又是罚跪，又是责骂，他自己也哭："儿啦，啥子我都可以由你，唯独这个我不容你。"

待在乡下鸦片烟十分流行的地方长久了，终不是事，黄老太爷想了一下，儿子抽鸦片这个事，有一次难保没得第二次，还是把儿子送出川到大码头又禁烟的地方可靠一点，于是他做出决定，送儿子出去上大学，到外边去看大世界。要得！黄小宝乐意实行老太爷的决定。

黄老太爷和大管家李永宽商量，老太爷的决定，李永宽自然是百分之百赞成。这个李永宽当黄老太爷的管家二三十年了。他本是黄家的佃客，到黄家从小跟班做起，打算盘写账一直做到大管家，是老太爷经营鸦片生意的能手，人家说黄家发了财，这个大管家出了一半的力。李永宽有个让老太爷特别喜欢的特点，就是忠实可靠，对老太爷的话，那是言听计从。无论老太爷有啥子打算，他都能按老太爷的心意办理。他在黄家成家生子，大的那个夭折了，小的这个儿子大名李长安。李长安在黄家长大，和黄小宝从小在一起玩，上树掏雀蛋，下沟捉泥鳅，全在一起，亲如兄弟。看来他将来要接他爸大管家李永宽的手，就像黄小宝要接黄老太爷的香火一样。

大管家李永宽完全赞成黄老太爷的主意，并且替他筹划，认为黄小宝大老爷出川最好不要到上海那种花花世界去，到北平那种首善之地上大学为好。并且郑重建议，由自家的儿子李长安跟到出去贴身服侍黄大老爷比较可靠。这正合黄老太爷更合黄大老爷的意。李长安是自小服侍惯了的，读大学要一个陪读的，正好。

大管家按黄老太爷的吩咐，把准备好的银元装在缝制好的布腰带里，交给自家儿子李长安保管，让他捆在内衣里头，再三叮嘱路上小心，不要露形迹。出发前黄老太爷也找李长安去训诫，要他好生服侍大老爷，该说的要说，大老爷在外边的情况，要随时写信回来向他报告，不过没得必要让大老爷晓得。看下子，这黄老太爷多有心计，在儿子身边都要安个包打听了。

年轻的黄小宝大老爷带着李长安出发了。在这之前，他们两个除了进过县城，啥子大地方也没得去过，不晓得唧个穿着打扮，只穿了当时乡下最时新的窄袖高领，长到盖脚背的洋布蓝长衫，脚上穿的是家头做的千层底布鞋。他们坐船去万县，听到李长安喊黄小宝“大老爷”，同船的商人走贩都惊诧地看他们，这么年纪轻轻的就被叫做大老爷啊？他们进城住进旅馆，这旅馆房间和县城的倒是差不多，但是天一黑就亮起了电灯，从窗户望出去，整个山城电灯都亮了，像满天星星，好看得很。这时他们忽然又看到住客商人在喊茶房叫条子，不一会，几个花枝招展、时新打扮的姑娘来了，咿咿呀呀唱的是扬州小调，连唱带扭，挤眉弄眼，商人们笑着摸来摸去。李长安发现，大老爷看呆了似的，这些人称扬州妹的姑娘真比乡下的土气姑娘好看呢。大老爷回房间就问李长安：“这条子咋个叫法？”李长安断然拒绝，叫睡觉。他就去吹电灯，吹不灭，大老爷说："你默到是乡下的桐油灯嗦，这是电灯。"

第二天他们俩上街，满街人来人往，一看没得人穿着打扮像他们那样的，街上有的人在看他们，有的很看不起地说："乡下人。"他们才晓得穿得太土了，但也只好如此。唯独黄小宝看到有的人穿着皮鞋，梆梆地走在街上，好神气，看一看自己脚上穿的千层底布鞋，羞死人。他对李长安说："衣服换不成，皮鞋总可以去买一双来穿起嘛。"李长安也反对，说："你上头穿的是长衫子，下头穿双亮晶晶的皮鞋，走到路上，才更让人家笑话哩。"黄小宝想想也是，只好作罢。

他们坐船从三峡出四川，多亏李长安按他爸李永宽教他的，给船上茶房的茶钱大方，主仆二人才没得受气，而且还多恭敬他们。船到汉口，他们两个上岸去买三等火车票，顺利地到了北平，他们先住进旅馆。从旅馆窗口望出去，这才叫繁华世界呀。

过了两天，他们在西城租了一套公寓房子，安顿下来。这个公寓不是很宽敞，住了好多说是来考大学的外省人。他们一打听，原来他们住的地方附近就有两所大学，一所叫中国大学，还有一所叫民国大学，都是私立的。不过据说中国大学不大好考，民国大学是才成立不久的大学，好考些。他们两个商量了一下，于是决定到民国大学去报名。没想到他们到民国大学去，一报就准，还说是不用考试，报完名后回家听候报到通知就行了。黄小宝发现，那些和他们一起报名的学生，看起来都是和自己差不多的小地方人，显得有些土气，不过有些人穿着打扮和城里人一样，西装皮鞋的，显然是新做新买的。于是他对李长安说："我这身打扮该换下子了，我们赶紧去买一身西服和皮鞋来，才好去入学呢。"李长安这次没有反对，说："北平大地方，啥子都有，我们这就去买一套合适的西服和皮鞋给大老爷你穿上就是了。"

他们住进公寓时，其他住在这里的年轻人听到李长安喊黄小宝为“大老爷”，都很奇怪地瞪眼看着他，这让黄小宝觉得很不自在，他对李长安说：“以后不准喊我大老爷了。当初在船上，你喊我大老爷，人家看我的眼神都不对，让我很不自在。现在到北平来读书了，哪有大老爷坐在教室里听老师讲课的？”

李长安问：“那喊你啥子呢？”

对呀，喊啥子呢，大老爷是不喊了，喊大学生好像又不对，他们在房间里商量了一阵，最后决定，李长安以后改口喊大老爷为“大先生”。

大先生黄小宝在李长安的陪同下，到商店去买西服衬衫和皮鞋，还花不少钱买回一块手表戴上，时不时地扯起袖子看时间，故意显富的样子。然后他们又去高级理发店让理发师把黄小宝的头发修剪梳洗一番，再搽上发油，显得油亮油亮的，比先前那个鸡窝头好看多了。黄小宝原本就长得一表人才，这样一打扮，还硬是有点像个大学生的模样了。只是他回到公寓后，在镜子面前学到打领带，扯去扯来的，总打不好，害得他在镜子前生气地说：“不晓得那些外国人咋个想的，在颈子上套条吊颈带干啥子？”当然，说是这么说，大家都是那样穿着打扮的，他要想洋气，还是得学好打领带。

几天后，大先生黄小宝接到了民国大学的入学通知书。他在李长安的陪同下，到民国大学去听课，看见教室里稀稀拉拉地坐了几个和他差不多模样的同学。老师在有气没力地讲，学生爱听不听打瞌睡的样子。黄小宝其实没有听进去，下课回公寓往床上一躺，对李长安说：“以后再也不想去了，你就代替我去坐一下，要得不？”李长安说：“我看他们不点名，不去就算了。”

从此黄小宝一曝十寒，有些时候想起了就去学校晃一下，他这样，和同住公寓的同学比还算是好的呢。一学期完了，大学给送来带参考答案的试卷，抄一下签上名，交上去，不久就发了盖了印的优等成绩单。后来的日子,黄小宝基本上再没有在课堂露面,一混四年都是这样,混到毕业,领了大学毕业证书,赶忙到相馆穿上相馆备好的学士服照一张毕业照,连同带有学士服照片的毕业证书,寄了回家去。

这正是黄老太爷盼望收到的,这下子,他们乡下土老肥也该有出头之日了。他叫下人把照片和毕业证书都挂在正堂里,于是引来一群拍马屁的乡绅,像苍蝇一样嗡嗡嗡嚷着,凡是那些叫好的字眼,随口捡几句,恭喜老太爷大喜。黄老太爷很谦虚地回话:"犬子谢各位了。"于是在家中大摆宴席,众人呼幺喝六地划拳大吃海喝,尽欢而散。

在北京叫做大先生的黄小宝混了几年,其实不是来读书的,不过就是为了在这里玩够耍够,拿一张大学毕业证书回去交差,这也是家里头黄老太爷的意思。他这辈子钱已经挣够了,对他来说,这个独生的宝贝,一辈子就是两件工作,一是花钱,二是传宗接代。黄小宝自然是心领神会的。钱用光了,就打电报回去,钱便如数兑来了。李长安哪晓得这个,就是觉得大先生大脚大手花钱太浪费,他劝黄小宝:"大先生你读大学报的还是经济系呢,我看你用钱大脚大手像流水,就很不经济。"

黄小宝笑了:"我看你这娃儿才不懂经济,你爸就懂得起。你说用钱像流水倒说对了。用钱就像流水,水要流才活呢,你看那池塘一塘臭水,不流动,把水放出来流动,水就活了,干净了。我家老太爷挣钱我花钱,他那里钱流进来,我这里把钱花出去,一进一出,钱才活呀。"

大先生的这个经济学,李长安一直整不明白,想想也不是自家的钱,那就任由大先生哗哗地像流水花吧,反正北平这个大地方花钱的地方多得很。东安市场、西单商场成了黄小宝时常光顾的地方,还有王府井一条街,五花八门的商店,本地的外地的、外国的什么都有。

黄小宝一进这些地方，很受欢迎。不管是啥子东西，只要他看了新鲜，立刻手一指，李长安就付钱，很多东西，买回去后黄小宝连看也没多看一眼，随便一丢，房间头的旮旮角角都堆满了。他那一身行头，穿的戴的，玩的都是头等货，有些是舶来品。

说到吃的用的，黄小宝就更有说头。他说，人生来一辈子，就是一张嘴，一根那个，私塾老夫子不都说孟子说过“食色，性也”。孔夫子说的别的话，他一句也记不得，就记得一句“食不厌精”，他说要吃就要吃好吃的东西。北京著名的菜馆早吃遍了，著名的啥子烤鸭，东来顺火锅，啥子从宫里传来的几百年的炖烂肉，不腻，还吃一些怪名堂，熏人的臭豆腐。

有一次，黄小宝忽然异想天开，要到东交民巷外国餐馆去开洋荤，真出了洋相了。他在餐桌上，侍应生送这送那给他，他都不晓得接过来干啥，人家那是讲卫生嘛。等到坐下来，看到面前摆起亮晃晃的刀子叉子，都不晓得啷个用，从邻桌外国人那里才看出是用来切肉的。一盘牛排，他用力才切开了，等用叉子挑起来放进口里，哎呀，是生的，还在流血呢，连忙吐了出来，不吃了。他又用叉子按到放在盘子上的整只鸽子，用刀去使劲切，但随便咋个也切不开，还一下子把鸽子切飞了，滚到桌子底下去了。

“吔，你还给老子真的飞起来了呐？”黄小宝钻到桌子下头，把鸽子抓出来，吹了下灰，放回盘子上，用手按住再切，总算是切开了。可他还没有开口吃呢，侍应生已过来收拾端走了，并递给他一条湿毛巾让他擦手，擦他的西服袖子上沾的油渍。黄小宝看邻桌的几个洋人吃惊中带有鄙夷地望着他。生气地把刀叉往桌子上一丢，站起来就往外走。李长安连忙跟到他下楼。刚下到楼梯口，就听到楼上的嗤笑声，还有侍应生嘀咕：“土老帽！”从此黄小宝对于外国生番很瞧不起，“啥鸡巴东西！”

黄小宝从北平东城吃到西城，又从北城吃到南城回民区，吃来吃去，他认为北平东西没得四川的好吃，还没得麻辣味。不过有回他到云国饭店去理发后，顺便在附近一家家常菜的餐馆吃饭，觉得这种家常菜，反倒比大餐馆的大餐好。

再说到玩要，黄小宝大言不惭地说："老子把京城里头好要的地方都要够了，要得好安逸呀。"

他去过大大小小剧场，最着迷的是名角的京戏，几乎凡在报上看到名角要演出，他一定要李长安去买票，就是买不到，倒票也要。他还去买一架留声机回来在屋里放京戏唱片，放得都让隔壁邻舍厌烦了。他还是自得其乐，有时还要跟着哼几句啥子"一马离了西凉界……"

他还喜欢到电影院去看电影。那个时候电影还是比较新奇的东西，他在出川过万县时，曾经坐在银幕前面看过新出的武打片《火烧红莲寺》，真够劲呀。现在在北平好看的电影多了。差不多每上演一部，他都不放过，特别是王府井街附近的外国人开的平安电影院，专放外国电影给外国人看的，他也要图新鲜买票进去看一下，外国话他一句也听不懂，男的女的动脚动手、搂抱亲嘴，他看得特别有兴趣，这也是李长安特别担心的。

在离开乡下前，黄老太爷找李长安个别谈话时，就曾经暗示要他留心大老爷的不良行为。下来后他爸爸李永宽也提醒过他要多留心大老爷在北京的私生活。李永宽对儿子说："你晓不晓得他们家三代单传是啥子原因？这家子人就害在一个色字上，再往下走，担怕是要断香火了。"李长安当然明白他爸的意思，王大老爷传宗接代是大事，一定要当心，不要让他乱来。

果不其然，这黄小宝还正应了黄老太爷的担心和大管家的话。到北平以后，他特别喜欢注视街上那些打扮时髦的姑娘。有一次在东安市场那拥挤的人群中，他看到有的女人花枝招展，露胸露背的，屁股扭来扭去，他就追到人家看，回到家还对李长安说："那圆滚滚的屁股,我靠实[1]想伸手摸她一把了。”李长安回答说:“喜得好[2]你没摸人家,你要真去动手,那警察抓住你打一顿都是轻的,说不定要问你流氓罪呢。”

有一回,是有名的黎明歌舞团来北平演出,一色十几个漂亮姑娘,在台子上穿的裙子不能再短了,跳起舞来,一排白净大腿亮在台口,扭来扭去,开笑口,挤媚眼,登时来个满堂彩,池子里的看客都跳起来叫好:“再来一个!”叫得最响,跳得最高的就是黄小宝。这个歌舞团在北平接连演了十几场,票价不低,场场满堂彩。黄小宝总是叫李长安早早去排队买靠前排的票,场场去看,回来还要发疯。李长安心里就打鼓了,这一下糟了。

这一下真的糟了。黄小宝打听到北平的风月场所“八大胡同”,执意要去逛,李长安咋个劝他也不听,只说是“去那里喝点清茶消遣一下”。刚开始他的确只是去八大胡同的妓院喝清茶,听听小曲就回家。渐渐地,他去的次数多了,小曲里的艳词淫句撩拨得他心头发慌,架不住千娇百媚的姑娘们投怀送抱、撒娇挑逗、打情骂俏,就这么一来二去,过了些时日,黄小宝再去妓院,就不是只喝茶听曲那么简单了,直接被几个姑娘簇拥拉扯着往后院房间里拖,李长安吓坏了,想把大先生扯回来,可是姑娘们连李长安也一起拖,李长安吓坏了,脱身退出来。心想,这下子惨了,回去咋个扯回销[3]哦。

从那以后,黄小宝成了八大胡同的常客,银子哗哗地流向那里的妓院。流点银子倒无所谓,黄小宝的身体哪儿经得起几个姑娘的折腾。眼见着他一天天消瘦下来,眼圈发黑,有气无力的样子,吃啥子补药都见不到效,李长安慌了,找到报纸上登的“专治梅毒淋病”的医院,陪到黄小宝过去看。医院医生做了详细检查,没有染梅毒,但有

① 靠实:真的、实在。
② 喜得好:幸好。
③ 扯回销:给回复。一般用在受人之托后给回复或者办完事后销差。

轻度淋病，医生说是可以治好的，但需要住院治疗。李长安跟黄小宝不商量，只要能治好，那就住院治疗吧。黄小宝这一住就住了两三个月，医生检查说，基本上好了，但还要继续服药，因为他得“弱症”了。

李长安晓得自己摊上祸事了。到北平以来，李长安开始是背到黄小宝定期向黄老太爷写报告的，后来这事被黄小宝发现了，于是他们两个一起合谋胡编乱造一气，无非是大老爷学习很努力，成绩优良之类的话，而且黄小宝比李长安还灵透些，假的都被他编造得更合情合理，以至黄老太爷叫大管家写信给李长安，让他要好好照顾大老爷，劝大老爷不要学习太辛苦了，该休息就休息，该玩就去玩，身体要紧。

现在出了这档子祸事，李长安只能瞒着黄老太爷也瞒着他的管家父亲，自思自想要早点摆脱祸事，还是早点送大老爷回家的好。他把这个意思对黄小宝说了，黄小宝说，还是等他在北平把身体养得好一些再回去。李长安想想，大老爷这话也有道理，那就养几个月再回吧。但是他对黄小宝说，这八大胡同是不能再去了。

黄小宝在八大胡同逛妓院时，有个他很喜欢的姑娘对他很好，据这个姑娘自己说是只卖艺不卖身的，并劝黄小宝不要和有些姑娘往来，她的本意是想通过黄小宝为她赎身，脱离苦海。谁知黄小宝并未把她的劝告当回事，和不干净的姑娘有了来往，结果得了性病进了医院，幸好还不太严重，被治好了。

黄小宝在住院治疗时，这个姑娘不晓得从哪里打听到他的事，曾到医院看望过他。回家休养后，姑娘又时不时跑到他住的地方来看望他。这天，姑娘又来了，还给休养中倍感寂寞的黄小宝唱小曲。黄小宝很高兴，想起曾和她说过要为她赎身的事，现在人家老来看望，大概也是有这个意思。他们两个说着说着，黄小宝就控制不住自己了，要和姑娘亲热，这个姑娘想到黄小宝要给自己赎身，那早晚都是他的人，就没得拒绝。

李长安外面买东西回来，从蛛丝马迹中看出端倪，吓坏了，等那个姑娘走后，他对黄小宝说："大先生，你这儿才治好了，又乱整，你不想活了？"

黄小宝解释说："这个姑娘你是晓得的噻，心肠好，身子也是干净的，她有意脱离苦海，所以就……"

"所以，所以你就和她上床？是不是还想要为她赎身？"李长安说这话时很生气，他心头想的，这大老爷要再整出点啥子事情来，等回到四川老家，真正倒霉的还不是自己。于是他对黄小宝说："大先生，你这是啷个想的嘛？这种女子，你觉得老太爷会答应你把她带回去为你们黄家传宗接代吗？这肯定是不可能的噻！"

黄小宝说："好了，这件事现在不说了，等我养好身子后再说吧。"

李长安却不打算让大老爷养好身子再说，他有自己的心计。他马上背到黄小宝写了信给他爸，隐晦地提到大老爷现在已毕业了，老是待在北平怕弄出个啥子事来，让他爸给老太爷商量一下，还是早点把大老爷接回四川的好。这李永宽是个好聪明的人哦，于是没隔好久，黄小宝就收到了老太爷打来的电报，喊他早点回四川。

李长安看到电报后就马上去火车站买好票，催着黄小宝动身，说免得老太爷在家头等急了。其实他是怕那个姑娘又来缠大老爷。黄小宝也没得办法，万一惹得老太爷生了气大家都不安逸①，于是让李长安收拾好东西，动身回四川。

黄小宝——在外面改叫大先生，现在回家仍然叫大老爷了——在李长安的陪同下，虽然顺风顺水，还是走了一个星期才回到万县。大管家李永宽已经带人抬到滑竿在码头迎接了。黄小宝走下趸船，李长安还忙着从船上卸下大包小包的行李，送上码头。李永宽问儿子："啷个带这么多东西回来？"

李长安说："这还叫多？在北京公寓房那儿七古八杂②还堆了比

① 不安逸：此处含有"不好过"的意思。

② 七古八杂：很多，乱七八糟。

这多得多的东西呢,都丢在那儿了。"

"还有好多东西？那啷个不带回来呢？那都是钱的嘛!"大管家李永宽心痛地说。

李长安说:"大老爷说了,这钱呢就是要流进流出,才是活的。老太爷叫钱流进来,大老爷把钱流出去。大老爷说这就是经济学。"

黄小宝瞪了李长安一眼:"要你多嘴!"

李永宽说:"钱是要搬进搬出,才是活钱。不过是老太爷把鸦片烟卖出去,银子才向家里流。大老爷把银子花出去,要把东西换回来噻。"大管家才真的懂得起经济学。说完催着大老爷上滑竿,说是还要赶好长的路呢。

黄小宝坐在滑竿上,跟来的几个下人挑着他的东西,一行人赶了一程又一程,终于看到黄家大院的大朝门。只见大朝门口站着黄老太爷和黄老太太和一些亲戚,旁边还排着家头的下人。黄小宝刚下滑竿,这黄老太太就迎上来,拉到他的手不放,问长问短。

黄小宝在家人的陪同下踏上石阶,来到大朝门前。他抬眼上看,大朝门上那镌着金字"泽被川东"的老古董门匾依然还挂在那里,大朝门两边还是那副老门联"忠厚传家久,诗书济世长"。他们家的大朝门,本来是只有婚丧大事和迎接贵宾才打开的,平常大家只准从两个小侧门进出,今天为他破例打开了。

黄老太爷神采奕奕,带着大家一路进了大朝门。院子里头已经站满了人,在那里等着欢迎衣锦还乡的大老爷。这些人里面有穿体面长衫的,也有穿短褂长裤的,都是同一个祖公几代传下来同宗的伯叔弟兄。

黄小宝跟在黄老太爷的后面,一路往里走,很有礼貌地揭下灰色的礼帽不住叫"大伯、二叔好""大哥小弟好"。站在那儿的人也回应黄小宝的招呼表示欢迎。人群中,有人在说:"哎哋,看他穿一身洋马褂,戴着礼帽,颈上系个吊颈索,好像个外方人哦。"马上有人纠正:

"啥子洋马褂,那是西服,还有那个,也不是吊颈索,是领带。"也有人在背后小声说:"洋盘,假洋鬼子。"在嘈杂的人声中,这句话没有传到大老爷黄小宝的耳朵。

黄老太爷带着穿着皮鞋走路梆梆响的好儿子,一面点头给大家打招呼,一面对黄小宝说:"你先不忙回屋,到大堂屋去给祖辈人叩头谢恩。"然后带着众人跨进已打开双扇门的堂屋。

堂屋正中墙上的神龛上,贴着"天地君亲师之神位"的金字神牌,只因换了朝代,进入民国,把"君"字用红纸蒙上一个"国"字了。前面立着开山祖公的画像,威严模样,神龛下的供桌上已经点着一对大蜡烛,堆着供品。最叫黄小宝惊奇的是两边壁头上贴着他寄回来的毕业证书、成绩单,这些光荣的记录是贴出来让大家欣赏,也是对祖公的汇报。

要行礼了,黄小宝有点迟疑,穿起这身西服,唧个好下跪磕头呢,只应该三鞠躬呀。黄老太爷看出来了,说:"在家里就要照老规矩,磕头!"黄小宝听他爸这样说,只能是身不由己地跪下磕头了。拜完祖上后,黄小宝很自觉地向坐在供桌两旁两把黑木椅上的父母亲磕头,两个老人笑呵呵地接受这个有出息的独苗儿子的跪拜。

仪式完成后,黄小宝被他妈拉到起走进后院一间布置一新的屋子头。这间屋子的窗户前头立着一个精巧的妆柜,挨着一排大衣柜。但最扎黄小宝眼睛的是靠里面墙的一间新床,与其叫床,还不如叫房。它就像一间方正的小房,三壁封死,那件横竖都能伸直腿脚躺平的大床,叠着不晓得有好多床锦缎花被,大床前的两头还立着灯柜和马桶,最前面才是木雕精致的木门帘,金纸木雕是象征多生贵子的花草,这门帘还是可开可关的。

黄小宝问他妈:"这是做啥子?"黄老太太回答:"这是给你准备结婚的呀,你爸不晓得花费了好多心思,才请到高手给你打成这些的。"跟到他们进屋子的大管家李永宽接着说:"老太爷早就说,是该给大老爷你成家的时候了。""多事。"这是黄小宝对新房的评语。

黄小宝带到李长安回到他原来的住房，进去一看，房间也是重新修整过的，床铺书桌茶几都是新买的，墙上还挂着买来的说是什么名画家的山水画条幅，黄小宝一看就知道是赝品。最叫黄小宝不满意的是一切陈设和摆放都是老古板的。他马上喊李长安叫人来把书桌、座椅、茶几都移来斜放起，家人看了莫名其妙，把黄老太爷请来看，黄老太爷也不满意，说方方正正地放起有啥子不好。可黄小宝坚持要按他说的放，说在北平公寓里大家就是这么放的，阅读写作正对窗外射来的光线。一说是大城市北平规矩，大家就不说话了。黄老太爷发话："他要咋个摆，就让他咋个摆。"

家具摆放好后，黄小宝让李长安把带回来的留声机搬出来放在书桌上。大家围着看，都觉得好稀奇。黄小宝喊："长安，你来放给他们听一下。先放那个洋人大笑的，再放《马前泼水》。"

李长安也要显出自己是懂得洋玩意儿的行家了，他打开留声机，放好唱片，扭好发条，唱片正转，把针头放到唱片上，马上就听到一群洋人在哈哈大笑。大家都围过来，听到听到①不由自主地也跟到笑起来了，止都止不到，笑得都要断气似的，这下子，一院子都传开了，说大老爷在北平把洋人捉起来关在木盒子里，不憋气，还哈哈大笑哩，黄小宝看这些愚夫愚妇无知童稚这般高兴，不由得意起来，答应让长安天天把留声机搬到堂屋，放大笑，放京戏，让大家乐一下。

黄老太爷听到京剧还觉得好听，听到洋人大笑却大不以为然，他更奇怪的是，那个木盒子，哪个能把人声音关在里头还可以放出来？但是黄小宝对他说，这是科学，他就不说话了。科学是啥东西？搞不懂，也懒得搞懂，黄老太爷关心的是他宝贝儿子的婚事，这可是传宗接代的大事，是黄老太爷一直在盘算着的大事。

---

① 听到听到：听着听着。

在为黄小宝荣归乡里举办的热闹的欢庆宴会上，黄大老爷不光请来一些和他有交往的乡绅，还把一个祖公传下来的家族的人，不管是穿长衫还是穿短衫的，穿布鞋还是打光脚板的，老的少的，都请来参加宴会。开席后，黄老太爷举杯向众人宣告：“我们黄家到底出了一个能够走得到路，说得起话的人了，现在，是该他成家立业的时候了。”

黄老太爷这句话一出，四乡媒婆们都争着上门来说亲，简直把大门槛都要踩断了。这乡里头的大户人家，哪个不想攀龙附凤，和黄家打个亲家呢？

在那些说媒的人里头有个叫刘媒婆，能说会道，有本事把死人都说成活人，精麻怪可以说成天仙女。为这一门亲事她说她的脚板都跑翻了，终于和她本家一个大财主说好，把他家嫩鲜鲜水灵灵的才满十八岁的二姑娘嫁给二十四岁一表人才的黄家大老爷。黄老太爷不是很放心，叫大管家多方打听，这刘家姑娘倒真的是个未开苞的好姑娘，最要紧的是这刘家大财主的田产和黄老太爷的田产差不多，真算得上是门当户对了。于是黄刘两家财主都热热闹闹地准备婚娶婚嫁的事。

黄小宝和刘家二姑娘结婚那天，黄家大院子那个热闹哦，石坝上摆了上百张方桌，上桌的菜除了荤素九大碗，还有下酒的六个冷盘。请来帮忙的人杀猪宰羊杀鸡割鸭，厨房里斗大的锅，双手才捞得动的铁铲炒菜，大盆装汤，大桶装饭，大瓶装酒，吆喝连天地报菜名，就像唱戏一样。黄家收礼金的在大门口设有柜台，来一笔写一笔，数目大的更是要红纸条写上送礼本人和礼数，吆喝地贴在粉墙上，对联喜幛挂满墙壁。大管家李永宽带着儿子李长安在前面张罗迎接，黄老太爷只在有名望的人或者送大礼的人来时才出去打拱道谢。

女方娘家那边也为嫁女准备了不少嫁妆，抬嫁妆的队伍两个人一个抬盒，那声势和长度也不是随便哪家就比得上的。那些抬盒里头，衣服被褥、钟表首饰，还有各种日用品、化妆品，应有尽有。队伍中最显眼的是前面两个人抬着的盒子，里面只放了一块白绸布，这当然是晚上有妙用的，这将是新嫁女贞洁的铁证。

长长的迎亲队伍，在乡村的小路上缓缓前行，锣鼓喧天，吹鼓手乌啦哇啦一路吹个不停。四个轿夫抬起的花轿跟在后面，花轿两旁是送嫁的哥哥嫂嫂。刘家二姑娘一身红色嫁衣，头上盖着红盖头，端端正正地坐在花轿里头。照我们当地的礼俗，嫁女在出门前是一定要抱着爹妈姊妹好伙伴哭，当然这是哭喜而不是哭丧了。

花轿还没有到黄家大院，信息已经传来，黄小宝还在为是穿西服呢，还是穿大红长衫挂上大团红色礼花和黄老太爷争执起。按黄老太爷的意思，在乡下就要照乡下规矩，新郎官当然应该是穿大红长衫，戴圆顶插了宫花的礼帽。眼看花轿就要到了，他们两爷子①才在黄老太太的劝说下各让了一步，黄小宝按他爸的意思穿上大红长衫，黄老太爷允许儿子戴从北京带回来的深灰色宽边礼帽，脚蹬皮鞋。

大门外噼噼啪啪爆竹响了，表示新娘子已经到了。刘家陪嫁的下人扶到新娘子下轿，走向布置好的结婚礼堂，在礼堂门口设有火盆，是必须踏过火盆才能进去行礼的。

婚礼完全按照习俗进行，新郎新娘照唱礼的指示，一向天地磕头，二向父母磕头，三是夫妻相拜，然后黄小宝大老爷拉着套在新娘子手上的红绸布，牵到新娘走进新房。按那时乡里头的规矩，新娘只准坐在床沿等候，红盖头是不能自己揭的，要等到晚上睡前，由新郎来揭盖头。

晚上照例家里不分大小都可以去闹新房，使不完的恶作剧，把夫妻二人折腾得告饶也不罢手。终于过了半夜，大管家李永宽才出面把闹房的人请走，好让大老爷他们两口子上床安歇。

---

① 两爷子：父子俩。

第二天早上，黄小宝两口子起床后，陪刘家二姑娘嫁过来的那个下人在整理床铺时，看到那张白绸布被丢在一边，上面没得证明新娘子贞洁的红色，她没敢声张，想是头一晚两人都弄得太累，可能没行房事。可一连二天都是这样，到第三天陪黄大老爷两口子回门时，她把这件事偷偷地告诉了刘老太太。

刘老太太一听着急了，这还了得。她拉到二姑娘问，也没问出个名堂。刘老太太和儿媳妇商量，会不会是二姑娘还懂不起①是啷个回事。她们两个悄悄把二姑娘喊到内房，详详细细地给她讲了行房事应该做的事情，把二姑娘听得个面红耳赤，在她们千叮万嘱之下，点头应了下来。刘老太太这才放了心，一心就等到哪天传来二姑娘怀娃娃的消息了。

但是——大家听野狐禅子摆龙门阵正有声有色的时候，他忽然说出个“但是”，大家吃惊地问他：咋个了？他说：出事了，出了大问题了——

大老爷黄小宝才结婚不到一个月，大老爷娘子又提出要回娘家。而且回到娘家后说啥子也不愿意再回黄家了。刘大老爷问起来她哭哭啼啼的，啥子也不说，还是她妈把她拉进内房，仔细盘问，她才说出了实情。到底这刘家二姑娘给她妈说了些啥子，也只有她们自己晓得。反正刘老太爷也不催他女儿回黄家了，还让下人好吃好喝地侍候着，就好像女儿受了天大的委屈似的。

这刘家在当地也是有钱有势的大财主，并不是任人欺侮的贫苦老百姓，这女儿受了委屈，自然是不会算了的。几天后，刘老太爷派亲信到黄家，黄老太爷一看刘家来人了，开口就问儿媳妇咋个还不回

① 懂不起：不懂，不明白。

来。刘家来人说:“我家二小姐为啥不回你黄家,黄大老爷自己心头应该很清楚吧?”

这个话是啥子意思?黄老太爷转头向儿子,黄小宝却不做声。这时只听刘家来人说:“我家老太爷说了,我家二小姐肯定是不得回来的了,请你家出具一份休书,退回我们二小姐的嫁妆,从此我们两家互不相干,我们保证啥都不说,就当没得这回事一样,大家都好留个面子。”

黄老太爷听了这些话,完全搞不懂了,这刘家的人在说啥子,究竟是演的哪一出?他正想拍桌子发怒,黄小宝却说话了:“我可以马上写一份休书,你家小姐的嫁妆也可以全部退给你们,但是,你们要说话算话,保证拿到休书后啥子都不许说!”

黄老太爷听儿子这样一说,只好把一口怒气吞回去,眼睁睁地看到刘家来人拿了黄小宝亲笔出具的休书,抬起嫁妆出了门。他伸手去拉儿子想让他好生给自己解释一下,结果黄小宝往边上一躲,啥子话都没说就回自己房间去了。

黄老太爷赶紧喊人把李长安找来,这个李长安成天不离大老爷左右,肯定晓得内幕的。但是李长安来了也啥子都不说,后来在老太爷暴怒,一再追问下,李长安情急之下,回答说:“大老爷说那个女的可能是石女,所以把她休了是对了的。”

“石女?”黄老太爷完全没有想到问出这个结果来。趁他还没回过神来,李长安借口大老爷还有事让他办,赶紧溜了。后来就有了传言,说黄大老爷把他的新媳妇休了,因为她是个石女。只是这个传言还没传好久,就听说那个被黄大老爷休了的女子再嫁了,带到娘家陪送的丰厚嫁妆,嫁到城里去了。据说后来人家在那家又是生儿又是育女的,啥子石女哦!当然这是后话了。

休了刘家二姑娘后,黄家香火接续问题又成了黄家最重要的大事一件,必须抓紧解决。于是又有利嘴媒婆子上门,四处奔走,只要人家问起头一桩婚事，媒婆就把“石女”的幌子打出来，把责任全部推给女方。因为黄家有钱有势，再加上黄大老爷是从北平毕业回来的大学生，要说一户好人家也不是好困难的事情，于是黄家又吹吹打打地办一场热闹的排场比上一次稍微差点的婚事，娶进一个据说是知书达礼的女子。后面的事，就是催着黄大老爷为黄家传宗接代而努力了。

但是——

“咋又来一个但是？”大家惊奇地问野狐禅子，野狐禅子摇摇头，继续摆——

但是黄小宝和这个女子结婚后又是不到一个月，黄家发生了件奇怪的事情，这个嫁进来的女子居然提出要去北平考高中，说来也真是让人匪夷所思了。已经出嫁了的女子，按常理她就应该安分待在婆家，尽快为婆家续上香火，生育抚养子女才是正道，怎么这个女子会提出要去读书呢？大家议论纷纷。

黄大老爷这次娶进的这个女子确实是在县城读完初中，而且的确品学兼优。初中毕业后，她很想到外头去继续读书，但她父母认为女儿年纪也就十七岁，不舍得让她出去。正好有媒婆上门说亲，说的又是家大业大的黄家，这家人就答应下来了。开头这个女子不愿意，但后来听说黄大老爷是北平的大学毕业生，也就勉强顺从了父母的安排，嫁进了黄家。可是这个女子过门后不久，提出要外出读书，并且开始在黄家哭闹，甚至寻死觅活，有一次还真的差点把自己吊在房梁上。这女子的娘家人心疼自己的女儿，三番五次上门来求情，一看要闹出人命了，黄家痛下决心放弃了这门亲。只是有一点让人不解，为啥子黄家后来会忍气吞声地送这个女子到北平去读高中？

就这样，黄大老爷的这一场婚事又泡汤了。虽然黄家堆金码银富得流油，但整个黄家大院头，除管家用人大小跟班和厨子老妈子以外，主家人丁不旺，只有黄老太爷两口子外加大老爷黄小宝了，总共才三个人。眼看儿子娶亲两次，他们黄家最后都是赔了钱财没了媳妇，还没给黄家诞下一丁半口，黄老太爷也不敢轻易来第三次了。更何况黄小宝自己好像也并不着急，黄老太爷和黄老太太惟有背地里叹气，心急如焚得晚上睡觉都不能安稳。

忽然，又冒出来一怪事——

野狐禅子大声说。大家觉得他还是应该继续按黄大老爷的婚事说下去，因为大家都惦记着这事，希望晓得结果如何，但野狐禅子却仿佛说起了另外一件事情——

就在这黄老太爷一天到晚为儿子焦心不已时，他们黄家坝所在防区的一个姓包的啥子团长，也不晓得为了啥子，突然亲自登门到黄家来拜访。

我前头摆到过，那个时候，四川到处都是大大小小的军阀，他们各自割据一方，叫做防区，此防区就是军阀的独立王国。他们中有的人就是些山大王，自己招兵买马拉起一支队伍，然后接受所谓的招安，成了有正式名义的这个国民革命军、那个保安团司令部。上头给一杆几军几旅几团几营的旗子，就可以在自己那块地盘上横征暴敛，为非作歹了。

黄老太爷明白，这种人是最得罪不起的，况且自己的鸦片生意还要靠到这位包团长。看到包团长带到一帮马弁亲自上门，自然不敢怠慢，好吃好喝款待着。几杯酒喝下肚，这个包团长的意图就暴露出来了，他提出要把自己四个儿子当中的一个拜给黄大老爷当干儿子。没等黄老太爷他们反应，包团长就开始夸起自己的儿子来，老大勇猛老二机灵老三秀气老四淘气……这番话潜伏啥子意思呢？就是吃准了黄大老爷没有子嗣、吃准了黄家无后的结局噻。黄老太爷心里头那个鬼火冒，但是还不敢当面发作，只能说些不敢高攀呀、不能夺人所爱呀的话来表示婉拒了。包团长碰了个不硬不软的钉子，还并不死心，临走时说："我把话说到这里，这事还望黄老太爷放在心上，多加思量。"

这件事没过好久，包团长又登门来了，不过这次没提干儿子的事，见到黄老太爷，直接开口说："老爷子，事情不妙呀，这一回我恐怕是要找你打启发了。"

打启发，你们都晓得是啥意思，就是红口白牙出，开口就要钱，也有叫打秋风、打瓜削的，都是这个意思。这个号称四川国民革命军的防区团长为啥子想起来找黄老太爷打启发呢？

黄老太爷做的是种鸦片、制鸦片、卖鸦片、开鸦片烟馆的买卖，这种在血盆抓钱的买卖，如果没得靠山，几下就会人头落地。黄老太爷知道本防区的这个包团长，虽然只有几百号双枪兵，有几杆破枪，但还是可以做他的靠山的，因此平时破费养着他。种制卖鸦片，开烟馆，能赚血钱。但是都给收税的盘剥走了大半。要想赚大钱，就要把鸦片烟运到上海这些大城市去卖，那里还有外国佬收买偷运到外国去赚钱。所以黄老太爷就托了这位包团长，偷运鸦片烟到上海去。

包团长一个小防区的小团长，咋能有闯关夺卡的本事，把鸦片偷运到上海去呢？原来他另有办法。他和在川江上航行的英国的日本的轮船，有些过节但更多的是交往，于是包团长就托这些外国轮船的茶房，把鸦片烟藏在船里秘密地方，中国的政府、军方、警察都是怕外国人怕了几百年的，不敢上船检查，这样包团长把黄老太爷的鸦片烟，其实他入了股也是他的鸦片烟偷运到上海，那边自有接货的公司。卖鸦片赚到的钱，团长又用来买外国的枪，公开地用川江轮船运到四川，再转卖给正在打内战打得火热的军阀。几头吃糖，黄老太爷和防区包团长哪个不吃肥嘛，哪个会不像黄大老爷说的一般银水往家里流嘛。

面对帮他一起发财的包团长，黄老太爷尽管听到那个“打启发”的话有点心惊，不晓得这个包团长又想做啥子，但也不敢表露出来，只问：“包团长，出啥子事情了？”

包团长说，他上头四川防区的一个军长，派和他相邻防区人带到队伍过来把他的防区夺了，调走他的兵，提了他的枪，把他弄成个光杆团长了。还说要调他到重庆去受训，明摆的事，要叫他提起脑壳去问话了。包团长托重庆的熟人打听，原来是那个军长又奉了南京啥子委员长的令，要调川军去川北打共产党的红军。

事已至此，包团长放弃了估倒[1]把自己的儿子拜给黄小宝大老爷当干儿子图谋黄家更大财产的想法，眼下他只想多捞点钱，好带到全家逃到上海的外国租界去做“寓公”安度下半生。所以这个“启发”自然打到了黄老太爷头上了。顺便说一句，我说的这个“寓公”，可不是那个带领全家提起一把开山斧头去移走王屋山的那个愚公，而是寓居在上海租界里过安生日子的寓公，这是两码子事。

黄老太爷摊上这档子“打启发”的事，心中虽然很不了然[2]，但也不敢惹这个成了光杆司令的包团长，只有忍痛把自己挣来的血汗挖一大坨[3]去塞包团长的嘴巴，而且少了怕还不得行[4]，像包团长这种兵痞无赖，要是惹毛了他，担怕是啥子事情都做得出来的，搞不好弄得自己人财两空，那才得不偿失。再说把他打发走了，也免得他再提那个啥子干儿子的事，也正好做个了结。想到这里，黄老太爷干脆做了个漂亮姿态：“包团长，你我两个，还有啥子说的呢？我这就把家当送一半给你，要得不？”还说，“以后上海那边的事恐怕还要你

① 估倒：强迫、强行。
② 不了然：此处的意思指不满、不爽、心中不舒服等。
③ 坨：四川话里的数量词，有“堆”的意思。
④ 不得行：不行。

帮忙呢。”

于是大事化了，皆大欢喜。黄老太爷用一半的家产保住了自己身家性命，也保全他在上海的鸦片生意，还保证了他黄家不再会有一个莫名其妙的干儿子进门来。而包团长有了这打来的“启发”，就可以腰缠万贯地举家出发去上海，去上海法租界和那些“寓公”打堆堆了。那里的确是寓公成堆，大多是民国的大小军阀打了败仗，人和枪都被比他高一级的军阀缴了，只得聊以保全脸面地发个石印的“快邮代电”，说是自动下野，解甲归田了。他的甲，就是枪杆子，倒是解除了，却并没有下到乡野去种田，都把刮来的钱财放在上海的外国银行保险，到上海租界置房买妾，一身轻松过逍遥日子去了。

“慢点，野狐前辈，”在旁听故事的一个小年轻插话问，“在旧书上说有钱人腰缠万贯，我就是不明白万贯是啥子？咋个缠法？今天你也说‘腰缠万贯’，你给我们讲一下行不？”

野狐禅子回答：“这个话说起来有点长，不过简单地说，万贯就是一万串铜钱。古时通用铜铸造的外圆内方的铜钱，用绳子把一千枚串起来，就叫一串或叫一贯。一千个铜钱一串拿起来过重了，一万贯该有多重？所以实际上大家都是把铜钱换成银子，轻便得多，那时的行市，四串钱顶一个银元。民国初年，最值钱的是袁大头，这是中国第一大军阀袁世凯把清朝搞垮后，自己登基当皇帝，改元洪宪。于是铸造了洪宪元年的银元，镌有袁世凯的头像，所以叫袁大头。一个袁大头银元由七钱二分足银铸成，很有信用。至于咋个缠法，就像我在前头讲到的，把准备好的银元装在缝制好的布腰带里，然后再把这腰带，藏在里衣里头捆在腰杆上，免得露财。好了，啰唆这么多，还是言归正传。”

包团长要出发了，黄老太爷专门设宴送行，其实是想探探他的口风，新来管本防区治安的钱营长是个啥子货色。包团长酒醉饭饱，口吐真言，说：“他姓钱，就是个见钱眼开的家伙，你要打发他其实不难，就看你的手段了。”

听包团长这么一说，黄老太爷心里就有数了。他相信自己惯常对儿子和大管家说的话，钱能通神，有钱能使鬼推磨，没有钱砸不开的关口。这个钱营长，既然喜欢钱，那啥子事情都好办了。

包团长走了，钱营长也上任了。黄老太爷主动约见钱营长，设宴招待，还说让他入股分红。钱营长酒足饭饱，拿着黄老太爷送的“意思”，自然拍着胸膛，说让黄老太爷放心，有他在，保证鸦片生意一帆风顺。不过这家伙有点狮子大开口。他说他这个营长得来不易，跑断了腿，花完了他的银子。现在想爬上去当团长的人很多，如果能拿出足够的银元向上头的头头上供，他就可以再高升一步，他高升了，黄老太爷的好处自然也不会少。所以他一开口就说要分对半利。黄老太爷想，先答应他但话说活一点，慢慢来磨他。

黄老太爷把兵痞这头算摆平了，但那头黄家传宗接代的大事让他想起来就烦。那个包团长让自己儿子到黄家当干儿子的想法虽然没成，但如果黄小宝一直无后的话，难保以后还会有啥子人生出同样的邪念。再说，自己这么大的家业，如果断了香火，交给哪个来接？他思来想去，备了一桌酒席，把他认为最忠实的可以说悄悄话的大管家李永宽请来，两个人关起门推心置腹地说这件传宗接代的大事。

酒过三巡，黄老太爷拿出一张盖有官方验证红印的十亩地的地契和一张数目不少的银票放在大管家面前，对他说：“永宽，这么多年来，你一直跟到我，帮我经营生意，助我发财。我黄家今天能这样，也有你的功劳。这点东西，是我的心意，你先收下。”

大管家李永宽有点惶恐地说：“老太爷，有什么事，你尽管吩咐就是了。这地契和银票……”“这个，只是我的心意。”黄老太爷把地契和银票推到大管家手边，接着说："永宽，你也不是外人，今天我就想和你说点心里话。你看我那个儿子两次结婚没有搞成，我都不晓得到底是啥子原因？你儿子长安从小和大老爷一起长大，到北京也一直在他身边，大老爷的事情，长安肯定都晓得。我想问一下，从在北京开始，到底我那个儿子都干了些啥子事情？长安有没得给你说过？"

李永宽其实早就料到黄老太爷迟早会找到他问这件事，心头也已有打算。儿子陪到大老爷从北京一回来，就和他说起了大老爷在北京住医院的事。大老爷婚事一次二次都放黄[①]，他就有了猜测，找儿子把这个事情问了个彻底。想到老太爷为接香火的事忧心如焚，迟早会有所安排，但这种事情老太爷不开口，他一个管家也不好说话呀，万一他说点啥子让老太爷想到别处，还以为他有异心就不好了，所以他一直没跟老太爷说起。现在老太爷问起，还推心置腹的样子，他是不能不说了。

李永宽喝了一大口酒，想了一下，壮起胆子，斟字酌句地说，"老太爷，多承你提拔我，我们一家人托你的福，免于冻饿之苦，我还没有来得及报恩呢。你老太爷的难事，就是我的难事。关于大老爷的事，我问过长安，听他说是大老爷在北京的确住了一回医院。好像是说大老爷身上的那个地方出了一点毛病，不过在医院住了几个月已经治好了。"

"你明说吧，"老太爷直截了当地问，"是啥子病？梅毒？"

李永宽只好明说："不是梅毒，是淋病。大老爷出院的时候医生就说，淋病是治好了的，修养几个月，也就痊愈了。只是……"

"只是啥子？"黄老太爷看大管家吞吞吐吐的，有点着急了。

"只是大老爷淋病虽然治好了，但就是那个……"李永宽大管家

---

① 放黄：形容所做之事没成功。

都不晓得后面的话唧个出口，“就是大老爷的那个……不举了，所以才会两次结婚都整不成。不过，老太爷你也不要着急，医生说这是弱症，只要好生调理，是有机会可以恢复的。”

“这样啊，还算好。”黄老太爷大概是早有经验，对于梅毒、淋病和弱症很有研究，他估计还有办法补救。

李永宽说：“老太爷，你放心，我还是那句话，你对我们全家的好，我和长安都时刻记在心的，黄家的事就是我们的事，我和长安都一定会想方设法让大老爷传宗接代的，你就等着抱孙子吧。”

听大管家说得这么坚定，黄老太爷有几分放心了，说：“那我就把这件事交给你全权办理了。”

这顿饭后，黄老太爷装着自己仍然一点都不知情的样子，既没有责备儿子也没有再拿传宗接代的事情催促儿子，只是说：“关于这个结婚生子的问题，以后你就多听听大管家的，一切由他安排就是了。”黄小宝“嗯”了一声，也没说什么。

黄老太爷既然把黄家传宗接代的重任托付给大管家李永宽，那李永宽自然是要尽心尽力，决不辜负黄老太爷的期望了。他让儿子李长安多盯着点大老爷，劝他安心在家休养，不要再整天胡思乱想，到外面去找乐子。同时让李长安买了许多壮阳的补品让厨房弄给大老爷吃。打听到哪有什么好的壮阳药，不管多昂贵都只管买回来给大老爷吃。李永宽对大老爷说，目的就是希望大老爷的弱症早点好起来。

因为大老爷在当地的两次失败的婚姻，弄得很是麻烦，李永宽想了个主意，在征得黄老太爷同意后，他让儿子李长安到上海去，找个清白无牵绊又看得过的女子回来给大老爷。

李长安当年陪大老爷在北京混了几年，已经学得十分灵醒[1]。他

---

① 灵醒：形容头脑灵活，遇事反应快，聪明。

到上海安顿下来后，开始到处打听，遍访各家游乐场所去见识一番，发现这大上海比北京还要繁华一些。果然江南水乡专出好颜色的美女，很多扬州妹也到上海一展自己的技艺，包括唱歌跳舞，陪茶陪舞，说不定私底下也兼营别的业务。李长安发现，这大上海，一到夜晚，花市灯如昼，楼台歌舞不歇；花街柳巷，处处可见飞着舞巾、扭着腰肢、招着纤纤素手的流莺，甚至还有些年纪不大的雏儿也动手拉客。鉴于自己在北京的疏忽，让大老爷被八大胡同的姑娘用色相迷惑了的教训，李长安明白，在这些地方，要想找个清白女子是不可能的。

一天，李长安正关在屋里看各种报纸，忽然被一则广告吸引了，那是一个舞蹈培训学校的招生广告。李长安想，这个学校虽然也许就是为游乐歌舞场所培训人的，但刚去报名的妹子些，毕竟还没有正式进入那些风月场所，应该还都是单纯清白的吧。于是第二天一大早，他就按广告说的那个学校地址去了解情况。

李长安到了这个学校，发现果然正是他要寻找的。这里一大群年轻漂亮姑娘正在载歌载舞，就像他在北平陪大老爷看过的黎明歌舞团的表演一样。那些姑娘，个个杨柳腰肢，貌美如花，这不正是大老爷喜欢的吗？在这里找寻一个如意的美丽姑娘，应该不费吹灰之力吧。于是他直接找到舞蹈学校的负责人，提出想要在这里选一个女子。

接待李长安的校方负责的人是一个风韵犹存的半老徐娘，风月场上的事情她见得多了，她上下打量着李长安，一副好像不明白他意思的样子。于是李长安干脆直截了当地告诉她，说他需要找一个身家清白的江南漂亮女子带回四川，嫁给他们家大老爷当正房夫人。他告诉这位负责人说，他们大老爷家资丰厚，有良田几百亩，在外还有不少生意，当然他可不敢说是鸦片生意。而且他们大老爷是一位翩翩公子，在北平读过大学的。说着李长安还拿出黄小宝当年在北京拍的一张照片。

那个负责人接过照片一看，照片中的男子果然是一表人才，风流倜傥。但真正让她动心的决不是这个照片，而是李长安开出的价钱。当时上海滩的这种学校，本来就是培养色艺俱佳的红粉队伍的，那些舞场的舞女、有钱人家姨太太，以至高级交际花，不少出自这种学校。李长安来的这个学校，也有这方面的业务，那些想往上爬的官油子从这里买了姑娘去，送往各大公馆攻城略地，准保成功。学校负责人根本不在乎李长安买姑娘是去做正房夫人还是干什么，只要有钱收，何乐不为？

在校方的积极推荐和配合下，李长安毫不费力就在训练班挑出一个名叫陈小娟的十八岁秀丽姑娘来。这些训练班的姑娘，是学校从苏北一带贫穷人家挑选出来，都和学校签了卖身合约的，所以把她们转手卖出根本无所谓本人同意不同意。李长安像在市场上挑选货物一样前后左右地看，陈小娟外在条件可以说无可挑剔，但李长安还要求学校出保证书，保证陈小娟是真正的处女，人家娶回去是要传宗接代的。那个年头也真是无奇不有，学校果然出了个保证书，还附带有医院的证明。李长安见此，慷慨拿出如数的银票来，双方都很满意。

李长安把陈小娟带回旅馆。单独为她开了一个房间让她休息，第二天带起她到街上，任凭她买漂亮衣服，各种首饰各种化妆品等，把自己打扮起来。看到装扮好的美丽可人的陈小娟，李长安心想，这么个尤物，不怕你大老爷不动心。

李长安往家里发了封报喜的电报，说一切都准备好了，让家里准备迎接新人。然后就买了到四川万县的外国轮船票带陈小娟乘船回四川。因为是上水船，他们走了一个星期才到万县，黄家派来接大老爷准夫人的滑竿，早就在码头上候到起了。

黄家大院门口，大管家李永宽见滑竿到了急忙迎上来，他像验货似的上下看陈小娟，脸上露出满意的神情，让下人把陈小娟带到上房，说请老太爷、老太太和大老爷过目。然后他转身悄悄问陪在旁边的李长安："是货真价实的吧？那个证书也办妥了？"李长安点点头，没有说话，此时无声胜有声，李永宽心领神会了。

一行人到了上房，黄老太爷两口子也是像看货物一样，把陈小娟上下打量了一番，然后转头看向自己的儿子。李长安向黄小宝介绍，说："大老爷，这位上海姑娘名叫陈小娟，是舞蹈学校的学生。"见黄小宝不说话，李长安再问："大老爷，你看着还满意不？"黄小宝终于点了点头，李永宽父子偷偷舒了口气。

黄老太爷见儿子表示满意，对李永宽说，准备择日举行婚礼。然后当场叫出一个丫头，指着陈小娟说："这个陈小姐，以后就是你们的大老爷娘子，正房大太太，好生点服侍。"丫头应声，连忙去搀扶陈小娟到为她准备好的房间里去休息。

等陈小娟离开上房后，李长安把舞蹈学校写的保证书和医院证明呈送给黄老太爷，黄老太爷看了后很满意地笑着说："这下子就保险了。"李长安又把这些东西呈给黄小宝看，黄小宝阴沉着脸，接过来瞟了一眼，什么也没说就离开了。

这时的陈小娟感觉自己像是在做梦，雾里云里，整个人都像踩在棉花上一样轻飘飘的。想起自己前不久在苏北乡下家里吃苦受穷怕还不如眼前这个丫头，忽然就被别人叫成大太太了，那个一表人才，被称为大老爷的男子竟然就是她未来的丈夫了。而那个把她从上海带过来的李长安，在上海时为她挥金如土，她还以为他是一个大人物，一切都听他的安排，叫上街就上街，让打扮就打扮。结果回到这里，看他恭恭顺顺地跟在大老爷旁边听候吩咐的样子，原来不过是自己未来丈夫的跟班，以后自己都是他的主人家了。

几天后，黄家再次为黄大老爷举办婚礼，因为这次的大老爷娘子是从大上海远道迎娶来的，自然是要大办特办，比前两次都风光。一来是在本地显示黄家的气派，二来也是让从上海来的新夫人看下子，乡下也能办出这么豪华的婚礼和婚宴。

不过，在这个婚礼前，黄老太爷跟儿子为了结婚礼服和结婚仪式又产生了争执。按黄老太爷的意思，自然是按乡下惯常的规矩办，也就是说，礼服和仪式仍按前两次婚礼的样子来弄。黄小宝却认为这次的新娘子是从上海那个洋地方来的，就要按那个地方举行婚礼的通常格式，洋气地办。他穿西服，新娘子穿白色婚纱，不跪拜，只行鞠躬礼。这下子把黄老太爷惹毛①了，他对黄小宝大声吼："你硬是不得了呐，要翻天了，专门给你老子唱对台戏！啥子白婚纱，你是嫌我和你妈活得长了嗦，提前把孝服拿来穿起！"

看到他们两爷子僵持不让，黄老太太和大管家只有出面来两边劝，黄老太爷那边，自然是说传宗接代承续黄家香火比礼数更重要的话，黄小宝这边自然是说白衣服不吉利是家头死了人才穿的，不要惹老太爷不高兴之类的话。劝到最后，黄老太爷叹气先让了一步，黄小宝也没再坚持让新娘子穿白婚纱了。于是黄家举办了一场不中不西的婚礼，新郎黄小宝穿西服，新娘陈小娟穿红纱连衣裙，只行三鞠躬礼，但礼毕后黄小宝仍用红绸牵着陈小娟进了新房。

第二天早上，大管家李永宽的老婆把头天晚上铺在新房床上的那块白绸布向大家展示，那上面的确有一团红色血迹。这是啥子意思，大家都心知肚明了。黄老太爷这下是彻底放心了，连夸大管家父子办事得力，自然重金酬谢一番。

一个多月以后，服侍陈小娟的丫头向黄老太太汇报，说大太太最近经常发呕，好像月信也不对得，得不得是怀起娃娃了。黄老太爷听说了，马上喊大管家请医生摸脉确认。又过了两个月，眼见陈小娟的肚子开始大起来，黄老太爷晓得后，不觉大声说："我黄家有福了，终于承接香火有望了。"为此，黄老太太还专门跑到庙子头去

---

① 毛：指冒火、发怒、来脾气。

烧香谢菩萨。

黄家大太太怀娃娃的消息传开后，曾经围绕黄家大院飞出来的一些传言不攻自破了。原来黄小宝两次婚姻失败后，一些关于黄大老爷阳具不举、黄老太爷家要绝后的议论就开始在黄氏宗亲里头传，想到黄老太爷那么大份家业最后要由谁来继承，那些家有儿子的很是兴奋，开始在算计如何去讨得老太爷的喜欢，把自己家的男娃儿过继给大老爷当儿子，那份家业早迟就是自己的了。想不到忽然一声晴天霹雳，大太太居然怀起娃娃了。一些人不死心，暗地观察，大太太那肚子还真不是做的假，眼看着人家肚子是一天天大起来，这些人真是大失所望。

黄老太爷心头一块大石头终于落了地。先前他担心绝后，连生意都做得懒心无肠，没想到媳妇真怀起了娃娃，有了一个就会有第二个、第三个……黄老太爷一下子有了再振旗鼓的动力，而且想把家业交给儿子黄小宝掌管，自己安心当老太爷享福了。

但是黄小宝并不想接他爸这个班，认为一天到晚就是算计算计，太辛苦。说白了，他就是浪荡公子，张口有吃的，站起有穿的，伸手有银元去玩耍就行了。老太爷看在眼里，忧在心里，但也无可奈何了，只有自己继续管到起。不过呢，他把具体经营交给了大管家李永宽，而且把李长安升格为二管家，协助他爸打理黄家的事务。李永宽本来对黄老太爷就很忠心，看到黄老太爷那么信任自己，还把自己的儿子也提升起来当了二管家，更是感激涕零，一再告诫李长安要知恩图报，千万不能生出二心。

又是几个月过去了，这黄家大太太陈小娟的肚子还真是争气，为黄家生下了个大胖小子，这下子，黄老太爷担心多年的传宗接代的事总算有了个好结果。他为这个来之不易的孙子取名为黄宗强，大概是希望这个孙子在传宗接代这件事上，比他们都强。

黄老太爷有了孙子，再加上生意越做越兴旺，觉得这是老天眷顾，心头有了为孙了积福的想法。他和大管家李永宽商量，看是不是逐渐把鸦片生意转向正当生意，毕竟这鸦片是害人的，人老了，还是多为子孙积点阴德的好。

就在这时，那个被大管家讥为“青天高三尺”的钱营长突然找上门来了。啥子叫“青天高三尺”？这里有个掌故。说是某县新到任一个县长，有士绅在欢迎他时说了这么一句话：“来了县太爷，青天高三尺。”这个县长还以为是夸他是青天大老爷呢。其实这是挖苦他的，意思是他到这个县里来，又要横征暴敛大刮地皮了，这地皮被刮低了三尺，那青天自然就高了三尺了。黄老太爷对李永宽说：“这饿老鸹上门，肯定没得好事，担怕又是为了那一半利的事。”

果不其然。钱营长一进门就大声叫嚷：“老子这辈子真是倒了血霉了。”李永宽请他坐下问他出了啥子事了。钱营长说：“我好不容易上蹿下跳才弄到这个营长位子，正想向团长位子爬呢，妈的，忽然中央军进川了，据说已经到了万县了。他们这一进川，就估到让川军到川北前线去打红军，而他们在后头督军。这不明摆到要我们去当炮灰吗？现在川军里头大家都在骂呢，说中央军名义上是进川打共产党的红军，其实是想一举两得，顺便把川军也灭了，还有人说这蒋委员长不是实行的孙中山的三民主义，而是他的‘杀民主义’。”钱营长喝了一口茶，接到又说，“老子才不得干这种瓜娃子①才做的事呢，妈的，兔子逼急了还咬人呢，惹毛了，老子就投红军去——（大管家李永宽在肚子里说，红军才不收你这样的破铜烂铁呢，他没有说出口——）不过呢，说是这样子说，红军那头我也是肯定不得去的，所以我今天上门来，就是找黄老太爷打点启发。”

又是个打启发的！黄老太爷太懂得起了，他二话没说，让李永宽准备了几张银票打发他走路，钱营长接过银票，看了看数目，很满意

① 瓜娃子：傻瓜。

地收了起来,看来为了早点当逃兵,他也顾不上提分一半利的事了。

几天后,有消息传到黄老太爷耳朵里,说是中央军要派特派员来这个县里掌权了。黄老太爷想,这中央军是从外头来的人,担怕没得包团长钱营长那么好说话好打发,搞不好再遭那个不安逸自己的对头黑一火①,那就不只是倾家荡产的事,怕是要人头落地了。于是黄老太爷下令,黄家名下凡是沾了鸦片的生意全部都收刀捡卦②,该哪个处理的哪个处理,一点痕迹都不要留。他心头想的是,尽快把活钱收到手,好来个三十六计,走为上。

大管家李永宽按老太爷下的令动了起来,他带起人,几天之内,把烟馆改成茶馆菜馆,那些烟具和库存的大烟,能转手的哪怕是压低点价也都把它转手掉了,而且全都是现钱交易。

处理完这些事情后,黄老太爷让二管家李长安赶紧带几个可靠的下人,陪到大老爷全家到成都去,那儿倒还是个住家的好地方,只要你不露富,不会有人来打麻烦的。早在两年前,黄老太爷就在那儿置有产业,黄小宝他们到了成都,不愁没得吃住的。至于黄老太爷两口子,还有大管家李永宽,仍留在黄家大院,毕竟还有田租要收,洗白后的生意需要人打理。而且按黄老太爷的想法,就算是真有了啥子事,他们黄家的香火是保住了的。

黄小宝带着老婆儿子和足够多的银票在李长安的陪同下上路了,临走之前,黄老太爷把几百亩田地的地契交给了他,让他带到成都好生保管。还特别招呼,要黄小宝把他的宝贝孙子黄宗强带好养好。

黄小宝全家到成都安顿下来,这个黄大老爷,还是像在老家一样,有吃有穿就行,家头生意上的事情和银钱的往来他概不操心,全

① 黑一火:背地里暗算一下。

② 收刀捡卦:结束,终止。

部交给了他认为可信的二管家李长安。只是他没想到的是，随着年龄的增大，李长安心中早有了自己的打算。

又是几年过去，黄老太爷老两口不晓得啥子原因，几天之内，相继过世，黄小宝接到大管家的电报，和李长安一起回老家奔丧，把父母送上山后，黄小宝让大管家处理善后事宜，并表示以后不会回来了。李永宽提议把田租的事交给本家一个有威望的乡绅长者代为管理，同时转让了黄家所有的生意，让黄小宝带着余下的家产返回成都。

或许是李永宽觉得一切事情已安顿妥当，前前后后都了结清楚，这辈子他也算对得起黄老太爷的知遇之恩，也该去向阎王爷报到了吧。没隔好久，有消息传到成都，说大管家无疾而终。李长安向黄小宝告假回老家奔丧，后来又让人带话，说有一笔生意上的账要到香港去收，然后一去就没了音信。过了很久才有消息传来，据说李长安在香港搞了个什么进出口公司，发了大财。至于他办公司所需钱财从何而来，无人知晓。不过好在他离开成都之前，很多事情都还是做了安排，才让大老爷黄小宝一家能继续有安稳日子过。这是后话。

黄家的香火钵钵①、黄大老爷的儿子黄宗强在衣食无忧的环境下一天天长大了。奇怪的是，他的秉性滴点点儿②都不像他爸黄小宝。在他妈陈小娟的精心抚育下，他没得他爸的那些坏毛病，而且从小就很好学习。从小学到高中，成绩一直很优秀，高中毕业后还正正经经地考上了北京一所好大学。进大学后，他依然十分勤奋，后来竟然以优异成绩申请到了美国一所著名大学的奖学金，在那儿读完博士后，留在了美国。

黄宗强自小就和他爸黄小宝有些疏离，和他妈陈小娟却很亲。他留在美国工作后，就曾想把他妈接到美国去和他一起生活，陈小娟

① 香火钵钵：指传香火的人，也就是继承人。

② 滴点点儿：很少的一点点。

没答应。虽然自结婚以来,陈小娟一直对黄小宝不冷不热,但想到毕竟因为黄小宝,她和她儿子才能有一个优渥安稳的日子,她实在不好把已经老了且已痴呆的黄小宝一个人丢在成都。所以直到黄小宝死后,陈小娟处理完后事,才带到家财和黄小宝死前交给她的几百亩田产地契离开成都返回上海。

陈小娟回到上海后,几个当年和她贴心的小姐妹得到消息后来看她,都很羡慕她。陈小娟却长长叹了口气,说你们哪里晓得,我过的是啥子日子哦。在姐妹们的再三追问下,陈小娟才说出实情。

陈小娟说,她结婚后才晓得,她的那个所谓的丈夫是个得了弱症的男人,根本无法行夫妻之事。新婚后有一段时间,她都不晓得每天晚上来糟蹋她的男人是些啥子人。她是有个儿子,但是这个儿子的亲生父究竟是哪个,她根本说不出来。感叹自己命不好,活该如此。小姐妹虽然也陪着她叹气,却告诉她说,上海的姐妹们又何曾过得称心如意呢。舞蹈班的姐妹好多去当了舞女,一些人被作践了又被随便抛弃,堕落一生。像她这样,能过上有钱人的生活,还有个好儿子可以依靠,也算有福了。

陈小娟回答说:"我这儿子确实是个好儿子,又有那么大的出息,还一直想让我到美国去和他一起生活。可是我不想去。一来年纪大了,到外国去怕不适应,给儿子添麻烦。再说,我连他的亲生父亲是哪个都无法告诉他,哪还有颜面和他生活。"

后来,陈小娟重病过世,她的儿子黄宗强从美国赶回,根据陈小娟在死前写给他的一封信中所说的银行保险柜密码,取出了黄家几百亩田地的田契,委托上海的一个律师帮他到四川乡下处理田产的问题。

但是——

野狐禅子又来了个"但是",山城走卒忍不到了,插嘴说:"又是但是,野狐,你今天摆这个龙门阵,都说了好多个但是了?!"没等野狐禅子回话，三家村夫开腔："走卒，你又插嘴！摆龙门阵多几个但是有啥子嘛？人家作家写小说都还要有悬念呢。还有那些说评书的，不抖几个包袱，哪个听你的？'欲知后事如何，且听下回分解。'我看你还是少安毋躁，听人家野狐把'但是'说完。"山城走卒瞪了三家村夫一眼，不再说话——

那个律师到了黄家坝处理黄老太爷留下的田产问题时，忽然发生一桩奇事。这天，黄家宗祠来了个疯疯癫癫的老头，居然说黄老太爷的孙子，那个叫黄宗强的人其实是他的儿子，所以黄宗强要处理的几百亩的田产他也该有一份。还说如果不分给他的话，他就要告到地方法院去。有人追问他凭啥子说黄宗强是他儿子，他说当年黄大老爷结婚那天，大管家找到他，给了他一张银票，叫他躲在大老爷新房隔壁听候安排，晚上后半夜的时候，二管家悄悄把他领进新房，让他上床代劳大老爷和大太太行房事，后来还去过两回，这个儿子不是他的是哪个的？这又是一个晴天霹雳，黄大老爷当年有病的传言也被哄了出来，黄氏宗亲内部闹得像一锅滚开的糊涂粥，不少人叫嚷把这份田产应该大家分了。

不过，虽然这个疯癫老头说得有鼻子有眼的，却无凭无证，无论是当事人黄大老爷还是所谓的知情人大管家都已经过世，二管家也早就不知去向，如何能证明疯癫老头的话是真是假呢？这完全就是一桩无头官司嘛，没得真凭实据，要分黄老太爷留下的田产也是不可能的。

这时，律师出来说话了。他说他已经和还在上海的黄宗强教授通了电话，黄教授口述了一个声明，他一字不差地记了下来，现在念给大家听。

黄宗强的那份声明是这样说的："我的生父是谁并不重要，我是这个世界上一个确实的存在，从法律上说，我是黄小宝的儿子，也是黄承贵的孙子，我父亲继承的我爷爷黄承贵的田产地契理应由我全部继承,我有这些田产的所有权和任意处置权。因此我决定,由我委托的律师把这些田产地契全数交给县教育局,条件是县教育局用此笔财产在黄家坝办一所中学,让乡村的孩子有受教育的机会,中学名字建议取名宝强中学。具体洽谈和交接事宜,由我委托的律师全权办理。”

县教育局忽然得到这么大一笔财产用来办学校,这自然是一件天大的好事。县教育局按黄教授的想法,在黄家坝黄家大院原有的基础上新建起一所中学,正式命名为“宝强中学”。

宝强中学建成后开学了。忽然有一天,县教育局接到从香港汇来的一笔不小的汇款,写明是用于支持宝强中学的,要求用这笔钱在宝强中学建一座教学大楼,命名为无名教学楼,教育局当然也照办了。后来听说这个宝强中学办得很好,培养出许多有用之才。

野狐禅子终于摆完了他的龙门阵。大家听了,一时默然,有人唏嘘不已。山城走卒却忽然蹦出一句:“这个黄教授,还真是应我们四川那句俗谚,‘杂种儿子出好汉’呢!”大家哄然。有人补充说:“嗨,还真别说,生物学上有这个科学道理,好多优良品种都是杂交出来的。这个杂种还是有优势的。”众人再次默然。

砚耕斋主

天谴记

我是一个靠笔墨为生的人，一生不知写了多少八股文，却没有写过小说或讲过故事。听诸位把故事讲得那么生动有趣，心里就打鼓，生怕轮到我。结果几位都讲完了，就轮到我了，想逡边边①都逡不脱了。想了半天，还是把我曾经在乡坝头听到过的一个龙门阵摆给大家听，不过这个龙门阵摆的是乡下男女间的事，难免有点“荤”，也不晓得能不能上得了诸位的台盘？

我摆的这个龙门阵叫什么“记”，还没有想好，姑且暂时定名叫《天谴记》吧。

大家可能记得，前几年曾经有组织城乡升学考试落榜的学生回乡或者下乡参加农业生产的事吧，我当时被安排送几个学生下去安置。刚去的时候，想到他们都是十几岁的娃娃，怕他们不习惯，所以开头几天，我就陪到他们跟到贫下中农去下地劳动。

在劳动中间休息的时候，大家坐在田坎上或者坐在放倒的锄头上，有的喝水，有的抽烟，有的摆龙门阵。我发现，那些社员尤其是些年轻的男社员，特别喜欢摆那些他们所谓“荤”龙门阵，也就是男女谈

---

① 逡边边：逃避，躲避。

情说爱故事深层次的描述。这些龙门阵在我听来，觉得很是不雅，但他们却不觉得有啥子，这也难怪，乡坝头又没得啥子消遣的，这些年轻人，大多还没有娶老婆，只有摆些他们道听途说的荤话来满足他们的性饥渴了。我摆的这个龙门阵就是当时我在乡坝头听他们讲的。不过，不是原装，有些地方我作了点雅化处理。

这个故事发生在哪个地方，姑且隐去其名，免得给喜欢对号入座的或者喜欢考证故事地址的人添麻烦，干脆就叫乌有县无名乡吧。

这个乌有县的无名乡有一个大财主，姓温，其名不详，大家都叫他温大老爷。温大老爷可以说是当地的一霸，他在这个乡里或巧买或估占，把一乡最肥美的几百亩土地，都囊括进他的名下。在这个乡镇的正街上，黄金地段全是温大老爷开的酒楼茶肆，此外，他还开了几家鸦片馆，有的叫"仙客来"，有的叫"夜来香"，生意十分红火，有听用的带枪打手为他看守，就连本县防区的川军或过路的国军兵痞丘八都不敢随便来吃魋头①、赊烂账。

这个无名乡的乡长，完全就是个摆设，温大老爷叫他往东他不敢往西，叫说一不敢说二，镇上拿着人称"烧火棍"烂枪巡街的警察也都是温大老爷的看门狗，只按温大老爷的喜恶行事。温大老爷还养有一批说客和清客。说客就是凭嘴皮子吃饭，专门替大老爷打烂条，出馊主意，能够把你屁大一件事给凿成天大个窟窿，就是要把你收拾得倾家荡产，才叫你幺台②。清客是吃文饭的，假充文雅，会写八股式的报喜文和墓志铭，逢年过节为大老爷写几幅吉利对联，连茅房猪圈狗窝都要贴。平常在大老爷面前说点笑话、奇闻逸事，逗大老爷消肠化食，有的就是帮大老爷支应外来客商，本是袍哥大爷的管事五爷，竟自号是大老爷的皮条师爷，专门给大老爷拉皮条的。

---

① 吃魋头：占便宜。

② 幺台：结束，完结。

这一乡的老百姓,不用说都像被扣在暗无天日的铁锅下,受苦受累,还要充捐交粮纳税。温大老爷就坐在他那一统天下的公馆里的逍遥椅上,喝茶抽烟,在下面围了一大群丫头老妈子、厨子、轿夫、马弁和伺候大老爷抽鸦片烟的枪手。

温大老爷总是自吹,说自己是前世修德积福天老爷赐给他的福分,应该他今世来享受。只是有点不如他意的事,就是他讨得正房大太太给他生下一个还没长成就呜呼哀哉的小少爷后,再也没有生第二个,他接连讨了几房姨太太,还是没有给他生下一男半女。而且温大老爷还特别爱出去打野食、采野花,但除了搞坏了身体外,别无其他。老百姓咒他,这是他作恶得的天谴,咒他该断子绝孙。活该!

后来据温大老爷自己说,幸喜得进大城市去找了洋医生,吃了啥子洋药,回来后又完全按洋医生说的行事,果不其然,幺房姨太太还真给他生下一个小少爷。有人传说,温家这个小少爷出生时,天上打雷,地上闪火,映现出满屋子红光。一定是上天派送来赐给温大老爷的。后来越传越神,说这个小少爷,不像其他初生娃娃的啼哭大叫,硬是一生下来便开口能言了。也有人私底下议论,这个小少爷未必是温大老爷的种。但不管咋个说,温大老爷总算有了一个为他传宗接代的小少爷了。

中年得子的温大老爷是喜不自禁,大开喜宴庆祝。他抠脑壳想了多久,要给初生的小少爷取个好名字。如果想将来去当官,当然要取廷柱、弼臣、兴朝一类的名字,但他想他挣出来这么大一份家业,要儿子将来接管,所以还是叫旺财、兴隆、大发一类的名字好。温大老爷找到有文化的清客商议,最后给小少爷取名叫旺才,这个“才”字是双关的,既是人才的才,也是财产的财。温旺才便是这位温家小少爷的大名了。

小少爷温旺才从生下来就受到百般服侍,悉心照料。十多年后长成一个十分标致的倜傥少年,比他老爸伸抖[①]多了。不晓得是不是有基因遗传这一因素,温少爷和温大老爷一样非常好色,不过他的好色特别不同,他喜欢嫖黄花闺女。在他刚过二十岁时,上门说亲的媒婆都要把他们家的门槛踩断了,可他一个都没答应,声言这一生要给五十个少女"开苞",凑够数了才谈娶老婆的事。

温旺才少爷所谓的"开苞",其实就是要占有黄花少女的初夜权,不过这初夜权也不是随便占有的,温少爷开的价是开一个给五十个"袁大头"。不过,温少爷的这种特异的勾当,是在他未老先衰的老爸去世以后进行的。他接掌了温大老爷留下的家业,拥有了一大堆银元的支配权。即开一个苞给五十块银元,开五十个也不过消耗他二千五百块银元,他家的银元还多得很呢。

有人问他,咋个一定要五十这个数,五十个少女,五十块现大洋,两个五十数字,有啥子讲究?他竟然被问住了,回答不出来,嘴里蹦出来"天生的"三个字。

虽然温旺才少爷开出的价格不菲,但好人家的女子有几个愿意的?这就要靠他爸在世时养的一个外号"清流相公"的说客来操办了。这个说客和乡镇上外号叫"烂王爷"和"赖时侯"两个痞子一起,替温少爷前后奔走,操办这种肮脏买卖。

说起这个"烂王爷"和"赖时侯"两个痞子,在当地乡镇上可是出了名的人物。那个"烂王爷",是一个抽鸦片烟败了家的王姓公爷,整个人瘦骨伶仃,活像一条风干老腊肉,他长年穿一件破烂蓝布长衫,手里拿着一根烟杆,走起路来一摇三摆,显得是个有点文化和来头的人,成天在街上荡来荡去,专门给人家出馊主意打烂条,挣几个钱吃饭抽大烟,听到人家说他是"烂王",他不以为耻,还得意地自称,烂王也是爷嘛。再说那个"赖时侯",无人知晓他的原名,他不晓得从哪里

---

① 伸抖:模样好看。

捡来一套旧绿色军衣，一双空前绝后的胶鞋，成天趿起在街上东走西晃，为的是能混进鸦片馆去吸瘾客吸剩下的烟锅巴，或者捡几根丢在地上的香烟蒂头，接在一起当香烟过瘾。他有个本事让有钱人看重他，就是去帮放高利贷的催收欠利。借驴打滚高利贷的穷人，一时哪能还清高利贷，于是放高利贷的主就雇用“赖时侯”去催债。“赖时侯”在欠债的人家装病赖起，要吃好的，还要抽鸦片烟，这开销就大了，哪个家挨得住。再加上他那咳嗽吐痰，满地是臭气，哪个敢把他当老太爷一样供在家里？就是倾家荡产赶快还了高利贷，把这个瘟神加“踱神”送出门去。“赖时侯”自称是侯爷，又在街上踱来踱去寻找出路，大家叫他踱神。对这两个“王侯”，大家既恨又怕。

过去温大老爷靠这些痞子收账催租，现在这个温少爷又靠这些“王侯”给他物色、说合、奔走，办他的作践黄花少女的龌龊事。

不过呢，温少爷做这种事时，都是夜间在他家公馆后院特修的一个小院里进行，还有专门进出的秘密通道，那些供他糟蹋的少女被偷偷带进院子，事成后又被偷偷送出去。究竟这些少女是哪家的，怎么来的，出去以后会怎么样，温少爷并不关心，在他看来，这些少女的初夜权是他出了钱买来的，这个买卖就是公平的。

温旺才这个买卖暗地里进行了几年，离他的五十个目标就快要完成了。但俗话说，世上没有不透风的墙，温少爷这个拿不到明处的买卖，还很有可能是替他跑腿的烂王爷之类的手下人有意无意走漏出去的。那些烂眼儿[1]都不是吃素的，温少爷原定的五抽一、十抽二的佣金，根本不能满足他们，说那只是跑腿的草鞋钱。温少爷让他们在他家开的鸦片馆免费抽几盒烟，准许他们去自己家的川菜馆里吃不付钱也不记账的“抹合”，但还是塞不住那些家伙的嘴巴，不免在烟馆抽够烟或酒醉饭饱后，随便漏一点温家大少爷做的见不得人更见

① 烂眼儿：混混、二流子、流氓。

不得天的丑恶勾当。

好事不出门，坏事传千里，温旺才仗着有钱欺侮少女、毁人清白的事一下子传开了。而且越传越走样，有的说这个温少爷生来就有那个专嫖闺女的毛病，一定是他前世就是一个色鬼，专门到人间害女人的，他害完了五十个少女会被阎王提出去发落转世成骚驴野狗。有的说，听说有个少女进去哭哭啼啼地说自己是石女，温少爷就是莫奈何，只得给五十块银元放她回去。有好事之徒从传说中加油加酱，加工成耸言听闻的故事，说有一个粗夯的少女，身强力壮，弄进去后，就是不干，她抓住温少爷骂他，作孽多了会遭报应，电打雷劈不得好死，温少爷一听说要遭电打雷劈，吓得找地方躲藏，让那少女走了……总而言之，传这个"说"的人都在说温家为富不仁的事，咒温少爷丧尽天良必遭天谴，温大老爷不仁不义积攒起来的家当定会被这个少爷败个干净，叫温大老爷也得到报应。

但是另外也有人为温少爷圆场子说好话的，那些大概得了大少爷银钱的说客、清流相公之流替他辩解，说那些穷家小户，贪那五十块银元，是自愿把自家屋头的女儿送进温家的，温少爷就是用这个办法给穷家小户送银钱的，是做善事。再说这也是公平交易，有买有卖，就如城里的妓院，不都公开开门迎接嫖客，明码实价给钱吗？那些烂娼妇名声扫地，没有人看得起。温少爷这事却是悄悄做的，那些少女虽说丧失了初夜权，却是萝卜扯出来坑坑还在，反正又没哪个晓得，照样可以吹吹打打出嫁，况且她们家头还得了温少爷给的五十个现大洋呢。还有的说，刚开始温少爷还有劲，后来只是虚走过场，大半都是凑个数，就送钱走人了。再说温少爷也用了些银元做慈善，终年开粥厂收容孤老难童，救贫济苦，碰上个天灾人祸的，温少爷也捐了不少银元用来救灾。这些善事，可以抵销一切了。

这种种的说法，制造出来的传言，当然都传进温旺才少爷的耳朵里，有时他会一笑置之，有时也天良发现，心惊胆战。特别是当他听到了一阵妖风声,看到了一纸从哪里传来的"阴鸷文"的时候。

这种阴鸷文在乡下很流行,每当出现天灾水患,刀兵水火,就有善心人印发这种劝世文,劝人不要再行恶事,多做善事,说是天网恢恢善恶都会有报应的。劝人莫做亏心事,举头三尺就有神灵在你头上看着,给你记在账本上哩,到了时候,会来找你算账,该上天的上天,该下地狱的就得去见阎王。

温旺才看到的正是一张新的石印阴鸷文。上面说的是如今人心不古,为非作恶,造孽滔天,上天震怒,就要给这里降来天干水涝,瘟疫妖怪,刀兵水火之灾。只有那些行善积德,救灾济贫,敬神礼佛的善人,才能免灾。又说到上天怜惜世人,将派出天兵天将下到凡世,专门捉拿那些犯了天条的恶人,拘押到阎王殿治罪。这劝世文上还列举了许多条罪状,其中就有霸人田产、淫人妻女这两条。大少爷看到这两条,不觉胆战心惊,失魂落魄,恐怕老天爷来找他算账的时候快到了。

看到这张劝世文的也有在温家公馆进出的说客和清流相公,他们虽有些为自己担心,却以为向温少爷敲竹杠的机会更多了。他们都说劝世文上说得明白,只要多做善事,敬神礼佛,还是可以赎罪的。那么温少爷本来想享受一股银水哗哗向外流的快乐,现在机会来了,多拿些银元出来,交给他们去打点。捐一些善款,救济数不胜数的穷而无靠的穷人,常常有这样天灾,那样人祸,还有这里修桥,那里铺路,都是塞银钱永远塞不完的窟窿。当然还要敬神礼佛,修整破损的庙宇,为菩萨穿金贴银,供应香火用油,也是对神佛做功德的好事,他们上奏天庭,就会善有善报了。

温旺才本来有不知何时养成的花钱的嗜好,自己做的那件恐怕也算不得善事,现在有机会让他用钱赎罪,何乐不为。他听信那些说客和清流相公们的善言,也信任他们会为他去办好这些赎罪的事,反正是他爸赚来的银元,那就花吧。

至于在镇街上游来荡去的烂王爷和赖时侯，虽然没有看到但也听人说过那张劝世文。他们才不怕啥子报应呢，他们眼见那些说客清流，张开大嘴巴，展劲[1]吃大少爷的冤枉银子，总得给他们当下手的一点好处吧。咋的啦，你们吃鸡肉，我们喝点汤，啃几块鸡骨头，也不行吗？好，大家伙起[2]整，把天灾人祸说得越凶险越好，把温少爷这些人为富不仁的罪恶说得越大越好，再把谣言传得玄乎其玄，唯恐天下不乱，天下大乱的日子还真来了。听说日本鬼子打进了中国，只见从下江一带成千上万拖儿带女逃进三峡拥进四川各州县的难民，连乡下的旮旮角角也来了不少难民，一来就是租民房，住旅馆，连那些专供下力人住的鸡毛店，也住满了人。这些人说的下江话乡下人也听不明白，不管他，反正他们都带的有钱，大敲他们的竹杠吧，吃的住的用的价格都像长了翅膀飞起来，乡镇上的本地人都笑呵呵的，连那些游走无业的下力人，也找到了帮忙拉呀抬的活儿，赚几个辛苦钱！烂王爷，赖时侯更是得其所哉，有钱进鸦片烟馆去傲资格[3]了。

温旺才从他爸继承下来，在镇街上开的"仙客来""夜来香"鸦片馆，还有几家茶馆更红火了。连他爸当年开的当铺，由于本地穷人没有多少东西可当，门庭冷落，现在忽然热闹非凡，把门都要挤爆了，啥东西都有，下江时新的衣服，稀奇古怪的玩意儿，温旺才都收，这正是他可以大把大把花钱的时候呢。来当东西的下江难民都称赞这个当铺的老板行好事，很仁义，他们哪里晓得这是个应遭天谴的恶人。

下江逃难来的人群中，有一男一女，是两兄妹，哥哥名叫吴国玉，妹妹名叫吴小玉，他们自称是扬州人，原是书香之家的，只因他们长途逃难囊中羞涩，显得穷途末路的样子。小旅馆老板看他们的风度

---

① 展劲：使劲。
② 伙起：伙同，一起。
③ 傲资格：摆谱，显示身份地位。

谈吐确实和镇上立足的所谓的扬州妹不一样，就让他们住下了，可是他们住没多久，就衣食无着连房钱也欠了许多，老板有点急了，说自己的店小利薄，都像他们这样，这小旅馆都开不下去了。

咋个办呢，兄妹二人愁眉不展，却又无计可施，真是走投无路了。旅馆老板告诉他们，其实逃难来的扬州妹子，那是很有价值的。为什么呢？

扬州自古以来就是曲艺之乡，扬州八怪之一的著名文人郑板桥写的有一首诗里就有“千家美女先教曲，十里栽花算种田”，扬州妹子历来就是闻名天下。哪怕是那些做了交际花的扬州妹子，那都是有身份的，都是经过高人严格训练出来的，有高雅的气派，诗词歌舞，琴棋书画都要略知一二，进退应对都有规矩，笑有笑貌，话有话声，喝茶清谈，古今中外。因此旅馆里“叫条子”——就是召妓——写的是扬州妹，那要价就要高一些。在当地就有高看扬州妹子的民谣：“扬州妹儿，好风流，杨柳腰，纤纤手，两面桃花樱桃口，胸前两个大馒头，屁股甩得像风车，走起路来慢悠悠，飞媚眼，够人受，哪个少女不怀春，哪个男子不风流。说风流，就风流，托起……”

旅馆老板对他们说，这个小镇上，来的扬州人，有的都是假的，哪比得你们二位，就这样，那些所谓的扬州妹子，人家都挣到了钱……后面的话，老板没明说，但意思不言而喻了。

吴家兄妹听了老板那些话，很不是味道。他们也看到那些被招来旅馆的花枝招展的女子，唱的和舞的，真是不堪入耳，不堪入目，说到笑到就拉拉扯扯弄进里房去了。难道他们也接条子进旅馆去卖唱卖身吗？虽然他们在家时，哥哥吴国玉学过拉二胡，妹妹吴小玉也能一展歌喉，但他们毕竟出于书香之家，怎么能那样做？可是，他们别无长技，从哪里能挣得到钱来维持生计呢？

兄妹俩商量来商量去，妹妹吴小玉提议，上街去卖唱。这样虽然失了面子却不失身，还能挣点钱。于是吴国玉带起二胡，提一个小马凳，和打扮朴素不施粉黛的妹妹吴小玉一起，走上街头卖唱。

街镇上，吴国玉放下脸面，向街众打躬说："各位老少，我兄妹本也是扬州大户人家，逃难到此，走投无路，只得卖唱乞讨饭钱，多请关照。"说完后，坐在小马凳上，拿起二胡，调了一下丝弦，用低沉的调子拉了起来，吴小玉清嗓润喉，合拍唱起扬州小调，不过她唱的不是通常的谣辞小调，而是由哥哥吴国玉亲笔编成的控诉日本鬼子的凶残和他们一路所见所闻的苦难小调，那愤恨和悲苦的歌词和着低沉如哑的二胡调，不一会就引来许多看客，其中也有难民，听他们诉说悲苦，不觉也跟到落泪。有的就向放在地上翻转的旧礼帽里投点小票角子。有人叹息说，看他那礼帽就晓得他是落难公子，听那妹子的哭腔，就晓得她不是个卖唱的娼家。说话人丢了一块银元在礼帽里，接着有人也同样施舍，银元投入礼帽中，兄妹两个连忙向施钱的人鞠躬致谢。他们的住宿和饭钱是有了着落了。

他兄妹两个一连几天沿街卖唱，倒像是在作抗日宣传，引得了更多人的同情和资助，也颇得行人，特别是难民的欣赏。当然，有的是欣赏他们的唱词，有的是欣赏妹妹的歌喉，也有的是欣赏妹妹那出众的容貌。过不多久，却有本地的浮浪子弟来围观，啥子欣赏都不是，仅是为了消遣，为了取乐，为了调笑这个扬州妹子，为了骚扰外方来的漂亮少女。他们在吴家兄妹演唱时故意嬉笑打趣，甚至有的想动脚动手，扰乱现场，旁边有人看不惯，说他们两句，他们就借势吵闹起来，要打架的样子。吴家兄妹遇到这种情况，只能在一曲唱完马上道谢收场，回小旅馆去。

可就算他们回到小旅馆，也有麻烦找上门来。有富实人家的子弟看上了扬州妹，想要讨回去作媳妇。这中间，有的是真心诚意，有的却是不怀好意。不止一个媒婆来旅馆找哥哥吴国玉提亲，都被他婉言拒绝了。但是有一天，一个姓孙的媒婆上门来，遭到吴国玉的婉拒后，以势压他们，说如果不答应，就会叫他们好看。

小旅馆的老板看到这种情况，好言对吴国玉兄妹说："不是我不想留你们，一个人行走在外，哪有不遇到难处的。可是这次来的这个孙媒婆却是不好惹的，她有靠山，我们都惹不起，要不，你们还是搬到镇上的善堂去吧，那里收留了不少你们这样下江来的难民，你们搬到那里去，人多势众，互相也有个照应，少生好多麻烦。"

吴家兄妹想想老板说得在理，他们收拾好行李，和旅馆结算住店费，老板表示不够就先欠着，以后再来还都可以。吴家兄妹谢过旅馆老板，带着行李匆匆地离开小旅馆，悄悄地搬到后街的善堂去。

镇上后街的这个善堂是由本地的一些富户和绅良凑钱办的，专门接济穷而无靠的过往穷人和落难人的。抗战开始后，下江拥来好多难民，善堂就成为一个难民收容所了。吴家兄妹过去后，善堂里头已经没有单间房舍，只剩后面有一间堆柴草的侧房，没得窗子，门上内无门闩，外无门锁，非常简陋。可这个时候了，还有啥子讲究呢？有个躲风避雨的地方对他们兄妹来说就不错了。吴国玉在屋子的最里头搭了一张床，让妹妹睡在那儿，自己则在靠门的地方搭两块木板当床，等于是把门挡住了，外边来人要跨过他的板床才能进到屋子里头。他们安顿好后，还照常去卖唱求生，倒也自在。

可是不自在的事又撵到善堂这边来了。那个孙媒婆访查到吴家兄妹有意避开他们，搬到了善堂，于是带起两个五大三粗的壮汉，跑到善堂来找到他们。孙媒婆站在门口就对吴国玉说："你以为你们藏到善堂来我就找不到了嗦？明给你们说，我们镇长汪大老爷的少爷看上你们家的妹子是你们的福气，人家还说了要明媒正娶，去做压房的正房太太，你们不过是两个落难人，还想啥子？"

吴家兄妹听她这样说，心里头生气，却不敢发作。吴国玉低声下气地对孙媒婆说："请您禀告汪大老爷，我们穷家小户，实在是不敢高攀。我们在这里也只是暂时住些日子，就要离开了。"孙媒婆却说：

"我好话说在前头,你们不听,这还想到要离开,怕是没得那么撇脱[1]!我把丑话甩在这里,听不听由你,三天之后要是再不答应,啥子后果你们看到办!"说完带着两个壮汉扬长而去。

吴家兄妹见事情发展成这个样子,很是着急却也很无奈,善堂里一些下江老乡打抱不平,说吴家妹子就是不答应,青天白日的,他们还敢来明抢不成?但一些老人却说,这强龙都压不过地头蛇,况且吴家兄妹还不是强龙。吴小玉说:"大不了,我就和他们拼了。"话是这么说,但大家心头都清楚,只怕到时连命都拼不了,该咋个办呢?

吴家兄妹提心吊胆迎来了第三天。那个孙媒婆还没上门,另外两个烂眼儿却先上了门。一个是街上有名的烂王爷,一个是也颇有人怕的赖时侯。这二位"爷"站在房门口张望,哥哥吴国玉一下站起来,堵在门口。他认识这两个整天在大街上游来荡去无所事事的人,尤其是那个人称"烂王爷"的人,前几天在街上,还曾问过他们是不是真正从扬州来的。当听到说是时,他很高兴地对站在一旁的赖时侯说:"该我们发财的机会来了!"现在,他们两个突然上门,该不是又有什么祸事?那边孙媒婆的事还没解决,这边两个地痞又来了。真是祸不单行。

吴国玉正在盘算如何打发这两位惹不起的"侯爷",烂王爷开口了,很和气的样子,说话竟然也带有几分客气:"哎呀,吴家哥哥,你们两兄妹咋个搬到这儿来住了?这房子也太破旧了。其实我们镇子上还是有好房子等你们去住呢。"

吴国玉一脸疑惑。这个烂王爷,平常在街镇上,总是大声叫喊,好像谁借了他的五升谷子,还了他五升稗子似的。今天这是怎么回事,难不成是太阳从西边出来了?

到底是咋个回事了呢?

---

① 撇脱:容易,轻松。

原来，吴家兄妹在大街卖唱时，有一天烂王爷也晃到那里去了。听到吴国玉拉的二胡如泣如诉，又听到吴小玉低眉愁眼唱出的凄惨小调，一下子吸引到了。倒不是烂王爷忽然被他们的哭诉苦况感动，也对日本鬼子义愤填膺了，烂王爷哪有那么高的爱国心！他是突然看到这个唱小调的扬州妹儿咋个长得这么乖①呢！他真的被惊到了。从这镇子上过往的难民，说是从扬州来的妹子也不少，还没看到这么乖的扬州妹儿，所以他才去问了拉二胡的哥哥是不是真的从扬州来的。在得到肯定答复后，烂王爷高兴惨了②，这硬是该他们发财的机会到了呐。

"啥子机会哦？"被烂王爷拉起就走的赖时侯莫名其妙地问。烂王爷也懒得解释，拉起他钻进"仙客来"鸦片烟馆，熟人熟事，找到了正在那里过瘾的温少爷门下的清流相公，开口就说："相公，好事上门来敲你的门来了。"那位清流相公把那口鸦片烟泡子吸完了，还咳两声嗽，端起烟盘上的茶杯漱一下口，才说："烂王爷，你能有啥子好事上门？"

于是烂王爷把他在大街上看到的吴家兄妹卖唱的事说了，当然主要就是说那个唱曲的扬州妹儿声音好听，人也长得乖。到底长得有好乖，烂王爷没得文化，也形容不来，只是说："那个妹儿真的长得好乖呀，简直是乖惨了！"

清流相公问他："哪个扬州妹子又乖惨了？还有，与你何干？"

烂王爷说："与我是没得好多关系，可是与你们这些在温家公馆进入的先生们就有点关系了。你们不是在给温少爷找合适他开苞的女孩儿吗？在我看来，我说的这个扬州妹儿就很合适，你们去看了也一定满意。这件事要是搞成了，温少爷总得给你们一点好处吧，那么你们吃肥肉，总得让我们这些跑腿的喝点汤，啃块骨头吧。这不就和

---

① 乖：漂亮可爱，讨人喜欢。

② 惨了：四川话里的感叹词，加深形容程度的，如高兴惨了就是形容非常高兴，高兴得不得了。

我有点关系了吗?”

清流相公偏头打量了一下烂王爷,这号人物在社会混,有时候还真有用场呢。他和几位清客的确还在为温少爷的事操心,是在寻找合适的处女,听烂王爷说来,可能这个扬州妹子真的就合适。不过还要摸清这个扬州妹子的底细,才好下钩钓鱼。

于是清流相公对烂王爷说:“大家都一样,搭伙求财嘛。这个事情我们商量一下,用得着的时候不会忘记你的。”

清流相公去找到温少爷门下的两个清客碰头,哪个晓得,他们两个也正在打这个扬州妹子的主意,一说都想得一样,清流相公不觉笑着说:“英雄所见略同呀。”于是他们分头作了打听,了解到这吴家兄妹的确是真资格的扬州人,而且出自书香门第,都读过书,有点文化,琴棋书画,拉弹演唱也是都有些功夫的。他们逃到这镇上来,无亲无故,走投无路不得已才操琴卖唱。他们出身名门,自然不屑学那些下三烂,唱些不堪入耳的妓馆小调,却是自编自唱的抗日歌曲,说是卖唱,其实也是宣传抗日的。和这样的人打交道,不交成文友,就不要想把他们钓进温少爷的公馆门。

于是他们把温少爷在镇上一套空房整修成一个书香人家的书房,一切都准备停当后,清流相公让烂王爷他们去约吴国玉兄妹,就说镇上主张抗日的文化人想和他们见面,研究抗日宣传的事。清流相公还再三给烂王爷打招呼,要对人家客气点。

这就是我前头摆到的,烂王爷约起赖时侯一起到了善堂,找到吴氏兄妹,客气地和他们说话的缘由。

吴国玉正在疑惑,烂王爷正在说要请他们兄妹去和文化人见面的事,才刚说了个开头,忽然,孙媒婆带着两个壮汉和一个背着一杆烂枪的镇公所二流子兵,来到了善堂,见到吴国玉,很不客气地叫喊:“吴国玉,你们想清楚没有?你妹儿嫁还是不嫁?如果还没想清楚,那只好请你们到镇公所去一下了。”她话音刚落,那两个壮汉就动手去抓吴国玉，看都不看站在一旁的烂王爷和赖时侯。

烂王爷心头一下子就不了然[①]了，吔，啥子意思？关公面前要大刀，居然敢在老子面前逞威风！他张手一掌把一个壮汉撸到一边，说："咋个的？青天白日的，你们要想干啥子？你们是哪一路的？"

孙媒婆一看是烂王爷和赖时侯，说："我还以为是哪个呢，原来是烂王爷你老哥子嗦。"孙媒婆说这句话的时候，故意拖声拖气地把"烂王爷"三个字咬得很重，她看了一下院子头慢慢围过来的下江人，对烂王爷说："这儿人多，有些话不好说，我们到隔壁茶馆去说。"

"好嘛，茶馆就茶馆。"烂王爷毫不虚火[②]地说，他和赖时侯跟到孙媒婆走出善堂。吴家兄妹不晓得还会发生啥事情，忐忑不安，又无可奈何，只能像活鱼摆在案板上听候宰割了。院子里其他人见好像没什么事，也都散开了。

烂王爷和孙媒婆他们一行人进到就在善堂隔壁的奇香居茶馆。双方落座后，孙媒婆对烂王爷说："你我都是在乡镇上各寻活路的，我们各走各的道，河水不犯井水，你老哥子不要来干涉我们的事。"

烂王爷问："你今天到底要走啥子道？"

孙媒婆回答说："自然走的是好道。镇长家的大少爷看上那个姓吴的扬州妹子了，想娶她回去当老婆，这吴家兄妹却不识抬举，今天老娘是带人来开导他们的。"

"吔，孙媒婆，人家既然不干[③]，你们未必还想估到抢？"

"烂王爷，你这个话就不对了，咋个能说是估到抢呢，我们是请。"孙媒婆把"请"强调得很重。

烂王爷二笑不笑[④]地讽刺："这请人，你们还要带枪呀？"

---

① 不了然：不舒服，不痛快，不高兴。

② 毫不虚火：一点都不害怕，满不在乎。

③ 不干：不情愿，不同意。

④ 二笑不笑：似笑非笑，假笑。

孙媒婆根本不在乎烂王爷的态度,很得意地说:"这文请不行,那就只好来武的了。这吴家妹子干也得干,不干也得干。"

烂王爷轻笑了一下,说:"孙媒婆,我们今天本来是各走各的道,却走到交叉道口上了。我给你说,你们今天想把人弄走,那硬是不得行哦。"

"你说啥子呢?"孙媒婆问,"未必然①你们今天也是来请她的?"

烂王爷说:"你说对了,我们今天就是来请他们兄妹的。"

孙媒婆也不松口:"你们哪个也看上那个扬州妹子了?不得行!是我们先出手的。"

"孙媒婆,你想到哪儿去了?"烂王爷拿出一张请客帖子来,放在桌子上,说,"我们是受温家少爷的请客的托,今天是来下帖子请吴家兄妹去喝茶吃便饭的。"

孙媒婆说:"那就好说了。我们也是奉镇长家大少爷命来办事的。你们请你们的客,我们定我们的亲,等我们先把亲说成了,你们再请他们去吃饭。"

"我说不得行。""我说得行。""不行!""行!"烂王爷和孙媒婆拍桌子吵了起来。那个拿枪杆子的兵端起枪来威胁,烂王爷又是一声冷笑:"哼,你们镇公所那几杆烂枪,拿去做烧火棍都没得人要。你默到吓得到我嗦?你给老子把枪放下!"

那镇兵看了下孙媒婆,仍然端到枪不放。烂王爷对赖时侯说:"你去给张五爷说下子,派几个弟兄来奇香居扎场子②。"还补了一句,"带两根德国造来。"孙媒婆也不怕事,对一个壮汉说:"你跑去镇公所再叫几个带枪的来。"

这下子,事情闹大了。他们两边就这么各来了几个带到枪的人,

---

① 未必然:难道。

② 扎场子:助威。

在奇香居茶馆外边空坝上对峙，一副要干仗的样子，只是哪一边也不敢先开第一枪。

幸亏这时乡政府一个大家都认得的文书师爷罗长子来赶场碰到了，他连忙喊："大家都不要开枪，把枪先放下来。"又说，"啥子事情弄得恁个火暴暴的？咋个还就动刀动枪的了？这个枪要开了口，那就是要流血死人的了。好了，这样子，我来做个和事佬，你们两边各派三个人，我们到茶馆去吃茶讲道理，枪就不要带了哈。"又对周围站着看热闹的人群说，"散了，散了，各人干各人的事去。"一场就要火并的仗火就烟消云散了。

罗师爷嘴里说的吃茶讲道理，实际上就是吃讲茶。啥子叫吃讲茶呢？就是当事的双方发生冲突，请到中间人，一起到茶馆去评个对错输赢，进行调解。听说罗师爷劝镇公所的人说，你们镇公所的人是靠哪个吃饭？就靠你们去向那些农户鸡脚杆上刮点油来养活吗？还不是温少爷时不时地撒点银元接济你们。再说你们那几杆打不响的烂杆枪，还敢和仁和会的几杆德国造对阵吗？至于他们那个讲茶到底是咋个吃的，不清楚，后来的结果就是烂王爷拿起请帖到善堂去请了吴家两兄妹，到镇上装修好的书房小院，和所谓的镇上主张抗日的文化人，其实就是清流相公和温家的几位门客喝茶谈话。这件事我后头再接到摆，先把仁和会和张五爷是咋个回事给大家说清楚。

我在前头已经摆到了，温家在那个无名乡是首富，也是一霸。温大老爷在世时，招揽了一批门客，这些门客都不住在温家大院，只是时常在温家进进出出，喝茶吃饭，为温家出谋划策。这些门客中，对温大老爷最忠实不二的，是一个被人称为文师爷的清流相公和另外两个清客。特别是这个文师爷，是清流门客中最足智多谋的，为温大老爷出了不少助其发大财的主意。温大老爷很信任文师爷，临终前，把儿子温旺才托付给了他，让温旺才尊称他为"文师叔"。

温家成为当地首富，文师爷却总是担心。他对温大老爷说："你富甲一方,却是众目睽睽,虽富却不豪,算不得叫富豪,光富不豪,只能算土富,容易被有势力的人挤压敲诈,唯有豪才能保富。不只有钱财,还得有势力。"温大老爷同意文师爷的看法,土老财是不能长久。于是听文师爷的计谋——“办社会”。

这个“社会”不是我们现在说的那个具有实际意义的社会,而是袍哥会或叫哥老会,取名这个社那个会,所以叫“办社会”。温大老爷成立了一个袍哥社,取名叫仁和会,温大老爷自号仁和会的龙头大爷,下面的都是兄弟伙,新入门就叫小幺弟。

按袍哥的规矩,龙头大爷后面有二爷、三爷和五爷。二爷留给了关帝爷爷,三爷主要管内务,五爷则是管一切对外交际应酬的。会里不设四爷,据说是因为杨家将的老四投降了敌邦,没有骨气。这种袍哥组织十分严密,很讲究义气,自然也称霸一方,谁惹了他们一个,就一伙人上来打群架,文的武的都来,打死不抵命。四川的袍哥会,在当年的反清起义中起了很大的作用,在整个四川闹得沸沸扬扬。以袍哥会为先导的四川保路运动,因清廷从湖北派兵进四川镇压,造成武汉军力空虚,为武昌起义奠定了基础,导致辛亥革命的全面爆发。

温大老爷的这个仁和会,和其他袍哥组织一样,三教九流的人都有,不仅人多势众,温大老爷还出钱买了新式长短枪。建有保驾护院的武装。正是靠了仁和会,温大老爷才能保住他的地位,称霸一方。温大老爷去世后,仁和会由温旺才接掌,兄弟伙拥戴他做了一步登天的龙头大爷。所谓一步登天,就是指在袍哥社里没有经过历练,逐渐上升,而是一入袍哥社就成为龙头大爷了。至于前面烂王爷说的张五爷,就是这个仁和会里管外务的五爷。

张五爷开始听下面人说,赖时侯来请五爷派几个兄弟去扎场子时,没搞清楚状况,也就随便派了三个带枪的兄弟去,后来听说要和镇公所的人吃讲茶,好像还是为温少爷的事,他立刻赶去奇香居,他一出头,孙媒婆就蔫气了,就是镇长站出来也莫奈何,这些袍哥大爷些,哪个惹得起。

烂王爷和赖时侯得意扬扬地拿起帖子,到善堂请吴家兄妹。吴国玉和妹妹商量,虽然搞不清楚出了啥子事,但明摆着是烂王爷他们吓退了孙媒婆,让兄妹二人免遭抓到镇公所受凌辱之苦,去上门道个谢还个情还是应该的。况且这个烂王爷也不是什么好人,如果直接拒绝怕也不行。怎么办?只能是按烂王爷说的做了。

吴家兄妹怀着忐忑不安的心情跟到烂王爷到了后街一个院子门口,受到等在门口的清流相公热情接待。进门一看,这个小院倒也清静,院内和客厅布置也很有几分雅致,叫吴家兄妹惊奇的是客厅墙上挂有一定品位的书画,靠窗口有一张书桌,文房四宝齐全,桌旁的书架上还有一摞古书,而且墙上还挂了一把二胡。兄妹二人看了,感觉就好像回到扬州他们书香之家。心想,看来烂王爷没有骗他们,邀请他们的人还真是文人。他们哪里晓得,这是文师爷着意安排的。

吴家兄妹在客厅落座后,文师爷就开门见山地说:“早听说二位在街上不是单纯地卖唱,是在宣传抗日,温少爷听说后很是佩服二位。今天他有事不能来,专门叫我们几位清客来陪二位喝个茶吃个便饭,随便谈谈。”

文师爷很客气地向吴家兄妹介绍陪坐的几位清客,吴家兄妹也客气地和他们招呼,觉得这些清客,个个谈吐文雅,说话颇为入耳。他们特别对吴家兄妹远从扬州逃难到小地方,住小旅馆,住善堂,还在街上演唱谋生,宣传抗日,表示同情和钦佩,自然而然就把话题转到居住房舍问题上了。

文师爷说:“这个小院是温少爷的,他愿意拿出来或借或租,作为抗日宣传之用。你们兄妹既然是宣传抗日的,可以搬到这个小院来住,以后联系起来也方便。”

吴国玉说:“这么好的院子,我们实在租不起,现在我们有个避风遮雨的地方就行了。”

文师爷却说：“租金的话就不用说了。温少爷素来慷慨，连你们住的那个善堂，大部分钱都是温少爷出的，现在他又拿出好多钱用来接待难民。这个小院就当是借给你们用的，不取分文，按温少爷的意思，大家都要为抗日出把力嘛。”吴家兄妹未置可否。

旁边有清客帮腔，说：“你们不要看温少爷是雄霸我们这一方的首富，可也做了不少善事。支持善堂救济贫民、收容难民的善事，这都不用说了，他除了给镇公所交各种名目的捐税，还给我们这个镇子上的小学捐款修校舍，每年冬天还要大开棚厂，救济穷人……所以大家倒都说他是个善人。”

还有一个清客借到孙媒婆的事说：“你们要是搬到这儿来住，也没得哪个敢随便打你们主意了。”这句话，倒让吴国玉心中一动。妹妹长得像一朵初开的鲜花，很容易招蜂引蝶，孙媒婆是打发走了，不担保以后还有没别的人来打妹妹的主意。

吃饭的时候到了。一个女嫂来请，果然是普通的便饭。饭后喝茶休息，一个清客忽然对吴国玉说：“吴公子你拉的二胡，实在是动听，这里也有一把二胡，恐怕没有你的那把好，不过吴公子你可不可以试拉一下呢？”

吴国玉自然晓得是要他献艺的客气说法，他把墙上挂的那把二胡拿下来看，是把好二胡，试拉下，好二胡！便兴致勃勃地随意拉了一曲，在座的都称赞：“果然是大地方来的，是不一般。”又有人乘机请吴小玉唱两句，吴小玉自谦：“街上卖唱的，哪有好听的，我就献丑唱个《松花江上》吧。”她合着哥哥如泣如诉的二胡声，唱了起来，不过才唱几句已满眼泪花了。

自此以后，吴家兄妹二人和文师爷以及那几个清客多有来往，而且还在他们的动员下搬到了温家那个小院。在文师爷暗地关照下，吴家兄妹在街上卖唱也没几个人敢去臊皮了。吴家兄妹不只是在街头宣传抗日，他们去善堂在那些难民面前讲演、唱抗日歌曲，也有时到镇上的小学校给孩子们唱抗日歌曲。

文师爷和几个清客商量，看得出来，温少爷其实已经厌烦他自己提出的那个“开苞”计划，不如乘现在时机成熟，把吴家这个如花似玉的扬州妹子介绍给温少爷，这吴小姐能歌会舞，又出身书香门第，还是配得上温少爷的。只是不晓得温少爷心思，会不会看得上这个落难卖唱的扬州妹子？看来要找个机会，让他们不经意间见面，说不定温少爷会一见倾心，这好事就成了。到时候，他们几个得的赏钱还会有少吗？

这个机会当然好找。镇上的小学要开恳亲会，温旺才少爷是给小学捐资最多的，每次恳亲会都会请他光临。恳亲会上有游艺节目，文师爷可以请吴家兄妹到时候去表演，吴家兄妹也不会拒绝，那温少爷就可以看到吴小玉了。

文师爷布置下去，一切如计而行。温少爷果然被请去恳亲，吴家兄妹也去参加了文艺表演。吴小玉一展歌喉，那委婉动听的歌声和美丽的倩影果然引起了温旺才的注意。他问陪他一起去的文师爷：“那个唱歌的是小学的音乐教员啊？唱得实在太好了，人也长得好。”文师爷告诉他，这是从扬州逃难过来的妹子，生活无着不得不和她哥一道在街上卖唱。温旺才说：“这么好的扬州妹儿我居然都不晓得，改天请她到家头来唱一曲。”文师爷这才把他们做的事告诉了他，还说已经把吴家兄妹安排住在温家小院里头，啥子时候温少爷想去他可以安排。

这天，文师爷和清客陪到温旺才到了温家小院，说是温少爷看了吴家兄妹在小学的演唱，很是赞赏，专门过来看望他们。一些闲话后，一个清客提到温少爷很想再看他们的表演。既然是给自己提供住宿的温家少爷，吴家兄妹自然不能怠慢。吴小玉卖力地边歌带舞，吴国玉的二胡也拉得十分出色，可以说是尽欢而散。

回去的路上，温旺才没说话，脑袋里头想的都是吴小玉，尤其是吴小玉脸上那对特别逗人爱的小酒窝，他总觉得似乎在哪里看到过，但是在他面前出现的漂亮妹儿多了，就是想不起来在哪里见过了。他不由自主地念出：“小酒窝，小酒窝……”在旁的文师爷把这一切看在了眼里，晓得温少爷动心了。

文师爷和那几个清客找到吴国玉，有意无意地和他说起他妹妹的婚事。吴国玉对这件事其实早有计较，他对自家妹子的终身大事一直很挂怀，妹妹一天天长大，总不能老是在外面卖唱吧，如果能给她找个好人家，也算了却一件心事。可他们人生地不熟的，又哪儿去找合适的呢？他和文师爷几个人虽然混熟了一些，但也不好贸然启齿。现在听文师爷他们一提，倒也免了他犯难，也就直接说出了自己想请他们帮助给妹妹找个婆家的想法。

这才是一拍即合呐！文师爷还在想咋个开口，吴国玉就把话送到嘴边上来了。于是他向吴国玉提到了温少爷，和几个清客又把温少爷夸了个天上地下，还说吴小玉一嫁过去，就是温家当家正房大太太，哪个都比不了。而且温家那么多生意，吴国玉也可以帮到打点，再也不用到街上卖唱，愁吃愁穿了。

吴国玉动心了。他们到无名乡的时间不长，每天真正接触的当地人也少，温旺才的劣迹还没传到他的耳朵头。他只凭温少爷来小院听曲时留下的印象，感觉不像那些在街上调戏妹妹的纨绔子弟，人也长得还算标致，和自家妹妹还算般配。于是他对吴小玉提起嫁给温少爷的事。温小玉开头不愿意，说她不想一辈子留在偏僻他乡，想等回扬州才谈亲说嫁。可吴国玉对她说：“这场仗哪个晓得要打到啥时候才有个头？如果打个十年八年的，等你回到扬州，都成了老姑娘了，哪个讨你？这个温少爷你也见过的了，年龄相当，长得也标致，说话行事看到也还可以，和你还是配得上的，况且还有他那份家业，就更不用说了。”

吴小玉听吴国玉说到这里,不晓得咋个的,一下子想起那天温少爷来听歌看舞,她在转身的不经意间,看到那个男人眉间有一颗红痣,让自己有一种似曾相识的感觉,事后她倒没再去细想。现在看来,难道这就是缘分?

吴小玉对吴国玉说:"我要是嫁给了温少爷,哥你咋办呢?我舍不得你,不想离开你。"

吴国玉听出了吴小玉的话音,明摆着就是同意和温少爷的婚事了。他告诉吴小玉说:"哥也舍不得离开你。文师爷说了,把温少爷开的一家酒楼交给我打理,收入对半分。我以后就陪到你在这里落户安家。你就安心地等着温家的花轿来抬吧。"

后面的事就不多说了。总之,经过文师爷和几个清客穿针引线,温旺才和吴小玉的婚事很快定了下来,温家的聘礼送到了温家小院,温少爷要娶扬州妹子吴小玉当正房太太这件事也传开了,那些为这件事出力跑腿的包括烂王爷赖时侯都得到了温少爷的打赏,皆大欢喜,只等选个黄道吉日光鲜地办一场婚礼了。

但是,我也来个但是了。但是,一个神算子的"神算",几乎把温旺才和吴小玉的良缘断掉。这又是咋个一回事呢?我先从那个神算子摆起。

前头我已经提到,自从日本鬼子打进中国,不少下江人成群结队地逃难进四川,无名乡上也来了不少难民,各色人等都有,有些跑江湖的人也来了,唱戏的,说书的,耍猴戏的,算命卜卦看相的都有。其中有一个算命先生特别引人注目,这是一个像烂鸡窠花白头发的老头,穿一件破烂的道袍,手里挓①一根短竹竿,挂上一个布帘,上面写有"神算子"三个字。他口里念叨:"神算子算命、看相、卜卦、测字、择婚丧吉日、通天地人三界,知过去现在将来,报你前世今生下辈祸

① 挓:拿,举。

福……”听他说的那些，似乎天庭地狱他都去过，见过天帝会过阎王，看过人的生死簿子，晓得生死。据说还很灵验。只是他像个幽灵，飘忽不定，一时在这个镇上游走，一时又在别乡出现，好像在找啥子，没得人晓得他住在哪里。

这头再说温旺才。和吴小玉的婚事定下后，按当地乡下的礼俗，没过门拜堂成夫妻，两个就不能再见面了。可是不晓得咋个的，吴小玉脸上那对好像在哪里见过的酒窝总是在温旺才眼前晃来晃去，让他心头不安稳。而且他居然还联想到自己看到过的那张劝世的阴骘文，一想到里头所列罪恶和最后警示的几句话：“善有善报，恶有恶报，不是不报，时候未到，时候一到，全都要报。”他的心就悬了起来，他作了恶，但也行过善，他该得啥了报应呢？于是，他决定到天子殿去敬神，请罪，祈祷，抽签算命。这也是文师爷和清客看到他有时神魂失落的样子，希望他去的。

温旺才带上文师爷一干人上路。这玉皇庙是在一个深山老林里，只能坐轿子，他们上上下下走了半天才走到。这个天子殿不晓得是啥子年代修的，四周的围墙多有坍塌，院子里的建筑和摆设也显得陈旧。院内大殿的神坛上供着一尊神像，很威严地坐在当中俯视下界。有人说，这尊神像就是主管天地人三界的玉皇大帝，不过当地老百姓称他为天老爷。过去，老百姓总是把幸福、希望，寄托在天老爷身上，遇到啥子事，惊叫：“我的天吔！”遇到难事，叫喊：“天老爷呀你咋不睁眼呀？”过大年时候，家家都要向灶王爷烧香进贡，贿赂灶王爷，希望他上天言好事。这个天就是供在神坛上的玉皇大帝天老爷了。

温旺才进入大殿，只见天老爷神像前的供桌上，摆放香烛供果还不少呢。可见虽然深山野林行走不便，但也阻挡不了老百姓信仰天老爷。

文师爷指挥下人把带来的供品在供桌上摆好，把香烛点燃，温旺才站在那里，望着半闭半开眼睛的天老爷，总觉得他好像在盯着自己，有点胆战心惊，不由自主地就跪在蒲团上，低头俯地磕头祷告。这时，他感到一股凉风穿透他的背脊，抬起头来，他分明看到天老爷的眼睛忽然瞪得大大的，很严厉地望着他，吓得他肝胆俱裂，“啊”的一声倒地昏了过去。

这下把文师爷他们吓惨了，好端端地温少爷咋个就倒地上了？众人惊叫着围过去想把他扶起来，这时，走过来一个道长，他看了一下，说：“怕是受惊昏过去了，先把他抬到后面方丈室去躺一下吧。”

大家手忙脚乱把温少爷抬到方丈室放在躺椅上，不晓得咋个是好，在这山头到哪儿去找医生嘛？正着急，一个老道人跨进门来，方丈一看就喊：“神算子，你来看下子，这个人到底咋个了？”

神算子走到温旺才身边，看了一下，说：“我到处找你，到底把你找到了。”旁边的人都莫名其妙地望着神算子，神算子说，“你们不用着急，让我来唤醒他。”神算子用手指在温旺才的眉间那颗红痣上按了一下，说，“你该醒了。”

奇怪，温旺才真的就醒来了。他睁开眼，用手搓一下双眼，望着围着他的众人，问：“我这是在哪儿哦？”众人这才放下心来，文师爷对他说：“温少爷，我们正在天子殿给老天爷上香，你一下昏过去了。现在是在方丈室。”

“哦，对了，在给老天爷上香。”温旺才神思还有点恍惚，“你们看到没得？我看到了，老天爷开眼了，盯到我看，然后我觉得神魂飘忽，不晓得要飘到哪里去。”众人听了这话，面面相觑，这泥塑的神像咋个可能突然开眼嘛。

神算子对大家说：“这件事，我来告诉你们家少爷。不过你们都出去，只留个师爷服侍他就行了。”

大家都退了出去，方丈室只剩下温旺才、文师爷和神算子三个人，神算子让文师爷把门关了，然后闭眼手指掐算了一会，睁开眼睛对温旺才说："我已算出你的前世今生和来世。"

神算子告诉温旺才说，他的前世，本是天上玉皇大帝脚下的一个天将，一次他随玉帝去参加王母娘娘蟠桃大会。在外面等候时，碰到西王母宫里一个如花似玉的仙女，一见倾心就爱上了，那个仙婢也花心萌动，然后一来二去的两个人就有了难舍难分的爱情。这件事被王母娘娘发现了，告诉了玉帝，玉帝震怒，叫发送有司治罪审理。结果判削去这个天将的仙籍，打下凡间，降生到乌有县无名乡温家，要他在凡间做五十件事，无论善恶，总之要耗尽恶人温大老爷家产。如果他善事做得多，恶事做得少，待耗尽家产，就可以回归仙班。如果善事做得少，恶事做得多，就押往阎王殿治罪。那个仙女被认定受天将勾引，从轻发落，也被贬入凡间受苦，但她如果能做到终身面对青灯黄卷，吃斋念经赎罪，便可以重归西王母脚下为仙婢。

神算子告诫温旺才说，虽然他今世也做了一些善事，但他做的作贱少女的事却是一件大恶事，罪恶很大，难回仙班了，如果要想免受地狱之苦，最好是散尽家产，比如可以捐钱修葺天子殿，皈依道门，度人度己，以赎今世之罪，灭今世之恶业。

温旺才听了神算子这一番话后，一时哑口，只是发呆。文师爷却很不以为然，当面斥责神算子："你这个杂毛老道，少在那儿打胡乱说①，你想骗钱也要找对地方！说啥子散尽家产，你的主意竟然打到温少爷头上来了！还啥子皈依道门赎罪，温少爷这儿马上就要结婚了，你那些鬼话还是拿到一边去扯。哪个信你的！"神算子长叹一口气说："天命难违，不是不报，时候未到啊。"说罢开门就走，转眼不见踪影。

这时候，温家小院里头，吴小玉正在打扮试装，欢喜地等待好时光的到来。却忽然倒地人事不省，口吐白沫，吴国玉听到动静进屋一看，原来是妹妹幼年就有的癫痫病发了。这个病，吴小玉成年后就没

① 打胡乱说：没有根据地胡说八道。

再发过，这好端端的，咋个突然又发了。

吴国玉看到倒地的妹妹，不晓得咋个办才好。忽然听到有人敲门，跑出去开门一看，是神算子。吴国玉有点不耐烦地说："我又没请你来算命，快走开，我这儿还有病人要照顾呢。"

神算子说："我正是为你妹妹吴小玉的病来的，我有办法立马叫她醒过来。"吴国玉听他这样说，连忙把他请进屋里。神算子看到躺在地上的吴小玉，说："我正在四处找你呢，原来你在这儿。"他用手点了一下吴小玉，叫了声"醒"，吴小玉果然就醒过来了。

吴小玉睁开眼睛，看到了蹲在身边的神算子，她问吴国玉："他来干啥子？"没等吴国玉答话，神算子说："我来给你引路的，你迷津了。"

吴家兄妹都不明白了，他们现在日子过得还好，吴小玉马上又要嫁给当地的首富温少爷了，有滋有味的好日子正在后头呢，咋个说迷津了？不过他们也听过关于神算子的传说，既然说他算命很灵验，那就听他算一下，看他咋个说。

神算子真的算起来，他告诉吴家兄妹，说吴小玉本是天上王母娘娘的仙婢，只因动了花心，为玉皇大帝脚下的一个天将勾引，犯了天条，所以被罚到凡间来受苦。他劝吴小玉到观音寺削发为尼，从此青灯黄卷，吃斋念佛，终其一生，以赎前罪，这样才能重归仙班，回到王母娘娘脚下做仙婢。

吴国玉当然不信，认定是有人想坏了他妹妹和温少爷的好事，才让神算子上门来的。他一边说："我们正在准备好事呢，你瞎说些啥？请出去吧。"一边把神算子往外送。吴小玉倒是疑惑，如果她的前世是天上的仙婢，那么那个勾引她的天将肯定也打入凡间了，又在何方呢？她脑中突然又闪过温少爷眉间的那颗红痣，如果这个天将是温少爷，那还真是缘分了。这时，神算子已经被吴国玉送出了门，在门口，神算子说一句："前世孽缘今世应，天命如此，我也无力了。"

龙门阵我摆到这里，想必大家都能猜到下文，温旺才和吴小玉自然是喜结良缘，男欢女爱，举行热热闹闹的结婚典礼了。是这样的，也有不是这样的。

温旺才少爷要和扬州妹子吴小玉结婚了，按温家的地位和钱财，要办一个红红火火的豪华婚礼还是游刃有余的。他那几个师爷和清客都大显才干，出了各种表现光鲜的主意，是好主意也罢，是馊主意也罢，反正大家乘机捞上一把是十拿九稳的了。在这些人的张罗下，一切大富人家接媳妇的排场都办了。那温家公馆布置得富丽堂皇，喜堂也十分气派，洞房更是金装银裹。酒杯粗的大红蜡烛，精致的像一间小房的婚床，床上五颜六色的被子快堆到床顶，床的三面，有清客建议贴成大幅镜子，这自然能增加床头乐趣。连壁的大衣柜，挂着从各大城市定做的时新的男女新式服装，柜底堆放了从大地方定做的各种新式的男女皮鞋。真叫做说不尽道不完的是温少爷让送到温家小院的为女家置办的嫁妆抬盒，前后有上百个，有一个抬盒里照例放了一块验证少女贞洁的白绸，颇受关注。

举行婚礼的黄道吉日是请一个自称比神算子还神的算命瞎子算出来的，可惜的是当时正是雨季，时常下雨，有时还雷雨交加。

举行婚礼这天，本是大喜的日子，偏是天公不作美，下起雨来。但这一天是择好的吉日良辰，不能改的，于是临时在温家公馆的院子里搭起遮风挡雨的棚子，便于前来贺喜的人观礼。

盛大的婚礼开始了。房檐下两串大鞭炮点燃，噼噼啪啪响了起来，排在大门口的吹鼓手们，呜啦呜啦地吹个不停，四个人抬的花轿起悠悠地走进大门，花轿旁边跟随着送亲的哥哥吴国玉。花轿落轿后，吴国玉牵着顶着红色盖头帕的妹妹吴小玉，在两旁亲朋好友的簇拥下跨过火盆走进喜堂，穿着有八筒花的红礼服，头上戴着插有红色宫花礼帽的温旺才，喜笑颜开地迎了前来。这时，喇叭声和鞭炮声，还加上看热闹的客人们，特别是跑进跑出的小孩们的叫闹声笑声，闹成一片。远远有隐约的雷声响起，带着闪电，越响越近了，就好像是来凑热闹一样。有人私底下议论，担怕是不吉利哦。不过这种话很快被淹在喜庆的婚礼中。

婚礼如仪。温旺才和吴小玉在立着“天地国亲师”牌位的神龛前先拜了天地，因为温旺才的父母已过世，二拜父母是不可能的，根据提议，由文师爷和吴国玉代替，然后是夫妻对拜，温旺才和吴小玉相向而立，低头相拜，两个人的头几乎就碰上了。礼成，温旺才牵着吴小玉手上的红丝带，“送入洞房”。

他们两个进入洞房后，温旺才让所有跟进来的人都出去，然后关上房门，迫不及待地走到刚坐在床沿上的吴小玉身边，一把抓住新娘的盖头扔到一边，抱着吴小玉就是一阵狂吻。然后他捧到吴小玉的脸看，吴小玉被他看得有些不好意思，垂下眼睑，温旺才有些激动地说：“对，对，就是这个样子，我咋觉得恁个熟悉呢，就好像我早就认得到你？”

吴小玉红着脸低声说：“我对你也有似曾相识的感觉，尤其是你眉间的那颗红痣。”

“当真？”温旺才问。

“嗯。”吴小玉红着脸点了点头。

温旺才突然笑了起来，他对吴小玉说：“那个神算子，说我是天上的天将，因为喜欢上了王母娘娘的婢女，犯了天条，才被贬下来的，还说那个婢女也一同被贬了。如果这样说的话，我们两个又都觉得早就认识，那未必然你就是……”

“我就是那个婢女。”吴小玉说，然后补充了一句，“神算子说的。”

又是神算子说的。他们两个心头都在想，但是都没得把神算子后面说的那些话说出来。管他是真的还是假的呢，反正现在两个人已经在一起了，还心灵相通，这就是缘分。至于其他的，想不到那么多了。温旺才和吴小玉紧紧地拥抱在一起，男欢女爱，好像还真有久别重逢的感觉。爱情酿造的眼泪流进热吻的口里，那滋味不晓得是甜是咸是苦。

可就在他们正要颠鸾倒凤的时候，突然一个闪电从天上劈了下来，新房的房顶被劈穿了，雷声在新房里头炸响。在外头的人听到动静，破门一拥而入，看到了躺在瓦砾中的新婚夫妇，还闻到一股焦煳味。

赶来的吴国玉冲进来扑向自己的妹妹，一边叫一边拼命摇晃，但吴小玉没有应答。再看温少爷，全身发黑，皮肤像被烧焦了一样。他大叫："快去喊医生！"

"没得用了。"忽然在人群中挤出一个人说。一看，是神算子。都不晓得他是啥子时候咋个进来的。神算子走到温旺才身边，蹲下用手放在他鼻口边试一下，又摸了一下脉，说："他已经死了。"然后指着温旺才的脸说："是被雷劈死的。你们看，脸上还有字呢。"

被吓呆的文师爷这才反应过来，赶紧俯下身子去探温少爷的脉，确实摸不到了，鼻孔也不出气，脸上有一条似字非字的焦灰。看来真的像神算子说的那样，已经死了。吴国玉也摸了吴小玉的脉，人还活到的，只是人事不省。

文师爷安排下人，把吴小玉先抬到别的房间去，忽然，吴小玉全身发抖，慢慢坐了起来，嘴里头现了奇怪的声音，吴国玉说，这声音不像是吴小玉原来的声音。

那声音说："温旺才犯了天条，在世间恶贯满盈，奉玉帝之命，让雷神惩治他，押他到阴曹地府交阎王治罪。"吴小玉说完这句话，一下子又倒地没得了声音。

神算子说："温少爷已经被带走了。"转瞬之间，没等众人反应，神算子出门就没了踪影。

过了一阵子，吴小玉终于醒了过来，听说自己新婚的丈夫被雷劈死了，呼天抢地大哭一场，高喊着要温少爷带她一起走。有人问她，你晓不晓得你之前说了啥子？吴小玉说她当时只听一声雷响，人就昏死过去，啥子也不晓得了。

剩下来的事就是由文师爷主持，为温少爷治丧。吴小玉作为未亡人，披麻戴孝送丈夫灵柩上山安葬。并且在观音寺做了一场大法事，超度丈夫的亡灵。后事处理完后，由文师爷和几位清客的拥戴，让吴小玉，也就是温太太继承温少爷所有财产，成为温家的女主人。

但是，又出了问题。温氏家族的人站出来说话："这个扬州妹子，只和温少爷拜了个堂，新婚之夜就克死了丈夫，现在还要干得这么大一笔财产，不行，温少爷的财产应该由温家祠堂来接受。"而且还写成状子，告到了法院。温太太吴小玉没了主意，吴国玉也不晓得该咋个办，还是文师爷代请了律师，陪到吴小玉带起一干人马去法院应诉。文师爷之所以这样做，这当然也关乎他们的切身利益。

法院开庭了。庭审的结果，自然是把温旺才的全部家产判归他的妻子吴小玉，并且有完全支配权。你想嘛，人家吴小玉是温旺才明媒正娶的太太，就算新婚之夜丈夫就亡故了，人家也是合法夫妻。这温家家族的人虽然不服，还闹了法庭，也不过是财迷心窍的无理取闹。后来，张五爷找到这些闹事的人喝了回茶，一下子温氏家族的人都偃旗息鼓了。

此后吴小玉在文师爷和律师的帮助下，清理财产，登记造册，正式掌管了温家。但吴小玉说她一介女流，很多事情都让文师爷、张五爷协助哥哥吴国玉代管。吴家兄妹不是不懂事的人，吴小玉把一部分田产和当铺的地契拿出来交给文师爷和张五爷自由支配，得到的收入由他们分给温家清客、下人和仁和会的兄弟。有打秋风①的温氏家族的人上门，吴国玉也都酌情一一打发，并不为难。

过了一段时间，吴小玉忽然又做出一个让人吃惊的决定，她宣布要把她接手的全部财产作一个分割。除开交给文师爷张五爷的那部

① 打秋风：占便宜、混吃喝。

分田产外，剩下的一百多亩田产一分为二，作为功德，分别捐给天子殿和观音寺。家中现有的银元银票，除留一部分自己家用外，全数捐给善堂，做赈灾济贫用。街上的“仙客来”和“夜来香”烟馆和几间酒楼茶肆交由自己的哥哥吴国玉经管，她居住的温家公馆，交给镇小学扩充为校舍，希望能多收穷家子弟和逃难流亡子弟。她自己则暂时搬回温家小院，和哥哥吴国玉同住。等一切料理完后，她将到观音寺出家，从此与青灯古佛相伴，在观音寺度过一生。吴小玉做的这些决定，是得到了文师爷和张五爷他们认可的，所以进行得还算顺利，温氏家族的一些人即使是心头不服，但迫于仁和会的压力，也不敢说什么。不过，在处理鸦片烟馆一事上，还是引来了一点麻烦。

吴国玉接手鸦片烟馆后，和吴小玉一起到烟馆仔细做了了解，那儿简直是人间罪窟，害人的软刀子杀场。且不说一般鸦片馆都是销金窟，任你有多大的家业，只要到这些鸦片馆抽鸦片烟上了瘾，从此成了常客，过不多久，都会被这些销金窟吸得干干净净，成为向人乞讨的破落户，再也不能翻身了。在“仙客来”和“夜来香”烟馆里更是搞怪，人家烟馆是男烟客配的是男枪手，女烟客配的是女枪手，男女有别，这两个烟馆为了更赚钱，却是男烟客配女枪手，女烟客配男枪手，并设有“特别服务”。啥子是特别服务呢？就是烟客抽完烟后，只要交足够的钱，就可以到烟馆后院专设的房间去，花天酒地，和点名的枪手风流快活。这两个烟馆的特别服务，“仙客来”主要是为男烟客，好些个逃难流落到此地的下江妹子，都靠当枪手的额外收入过日子，这不就是一个没挂招牌的妓院吗？这且不说，还有更糟糕的，是“夜来香”烟馆里设有的特别的房间，那是男枪手陪女烟客的，这些女烟客都是偷偷摸摸来的，有的是大户人家的姨太太，或者是年轻守寡不准改嫁的有钱寡妇，这样的女人不耐寂寞，偷偷来特别密室抽烟，难免对身强力壮的男枪手起别的愿望。抽烟时相互钩脚尖传递信息，抽完后便到后房去寻找快乐。这不只是在引诱良家妇女，也引得那些男子不思进取靠吃软饭过活。

吴家兄妹了解到这些情况后，找到文师爷商量，提出把“仙客来”和“夜来香”这两个烟馆关闭，改成茶馆、书场之类的，供大家休闲娱乐。文师爷没反对。从温大老爷开始，他帮温家出谋划策了几十年，在吴小玉做出财产分割的决定后，他就有了“金盆洗手”的想法，况且吴小玉交给他支配的财产，也足够他安享晚年了。这吴小玉关闭鸦片烟馆，不赚黑心钱的建议，一来和自己已没得多大关系，二来这人老了，总想着还是要给儿孙们积点阴德吧。文师爷找到张五爷以及仁和会上层的兄弟说了这件事，张五爷他们表示只要仁和会兄弟们的收入不减少，温太太想干啥子他们都无所谓，还表示温太太仁德，分财产都没忘了仁和会兄弟，以后温太太还有她哥吴国玉有啥子事，兄弟们随喊随到。

吴家兄妹关闭了鸦片烟馆，有良心的本地绅良和善堂的有点资格的难民都表示赞赏，并建议镇公所出面把所有的烟馆都关掉。但这哪里行得通呢？镇公所的人还想到利用这些烟馆为他们谋利益呢。别的烟馆的后台老板，本来想到温家烟馆关了，自己可以多赚钱了，但听到说想让他们把烟馆都关掉的话，这还了得！有人放出话来，扬言要赶走吴家兄妹，要给他们好看。

由于吴小玉给善堂捐去不少的钱，让住在里头的贫困难民生活得到改善，大家很是感恩。难民里一些年轻男子也发出狠话，说谁敢动温太太一根毫毛，我们这些无业流民以难为难，杀他全家。县教育局给温太太吴小玉送来了锦旗，对她的无偿捐赠表示感谢。还有更重要的是张五爷在一次喝茶时公开说，如果温太太和她哥有什么差池，仁和会头一个不放过。这对那些想让吴家兄妹好看的人起到了震慑作用，关闭鸦片烟馆引来的小麻烦也算是解决了，就连吴国玉经管的那些酒楼茶肆，有仁和会暗中罩着，也没人敢随便去捣乱。后来，吴国玉赚了钱，还娶了当地一乡绅的女儿当太太，这是后话了。

所有的事情都安顿好了，吴小玉兑现承诺，真的到了观音寺出家。她先是带发修行，为她深爱的丈夫超度，后来真正看破红尘，削发为尼，每天虔诚地在佛像前打坐诵经，修习佛法。与佛相伴，直到终老。

这就是我当年在乡坝头听到的这个七古八怪的龙门阵，其实主要的意思还是“善有善报，恶有恶报，不是不报，时候未到，时候一到，全都要报”。这个龙门阵算摆完了，不过，也有人在这个后面加了一段民间神话，你们如果要听，我就摆，不听，就算了。

“摆下去。”“我们要听。”众人异口同声。

那好嘛，我就接到摆。

雷神把温旺才的灵魂押进地府，交给阎王治罪。温旺才一路喊冤，雷神哪管那么多，把他押到地府，给阎王交代几句，交了差，就回天上去了。

温旺才跪在阎王脚下，阎王还没开口问话，他又大声叫喊：“我冤枉呀!”阎王说：“我这儿不是你喊冤的地方，我只管治罪动刑，然后发往轮回转生。”

温旺才不管不顾地说：“先说我的前世。在天庭是一个天将，只不过是爱上了服侍王母娘娘的一个仙婢，她也喜欢我，我们两厢情愿，有啥子错？如果说天庭不准男女有情，那玉帝咋个还有天后王母娘娘呢？”

阎王大手拍案叫：“就凭你这几句冒渎上天的话，就加罪了，原说是让你转劫两生，现在就该加罪，叫你历劫三世，再转人生。”

温旺才继续申辩：“我被削去仙籍贬下凡间，要我耗尽我爸的全部家产，我不是也奉命正在做吗？而且做了不少行善积德、捐款济贫，还有兴建学校的善事，都说等我把家产耗尽后再审决，这家产还没耗尽，我做的善恶事多少还没分清，为什么就拘我来阴间？”

阎王拍案大叫：“从来恶孽，唯淫为大，你做的那点善事，根本抵不了你奸淫妇女的罪恶，你是罪大恶极，恶有恶报。拘你来阴间治罪，正是天理！”说完这些话后，马上喊把温旺才拿下去用大刑。

鬼卒在判官的指挥下，七手八脚把温旺才拉了下去，上刀山、下火海，然后剥光衣服，扔到油锅里去，炸，再加背火龙，烧成灰烬，才把他赶进轮回畜生道。温旺才的魂魄从畜生道里爬出来，去投哪种畜生？当牛做马太辛苦，刚好有一条母狗跑过去，当狗去给人看门也行。他一下就钻进母狗的肚子里去投生了。

成了狗的温旺才决定回前世自己的老家去。它还记得回去的路，凭记忆找到温家公馆，就直接往里钻，可是那里已改成了镇小学的校舍，守大门的看到一条脏兮兮的小狗想进学校，一脚把它踢开。变成了狗的温旺才“汪汪”直叫，大概是想解释这是它的家，守门人哪儿听得懂它的狗话，看它不肯离开，就直接拿起棍子赶它，小旺才只得逃走了。

这回家不成，又到哪里去？肚子实在饿了，小狗走到正街上，看到了站在酒楼前正在送客的吴国玉。小狗跑到酒楼门口，对着吴国玉细声呜呜地叫了几声，吴国玉自然也听不懂狗话，转身进了酒楼，这条小狗乘机钻进酒楼，在方桌下捡客人吃剩下的骨头和残渣剩菜，有跑堂的小二看见了，赶它出去，它只好叼起一根骨头跑到门外面去吃，狼吞虎咽，几口吞下，还没吃饱，于是它站在门口呜呜地叫。吴国玉终于看到了小狗，见这条小狗长得倒是挺乖的，但一身白绒毛弄得脏兮兮的，很可怜的样子，于是送了一碗剩饭菜给它吃。小狗以为吴国玉认出了它，大胆地吃起来，一扫而光。吃完后它就守着门口，一直不走。

晚上打烊了。吴国玉收拾完后回家，小狗就一直远远地尾随在后头，跟到吴国玉走到温家小院门口，哦，这小院不就是我前世来看吴小玉表演的院子吗？小狗有点兴奋了，吴国玉刚打开大门，它就一溜烟地钻了进去，对着迎出来的一个女人就奔了过去。

“国玉，你从哪里带回来的这条小狗，长得还有点乖嘛，就是有点脏。”听到这个声音，小狗才发现这个女人不是吴小玉，但它实在无处可去，于是讨好地对着这个女人不停地摇尾巴，呜呜地叫。弄得吴妻不由得蹲下去，用手抚摸这条小狗。吴国玉仔细看了一下小狗，对妻子说：“这条狗今天在酒楼外头讨吃的，我看它可怜，送了一碗饭给它，没想到它还跟到来了。人家都说狗带财，你如果喜欢，我们把它养大，让它给我们看门。”温旺才变成的小狗正式地成了吴家的看门狗。

这天，吴国玉夫妻两个到观音寺上香，看望已经出了家的吴小玉，把温旺才也带起去了。进了寺庙，走近大殿，小狗看到了跪坐在大殿一侧敲磬的吴小玉，这正是它日思夜想的人啊。它不顾一切地扑了过去，毫不客气地扑到吴小玉的身上，用嘴亲近她的脸，呜呜地哼着，要吻她的样子，这下把吴小玉吓到了，吴国玉赶紧过来把小狗赶出大殿。小狗不甘心地在大殿门外汪汪地大吼起来，像在抗议，可人咋个会听得懂狗的语言嘛，哪个晓得它想做啥子。

小狗的叫声惊动了正在天空巡视的游神：“成何体统！”这个罪人真是贼心不死，成了畜生都还想续旧情。于是将温旺才的魂魄捉拿回阴间，阎王一听，罪加一等，让把它贬成虫豸。温旺才的魂魄再次轮回，成了池塘里的一只小蝌蚪。小蝌蚪长大变成了青蛙，专门捕捉农田里的害虫。这只青蛙想，这下算是做善事了吧，于是它卖力地在田间地头捕捉害虫。它干得正扎劲，却被人捉住和很多青蛙一起被送进餐馆，成为餐桌上的一道菜。

温旺才的魂魄再次回到阴间，应该再进哪个轮回呢？阎王身边的一个判官说：这个罪人在世为青蛙时，已有向善之心，他已历劫两世，再经一世就可以转入人道了。不如让他去做只蜉蝣算了，早去早超生。阎王同意了。温旺才果然成了一只蜉蝣,成虫后体会了朝生暮死,又回了阎王殿。

阎王查生死簿,三世历劫已满,是该让温旺才的魂魄重入人道了。于是放他再去投生人世,降生在一个普通人家,仍然被取名为旺才,过着平凡人的生活。旺才长到二十多岁,父母因车祸双双去世。在办完父母后事后,他突然离开了家乡,家头的亲友谁也不知道他去了哪里。其实他是寻访到了当年吴小玉出家的观音寺,看到她已然成为老态龙钟的老尼姑。想到此生再无望与吴小玉成为夫妻,旺才万念俱灰,按当年神算子指引的路,跑到天子殿,皈依了道门,改恶为善,度人度己。

好了,我这个民间神话也摆完了。

大家听了这段附加的神话,不胜唏嘘,但是一直坐在一边只听不语的据说是某名牌大学哲学系的博士生,长叹一声说:“都说温旺才是犯了天条,被贬下人间,我却有些为他抱屈呢。”大家惊看他,咋个为得了报应的恶人抱屈呢!

他说:“我记得在哪里曾看到过一句话:‘天生万物,唯人为贵。人之所上,莫过房欲。法天象地,规阴矩阳。’这不就是说,男女相爱,是人之本性,是天地法则吗? 那温旺才前世作为天庭的一个天将,和西王母的一个仙婢相爱,本是合情合理的事,咋个就犯了天条了呢?老天爷不准天庭男女相爱,这合于天理吗?”

坐在一旁的另一个非哲学博士的青年,似乎比哲学博士要明白一些,他说:“茫茫青天,天国何在? 天国不在,何来天理? 天国本是人造的,人间不讲人道,何来天国讲天理呢?”

博士想继续讲他的道理,在座的听众却开始东倒西歪,有的已打瞌睡。于是不第秀才断然宣布:“今晚上的龙门阵就摆到这里,大家可以回家去睡闷头觉了。”他大声说,“散会!”

下卷　夜谭新记

今是楼主

逃亡记

在座的各位你们都是晓得的，我是从下头一个小县城调到省上来工作的。到省城后，政府在机关宿舍给我分配了一套住房，这些我就不多说了。我的龙门阵就从我住的那个宿舍大院讲起。

我们这个宿舍大院就在省政府的后头——哦，对了，那个时候，还不叫省政府，叫省人民委员会——说是大院，其实也不是很大，也就是住了几十户人家。这个院子里修得有比较现代的单元楼，但更多的是现在已不多见的筒子楼。啥子是筒子楼呢？其实就是每一层楼中间一条一米多宽的长过道，两边并排着许多个单间房，因为这个长过道两端开有窗户通风，像个筒子，所以大家都叫这种楼房为“筒子楼”。筒子楼两边的单间既没得厕所也没得厨房，大家都把各家的蜂窝煤炉子放在过道上。每逢做饭的时候，从过道上走过，煤烟油烟味简直叫人喘不过气来。而且筒子楼每层只有一个盥洗台，安有几个自来水龙头大家共用，至于上厕所，那就得下楼到院子里唯一的公共厕所去了，住在筒子楼的人，早上起床，首先面临的就是抢厕所坑位，第二要务就是抢水龙头。不过，那个时候的人们，能有个筒子楼住已是很不错的了。

所以，住在这个大院里的人，无论是住在单元楼还是筒子楼的，相处得和和气气的，尤其是各家的女主人，有什么好吃的，还互相送一碗过去。缺个瓢盆碗筷、扫把拖帕、晾衣竿之类的，互相借来借去，几乎成为公用物品。院子里头即便有大人或者小娃儿扯筋角逆①，总会有人出来劝架讲和，几下子就没事了，双方和好如初。住在这个院子里的干部，无论职务高低，常常在闲下来的时候，各人端个板凳、小桌子到院坝头的几棵大树下，喝茶摆龙门阵的，或者楚河汉界杀一盘的，其乐融融。

在这个院子头，开始只有二三十个娃儿，后来发展到五六十个，热闹得很。这些娃儿里头，有个叫陶琪的男娃儿，生得浓眉大眼，人也壮实，可以说是院子里最顽皮的一个，俨然是个孩子王。他常常拿着自制的竹筒水枪和弹弓，带着一帮子青毛头，在院子头"胡作非为"，就差上房揭瓦了。有时他拿着弹弓打鸟，鸟没打下来，倒把别人家的玻璃窗打烂了，屋头的大人只好上门认错赔钱。院子头的大人开玩笑，说陶琪的名字没起好，还真是"淘气"得很。

院子头还有一个叫李小芬的女娃儿，生得十分漂亮乖巧，性格也温和，很懂礼貌，院子头大人都喜欢她。可怪的是，她偏偏和陶琪关系特别好，丁点大时，就总爱叫着"陶琪哥哥陶琪哥哥"地跟在陶琪后头。而陶琪也常常以小芬的保护人自居，哪个娃儿要是欺负了李小芬，陶琪都要帮到出头。加上他们两家的大人关系也不错，难怪院子头的人都说，看来这两家怕是要打亲家了。

其实，这两家人本来就是有缘的。

陶琪的父亲叫陶大成，是省政府工业厅厅长，李小芬的父亲叫李道一，是省政府的一个副秘书长。这两个当爸爸的也是自幼就认识的毛根朋友，读中学时就是同学而且同桌，学习成绩都很优秀，是班上争一争二的角色。不过陶大成数理化成绩更为出色，声称自己将

---

① 扯筋角逆：角逆读guonie。吵架，纠纷，闹矛盾。

来想去做一个建筑师，而李道一却爱好文学，作文写得好是全校出了名的，甚至还在地方作文竞赛中拔过头筹。陶大成当时还笑话李道一，说他将来当个师爷正好。他们这两个人，陶大成身体壮实，性情豪爽，心无芥蒂，心直口快，又认死理，三言两语不和，就大声武气与人争执起来，这就不免得罪一些不了解他的人。而李道一身体孱弱，性格温和，不苟言笑，且心思比较细密，遇事权衡轻重，随机应变，在什么场合对什么人说什么话，都颇有计较，这让一些人认为他心藏机锋，不可深交。可就是这样两个志趣性格相反的人，却成了最要好的朋友，似乎他们彼此都知道对方的长短处，遇事能缓急相配，得失相校。

后来陶大成和李道一都考进了北平的大学读书，当年的一二·九学生运动，他们两个都参加了。陶大成很积极，不久就参加了共产党，成为骨干，被党组织留下来派到白区做地下党的领导工作，大概是因为在地下工作中老和敌人针尖对麦芒斗争，养成原则性强、立场坚定、为人直杠的性格。解放前在白区就和同样是地下党员的汪青相好，结了婚，解放前夕生了一个男娃儿，取名陶琪，性格活泼，和他爸一样，不会转弯子，虽然常惹事，可院子里的人倒还喜欢他这种性格。

李道一和陶大成不一样，一开始他并没有入党，后来经陶大成介绍他去了延安，在那里入了党并且一直在解放区工作，一直到全国解放，他随大军南下解放四川，参加接管工作后，被任命为省政府副秘书长，主管文书和交际工作。他从延安下来十几年在官场中历练出圆通功夫，为人恬达，能随机应变，人缘很好。和当时许多南下领导干部一样，戎马倥偬，也没结婚，经组织上介绍，和解放后参加革命工作，被派到省府办公厅做文字工作的大学生孙毓芬结为夫妻，一年后生下一个女儿，小名叫小芬，长得很乖巧，一院子的大娘们抱来抱去地亲热，像个活玩具。

成都刚解放时，陶大成因为是学工的，被任命为省政府工业厅厅长，他到省政府报到，碰到了担任副秘书长的老朋友李道一，分外高兴。后来两家人就住在同一个大院里，自然是常来常往，尤其是陶大成，有空就带着汪青，串到李道一的家里，吹牛喝酒，还特别喜欢吃李道一夫人孙毓芬做的一手好川菜。大概是由于两个老朋友常来常往，所以陶琪特别喜欢和小芬进进出出，常在一起玩，真正是两小无猜，两个小家伙从幼儿园读到小学、初中，都是相伴在一处。小芬生就她妈妈遗传的一副好脾气，常受男学生欺负，陶琪就显出他那股少年英雄气概，保护小芬，不惜和人打架，挨了老师批评，还气鼓气胀地不服气。

对这两个孩子的事，陶大成和汪青没有好在意，但孙毓芬却存在了心头。两家大人是朋友，两个孩子青梅竹马，真是天造地设的一对。她把自己内心的算盘对丈夫李道一说了，李道一倒也认为合适，不过他说："那陶琪和他老子一个脾气，就怕他们结婚后小芬受欺负。"孙毓芬认为不可能，她说陶琪心肠好，对小芬更好，肯定不会欺负小芬。

一次，陶大成和汪青又来串门，闲谈中孙毓芬提起话头，半开玩笑半认真地说出"大院头的人都在说我们两家怕是要打亲家"的话，汪青没说话，陶大成却说，女看十八，男看二十，两个娃娃的事，等他们长大了自己拿主意。孙毓芬也附和说对的，以后倒没再提起此事，不过，她从心里头还是把陶琪当成是自家未来的女婿，常常让小芬把陶琪带回家，给陶琪做好吃的。

初中毕业后，陶琪和李小芬先后考入当地一所重点中学，两个人成绩都很好。一次两家人在一起吃饭闲聊，说到两个孩子的学业，陶琪说他的志愿是将来报考哈尔滨工程学院，李小芬则说她的志愿是进北京大学，两家父母都夸他们有志气，盼着两个孩子高中毕业后能按各自的愿望考上理想的大学，施展自己的抱负。

谁知天有不测风云，1966年，“文化大革命”开始了，他们所有人的命运也随之发生改变。

“文化大革命”的浪潮席卷全国，陶琪和李小芬所在的重点中学也不例外。这些学生娃娃，本来就正是在青春热血期，一听说北京传来最高指示，都响应号召，积极参加“革文化的命”的运动。

像陶琪他们这样的干部子弟，从小受传统革命教育，自然更是义不容辞地投身“文化大革命”之中。他们受“老子英雄儿好汉”思想的影响，和北京一样，率先成立了红卫兵，穿起一身没有领章帽徽的绿军装，腰上扎一条带有钢扣的军用宽皮带，臂上套起印有“红卫兵”三个大字的袖套，嘴里叫着“革命无罪，造反有理”的口号，开始了先是“破四旧”——顺便说一下，当时的“四旧”，是指旧思想、旧文化、旧风俗、旧习惯——接着又是“横扫一切牛鬼蛇神”的行动。不少珍贵的文物和传统的文化典籍都在他们的打砸和焚烧下化为乌有，对所谓的“牛鬼蛇神”，红卫兵小将更是毫不留情，对他们的子女同样态度坚决。

陶琪由于积极，成了红卫兵一个小头目，天天“革命”，根本不落屋。李小芬也跟到陶琪参加了他们的红卫兵，也学样地打扮成和陶琪他们一样，跟在陶琪后面革命。但是她却见不得那些精致的艺术品被打烂，对学校里那些可怜的同学更是下不了手，每逢这种时候，陶琪就笑话她，有时也批评她不敢革命。

就在陶琪他们“造反”造得正起劲的时候，形势突然发生了反转，一时间，红卫兵遍地开花，“造反派”组织纷纷成立，这个兵团那个战斗队处处都见，陶琪他们这些率先响应号召起来到处造别人的反的人，他们的父亲也被别人造了反，成了走资本主义道路的当权派，被单位的“革命造反派”抓了起来，关押游斗。他们的红卫兵组织被解散了，他们这些老红卫兵也大多沦落成“狗崽子”，不少人消沉了下来。

从小就很要强的陶琪不服这口气,“你们不准老子革命了,老子革给你们看!”他离开家,跑去找到当时一个以打砸抢著名的很激进的造反派组织,这个组织打着“天不怕战斗队”的旗号,提出的口号是“天不怕,地不怕,人不怕,鬼不怕,坐牢不怕,杀头不怕”。这口号让憋着一肚子气的陶琪感到十分解恨,年轻气盛的他脑壳一热就参加了这个“天不怕战斗队”,成天跟着这帮人打砸抢,十分痛快。

陶琪跟着干了一阵,他发现这个号称彻底革命派的“天不怕战斗队”大多数是由他们原来看不起的“街娃”组成的,还有一些无业流民和家庭成分不好,家有“杀、关、管”人员的子弟。这些人造反的行为和学生单纯的造反不同,战斗队的头头就公开对大家说:“老子们到底等来了无法无天的一天!”

那个时候的红卫兵和其他造反派组织的头头都是封为“司令”“政委”之类的,但“天不怕战斗队”的头头却让战斗队的人叫他“大哥”,他这个大哥的地位在战斗队至高无上,说一不二。参加这个战斗队的人,不仅要学会用钢钎棍棒参加武斗,而且还要学会摸、扒、偷、抢的技巧活,陶琪自然也不能例外。大概是大哥发现他有点与众不同,于是亲自带他,对他不仅言传,而且身教,经常带陶琪去大街闹市实习。这些“技术活儿”,陶琪本不想学,可是大哥威胁他,说你既然进了我这个门槛,就是我的人,不服管教的话,只能对你不起了。看到大哥手下的几员大将虎视眈眈地盯着他,陶琪觉得好汉不吃眼前亏,无可奈何只得跟着学,跟着干,逐渐也学会了那些“技术活”。平日里大哥还对大家进行思想教育,说:“这个社会太不公平,凭啥子有的人可以有钱有势地过好日子,我们这些人就该在烂泥塘头找生活?现在好了,造反有理,我们就是要起来造反,孬死[1]也要找点发财机会,让兄弟们过上好日子。”

---

① 孬死:最不好,最差。

要是放到以前，陶琪可能听不惯这种言论，但现在听来好像也有点道理。自己的爸爸出生入死闹革命，凭啥子就被说成是走资派，就该被关被斗，整得妈妈也被牵连，自己无家可回……陶琪心中腾起要报复这个社会的叛逆，恨不得把一切都砸他个稀巴烂。渐渐地，陶琪在不知不觉间融入了这个团伙，他学会小摸小偷开门翻窗的本事，也能够若无其事地在街上车上当三只手，只是对那种杀人抢劫的事，心里还是有抵触，他对大哥说，何必呢，只是为点钱财就对人白刀子进红刀子出，这种做法不管放在什么社会，不管放在哪朝哪代，都是不仁不义的呀！但是大哥他们一伙人对陶琪这话嗤之以鼻，反过来却笑话他胆小没出息。

又一个月黑风高夜，大哥带着十来个人，陶琪也在其中，“天不怕战斗队”这天要做一起大买卖。

原来大哥早就看中地处郊区的一个物资仓库，那里平时库藏颇为丰厚，大哥一直打算对它下手，到底是带三五个人去溜窗撬门、偷偷摸摸地搬运几箱货物回来呢还是搞个大点的行动，干脆抢他一票呢？大哥和他的军师一直在踌躇不定。这时候，大哥得到了一个新情报，是一个也在混社会的名叫秦老五的人提供的，说是仓库新进了一批特别稀罕的东西：一批枪支！得到这个情报以后，大哥他们一伙人再也按捺不住了，决定这天晚上多带些人去实施抢劫！他们已经探明这个物资仓库下班以后大门紧闭，里面就只有看门和值班的三五个人。

没想到这次他们却失手了，前去参加行动的人被守在那儿的解放军瓮中捉鳖，全逮起来了。其实这个传来情报的秦老五大有来头，他不是啥子混社会的，而是多年来公安部门安排在民间的一个情报人员。由于“天不怕战斗队”太臭名昭著，新成立的“省革委”要立威，决定拿它开刀，于是让秦老五出面，以一批枪支的情报作为诱饵，为的正是要把“天不怕战斗队”一网打尽。“秦老五”自始至终都没暴露，他们这伙人包括大哥在内被全部拿下后，都还没明白是哪里出了错。

陶琪和大哥一伙人被送到看守所分别关了起来。第二天，陶琪听到了交接班的看守相互间的对话："你们当心点，这里头关的就是那个天不怕战斗队的骨干分子，一定要严加看管。"

"那是当然的。这群社会渣渣，打起造反派的旗号干尽坏事，打砸抢盗窃样样都来，这一回算是自投罗网了。"

"听说这个团伙在社会上胡作非为，民愤极大，早就立了案，被列为严打的重点，这次，搞不好就是枪毙。"

"像这样破坏'文化大革命'的犯罪团伙必须惩罚，罪大恶极的就该杀头。"

陶琪听了这些话，首先想到的是，这下子糟了！被列为严打重点就相当厉害了，再加上"破坏'文化大革命'"，这是一个很大的罪名，搞不好，自己这一生就彻底交待了。陶琪失悔得不行，他恨自己当时的冲动，恨自己只顾一时的痛快，用打砸抢的行为来发泄心中的不满。想起自己从小到大在学校受的教育，想起父母的谆谆教导，陶琪终于醒悟，自己是走错路了。

但是现在他该怎么办呢？爸爸妈妈是不可能帮到他的了，他此时能想到的就是李小芬了。李小芬的爸爸虽然也成了走资派，但她妈妈孙阿姨，只是一个科研单位图书档案管理员，个人没受到太大的冲击，也许孙阿姨能帮到他。

于是陶琪开始和看守人员套近乎，两天后他终于说服了一个给他们送饭的中年大叔。他悄悄告诉那个人，说自己是个中学生，被裹挟误进了战斗队，几次想离开都没跑成，现在又被抓了，也不晓得爸爸妈妈找不到他会担心成啥子样子，所以想请大叔帮忙给家头的人带个信。说到这儿，陶琪想到被造反派关押的爹妈，真动了情。那位送饭的大叔看陶琪这个样子，确实是个中学生样，动了恻隐之心，答应帮他送信。第二天，那位大叔把带来的纸笔偷偷交给陶琪，让陶琪写好后交给他。陶琪匆匆写了几句话，然后把纸折叠起来，在背面写上地址和李小芬的名字，交给了大叔，说只要交给他们宿舍大院门口的收发就行了。送饭的大叔照陶琪说的办了。省政府宿舍大院门口收发室的老陈，是看到陶琪李小芬他们这帮孩子从小长大的，他见纸条上李小芬的名字，就把纸条送到了李小芬家。

李小芬打开纸条一看，大吃一惊。她已经好久不见陶琪了，她和妈妈正在着急找他呢。因为她妈妈说，现在陶李两家就她一个大人在，她要对陶琪和李小芬两个孩子负责，一直等到李小芬爸爸和陶琪的父母回来。

李小芬告诉妈妈陶琪在看守所里，一听这消息，孙毓芬特别着急，赶紧跑到看守所去，可人家不让随便进，说需要“革委会”的证明。孙毓芬又跑回机关，找到进驻机关的工宣队头头说明情况，非常运气的是，这个头头是个老工人，他既没刁难也没打官腔，马上找人给孙毓芬开了个证明，让她凭这个证明去看守所探视。

孙毓芬带到几件换洗衣物和一点吃食到了看守所探视。陶琪一看到她就痛哭流涕地说：“孙阿姨，我错了，我一时糊涂，做了错事，但我也是被逼的，阿姨你就帮帮我吧，想办法救我出去。”孙毓芬看陶琪这个样子，又是生气又是心痛，说：“我们天天都在找你，哪个想到你这个淘气会走上这条路，好好的一个学生，裹到什么战斗队去打砸抢，你这样对得起你爸妈不？”

陶琪说：“我当时参加只以为是一个造反派组织，根本不晓得是咋个一回事，后来我想退出，却被他们胁迫，我也是逼不得已。不过，孙阿姨，你一定要相信我，在这个战斗队，我从来没杀过人。我真的是冤枉的。”

孙毓芬听到陶琪的这席话，更是难过，她找到看守所的领导说好话，可领导说他们做不到主，这要等革委会的通知，可能要开了公审大会才能决定。不过，这位领导也网开一面，说可以让孙毓芬随时来探望，帮到做下陶琪的思想工作，毕竟他还是个中学生，是可以教育的子女。

于是孙毓芬母女三天两头地往看守所跑，家里有什么好吃的都想着留给陶琪。但是陶琪听到孙毓芬说要开公审大会时，觉得无望了。他也晓得孙阿姨已尽到最大的努力，或许看守所的领导也有同情，但哪个又能弄得清楚省革委的头头脑脑些到底在想啥子，公审大会上会有啥子结局？靠人不如靠己，他决心自救了。

这天，李小芬独自一人来送东西，陶琪看到李小芬头发上别着的钢卡子，心头突然一动，他悄悄地对李小芬说想让她把头上的钢卡子送给自己，李小芬觉得莫名其妙，一个男人要女孩子才用的发卡做啥子？陶琪深情地望着李小芬说："因为这是你用过的。"李小芬一下羞红了脸，但还是把钢卡子从头上取了下来准备递给陶琪，这时，站在稍远处的看守人员走了过来，陶琪迅速握住李小芬的手接过了钢卡子，然后在看守的询问下，把手摊开给看守看，李小芬惊讶地发现，钢卡子已经不见了，陶琪的手掌上只有两根断发，一定是钢卡子上带下来的。陶琪装起一副很诚恳的样子，对看守解释说："她是我的女朋友，我就想要她几根头发……"看守笑了，说："你小子还真多情。"又走到一边去了。

送走了李小芬，陶琪被押回牢房，他从衣袖里抖出那根钢卡子。别看这个小小的在普通人眼里就只是拿来别头发的小发卡，落在他们"天不怕战斗队"任何一个队员手里，就可以大有作为。因为开窗撬锁是他们进入组织后学会的基本本领，每个人只要用一根铁丝就可以把锁打开。陶琪开始隔着栅栏研究关押他们牢房的那把门锁，有事没事就走到门口去看锁孔。他研究得太入神，一点都没发现"黄雀捕蝉，螳螂在后"，大哥早就把他的行动看在了眼里。

一个夜晚，陶琪趁大家都睡熟了，从口袋里头掏出钢卡子，轻轻一掰，就得到了一根上好的细钢条。他悄悄起身走到门口，拿细钢条试着捅锁孔，大约一分钟左右，只听嗒的轻轻一声，锁开了。陶琪往身后看看，没人发现，再稍微把门推开一条缝，门外也没动静，于是他一闪身出了门，沿护栏使出翻墙登屋的功夫，逃出了看守所。他完全不晓得，他做的这一切都没逃过大哥的眼睛，在黑暗中，大哥密切关注着他出了门，紧跟着也一跃而起闪出了门，只是出门以后，大哥翻的是另一面墙，翻墙出来后自然也是只顾逃命，刹那工夫就消失在茫茫夜色中，

陶琪逃出来后首先想到的是趁天黑赶紧回家一趟。他翻墙进入大院，在已被造反派抄过的空无一人的家中翻箱倒柜了一阵，带上几件没被抄走的换洗衣服，准备开始他的逃亡生涯。但出家门后，鬼使神差地他敲开了李小芬的家。

李小芬和孙毓芬见到逃出来的陶琪大吃了一惊。李小芬毕竟年轻，居然一下笑开了，说这下好了，陶琪哥哥你重获自由了，而孙毓芬却神色慌张，说："这下不得了，被抓回去是要重判的，小琪，还是去自首吧，阿姨陪你去。"

陶琪哪里听得进这个话，他说打死我都不回去了，回去只能是死路一条，哪个管你自首不自首的事。孙毓芬想想，陶琪说得也对，在那个年代，随便打死个人根本不算个啥子。她愣在那里，不知如何是好，陶琪看孙毓芬没得说话，也不晓得她在想啥子，于是继续恳求："孙阿姨，你就当没看到过我，就当不晓得这回事，我马上就走，现在外头那么乱，我肯定逃得出去的。"孙毓芬心如乱麻，她进到自己住的房间去，打开箱子掏出来一些钱和粮票，硬塞给了陶琪，又说现在深更半夜的，一个人在外头走反而容易遭人怀疑，让陶琪在李小芬的房间好好休息一下，天蒙蒙亮的时候再赶紧逃。"小琪，就像你说的一样，你根本没来过，你走的时候就不要和我们打招呼了。"孙毓芬说完这话，拉着李小芬进了里屋。

这一夜，孙毓芬睡得很不踏实，不停地做噩梦，天快亮时，她听到

陶琪悄悄开门出去的声音，才算有些放下心来。重新睡了个回笼觉。可孙毓芬万没想到，她这一觉醒来，陶琪是走了，但自己的女儿居然也不见了，桌上有小芬留下的纸条。原来当晚孙毓芬在噩梦中挣扎的时候，李小芬悄悄起身，到自己房间里收拾了几件衣物，向陶琪提出要和他一起逃。陶琪不想连累她，但她意志坚定，还说如果陶琪不带她走，她天亮就去自首，说陶琪出逃的工具是她提供的，大不了一死。陶琪和小芬从小一起长大，也了解小芬的个性，不要看到她平时文文弱弱的，但一旦真正做出了决定，那是很强硬的，是说得到做得到的，只得同意带小芬一起走。他们两个约定，陶琪先悄悄离开，小芬随后再走，约定个地方会合，这样既不会惊动孙毓芬，也不会引起大院门卫的注意。等小芬的妈妈发现时，他们已经消失得无影无踪了！

看守所到第二天早上才发现陶琪和那个被称做大哥的头目不见了。这还了得！这可是在“革委会”挂了号的大案，报告上去，“革委会”领导责令公安部门发出追捕逃犯的通缉令。但是因为抓他们进来时，没留下照片，即使通缉令发出，要抓起来还是很难的。那个时候，还是“文革”当中，造反派掌着大权，各地公安部门的工作并不健全，接到这个无头通缉令，也不过向下转发一下，虚应故事罢了，再说大家都以为这两个人是一起跑的，所以通缉令上也是写的两名青年男性，而陶琪却是和李小芬在一起，像是一对青梅竹马的小恋人，与通缉令完全是南辕北辙，所以无形中反倒给他们的逃亡开了方便之门。

陶琪和李小芬这一对年轻男女，沿途既不引人注目，也没受到盘查，两人竟然一路顺利，真的远走高飞了。他们两个坐上南下的火车，沿途换了好几个车次，在一个名不见经传的小站下了车。这也是陶琪的主意，他想藏身于一个边远之处才安全，越偏僻越落后越好。

他们到的这个地方，火车才刚通没得好久，非常落后，消息也很闭塞，于是他们两个就在那儿安心住了几天，然后又搭乘汽车，翻山越岭，去到更偏僻的地方。那个时候，“文化大革命”正在如火如荼地深入开展，他们所到之处，造反派互不相服，有些地方还时有武斗发生，甚至深山头还有土匪出没的传言，秩序很乱。陶琪和李小芬混在这乱中，倒也安心了不少。

他们两个假冒新婚度蜜月的小夫妻，在这一带的几个县里游走，哪儿风景好，好玩，就多留几天。他们大多数时候是住在公路边或乡镇上被称为鸡毛店的小旅馆，有的时候就干脆住的当地农民家。虽然住旅馆需要介绍信和证明，但这根本难不倒陶琪，造个以假乱真的介绍信和证明对他来说，太容易不过了。一个月下来，说是逃亡避难，两个人的心情早就放松，完全是在享受快乐的筑爱生活。不过，虽然他们假冒夫妻不得不装模作样地同房而住，但陶琪却是规矩得很，晚间都是打地铺和衣而眠。这一路上，陶琪对李小芬就像妹妹一样，照顾保护她，李小芬也把陶琪当成哥哥一样对待，两个人像儿时一样亲热随便，保持着他们之间圣洁的关系。有时，他们也会情不自禁地亲吻拥抱，但都止步于此，没再越雷池一步。李小芬见陶琪一路对她呵护有加，而且随时保持警惕，也有周密措施从容地应付检查，显得机智和沉着，于是对他十分佩服甚至有几分崇拜了。

但是她对陶琪的某些“技术”却并不以为然。

有一次他们回旅馆，叫服务员开门，结果无人应答，两个人在门外站了一阵子，陶琪看到李小芬已经十分疲累的样子，嘴头说着：“算了，我自己来开”手从口袋里摸出一根细小的钢条，在锁上一捅，锁就打开了。这一幕让李小芬十分惊讶，进屋后陶琪给李小芬开玩笑，说：“你那天在家说我逃跑的工具是你提供的，还真的是。这个东西就是你送给我的，我一直留在身边。”李小芬十分奇怪：“我啥时候送你这么奇怪的东西了？”她从陶琪手上抓过钢条，仔细一看，这不是自己头上别的钢卡子吗？她一下子就明白了。

还有一次，他们在休息室里等着上火车，车站里人多，显得十分拥挤，一个女人从他们身边挤过时，陶琪稍微伸了一下脚，那个女人被绊了一下，身子一歪差点倒地，陶琪赶紧伸手扶住她。女人以为是自己不小心，站稳后还对陶琪表示感谢，陶琪微笑着表示不客气。可等到那个女人走开后，陶琪的手里却多了一个钱包。李小芬一见大吃一惊，很生气地说你咋个能这个样子。她不等陶琪反应，拉起陶琪就去追那个女人。那个女人被他们拦下后，很奇怪地看到他们，陶琪只好递上钱包，说是在地上捡到的，因为是在她刚才绊倒的地方，所以猜想是不是她掉的。女人接过钱包，更是感动得不得了，千恩万谢说了不少好听的话。那个女人离开后，李小芬转头就走，陶琪追上她，说好话哄她，又解释说是担心没钱用了。李小芬停住了脚步，转头很严厉地回答说："就是没钱，也不能干那种事！我们年纪轻轻，有手有脚，饿不死！"看陶琪惭愧地站在那里，她放缓口气，补充了一句："我带的钱不少，节约一点，够用一阵子的。"

面对李小芬的纯洁正直，陶琪只能连连答应，生怕辜负了这个美好的女孩。在这同时，他发现了什么，指着一个正在候车室东张西望的人，悄声对李小芬说："你看，看那个家伙！"但李小芬东张西望，完全不知就里。这时，只见那个小偷已经挤到几个正聊得热火朝天的旅客身边，迅速提起一个黄色的提包。陶琪来不及跟李小芬说什么，他飞快走向前，拍了一下那人的肩膀，说："兄弟，规矩点！"那个小偷看他一眼："关你尿事！"陶琪怒道："老子今天就管了！"对方看他气势汹汹，只好把黄色提包放回原处。

见好就收，陶琪也不想惹上麻烦，于是转身想离开，却发现从边上走来了几个人，其中一个大约是个小偷头目，几个人朝陶琪围拢过来，陶琪对那个头目低声说几句什么话，那个小头目惊了一下，用眼神制止住了手下的人，倒笑不笑地说了句："哎呀，真是大水冲了龙王庙。"然后带着手下离开了。陶琪回到李小芬身边，说："走吧，检票了，我们也该上车了。”他们挤着过检票口，走到车厢坐下后，李小芬附着陶琪耳朵说：“你这件事办得好，行侠仗义。”陶琪细声说：“我还不是侠客。”李小芬说：“那你就为我当一个正义的侠客！”

陶琪本来也曾是个有理想有良知的青年学生，虽然在战斗队受到污染，但有纯洁善良的李小芬在他身边感染他，陶琪心底的道德正义感被唤醒了，后来的旅程中，他路见不平便挺身而出，见到弱小就出手相助，很是一副侠肝义胆的样子，屡屡得到李小芬的赞许。

陶琪和李小芬在川西南边远山区大大小小的县城乡镇转了好几个月，冬去春来，桃红李白，他们流连在大自然的美色中，那峰峦叠起的群山，连绵不绝，云遮雾绕，草木葱茏，站在高山上，人的心胸好像都变得开阔了。他们简直忘乎所以，甚至决定要去看看三峡，几乎忘记了陶琪是正在被通缉的逃犯。俨然一对两小无猜的小情侣，正在放肆地享受青春的快乐。

但是有一天，他们两个正在一个路边小店吃饭，陶琪发现了异常，“不好！”陶琪对李小芬细声叫，“看来我们长了尾巴了，不晓得是哪里走了水。”李小芬假装偶然一回头，发现确实有两个人在不远处一张桌子边坐着，也不点菜吃饭，只是喝着店家送上的免费茶，朝他们这个方向在说啥子，发现李小芬在回头看，还朝李小芬笑了笑，然后低下头去喝茶。

陶琪让李小芬不要慌张，要装得若无其事的样子，二人如同平常一般说说笑笑吃完饭，站起身来，装着一路追追打打地跑着，拐了一个弯见后面的人没追上来，这才真的拔腿狂跑，跑回住房门口，陶琪也顾不上叫服务员开门了，又从口袋里掏出小钢条，三下五除二打开锁，进屋就叫：“快收拾去吧。”李小芬说：“你不要太敏感了，人家并没有追上来，你会不会弄错了？”陶琪说：“哪有坐在馆子里不点菜不吃饭的？他们不是跟踪我，怎么会坐在那里只喝茶？”李小芬还是不相信：“人家也许也是旅客，不吃饭只是坐下来歇歇脚，找店家讨口水也是正常的呀?”陶琪说:“不,我认得出来,他们眼神不同,就是公安,是警察,而且一定是朝我来的。你不要多说了,快走!”他们提起手袋便从一个侧门悄悄走出去,往那里的一片山林里走去了。

陶琪和李小芬这一走就一个县走到了另一个县。李小芬认为陶琪有点神经过敏,但陶琪坚持认为自己被盯梢了,而且一路上一直在想,咋个突然就被警察跟到了呢?突然他想到了一点:因为李小芬也不见了,他们知道她一定和自己在一起,一定是他们找到了李小芬的照片,认出了她,自然跟她在一起的就是我了!他对李小芬说了这番道理,认为只有李小芬离开他,他们两个才会都安全。没想到李小芬听了陶琪这番话以后,十分伤心难受,她说本来自己跟着他踏上逃亡之路是为了陪伴他,路上有事也可以打个掩护,多个帮手,“我们这一路走来,这么快乐这么幸福,现在你自己神经过敏东想西想,结果反倒认为是我给你惹来的杀身之祸,我倒成了祸害一个了?要我现在和你分开,各走各的,那不就真成了俗话说的大难临头各自飞了吗?”她越说越难过,不禁失声痛哭起来。

陶琪一下慌了手脚,他连忙说自己错了,确实他不应该说这个话,她对逃狱出来的自己毫不嫌弃毫不避讳,还坚决要离开妈妈偷偷离家出走,一路陪伴着他,让他的逃亡之路充满了欢乐,这些都是他本来该特别感谢和珍视的。他一点没觉得是她招来了麻烦,确实是自己太多疑了,想多了!李小芬听了他的认错,见他说得十分真诚,这才慢慢止住哭声。这时陶琪说:“其实我刚才的意思也决不是两人各走各的,我是想让你回到你妈妈身边去,不要再跟到我过这种提心吊胆的生活……”李小芬不让陶琪说下去,目光坚定地看到陶琪,表示不论将来如何,她要一直陪到他,决不分开。他们两个紧紧地拥抱在一起,感情上更觉得难舍难分了。

其实陶琪并没看错,小店里喝水的那两个人的确是穿便衣的警察,也的确是盯上了陶琪他们两个。只不过他们盯上陶琪的原因并不是晓得他是通缉犯，而仅仅是想弄清陶琪的来龙去脉。前段时间，当地公安部门在打击一个窃贼团伙时，几次发现陶琪毫不畏惧地出手制止那些人的偷盗行为，执行任务时警察不由得对这个年轻人产生了好感，也很想了解这个勇气和正义感满满的年轻小伙子到底是啥子人，他的这个行为不是应该得到倡导和表彰吗？于是他们开始注意陶琪。这天，两个警察在执行任务时路过陶琪他们吃饭的路边小店，本想坐下来喝茶歇脚，却看到了陶琪和李小芬，他们正在商量，看要不要上前搭话，顺便问一下陶琪的来历。他们根本不可能想到，他们的举动却惊动了陶琪，让他产生了警惕，从此消失在了当地。

陶琪和李小芬乘汽车辗转逃到了位于长江边的一个县城，从李小芬的姨妈那里借到一些钱粮，然后沿长江到三峡去。这时，夏天已经到来，连连的暴雨，造成四川境内长江及其支流水位暴涨，沿河两岸不少乡镇被大水淹没，形势严峻。“省革委”向各地发出全面出动救灾的指令，大批的解放军队伍奉命赶往灾情严重的地区救灾。

陶琪和李小芬此时正好在长江流域灾情最严重的地方，眼见两岸城镇村落一片一片被大水淹没，那个惨状让俩人触目惊心。他们看到解放军部队的官兵奋不顾身地跳入洪水中搭救老百姓，用身体筑起抗洪的防线，还有许多当地的男女青年，也是不顾危险，搀老扶幼，把大爷太婆妇女幼童送到高处去避难。他们还看到无边无际汹涌的大浪中人和猪狗的浮尸，向下游流去。有些被打烂的木框房架，载沉载浮流向南去，有的屋架上还有人抓住房梁喊救命，军队的冲锋舟有限，能救起多少灾民呢？

陶琪和李小芬眼见这一切，早已忘记自己的身份、身处什么境地，俩人奋勇地投入到抢险救灾的队伍之中。陶琪自小是一个游泳能手，只见他拖着一条木板船就扑往河里，游到一棵大树旁，树上爬着一些灾民，几个人已摇摇欲坠，他叫大家不要慌张，抓紧树枝，慢慢下来，帮助吊在树上的人上了木船，装满一船人，他仍然在水里帮助木船划到了岸边,等大家上岸后他拖着木船又到了另一棵树下。就这么来回在岸边和河里,救起了一大片人。被救的人都大加称赞这个不怕水浪、勇敢救人的青年。

陶琪的事迹传到本地一个小报记者耳朵头,这个记者沿着河岸四处打听,找到了陶琪。记者掏出小本想采访陶琪,开口先问他叫什么名字,此时陶琪满脑子里想的都是救灾的事,根本顾不上和记者搭白,随口答了一句很流行的豪言壮语:"这是我应该做的。"转身就跑,记者在后面还想追到问,陶琪已经又扑向河边,一会儿便在人群中消失了。于是记者用"做好事不留名"的题材,写出一篇稿子,登在小报上。

陶琪无意识中躲过了自己身份的暴露,但却没躲过再一次。那是他在激流中冒险抢救一对母子。当时,一个农村妇女被湍急的水流卷走,只见她在水中时而冒出头来,岸上的人惊呼着,指点着说这个女人身上还背着一个小孩。陶琪发现后,不顾一切跳下河去,向那对母子游去。当他已经抓住那对母子时,却发现根本无法靠岸,只能顺水急速往下游漂去。这一幕让岸上的李小芬急得哭出声来。此时恰好有一艘解放军的冲锋舟飞速赶去,救了陶琪和那对农村母子。上岸后,那个农村妇女感谢完解放军,又拉到陶琪感激不尽,说要不是他跳到水头抓住他们母子,他们肯定早就被急流拖下去了。

在场的一位部队首长也当众夸奖陶琪,说如此奋不顾身把自己的生死置之度外勇于救人的小年轻,真是难得,又说:"小伙子,你这么勇敢,干脆到我们部队来当兵吧,将来一定会是一个好战士。对了,你叫啥子名字?"

陶琪被夸奖得有点不好意思,但一听说到部队当兵,一下兴奋起来,有点忘乎所以,随口就答:"我叫陶……"名字还没出口,一直待在旁边的李小芬拉了他一把,陶琪马上明白了李小芬的意思,准备赶紧改口,"我、我叫……"李小芬发现此时陶琪眉头紧锁,内心似乎在做着激烈的挣扎似的，突然他大声说道："我叫陶琪，是的，我叫陶琪。"那位首长笑着点点头，陶琪此时也发出一声长长的舒心的笑，好像终于说出了自己的名字是完成了一件很了不起的大事。

等到大家都散去后，李小芬面有疑惑地看到陶琪，陶琪突然拉起李小芬的手说："小芬，你不晓得，刚才我当众大声说出自己的名字，心头有好痛快！我不想再躲了，这种隐姓埋名东藏西躲的日子我受够了，我更不想让你跟到我四处逃亡，受罪吃苦。我们回去，我去投案自首。"

李小芬明白了，刚才那一刹那，她的陶琪哥哥已经完成了一个重大的思想转变。他不愿意像见不得光的鼹鼠一样永远躲藏在地下，他想堂堂正正地做人，光明正大地生活在阳光之下。李小芬完全支持陶琪的做法，同时，她对陶琪说："你在这次救灾中，那么奋不顾身，刚才那个部队首长还夸你英勇呢，这也算是将功赎罪了吧？我相信，你回去自首，一定会得到宽大处理的。"

陶琪和李小芬结束了逃亡之路，一起回到了C市，孙毓芬见到两个孩子平安归来，高兴得直掉眼泪。但毕竟陶琪还是在逃的通缉犯，她按捺住激动的心情，插门关窗，尽量不惊动邻居，忙里忙外地做好一桌饭菜，招呼两个孩子吃饭，在饭桌上听李小芬他们把逃亡路上的事情一一讲来。听到李小芬说陶琪是主动回来自首的，而且还在抗洪救灾中有立功表现，孙毓芬是边哭边笑，连声说这样好，这样好。她让陶琪多吃点，吃好点，吃完饭洗个澡，好好睡一觉，然后她会陪他去自首。

那是一个风云变幻的年代，先前在"省革委"当权的帮派势力为非作歹，残酷迫害老干部，制造了许多冤假错案，还利用派性挑动武斗，造成严重后果，后经中央查实，撤销了他们及一些党羽的职务，把他们集中到北京去了。四川的形势开始向正常的方面发展，一些老干部被"解放"出来，恢复了工作。

上行下效，全社会也开始努力恢复正常秩序。积压在公安局的各种案子也在积极处理中。陶琪的主动自首受到警方的肯定。当这个案子上报到公安局安局长那里时，听说陶琪是老干部陶大成的儿子，引起了他的重视。他们都知道陶大成是响当当的老革命，却被硬栽上叛徒的帽子，心头都明白这是一个冤案。而且据说“省革委”正在重新审查陶大成的历史，准备给陶大成平反。这样的老革命，儿子怎么成了罪犯，安局长有点惋惜。不过，陶琪既然能主动投案自首，又在抗洪抢险中有突出表现，说明这个年轻人有悔改之心，应该坏不到哪去，于是安局长调出积压的案宗，准备从头了解一下。

没想到这一了解，情况变得复杂了。因为案卷上的记载，陶琪是和一名人称“大哥”的黑老大一起越狱逃跑的，而这个黑老大越狱后继续为非作歹，就在最近还犯下了杀人大罪，一起逃跑的陶琪怎么脱得了干系呢？安局长决定亲自参加对陶琪的审问。

在审讯室，安局长非常严厉地连珠炮似的向陶琪发出了一堆问题：问他是怎样和那个人称“大哥”的黑老大一起逃跑的？逃跑后又一起去了哪里？都伙同在一起干了啥子坏事？现在你们那个大哥在哪儿？如何联系？不等陶琪开口，又问：“你前来投案自首，有啥子目的？”

陶琪听到安局长提出的这些问题，顿时糊涂了，那天晚上明明是自己一个人逃的，咋个成了和黑老大一起了？他张口结舌，根本回答不出任何一个问题。只能反复地解释，说自己绝对不是和那个“大哥”一起逃跑的，他根本不晓得那个“大哥”也逃出来了，那天晚上自己逃掉后就再也没看到过那个黑老大……但是警方的案卷上一直记录的是他们两个是同时逃跑的，安局长以及一起参加审问陶琪的警察，不可能一听他的解释就相信了他，几个人之间不断交换着怀疑的眼神。结果可想而知。一个警察对他说：“你既然有意自首，就把这些问题好生想下子，坦白从宽，抗拒从严，个人想清楚了。”

陶琪被送回牢房，脑袋嗡嗡作响，这到底是咋个一回事？明明那天自己是一个人逃的，咋个就成了和大哥一起逃的了呢？大哥又是咋个逃的呢？

陶琪强迫自己冷静下来，开始仔细回想从看守所逃跑的各种细节。终于，他明白过来了，他逃跑的那个晚上，大哥根本没睡着，他只是装着和其他人一样睡死了，却在暗中监视着他的一举一动，看他打开锁后闪身出门后，一定是悄悄地跟在他身后也逃跑了。

想到这里，陶琪浑身打了个激灵。听审讯他的人的意思，大哥逃出去后，又干了很多坏事犯了重案，公安局肯定下定决心要严惩不贷的，好端端地自己又和大哥扯到了一起，这又要咋个办才好？

第二天陶琪把他想明白的这一切如实供述，从他当初加入“天不怕战斗队”到最后的投案自首，全都做了详实的供述。审讯人员听完后没再说啥子，只告诉他继续回忆，要再想起啥子就说。

安局长听完陶琪的供述后，他单独找到当时最了解这一案件的一个关键人物，就是那个警方长期安排在民间的内线，化名“秦老五”的情报人员。上次正是他放出诱饵让“天不怕战斗队”的骨干分子被一举抓获，只是没想到居然让号称“大哥”的头目跑了，同时跑掉的还有陶琪，让抓获行动的成果大打折扣。好在秦老五的身份却丝毫没有暴露。因为秦老五十分熟悉具体的情况，安局长决定听一下他的意见。

秦老五仔细听完新发生的情况以后，点上一支烟没说话。待这支烟燃尽时他开口了，说他认为陶琪的话是可信的，理由有三点。第一，陶琪当年混在“天不怕战斗队”里，除了小偷小摸以外，基本上没得太出格的打砸抢，而且身上也没背负命案。第二，据他的可靠情报，这两个人逃跑以后确实没得半点联系，很可能真是陶琪说的那样，那个黑老大是跑到他后面独自逃跑的。第三，那个黑老大逃跑后招来旧部继续为非作歹的每一案件中，陶琪从来没出现过，说明陶琪是真的和黑老大分道扬镳了。

安局长听了秦老五的分析，一时半会也没说话，似乎在考虑啥子，好一阵子，他向秦老五提出一个问题：会不会陶琪与黑老大事先达成协议，由他来实施逃跑计划，可以帮助“大哥”同时逃跑，但逃出来以后，你走你的阳关路，我过我的独木桥，从此井水不犯河水，从此不再来往？秦老五表示绝无可能。“那么，我们是可以相信陶琪的了？”安局长问秦老五，秦老五在回答“可以”时，突然意识到安局长话中有话，而且他也差不多猜到安局长在想啥子了，没再言语，只是静静听安局长把话说出来。

安局长心里确实有一个打算，他虽然把话说得十分委婉曲折，但其实就是一个意思：想以陶琪为诱饵把黑老大钓出来，当然，这也需要秦老五配合去做个局。如果陶琪能顺利地进入黑老大的团伙，打掉这个黑社会团伙就指日可待。

秦老五默不作声地听完安局长的话，坐在那儿一言不发，未置可否。安局长等了一会，不得不开口催他表个态，问他这个主意可不可取。秦老五过了好长时间，手中的烟都烧到指头了，才开口表示，安局长的这个主意确实相当不错。“只是，”秦老五说，“你想过没得，这对陶琪来说，风险太大了。那个黑老大可真正是一个魔头，一旦让他看出啥子破绽，起了疑心，只怕是在我们抓获他之前，他已经对陶琪下手了。”

安局长沉默了一会，对秦老五说：“你的顾虑我不是没得想到，但是这个黑老大和他的手下实在是罪大恶极。尤其那个黑老大，身上有好几桩命案，都可以说是血债累累了，他们手上还有武斗时留下的枪支，随时随地都有可能继续行凶作恶。这个像黑社会一样的团伙，在省厅都是挂了号的，上头催得急，我们下头的压力也很大啊。”停了一下，他继续说，“现在这个黑老大，可以说是神龙见首不见尾，据我们抓到的小喽啰交代，除了大哥身边最贴心的手下，他们根本不晓得大哥长成啥子样子。但是陶琪是认识黑老大的，如果能让陶琪打进去，就等于我们把一把尖刀插了进去，打掉这个罪恶的团伙不就指日可待了吗？我们要的是把他们连根拔起，一网打尽，如果没得这样一个内线的话，实在是太难了。”

秦老五当然理解安局长的心情。“可是，如果陶琪有个意外……”他话没说完，安局长一句“我晓得……”把秦老五的话拦断了，他们两个都没再往下说，沉默了很久，终于，安局长说了一句：“这件事，我先向上级请示一下。”

安局长咋个向上级领导请示，上级领导最后又是咋个考虑并答复的，我这就不多说了。几天后，安局长单独和陶琪见面，开门见山地对他说：“经过我们的审查，还有你在抗洪救灾中的表现，我们可以接受你为自己的辩解，也相信你没撒谎。不过呢，在黑老大这件事情上，你仍然负有不可推卸的责任。如果不是因为你，黑老大不可能借机逃跑，也就没得机会犯下后面这一系列的罪行。现在又正是严打的时候，你只有立功赎罪，才能得到宽大处理。”

陶琪自然听明白了安局长的意思，而且在黑老大逃跑这件事上，也感到非常内疚，心头也早有自己的主张。他对安局长说：“过去，黑老大一直比较看重我，如果组织上相信我，我有个立功赎罪的主意。就让我像杨子荣那样，当然，我不能和杨子荣比，混进黑老大的团伙里头去，里应外合，灭了黑老大。”

安局长听到陶琪提出的这个和自己不谋而合的主意，非常高兴，他把经上级领导批准的计划安排一一告诉了陶琪，末了，还是忍不住提醒了陶琪，这对他个人来说，是件相当危险的事，陶琪却表示，自己犯下的大错，必须由自己来改正，哪怕是用鲜血。安局长听陶琪这样说，心头那个感慨啊，还有什么说的呢，真不愧是革命后代！

于是，在安局长的安排下，陶琪无声无息地离开了关押他的地方，有关他自首的记录档案也被封存，参与陶琪自首案子的警察也变成暗中保护他的力量。打黑行动按照安局长的部署行动了起来。

几天后，秦老五在适当的场合和人聊天时，装着无意地说起一个叫陶琪的人，正在私底下打听大哥的消息，这引起了在场一个小混混的注意，向秦老五打探情况。秦老五把大致情况对小混混讲了一下，说："陶琪自称他当年是大哥的贴心豆瓣，一次行动翻船和大哥一起被抓过，他现在很想找到大哥，继续跟到大哥吃香的喝辣的。"然后补充一句，"我看这个陶琪，当真话是吹牛皮不打草稿，他咋个可能认得到大哥？也就是提点虚劲①，想借大哥的名乘机捞点好处而已。"

秦老五的这些话，通过小混混，最终传到黑老大耳朵里去了。前面我摆到的，黑老大对陶琪确实比较看重，对陶琪在看守所设计逃跑的行为也很欣赏，对陶琪独自逃跑，他居然也能理解，人不为己，天诛地灭嘛，他跟到陶琪后头逃脱不是也没喊到陶琪和他一起走。还有个关键的，是陶琪晓得他的样子，任他在外头到处乱打听，搞不好哪天被公安逮到了就麻烦了。

想到这些，黑老大决定，还是先把陶琪拉进团伙来再说。于是他派出手下，通过秦老五找到陶琪，可是陶琪却不买账，说不见到大哥，他哪个都不得相信。就这样，几个来回下来，黑老大终于同意和陶琪见面。他们约好了见面时间，至于地点，是由黑老大挑的一处市郊僻静地，那是一个早已停产了的废弃厂房。

黑老大的一个手下，带到陶琪进了无人看守的大门以后，走进到一个满地破铜烂铁的车间，这个车间很大，因为是晚上，又没得点灯，只有外面微弱的月光从房顶上的漏洞照下来，整个车间显得特别昏暗。陶琪进门后，隐隐约约看到一个戴着面具的人坐在机床上。他装着久别重逢十分激动的样子急急跑过去，那个戴面具的人也张开怀抱，一副要拥抱的样子。但是陶琪突然在面具人面前停住了脚步，

---

① 提点虚劲：虚张声势。

表示不相信这个人是大哥。面具人哈哈笑了一声，摘下了面具。“大哥！”陶琪又是一副激动不已的样子，热烈地抱住了黑老大，黑老大也回了他个紧紧拥抱。

陶琪松开黑老大以后，装着迫不及待要和大哥诉衷肠的样子，可是黑老大却对他提出见面礼的事，还说晓得陶琪没得准备，他帮陶琪准备了一个见面礼。这个时候，两个打手从车床后拉出嘴被堵到的秦老五，黑老大从其中一个打手手中接过一把枪，递给陶琪，直截了当地说秦老五是警察的卧底，要陶琪把他做了。

陶琪从安局长那儿，已经晓得秦老五是自己人，黑老大突然出这么一招，让他有瞬间的错愕。但他很快镇定下来，对黑老大说：“大哥，你是晓得的，我一直不敢杀人。”黑老大阴阴地笑着说：“陶老弟，今时不同往日了，你去打听一下子，现在跟到我的兄弟，哪个手上没沾点血？我们是通过秦老五联系到你的，哪个晓得你们是不是串通好的。要想证明你的清白的话，你就把他给我做了。以后吃香喝辣，大哥罩到你。”

陶琪不得已，从黑老大手上接过枪，脑袋飞快地转动，不晓是他是太紧张，还是因为光线暗，他没看到秦老五挣扎之间对他的暗示，他把枪对准秦老大扣动扳机的刹那，突然转过枪口向黑老大开枪了。但是，枪却没响，连开几枪，依然如此。这时，黑老大狂笑：“陶老弟，你上当了。看来你才真正是公安派来的卧底。”说话间，手上的一把匕首正正刺进陶琪的胸口，继续狂笑不止。

但是，黑老大的狂笑突然断了，仰面朝天栽倒在地上。原来，陶琪在倒地前，咬牙拔出胸口的匕首，不顾自己血流如注，拼尽全力朝黑老大的面门投了过去，正中黑老大的眉心。两个打手放开秦老五，朝黑老大跑过去，原来，黑老大虽然对秦老五有所猜疑，并没得真正怀疑，他只是想借秦老五来试探陶琪，顺便来个一箭双雕。

这个时候，外面暗中保护陶琪的警察，早已把放哨的小喽啰摆平，他们听到车间头的动静，都冲了进来，几下就制服了那两个打手。秦老五冲到陶琪身边，脱下外套为他裹住伤口，背起他冲出厂区往大路上跑，希望能遇到一辆车子，尽快地把陶琪送到医院。

陶琪身负重伤生命垂危正在医院抢救的消息传回公安局，安局长闻讯赶往医院，躺在抢救室的陶琪，已经是只有出气没得进气了。医生告诉安局长，说他们已经尽力了。安局长心中十分难受，也很自责，他没想到事态会发生得这么突然。他不管陶琪能不能听到，俯在陶琪的耳朵边上说："黑老大已经死了，你为人民立了大功。"弥留中的陶琪好像是听到了安局长的话，他眼皮动了一动，嘴角出现了笑纹。

李小芬也和孙毓芬得到消息后急急赶到了医院，李小芬哭着喊着，一下扑到陶琪身边，紧紧握住陶琪的手臂，使劲地摇动，但是陶琪没得反应，李小芬哭喊说："陶琪哥，你说过要陪我一生一世的。你不能说话不算话。"这时候，大概是回光返照吧，陶琪在李小芬的哭喊中努力睁开了眼睛，他盯到李小芬，好像是拼尽全力勉强说出一句："小妹，我爱你……"之后眼睛闭上再也没睁开，呼吸也停止了。李小芬哭倒在陶琪身上，两个护士扶开她，把一张白布单罩在陶琪的身上，陶琪就这样走完了他人生的最后一段路。

陶琪的事迹，由公安局报了上去，"省革委"决定追认他为烈士。陶琪下葬那天，安局长和公安局的不少人都去给陶琪送葬，秦老五也去了。刚宣布平反放回家的陶大成和从"五七干校"赶回城的汪青万万没想到，再看到儿子的时候已是天人永隔了。汪青在别人的搀扶下几乎哭晕了过去，陶大成却没流泪，呆呆地看着墓碑，安局长走了过去，站在他的身旁，哽咽着说了句："对不起……"陶大成转过头，看似平静地对安局长说："这是他应该做的。"突然，他立正站在儿子的幕前，举手敬了个军礼，大叫一声："我的好儿子！"

那天李小芬是最后一个离开的。来为陶琪送行的人都离开后，李小芬扶在陶琪的墓碑上，用手不停来回地抚摸碑上“陶琪”两个字，好像在抚摸着陶琪的脸似的。站在远处等候她的李道一和孙毓芬，看天色向晚，走到李小芬的身后，催她回家。李小芬终于叫出了一声：“陶琪哥，我永远不会忘了你！”

没名堂人

玉兰记

今天晚上拈阄我拈到了，该我来摆龙门阵了。我摆的龙门阵叫《玉兰记》。我是个后辈，不像我爸他们那一代老人见识多，摆龙门阵摆得有声有色，我摆的龙门阵，你们听得下去就听，听不下去，就抬脚高升，请便吧。

好，我这就开摆了。

我们市里的王部长走了……觉非道人，你打啥子岔，你问王部长走哪去了？未必你没反应出来这个“走”是啥子意思嗦？我说王部长走了，这个“走”，是说不管哪个人，从娘胎里头出来，到这个世界上走一回，最后都从这个世界走开，所以大家给去世的人送葬，都爱说是“送行”，还爱说一句“一路走好”。至于走到哪去了，哪个晓得呢，按民间的说法，善恶之人，各有各的“走”法，这就不是我们操心的事了。至于说到王部长“走”哪去了，他是个老布尔什维克，按他在世时经常说的话，那就是到马克思那儿去报到去了。

在座的可能有些人还不晓得王部长何许人氏，我呢，姑隐其名。因为啥子呢？这个世界上姓王的人太多了，连老虎都跟到姓王，在脑壳上顶个“王”字。我如果随口编一个王姓人名，担怕就会有不知多少同名同姓的。如果某个王姓人忽然有兴趣对号入座，跑来找我的麻烦，那才遭不住呢，还是就叫王部长吧。

王部长确实是一个地地道道货真价实的老革命。用他自己的话说，他是用他的五寸长铁脚板，量过中国大地的。他从川北参军，随红军二万五千里长征，边打边走到延安。后来从延安走到华北、东北，一路打仗，后来又走了五千里路，随解放大军南下四川到了C市。他打过大大小小数不清的仗，转战南北东西，大半是用脚走过来的。王部长在对青年后辈进行革命传统教育时，从来不说他身上有多少被子弹穿过被刺刀戳过被弹片削过留下的伤疤。要不是在医院护士给他翻身，谁也不知道他身上有多少个伤口。护士问他，他总说："那都是过去的事情了，向前看吧。"

王部长为人正派，是我们大家都很尊敬的老革命，他去世，大家当然是要给他开追悼会，要到火葬场去给他举办一个隆重的送行仪式的。在殡仪馆开追悼会的那天，省市大大小小的领导去了不少，不过，那么多人头攒挤在大厅里可是沉静无声，秩序井然。按等级的大小官员向躺卧在鲜花丛中盖着党旗的王部长行三鞠躬礼，那么严肃庄重。

在殡仪馆大厅里，前来吊唁的人照例都要围在鲜花丛中躺下的王部长绕半圈，瞻仰遗容，然后向站在一旁的王部长的家属握手慰问。家属行列中，站在最前头的当然是王部长的未亡人，按新式的说法，叫爱人。她站在那里，看起来悲痛至极，木然地接受慰问。在她后面站到的，是泣不成声的女儿，还有两个彪形汉子，一看就是地道的华北农民打扮，他们正是从华北农村赶来奔丧的王部长的两个农民儿子。

你们可能要问，王部长这样一个高级领导干部，咋个会有两个农民儿子呢？这个话说起来就长了。简单一点说，是王部长在陕北时，和一个农村姑娘结婚生下的儿子。

当年，王部长在华北战场受了重伤，藏在深山头的一个农家养伤，受到这家人的女儿，一位善良的姑娘悉心照顾，朝夕相处，难免就产生了一定的感情，结果让那个姑娘怀了孕。王部长当时根本不晓得这回事，伤养好后，又急匆匆归队继续战斗去了。后来偶然回师到老山区休整，他才得机会去看望那个农村姑娘。这才晓得，那个姑娘已经为他生下一个儿子。王部长认了这个儿子，给他取了名字，啥子名字我也不说了，就叫他王老大吧。

由于战事繁忙，经上级批准，王部长匆匆和这个姑娘结了婚，又跟随部队到前线打仗去了。他转战南北，一直没得机会回家，也不晓得自己的妻子又生了一个儿子。直到解放四川安定下来以后，王部长派人去打听消息，才得知自己的妻子带着两个儿子在农村苦吃苦做，由于生活条件差，又缺医少药，她已因病亡故了。

王部长很悲痛，把两个儿子接到了城里头来，还送他们到学校读书。那个时候，C市刚刚解放不久，百废待兴，王部长工作很忙，根本顾不到孩子。再加上两个孩子本来和王部长就很生疏，和学校同学在语言交流上也有障碍，又是农村长大的孩子，经常被城头的同学欺侮，万般无奈，王部长只好把两个孩子送回华北，交亡故妻子的父母照看。这两兄弟，后来一直待在华北农村，这次是因为组织上通知他们来奔丧才到城头来的。

龙门阵摆到这儿，你们肯定听明白了，现在那个王部长的未亡人，其实不是王部长的原配，是他后来再婚的老婆。这个事情，我又要从头说起了。

王部长进了城，在得到农村的妻子病故的消息后，心头是很内疚的，总觉得对不起她和两个在农村长大的缺少文化的儿子。所以尽管不少战友都和本地学生重组了家庭，但王部长却一直没考虑再续弦的事。有战友和同事说这能怪你吗？这是战争，只能怪日本鬼子侵略中国。大家都劝他，年纪不小了，总得有个女伴来照顾生活，还是再组家庭吧。但大家好说歹说，王部长一直没答应。偏偏有人在说这件事的时候，被王部长的儿子王老二听到了，他是个懂事义孝顺的儿子，他以为王部长不结婚是因为他在身边的缘故，于是选择了和他哥哥一样，回老家去了。

其实当时王部长没答应的原因，是他说他不想与“改组派”为伍。啥子叫“改组派”呢？我又得岔开来说一下。在过去的战争年代，许多干部南征北战十几二十年，没得机会成家。全国解放了，进入城市安定下来，自然要考虑这个问题了。城里头有文化又比较漂亮的女学生多的是，她们向往革命，在组织上的关怀下，自然成双成对，结婚生子。这本是合情合法，而且理应如此。但是有的领导干部在老区已经和农村姑娘结成共同战斗的夫妻，进入新解放的城市后，眼花缭乱，抛弃自己的原配改组新家庭，闹出不少的纠纷。上面的高层领导在讲话中狠批这种不讲道德的干部，叫他们为“改组派”，要求严肃处理。王部长对这种现象也是深恶痛绝的，他不愿意与这种抛弃曾生死与共的女战友的“改组派”为伍，为了避免嫌疑，所以也不接受别人劝他重组家庭的好意。

但是大家都晓得王部长的老婆已亡故，认为没得啥子嫌要避的。以至后来有的高层领导都劝王部长实事求是，不要那么矫情，指令他把终身大事当成一个任务来完成。并且还有意安排王部长参加舞会联谊会，让他有机会和那些向往革命的女青年接触。

在领导和同事的亲切关怀和安排下，介绍王部长认识了一个如花似玉的女大学生张玉兰。刚开始张玉兰不大愿意，两个人的岁数相差二十几岁，又没太多的共同语言和情趣，更不要说建立感情了。于是组织上派人给她做工作，向她讲述了王部长是多么英勇的老革命，为中国人民解放立下过大功，身上还留下了好多处伤疤。又说王部长的前妻已经病故，他现在是孤身一人，每天忙于革命工作，生活无人照料，这该有多痛苦，还说这个状况持续下去，对革命工作也是不利的……后来，张玉兰感于王部长这个老革命人品的崇高，同情他的孤独，而且为了革命事业，她愿意牺牲自己的青春快乐，去照顾一个值得尊敬的老革命，缓解他的痛苦。于是，举行了简朴的仪式后，张玉兰和王部长成了夫妻。

婚后虽然王部长对新婚妻子十分照顾，尽量在物质生活上满足她，虽然两人总是小心谨慎地相互关怀，并且在男女间努力交欢，但总是有些格格不入，有时是互相礼让，却反而带来误解，他们两上都有不被理解的痛苦，却又努力克制自己，自我认错。却愈是这样，愈是感觉距离疏远了。后来，张玉兰被安排到一个贸易公司当副经理，这让她很满意，她尽心尽力地努力工作，有时忙起来，要很晚才能回家。这样一来，她和同样忙于工作的丈夫碰面就少了。不过，他们两个单独相处的时间少了，却相互思念起来，还常打电话问好，而且尽量找机会相处相爱，反而两个都安心一些了。这样过了好几年后，张玉兰终于怀孕，生下一个很乖巧的女儿，取名婉香，真是晚来香哩。王部长对这个小女儿爱得不行，真是俗话说的，含在口里怕化了，放在手心怕捏坏了，百依百顺。然而做母亲的张玉兰却很严格地进行教育，后来张婉香考入艺术专科学校，毕业后，拒绝父亲母亲的安排，自己跑到一个艺术工厂去做艺术仿制工作。

王部长有两个农民儿子，张玉兰是早就知道的，但从未和他们见过面，在殡仪馆是她和这两兄弟的初次见面。追悼会开始之前，机关行政管理处朱士明处长他们几个请到一起，相互做了介绍。张玉兰带着有点凄苦的微笑向他们点头："欢迎你们回家来。"王老大冷漠地看着张玉兰，王老二倒是礼貌地点了下头。朱处长又把王婉香叫过来，让她认自己的两个亲哥哥。王婉香张大眼睛望着这两个陌生的农民，疑问的眼光看向自己的妈妈，张玉兰向她点头认可，王婉香又惊又喜地喃喃："我居然有两个哥哥了。"

追悼会结束后，张玉兰带着泪眼模糊的女儿王婉香回家。本来照说应该叫王老大和王老二两兄弟一起回去的。但朱处长事先告诉过张玉兰,他到华北农村接王部长的儿子时,在当地做了些了解。王老大是个不成器的人。因为从小没得到好的教养,又不好好读书,在家务农也不肯好好劳动,倒是经常与和他差不多年纪的农村青年胡混,喝酒打牌,不大讲理,常因赖账和别人吵闹以致打架,他的外公外婆根本管不到他,两个老的先后去世后,他更是肆无忌惮。他也曾经结过婚,还生有孩子,但由于嗜赌成性,弄得家徒四壁。可他是越穷越赌,越赌越穷,越穷也越不讲理,成为二流子一类的痞子。气得他老婆带着孩子回娘家再也没回来了。王老二倒和他哥哥不一样,从小学习就比较好,但因为"文革",耽误了学业。回到乡下后,他自己吃苦耐劳,现在在老家开了一个卖日用杂货的小店,稍有点收入,也积攒了点家业。这次朱处长去接他们两兄弟奔丧,王老大一听这个消息就开骂,说他爸没良心,当年丢了他妈,害得他妈早死。还说他爸做了高官,还把他丢在乡下受苦,一定是那个二婚的女人使坏。所以乘这次奔丧,他一定要好好找这个后妈算下账。王老二说他,他反骂王老二吃里扒外。朱处长想,不叫他奔丧于理不合,但又担心他来了恐怕就要闹事,给王部长这么好个领导抹黑。朱处长把这个情况向领导做了汇报,领导指示让这两兄弟住招待所,追悼会完了后就送他们回老家,既不让他们回王部长家,也不让他们和王部长夫人张玉兰多见面。所以朱处长才在追悼会一结束,就叫部长夫人张玉兰先回家,他另外用车把王家两兄弟送回到招待所。

可他们回到招待所,王老大便冒火了,他对着朱处长大叫大吵,说他们是王部长的儿子,从华北来奔丧,居然不让他们两兄弟回家,这肯定是那个后妈张玉兰在使坏,怕他们分他爸的家产。而且他还吵着说:"她越怕我回去,我就偏要回去。我看那个婆娘敢把我怎么样?"王老二着急地在旁边想把他拖进房间都不行。朱处长看到围过来的一些不明就里围观议论的群众,实在无法,给张玉兰打了个电话说明情况,张玉兰回答说:"让他们回来吧。无非是把这个家闹翻天,最多是要钱要东西，总不至于把我和小妹赶出去吧？”朱处长对张玉兰说：“那个老二倒是很本分老实，他来了可能可以替你挡一下。”

朱处长亲自把王家两亲兄弟送回王部长的家。他们下了小车才进院子，王老大看了一眼说了句：“我爸就住在这儿啊？还不如我们那地方县领导住的好哩。”他哪里晓得，这个院子里其实住的都是些老红军、老干部。

朱处长陪到两兄弟走到王部长家，张玉兰和王婉香热忱地迎到门口接待，王婉香高兴地说：“大哥二哥好。欢迎回家。”

王老二笑笑点头回应，然后很有礼貌向张玉兰叫一声：“姨娘，您好！”王老大却不以为然地哼了一声，然后就在客厅里东摸西看，特别稀奇那部电视机，“这么大的电视机，我们都没有哩。”王婉香很不满意大哥这么无礼，正想接话，张玉兰却让她去给两个哥哥泡茶。王婉香只好把到嘴边的话吞了下去。

王老二也在客厅张望，他看到靠窗的一张书桌上放了很多书，走了过去，拿起一本来看，可惜看不懂。这时王婉香给他送茶过来，他看着王婉香，有些遗憾地说：“我要是能考进技术学校多读点书就好了。”王婉香说：“现在技术学校很多，白天的晚上的都有。”王老二说：“可惜我年龄大了，错过了读书的好时光。我现在还有一家人要养，没有机会了。”

王婉香同情地看着这个二哥，陪着他观看挂在客厅墙壁上的书画。王部长，我在前面说过，是个农民出身的老革命，文化水平就在延安速成中学学习过，也很有限。但是后来喜欢读书，也爱买书，对于书画虽然知道不多，但有学艺术的小女儿的指点，也跟着学习欣赏别人送来的书画。他虽然文化水平较低，但却很喜欢和文化人打堆，用他的话说，沾点文化气息。在文化人受到不平待遇时，他经常施以援手，因此文化界都知道有这么一个为人正派，喜欢文人的部长。他的客厅满壁书画，正是大家对他的敬佩。

坐在沙发上的王老大对于老二和小妹在说啥子看啥子，根本没听进去，更没得兴趣观看其实很值钱的书画。他喝了几口茶，很不客气地对张玉兰说："我这次回来，不为别的，就是想找你说个事情。"看张玉兰没说话，王老大接到说，"我爸现在已经死了，他的这个家产，你们应该全部把它拿出来了，不要想打马虎眼。我和老二都是我爸的亲生儿子，我还是他的长子，他的家产我们两个都该有份。"

王婉香心头早就不安逸这个大哥了，她有点生气地说："大哥，爸才刚走，你就闹到分啥子家产，太过分了吧？"

"咋了？过分？爸的家产我们不该有份？"王老大腾的一下站了起来，"哦，我知道了，你们是想独吞爸的家产吧，没那么便宜！有我在，你们想都不要想！"王老二见大哥这样，赶紧过来劝说："大哥，小妹说得对，爸才刚刚没了，现在说这个事，不是时候。"

"现在不是时候，那你说什么是时候？"王老大狠狠瞪了张玉兰一眼，对王老二说，"现在不分，万一她哪天改嫁了，还不把爸的家产都带走？那我们什么也得不到了。"

"你……"王婉香气得说不出话来，她怎么会有这样一个不懂礼貌不讲道理的哥。

一旁的朱士明处长也看不下去了，他对王老大说："老大，你自己都说，你是王部长的儿子，这张大姐怎么说也是你爸的妻子，你的长辈，你也该有点起码的礼貌和尊重吧？你要是这样不讲道理乱闹一气，那组织上就要出面来管这个事了，到时候恐怕你啥子都分不到。"

王老大毕竟是没得文化的农村人，也根本不懂法，他被朱处长这么一吓，不敢再混闹了。张玉兰压下自己心中的反感，对王家兄弟说："你们父亲一生清俭，家里头也没得啥子好值钱的东西，银行的存款也不多，"说着站起来到卧室里去拿出一个存单扔在茶几上，"这上头存有三千块钱，你们拿去分，取钱的密码我写给你们。"

王老二说话了："姨娘，不要说分给我们，我不算数，接济大哥一点吧,他困难。”

王老大一把抓起存单细看,嘴里说:“老二,你不要就算了,你那份算我的,一起归我。”他放下存单,失望地说了一句,“就这点钱,还不够我塞眼前的窟窿呢。”

王老二说:“大哥,不是我说你,你要是不戒赌,你那个大窟窿小窟窿的,再多钱都塞不满。你说你在我的小店借多少钱去塞窟窿了?”

王老大晃晃手中的存折:“这不,有本钱了,我回去一定可以捞回来的。”

王老二叹口气,说:“大哥,我看你是钱迷心窍了,总想去捞回你的赌债,越捞债越多,那些人哪有你占便宜的。”

张玉兰母女听着他们两兄弟的对话,都不晓得说啥子了。朱处长听不下去,再次教训王老大:“你以为你爸是开银行的呀?当年你爸进城开始是供给制,国家只给点零用钱,后来有薪水了,那也不多。就那么点钱,除家用之外,你爸还自愿捐款帮助别人。做了很多好事。”然后又感叹了一句,“王部长这么好个人,咋个会有你这么个不争气的儿子!”

王老大不敢在朱处长面前发作,红脸不说话。张玉兰说:“这样吧,你们要是家头还缺些啥子,我这里有的,你们看得上,可以拿回去。”又补充了一句,“你们妹妹那个房间,都是女孩子的东西,就不要进去了。”

王老大听张玉兰这么一说,喜出望外,也客气了些:“这个,姨娘,小见了。一家人嘛,我就不客气了。不过,您放心,小妹的东西,我这个当哥的,肯定不会去碰的。”

王老大对客厅里的书籍和挂在墙上的字画一点也不感兴趣,他直接奔进内室的大衣柜,打开衣柜乱翻起来。衣柜里王部长生前穿过的衣服,都显得有些旧了,王老大看上一件白绸衬衫,抖开一看,是补过疤的，随手扔到一边。他翻拣了一阵，看到大立柜上方放着一个包得很好的塑料包装袋，里面是一件黄色的军大衣。

他刚把军大衣从塑料袋头拿出来，王婉香冲了过来，抓住军大衣说："这件军大衣，爸爸当宝贝放了好多年了。当年爸爸在前线打仗时，一个战友为了救他，替他挡了敌人的子弹。你看这大衣上，还有子弹穿过的洞呢。爸爸为了纪念那个牺牲的战友，保存了这件大衣，这是他战友的遗物，我们碰都不敢碰的。"朱处长听到了，马上走进内室，从王老大的手里拿过来交给王婉香说："小香，把它放好，这是革命文物，哪个敢动！"

王老大看再翻腾也找不出他满意的衣物，走出内室，说："我爸这么大的官，穿的衣服还没有我们乡长的体面。"王婉香有点鄙夷地随口接了句："那你看得起啥子，拿呀！"王老大也不晓得是真没听懂王婉香的话，还是故意装瓜，真在屋里收罗了一些碗碟盆杯和洗涤用品之类的日杂品，装在了他带来的一个大大的蛇皮口袋里。让王婉香气都不晓得咋个气了。

王老二却什么都没拿，他一直站在书柜前认真盯着里头的书看。张玉兰心头一动，觉得这才像是王部长的后代嘛。她走到书柜前，找出几本她认为王老二能够看得懂的书推荐给他，王老二连声"谢谢"地收下了。张玉兰有心栽培帮助他，说："老二，我原来也在贸易公司干过，你在家乡开的那个小店，我可以通过朋友关系，帮你批发一些物美价廉的日用杂货发回去，这样你多少有个赚头。"王老二感激得不行。

一场家庭风波算是过去了。送走了王家两兄弟后，张玉兰和女儿王婉香相依为命，过起了平静的生活。但午夜梦回，身边突然少了个人，张玉兰还真感到不习惯。她陷入悲伤和寂寞中，成天枯坐在那里，不知道如何打发以后的日子。女儿王婉香看在眼里想在心里，却不多言，只劝张玉兰重拾画笔来消磨时间——我晓得你们肯定在想，未必张玉兰也会画画，要不，咋个叫“重拾画笔”，那我就多说两句。

前头已经提到过，王婉香是艺术专科学校毕业的。她在学校学的是美术专业，工作后下班回到家头，得空爱在自己书房里挥笔作画，虽不高明，却也叫王部长和张玉兰看得过去。张玉兰在大学时，对美术也略知一二，有时候，张玉兰看女儿作画，一时兴起，便在女儿的画纸上随意挥毫几笔，大得王部长欣赏，叫她闲暇时候不要闷坐，就跟女儿学画吧。于是张玉兰得空就去女儿书房跟到女儿学画。后来王部长病重住院，她每天守在医院，直到王部长去世，都没再摸画笔。所以这才有王婉香叫张玉兰“重拾画笔”一说。

那个时候，我们市里头办起了老年大学，专门设有书画班，王婉香从厂里头在老年大学兼职的画师那里听到这个消息后，回家动员张玉兰到老年大学报名参加学习，张玉兰同意了。

张玉兰进入老年大学，参加美术班的学习，她学得很认真，有时下课同学都走了，她还留在那里认真地画。加上她有一定基础，画的画比班上其他的学员要好些，这就引起了这个班任课的老师，自号“画痴”的画家白向仁的注意，有时候也会留下来，专门指导张玉兰画画。这一学画，就学出一个名堂来了。

说起这个白向仁，我又要回转去从头说起了。

“咄，没名堂人，”觉非道人插话了，“咋个又是从头说起？前头你摆到王部长结婚的事，就有个从头说起了，现在又来个‘从头’，当真话是‘没名堂’呐。”

没名堂人还没答话，一旁的水月庵姑说话了：“觉非道人，你不懂不要乱开腔。你以为没名堂人一再话说从头就没名堂了？其实这才是没名堂人最有名堂的说话法，是学的作家玩花腔呢。先给你摆开阵势，话说从头，就像茶馆里的说书人那样，给你说几句有趣的话，摆个小龙门阵、掉个小包袱，把你的胃口吊起了，却悬置的精彩细节不说，让你心里悬吊吊的，才‘话说从头’，才把他的包袱正儿八经地解开，摊开给你，看你能不鼓掌欢迎洗耳恭听下去吗？我看没名堂人正是给我们玩这样的故事讲法呢。”

水月庵姑说到这里，一个旁听的北方青年小声问他旁边的人：“咋个讲个故事，还说到乱开枪了。”听到这句问话的四川人都笑了起来，没名堂人说：“这个‘开腔’啊，开的不是‘火枪’而是‘肉腔’哦。”听到没名堂人这样说，那个青年更是一头雾水。

“没名堂人，你就不要戏耍人家小年青了，”今是楼主看不下去了，对那个年轻人解释说：“其实这个‘开腔’是我们四川的土话，就是‘说话’的意思。”

对对对，我们四川话里头这个“开腔”的意思，就是“说话”，不过呢，你看我们这个土话好形象，说话嘛，不就是要“开口腔”噻。说到这里，我想起一个小插曲。话说我们四川有一个著名作家——名字就不说了——北京刚解放那阵，他和几个四川作家去北京开会，他们在东长安街走了好一阵，一直找不到开会地点所在的那个东总布胡同在哪儿，于是决定去向站岗的解放军战士问路。因为这个作家的普通话说得好些，大家都叫他去问。可是他走上前去却有点犹豫，于是在旁的另一个作家催他：“×老，你开腔噻。”那个站岗的战士听到说“开枪”，马上拉起枪栓把枪对着他们大声喝：“站住!不许动，把枪交出来！你们胆敢开枪，我马上毙了你们!”大家被吓坏了，连忙解释，说了半天，解放军战士才明白原来是一场误会。

好了，还是书归正传，从这个白向仁说起。

白向仁何许人也?

当然是西蜀人也，不过你们要说他是C市人，也是可以的。在C市这个文化古城里，有一个当年清王朝为八旗兵及其家属专门修建的满城，因为这个满城是建在古蜀国少城的遗址上，所以也称为少城。后来,住在少城里的八旗子弟一代不如一代,很多所谓的贵族其实都成了城市贫民。再后来,一些住进去的达官贵人的后代也有没落,少城的那些巷子里头,这种破落的书香之家不少,白向仁就是一户没落的书香之家的后代。

白向仁身上大概是继承了书香基因吧,他面皮白净,身材挺秀颀长,一副斯文人的样子。他生来聪慧,在小学、中学都不见他上心却是成绩优异,家里人便以为他会重振家声,高中毕业要他投考国民党办的中央政治大学,那个大学是专门为国民党的国民政府培养县长乡长的,依他的聪慧才智,在那个大学毕业了,捞个县长来当一下,是十拿九稳的。可是他就是不肯去报考。他从小喜欢画画,家里穷买不起纸笔墨砚,他就用铅笔在家里墙上乱画一气,后来他用家里煮饭烧柴后黑炭未成灰烬的块,当作炭精,在墙上更是随心乱画。隔壁家有位文人来看见了,说这小家伙看来是块学艺术的料,所以在他高中毕业后鼓动他去报考艺术专科学校。

他去报考了,还真考上了艺术专科学校的国画系,跟着几个教授学习中国画。刚开始,他只学画花鸟,而且也学得有一些功底,却忽然想学仕女画。

一次,白向仁去上人体写生的素描课,刚一进教室,就看到讲台上的一张长几上,斜躺着一个刚出浴的裸体美女,真是天生丽质,恍若仙女,腿间搭一条半透明的纱巾。白向仁突然感到震撼得发抖,甚至有一种恐惧感,不敢直视侧面对着他的这位女模特儿。看别的同学那么认真地在观察和描绘模特,他却拿起铅笔不敢在白纸上下笔,生怕玷污了她的白净身体。

下课后,白向仁把这种心情向指导他们作画的老教授请教,老教授一笑说:"你第一次发现美就震撼了。甚至恐惧,害怕玷污了美,这就对了。你发现美呈现在你的面前,有一种震撼,是一种神圣不可冒犯,可见你有对美的感受,你可以去追求纯净的美。世界并不缺乏美，缺乏的是发现美的人。一个真诚的艺术家，一生，就是追求美，发现美，并且把美遗留在画幅上，供他人获得美的享受。”老教授以为发现了一个学艺术的苗子，向白向仁表示可以引导他学艺术。

不过后来，这个老艺术家却放弃培养白向仁了。因为他发现白向仁后来在素描课堂上，常常逼视躺着的模特儿，左看右看，上看下看，前看后看，不是去寻找美，而是一种对这个柔嫩的酮体的肉欲的欣赏。这样的学生，老教授见过不少，他们学画不是去追求纯正的美感，而是去追求肉欲，落入俗尘。这样的学生也许可以学好绘画技术，而且可以学得很熟练，成为一个画匠，但是他们永远学不好艺术，成为纯正的艺术家。

白向仁在艺术专科学校的几年生活，证实了老教授精微的观察。他只专注于美人画，即使他用他学得的画技，可以为妲己、西施、赵飞燕以及杨贵妃造像，但那些历史上的美人，美的特质已经从他的画笔消逝。不甚合格的仕女画，却是可供出版商作很吃得开的年画挂历的美人画。千篇一律行尸走肉的美，真心美的仕女的精灵、气质、神韵和不同的遭遇的思想内涵全然不见了。后来他为年画出版商画过多少仕女画，即使精心制作，也不过是能够进入豪门庸俗的客厅，成为画商牟利的工匠而已。已经不齿于同辈的画家，大家给他取个“朱门画丐”的诨名，他的仕女画不过是乞讨于权贵的画丐。

解放后，白向仁虽然还是一个艺专的教授，只是教基本功的绘画技术课。虽然他以他潇洒的姿态也能周旋于文化界，赢得一些名声。但是由于他在教女生学画时有不规矩的行为，反右时被人揭发，打成右派分子。他被学校开除，妻子也和他离婚，带着儿子走了。后来，右派平反，他挂着教授画家的牌子，先是被安排在一家艺术工厂工作，在那里他以他拥有的纯熟画技专门临摹一些名家名画，临摹得惟妙惟肖，几乎可以乱真，只有资深的老画家，才能看出他的临摹作品匠气很重，缺乏原作的精气神韵。他成为艺术工厂仿作名画赝品的能手,也因赝品近似真迹而又价廉,还颇有市场,受到艺术工厂领导的重视。老年大学成立后,他被聘请到老年大学教美术课。由于他有深厚的基本功,又教授得法,受到老年学员的尊敬。

张玉兰在老年大学跟到白向仁学画,大课下来白向仁还单给她开小灶,随着时光的流转,张玉兰的画作有了进步,她和白向仁之间彼此的称呼也开始演化了。一个从张玉兰同学,到小张,到玉兰;一个从白老师,到老白,到向仁。这个演化过程在短短一年多就完成了。

据说,初步印象在人际往来关系中,是非常重要的。初步印象好,人际关系就能向好方向发展。如果初步印象就不佳,以后就难有好的来往了。张玉兰和白向仁两人之间的密切交往,就是从相互之间有一个良好印象开始的。

白向仁给这个班上第一节课时,众多的老年学员中,风韵犹存的张玉兰就引起了他的注意。虽然她穿着打扮都很普通,但那从骨子里透出来的大家闺秀的高雅气质竟然让白向仁想起他在美专学习初次见到的模特儿,一种神圣的纯洁,不可亲近的尊严。张玉兰对白向仁初步印象也是十分美好的。已是六十多岁的白向仁教授,站在那里,仍给人一种玉树临风的感觉。还有他温文尔雅的谈吐以及精心修整的装扮,这让她联想起大学时那个风流倜傥的男同学,大概他岁数大了也是白向仁这个样子吧。

这对师生,因为第一印象带来的好感,白向仁愿意多抽出时间来辅导张玉兰,张玉兰也不介意白向仁的单独辅导。更重要的是,张玉兰忽然觉得,自从进入老年大学跟到白向仁学画后,她心中的空虚像是正在被填满,连女儿王婉香也发现,自己的妈妈似乎比过去开朗多了。

一次,张玉兰把她过去的习作带到老年大学向白向仁请教。白向仁细心地翻看,使他惊异。原来这个学员在女儿指导下的画作,已经有了初步的基础，只是缺乏绘画技巧，这是要长期磨炼才能获得的。让白向仁最有印象的是从张玉兰最喜欢画的兰草和玉兰花中，看出她是一个有思想的人。张玉兰企图把她的思想，用笔尖流出的线条来表达，虽然不免幼稚和粗疏，但她的思想痕迹是可以发现的。她画的兰草不是用笔描绘的，而是用手托笔，任其思想的流淌自然地拖出来的。有些叶片挺立起来，哪怕折断了，还是有生气。

白向仁拿出一本历代名家画兰草的画册，指点张玉兰。张玉兰认真翻看了一阵，心有灵犀一点通似的在她画的兰草图上添画灵璧石，突出灵璧石的天然坚挺又多窟窿的傲人气质，她让石缝中的兰草叶从窟窿中伸长出来，有的叶片被折断成了枯叶，仍然挺立着。白向仁看出，她思想显然裹藏在石洞和叶片里了。

白向仁要求张玉兰就这样反复画，反复修改，提高表现技巧。张玉兰按他的要求做了，她的画进步很快，让同班学员都刮目相看。其中一幅画得最好的，白向仁推荐参加全国老年书画作品展，还得了一等奖。张玉兰非常高兴，在白向仁向她表示祝贺时，她感激地对白向仁说："白老师，是你指导得好，我在画里想要表达出什么，你都能看到，我发现，你太懂我的心了。"

张玉兰这句话或许是无心而出，却让有心的白向仁想了很久。有一次在张玉兰修改画稿时，白向仁不期而然地在她身后伸手握住她的手教她运笔，张玉兰忽然回头一笑，让白向仁神魂颠倒，恨不得从她身后揽腰抱她，但是他不敢。不过，渐渐地，在他们两个不经意间，互相的称呼又演化前进一步，白向仁从称呼张玉兰同学演化到"小张"，而张玉兰从称呼白老师演化到了"老白"，两个人的亲密度增加了一级。

春天来了。一次，白向仁对张玉兰说："小张，老关在屋里对现在的画册或名画照描，是画不出好作品的，必须经常到大自然中去游山逛水，考察鲜活的实景实物，取得灵感，才能进行自己的艺术创作。"

张玉兰回答说:“学校不是安排了写生课吗?”

“学校是安排有写生课,但是那么多人出去,我就没法单独指导你了。”白向仁看了一眼张玉兰,说,“现在正是玉兰花盛开的时节,不如我们两个到野外去观赏玉兰花吧。这样也方便单独指导。”

张玉兰哪有不赞成的。她一直很喜欢玉兰花的高洁和散发出的清香,每到玉兰花盛开时节,她都会或和家人或单独去观赏玉兰花。她对白向仁说:“我晓得有个玉兰花特别茂盛的公园,在郊区不远,也安静,有山亭水阁,我们就到那儿去写生吧。”

他们两个按约定的时间,来到郊区公园的玉兰园,观赏和写生了一阵,就走到一个水阁杨柳岸边的草地上坐下来。他们各自拿出吃的喝的东西,你送我一块甜糕,我送你一杯果汁,一边吃喝,一边欣赏眼前的美景,身心放松,很是自在。张玉兰不禁感叹,一个人庸庸碌碌一生,辜负了多少良辰美景啊!忘却一切烦恼,和朋友亲热恳谈,能得几回?白向仁说:“那我们以后可以多出来走走,观景写生。我们都是自由身,只要你肯来,我一定陪你。”张玉兰看着面前的美景,没说话,似有所思。

过了几天,他们两个约到一起在画室整理出去写生的速写素描画稿。张玉兰特别有兴趣地提笔在宣纸上花下一树玉兰花,然后画稿一角题写了两句诗:“今日花开人尚在,明年瓣落知谁同。”白向仁当然明白张玉兰是借玉兰花来感叹自己的身世,他对张玉兰说:“你要是不嫌弃,明年我还陪你去观赏玉兰花。有道是花落自有花开日,玉兰年年都会盛开的。”白向仁的这个“玉兰”是双关语,张玉兰何尝不明白他的暗示,她只说了两个字:“但愿。”

“算了,哪个没得过去的烦恼,哪个又没得对美好将来的希望,我们还是活在当下吧。”白向仁边说边站起来,抱起一个独凳跳起来了,“我来跳个独凳舞吧。”

张玉兰在大学的时候,也常常和同学一起跳舞的,嫁给王部长后，也曾陪王部长去参加过为领导干部举行的舞会，这已经是多少年前的事了。她看到白向仁那么欢快地抱到一个独凳跳舞，一下子想起了在大学时代，有同学也做过这种表演。再看白向仁，舞步轻快，风度翩翩，不说的话，谁知道他已是六十多岁的人。张玉兰的心热了起来，不由自主地站起来叫："老白，你把凳子放到，我来陪你跳。"

白向仁听到张玉兰这样子说，很是兴奋，他放下独凳，快步走到张玉兰的面前，趋身过去，做了一个很绅士的邀请动作，然后接过张玉兰递过来的手，嘴里头轻声哼起曲子，搂到她跳了起来。张玉兰感觉到白向仁颇有点君子风度地用两个指头轻轻地搂着她的细腰，胸前保持礼貌性的距离，轻轻地另一只手抬起她的纤纤玉手，很优雅地踩着步伐，完全不用担心会踩到她的脚。这让她想起过去陪丈夫一起去参加的舞会，舞池中常常能听到那些伴舞的女文工团员被领导踩到脚的时候发出的轻叫声。还有她的部长丈夫，跳舞时总爱用粗大手掌紧搂她的腰，让她的身体紧贴他的肚皮，笨重的步伐拖都拖不动，一场舞跳下来，让人累得要死，和眼前这个舞步优雅举动文明的谦谦君子比，实在是差太多了。张玉兰心中升起一种很想亲近的感觉，不过，很快又被她的理智压了下去。

当晚，张玉兰躺在自家的床上，望着空荡荡的天花板，一直睡不着。她心里头很慌，甚至有些不知所措。白天白向仁搂着她跳舞的画面老是在她脑海里头闪现，忽然，王老大那句"万一她哪天改嫁了"的话从她心头蹦了出来，未必自己真的想改嫁了？继而她责备自己：都五十出头的人了，胡思乱想些啥子？

第二天，张玉兰照常去老年大学上课，但她看到白向仁，尤其是白向仁像往常一样辅导她时，心跳就会加速，脸上会不自觉地出现红晕。白向仁看在眼里，但是不动声色。张玉兰看到白向仁对待她和以往一样，仍然是大大方方的神态，并无异常，她觉得是自己想邪了，她再三告诫自己，我和老白只是朋友，充其量也就是最好的朋友，仅此而已。也怪，当她坚持地认定她和白向仁只是朋友后，心反倒是静了，和白向仁的单独相处又回到了从前。虽然也有一些闲话说他们两个是不是在搞黄昏恋，但他们两人都未加理会。

一个秋高气爽的日子，白向仁主动约张玉兰外出写生，张玉兰问到哪儿，白向仁回答说："我们走远一点，到远郊的桂园去吧，听说那里桂花盛开，菊花初放，去那儿旅游的人很多，我们就去那里写生吧。还可以闻桂赏菊呢。"张玉兰几乎从不拒绝白向仁的写生安排，虽然她一再对自己说和白向仁只是朋友，但和这样一个文人雅士去到大自然中游走写生，她总感到一种莫名的喜悦。

他们两个乘车到了桂园。刚一下车，就闻到飘来的桂花香气。进了桂园，游人确实不少，许多人在桂花树下铺一块塑料布席地而坐，欣赏桂花，一阵风吹过，有桂花从树上落下来，飘在人的身上和地上，让人陶醉。

白向仁和张玉兰不想和大家打堆①，他们从桂花林走向深处，到了一个叫菊园的地方。他们在篱边条椅坐下，这个季节，菊花还未盛开，游人也就很少，更适宜他们写生。他们两个各自对菊花画了一会，见已近中午，就走到一个更为清静的小溪边的草地上休息。白向仁解开他的背囊，取出一块布毯铺在草地上，又从里头取出暖壶，倒了一杯水递给张玉兰。张玉兰连忙接住："白老师，怎么能让你给我倒水。"白向仁说："今天在这里，不提师生，只有朋友，朋友之间就不要那么多的客气了。"张玉兰听他这样说，不答话，脸上却泛出微红。

白向仁又从背囊里头取出一些花生瓜子之类的干果，放在布毯上。他们惬意地一边喝水吃零食，一面闲话起来。他们从眼前的菊花谈起，说陶渊明的隐居生活，多么恬淡。又从陶渊明谈到古代诗人的山水诗词，谈到文人的命运多舛，不免叹息不已，自然也就说到他

① 打堆：挤在一起。

们自己个人的一生遭际。

“玉兰,你算够幸运的了。”白向仁感叹了一句,但他叫出的称呼,却让张玉兰心头一动,脸不自觉地红了。白向仁看在眼里,接着说:“我想我们既然是朋友,这样称呼才不见外,你觉得呢?”

张玉兰低到头喝了口水,没说话,白向仁看了她一眼,说:“看来是我冒昧了,也是,毕竟我们身份有别嘛……”

“没得,不冒昧。”张玉兰脱口而出。她眼睛看着前面小溪潺潺的流水,说:“身份,对,我嫁了个当大官的丈夫,有了领导夫人的身份。”她话音一转,“人人都觉得我很幸运,确实,我是很幸运,嫁给老王,社交活动、物质生活是满足的,而且老王对我也非常好,说是宠爱都不为过。但是,咋个说呢,我和我丈夫,其实并不是一个阶层的人,我们的共同语言和文化嗜好不多。虽然他也总想努力提高自身的文化,热爱读书,当然多是政治经济方面的,文艺方面很少接触,也很喜欢和文化人交往,还曾经庇护过几个落难的文人。他也喜欢观赏书画,还支持鼓励女儿去学书画艺术,但是我和他在精神层面上,总感到有距离。我虽然很尊敬我的丈夫,却难以付出全部爱情。我常常感到精神上的寂寞和空虚,总好像是失去了啥子珍爱的东西,再也找不回来了。”

“玉兰,其实从你的画里,我早就看出你有一种郁闷,我很理解你的这种心情。”白向仁看着张玉兰,“听你刚才说的那些话,我猜想你在大学时,大概有段让你不能忘记的初恋吧?”

张玉兰低下头,长长地叹一口气:“那已经是三十年前的往事了。当时在大学有一个喜欢我的男同学,我对他也很有好感,只不过还没等到我们轰轰烈烈地爱一场,我就在组织动员下嫁给了老王。说起来,我平生最对不起的,一个是大学时的那个他,一个就是我的丈夫老王。他们都爱我,但却都没得到我的爱,而我却偏偏失去了我的爱,我都不晓得咋个失去的。这是我这一生的遗憾,这失去的爱再也找不回来了。”

白向仁听到张玉兰的这些倾述，心中暗喜，这一年来苦心经营的梦想终于有可能实现了。他站起来，走到张玉兰面前，单膝跪下，说：“玉兰，你的爱已经回来了，就在你的面前。”

张玉兰大吃一惊，望着白向仁，喃喃地说：“不行的，这是不行的，这是不可能的。”然而白向仁已经勇敢地一把把张玉兰拉进自己怀里面，紧紧地搂着她说：“玉兰，我的玉兰，没得啥子是不可能的。”张玉兰想挣脱出来，白向仁的嘴却吻到了她的唇，张玉兰一下失去了挣脱的力量。

不过，白向仁也只是轻轻吻了一下，就松开了一脸飞红的张玉兰，他把背囊里更多的吃食都拿了出来让张玉兰吃，好像啥事也没得发生过一样。张玉兰也平静下来，她默默地吃着东西，没说话。过了一会，她对白向仁说：“我们家客厅那儿，挂了不少别人送的画，你要是有兴趣，可以到我们家来欣赏。”

白向仁求之不得，高兴地说：“我一定去。”

过了几天，白向仁果然到张玉兰家去了。开门迎出来的张玉兰一声“向仁，你来了”让白向仁特别受用，他晓得这离他梦想的实现又进了一步。

白向仁走进客厅，果然，满壁悬挂着不少山水花鸟画，有一些是他熟悉的画家画的，有一些也许并不有名却看来是精心制作的，并不比有些名家的应酬之作差，甚至还好些。张玉兰没陪白向仁欣赏画作，她在厨房里头忙到做菜，准备留白向仁在家吃饭。她嫁给王部长后，一直是自己做饭，做的菜还是有几盘可以拿得上桌子的。

吃饭了，张玉兰特意从橱柜里拿出一瓶不晓得放了好久的茅台酒来。他们两个一边喝酒吃菜一边评说客厅墙上挂的那些画作。白向仁说：“不是我夸口，那些画有的也不算高明。我的画都比他们的好。前一向，我在美术制品工厂替他们临摹一些名画，他们精心复制了上市,也能卖个好价呢。”

他们两个你敬我一杯,我敬你一杯地对饮,渐渐都有些醉了。白向仁借势把张玉兰抱在怀里亲吻,张玉兰嘴里说“不要”,却也无力拒绝了。哪晓得这个时候,白向仁借到酒劲,狂乱性起,他拦腰抱起张玉兰,走到客厅,把她压在了沙发上,除了狂吻,还动手动脚,撕脱张玉兰的衣服。张玉兰突然清醒过来,她奋力推开白向仁,斥责说:“我们还没得正式确定关系,更不要说还没办手续。你咋个能这个样子?你这样乱来一气,算啥子?”

白向仁吓到了,酒也彻底醒了,他一下子跪到地上,说:“玉兰,原谅我,我一时没控制到自己,但我是真的爱你的。”

张玉兰有些疲倦地说:“这事以后再说,今天不说了,我累了,你请回吧。”

王部长的未亡人张玉兰和老年大学的老师白向仁搞黄昏恋的事情还是传开了,说好说坏的都有。张玉兰没再去老年大学上课,白向仁也突然向老年大学告了假,就像蒸发了一样,不见了踪影。这时,一个平常还算和张玉兰谈得来的某领导夫人找到张玉兰,和她说起了白向仁,张玉兰这才知道白向仁过去在男女问题上犯的道德错误以及他和妻子离婚的真正原因。她心里头很是懊恼,自己咋个就会被这种人欺骗了呢?而且还给那些本就喜欢无事生非的人落下了口实。张玉兰想到了女儿王婉香,还好她被厂里派到外地培训去了,如果她在家,听到那些风言风语,会咋个想呢?如果女儿问起,她又咋个向女儿解释这件事呢?

龙门阵摆到这儿,我想起一句老话:“屋漏偏逢连夜雨。”这张玉兰还陷在悔恨和烦恼中呢,王家两兄弟突然从华北农村为她改嫁的事找上门来了。

按说,王家两兄弟远在华北,咋个可能那么快就晓得了张玉兰的事,而且还扯到改嫁上了呢?这儿又要说到一个人了。这个人姓李,和王部长同是川北人，年轻时在川北参加了红四方面军，后来随解放大军南下到了四川，离休前是一个单位的后勤处长。因为和王部长是老乡，两家人也偶有来往。但是不晓得是啥子原因，他一直看不惯张玉兰，听到张玉兰“黄昏恋”的传言，他认定张玉兰这是背叛王部长想改嫁，是大逆不道，有辱王部长的名声，有辱老红军的名誉。他去找到组织部门的领导，要求出面干涉，被领导劝阻后，他不死心，又给王部长在华北的两个儿子写了信，要他们赶快到C市来制止。

王老大收到信后自然是火冒三丈，这还真应了他说的那句“万一哪天她改嫁了”的话了，那不是真的把家产都带走了？他找到王老二，动员王老二和自己一起到四川找张玉兰。王老二本来是不想参与这件事情的，但王老大的暴脾气他也晓得，怕他哥又去闹事，丢了爸的面子，于是同意陪到王老大一起到C市来找张玉兰。

两兄弟熟门熟路，来到张玉兰家。王老大不管不顾地用手使劲拍门，大声叫喊，弄得院子里的左邻右舍都不晓得出了啥子问题，有人忙走出家门来看。

张玉兰打开门，看到王家兄弟有点吃惊，还没等她问话，王老大站在门口就是一通乱吼：“张玉兰，我爸对你那么好，他才死了多久，你就忙着要改嫁了，我爸的脸算被你都丢尽了。”跟到王老大后头的王老二劝都劝不到。

张玉兰听到王老大这样说，很是生气，顾忌到影响，她强压涌上心头的火气，客气地把王家兄弟请进了门。王老大进了客厅，往沙发上一坐，看到王老二礼貌地和张玉兰打招呼，不高兴地说：“老二，你跟这种女人还讲那么多礼信做啥？她都要嫁出去是别家的人了。”

王老二反驳他说：“大哥，姨娘是我们长辈，你就不要乱说了。”

“我乱说？那好啊，”王老大指到给他们端茶水的张玉兰，“你让她自己说。”

张玉兰正色回答：“我不晓得你们是从哪儿听来这些无稽之谈，

根本就是子虚乌有的事，这个你们也信?”说到这儿，张玉兰想到这一段时间来，外面的流言蜚语给自己带来的压力还有委屈，不由得冲口而出：“况且，我就是真想改嫁，也是我自己的事，既不违法也不乱纪，和他人无关!”

王老大这下子毛了，“刚才还在说那个是什么谈什么事，意思就是你要改嫁是没有的事吧？这又马上自己就承认了。哼，我给你说，你现在想改嫁，不行！按我们那里的规矩，男人死了，寡妇起码要守三年，我爸死了才一年多，你就想着改嫁了，你对得起我爸不?”王老二在一旁给他解释说张姨不是这个意思，王老大根本不理会。

张玉兰有点哭笑不得了。她晓得王老大是个没得文化的横人，听不懂人话讲不通道理，也不想再多说啥子了，只是问了句：“这件事，你们是从哪里听来的?”王老大很干脆地告诉她：“李叔叔写信说的。这还能有假?”果然如张玉兰所料，她在发问前就猜到可能是丈夫的川北老乡李老了。

张玉兰对于那些为中国革命出过力、流过血的革命前辈，是很敬重的。张玉兰一直记得王部长对她谈他的生平，他从来不说他们过去过五关斩六将的英勇事迹，却常常对张玉兰讲自己改造思想努力上进的事。他说他是川北农村的孩子，稍有点文化就扛起了红缨枪参加革命了。他说他其实没出多大的力，就随部队到了延安，他幸运地被送到速成学校去学文化，读了几年书，很受教育，后来才到前线，转战南北出生入死，打了二十几年的仗，亲见多少战友英勇牺牲，才换来和平的新中国。还提到因为一个战友的牺牲才救了他的命，才有了他的今天。但是这个李老，仗着自己老红军的身份，不学无术，还喜欢摆老资格，牛皮吹上了天，和她的丈夫王部长大不一样。更奇怪的是，从她嫁给王部长起，李老就没把她看顺眼过，所以张玉兰对他是敬而远之，丈夫去世后，更没得来往了。没想到李老他居然还给王老大他们写信，这无疑是给她尴尬的处境雪上加霜了。

王老大看张玉兰听到他说“李叔叔”后没再说话，以为是张玉兰害怕了，得意地决定去把李叔叔搬出来压张玉兰。王老二没跟到他去，他对张玉兰说：“姨娘，对不起，我哥那个人，就那样，你不要把他的话放在心上。”接到又说，“我这次陪到我哥来，主要是怕他闹出事来，还有一件事就是……上次我从这里进的一些货，回去后很好卖，我想既然来了，顺便再进点货回去。”

张玉兰说：“进货这件事好办，我再给朋友说一声，按批发价给你出货。其实你这次可以和他们签个长期合同，以后你要进啥子货，开个单子发给他们，他们就可以按单子发货给你，货到付款，你就不用来回跑了。至于王老大的事，你就不要管了，进了货就回去吧，他也闹不起好大的事来，你不用担心。”王老二听了张玉兰的话，办好进货的事后，就真的回华北老家去了。

王老二离开了，去搬“李叔叔”的王老大却好几天不见踪影，张玉兰正在奇怪，王老大突然带到几个川北农村打扮的人上门来了。一进门就嚷嚷：“张玉兰，我把我们王家的人请来，找你讲理来了。”跟到他后头的那几个人接到王老大的话自我介绍，说他们是王部长老家来的王姓宗亲。张玉兰一下明白了，看来是王老大去找李老，李老自己不好出面，于是让王老大到川北老家，把王姓宗族的人找来打麻烦了。

张玉兰很客气地请进门接待说：“你们是从老王老家来的人啊，请进请进。”她把他们请到客厅坐下，沏茶敬客。来的人中，有一个看样子是基层干部，多少还是晓得点礼貌的，他说：“王部长是我们王家人的骄傲，对他的过世，我们都是很难过的。你是王部长的夫人，也算是我们王家的人。我们这次来找你，不为别的，是听王老大说起你要改嫁的事。我们家族的老人商量一下，让我们几个人来找你说下子。我们觉得你也是个有文化懂道理的人，这丈夫尸骨未寒，你就想到改嫁，不合规矩吧？男人死了老婆为他守寡，这是我们家族的规矩。而且你的丈夫又是个有身份有地位的人,为他守寡一辈子理所应当嘛,这样子,才算对得起你死去的丈夫,配得上他的身份地位,不至于让我们王家丢脸噻。"

张玉兰想不到李老这位老革命会出主意让王老大去川北搬来王氏家族的人,更想不到,这都啥子年代了,还有这样愚昧的人一本正经地说出这样令人啼笑皆非的话来。她有礼貌地答话:"你们的来意我已经明白了。我现在能告诉你们的是,你们听到的那些说我的流言蜚语,都不是真的。是别有用心的人在捣鬼,你们千万不要相信。至于说到王家规矩,我不懂也不想懂,但我懂得人要知礼守法,违法的事情是肯定不能去做的。"

一个王家人不高兴地接嘴:"张玉兰,你后面说的是啥子意思?默到我们农村人没文化听不懂嗦?老祖宗定下的规矩你都不遵守,还好意思说啥子知礼守法?"

王老大也跟到说:"就是,你既然嫁给了我爸,就要守王家的族规,为我爸守寡。哼,想改嫁,由不得你的。"

张玉兰不想再和这些人理论下去了,她理直气壮地回话:"我不管你们说的王家的族规是啥子,我只晓得,只要你们是中国人,生活在中国的土地上,就要遵守中华人民共和国的法律法规。王家的族规再大,总大不过国家的法规吧?话说转来,就算我想改嫁,也符合中华人民共和国的婚姻法,也是由不得你们的。"

王家人不依了,七嘴八舌说啥子的都有,张玉兰干脆来个不理睬,任他们吵闹。她这样子更让那些人不安逸,王老大提出,既然和她说不通,不如去找组织,让组织上来管张玉兰。于是他们一行人怒气冲冲地摔门而去,张玉兰心头好笑这些人的愚蠢,现在组织上才不得管这种事呢。

果然,这群人走了之后,就没得了下文。过了两天,王老大又找上门来。这次他忽然没得了前几次上门来的那种嚣张,好像哪个借了他的谷子还他的糠那种神情。他见到张玉兰，很恭敬地客客气气地叫了一声“姨娘”，这简直让张玉兰意外，这太阳还真从西边出来了？她有些戒备地看到王老大，不晓得他肚子里在打啥子坏主意。

王老大点头哈腰，继续下矮桩①，说先前是他不好，不该惹姨娘生气，绕了半天，张玉兰听出个大概，据王老大说，原本对他很热情的王部长老家来人已经回去不管他了，究竟啥子原因没说。但张玉兰猜他们一定是在找组织的时候碰了钉子。而且王老大这两天借住在他李叔家也不受欢迎了，那家人言语间有了下驱逐令的意思，他想回家乡去没得钱买车票，走投无路只得又找上了张玉兰。

张玉兰生怕王老大提出住在她家来，这是她不好拒绝的。虽然她实在不愿意再给王老大钱，可是为了送这个瘟神出门，她还是答应给他点钱，只不过她手头一时拿不出来，让王老大两天后来取。王老大一听张玉兰要给钱，就没再纠缠下去，他要张玉兰说话算数，然后便告辞走了。没得落脚点，还是只有厚起脸皮到李叔家去住两天，到底这回来成都，是李叔的主意嘛。

第二天，机关行政管理处和张玉兰熟识的朱处长来看望她。说起王老大的事，朱处长把王老大和王部长川北家乡来人去省委组织部告状，闹了一场笑话的经过告诉张玉兰。

他说那些个人竟然跑到组织部闹事，要组织部命令张玉兰守寡，遵守他们王家族规，不准她再嫁人，还说这是王氏家族开会定的。说得组织部接待来访的干部都笑起来，想不到在川北那些贫困落后的乡里头，还保存着这么封建的陋俗，还好意思理直气壮地拿到组织部来说。组织部的人把这些王家人狠狠地批评了一顿，告诉他们，国家有法律，男女结婚双方，一方去世，另一方有婚姻自主权，男方可以另娶，女方也可以改嫁。老年男女讲黄昏恋，也是受法律保护的。那些

① 下矮桩：因有求于人故意放低姿态。

违反法律的乡规民约是无效的，不受法律保护，违反的将受法律制裁。要他们回去向党支部检讨，那种党支部恐怕也还要加强学习和整顿一下了。

朱处长走了后，张玉兰却陷入深深的思考。她回想起王部长生前曾告诉她的话，他说：农民对中国革命当然做出最大贡献，但是有的从农村到城市来的干部，却骄傲自大，甚至有人喊出，老子打下的江山，就该老子坐江山。他们从农村带着封建意识、小农经济思想和农村原有的习惯和陋俗，进城来以解放者自居，对城里人颐指气使，想用打仗的方法来搞建设，事与愿违，逆潮流而动，越搞问题越多，却怪思想改造不彻底，其实要改造的正是我们自己。他还说："我就是一个农民，对主席说的'严重的问题是教育农民'开始也不理解。进城以后，观察学习，做工作碰钉子，才明白我们要改造的正是从农村带来的封建意识，农村的那些陋习，小农思想。"张玉兰自思，这些话当时都听了，并不理解；谁知现在那些陋习，那些思想，压到自己头上来才理解了。为啥子男人死了妻子，就可以重新娶老婆叫做"续弦"，女人的男人死了，就必须守寡，不准出嫁，甚至要她守一辈子活寡才算不辱祖先呢？包括那个李老，革命一辈子却还有那么封建的思想，认为她如果改嫁会对王部长造成不好的影响，有啥子不好影响？

张玉兰越想越气，王部长去世后她对改嫁的事并没得认真想过，虽然和白向仁她有一点点动心，但那件事也已经过去了。但是经王老大和王家乡下人这么一闹，乌喧喧①的，机关大院里也是流言乱飞，有的人瞎编乱造，唯恐天下不乱，这让一些人不明真相，好像她真的是一个道德败坏的女人。张玉兰心头想，要说坏，我就坏给你们看，哪天我改了嫁，看你们这些正人君子能把我咋的。

张玉兰话还没说出去，却真有人上门来说亲，说某位有地位的领

① 乌喧喧：一件事闹得满城风雨的意思。

导，爱人去世了，正要娶一个女人“填房”，还说嫁给了那位领导，张玉兰后半辈子的幸福就有了。张玉兰虽然赌气想要改嫁，但是她并不能接受这种婚姻。她客气地把这个说亲人送出了门，坐在屋子头发呆：啥子是幸福，我的幸福在哪里呢？

两天后，王老大上门来取钱，朱处长也到场做个见证。张玉兰拿出一个装着厚厚一大沓钱的纸包交给王老大，说：“上次给你说过了，你爸在世时，我们也没存下好多钱。你爸走了以后，公家给了点抚恤金，办完你爸的丧事，还剩了些，我现在都拿给你，你回去和老二分。我只希望你不要再来打扰我和小香的生活，我的退休工资不高，你再跑来的话，担怕连路费都赚不回去。”

王老大接过钱包，手摸了一下，马上喜笑颜开，根本没在意张玉兰说了啥子。朱处长说：“王老大，我可是代表组织上专门来作个见证的。我现在把话说在前头，这钱你拿走了，以后就再不要踏进张大姐的这个家，你要是再敢来无理取闹。组织上可就不客气了，搞不好，就把你直接送进监狱去关起来。”

王老大拿到钱已经很欢喜了，再被朱处长这左一个组织，右一个监狱地吓了那么一下，连忙举手发誓说：“朱处长，我向你们发个血咒，我再来打姨娘的麻烦，天诛地灭，不得好报。”朱处长说：“你说话要算数。”王老大嘴里答着“算数”，好像生怕张玉兰反悔一样，抱起钱就出门走了。

张玉兰松了口气，总算把这个瘟神送走了。接下来她告诉朱处长，说她考虑了一下，王部长已经去世快两年了，家头也只有她和女儿两个人，她不想也没得资格再住在这个专门给老红军分配的住房里，希望组织上能考虑一下，给她另外换一套普通的单元房，够她和女儿住就可以了。当然最好是在近郊隔女儿工作的艺术工厂不远的地方。

朱处长有点吃惊，他说：“张大姐，你说些啥子哦。你是王部长的遗孀,咋个没得资格住这个房子?市里头像你这样情况的遗孀也有,都住得好好的,也没得哪个说啥子。再说,这儿虽然离你女儿的工厂远了点,但在城里面,环境和周边的条件都不错,你这是何必呢?”

张玉兰坚持要换,说以大换小,应该不是很难办的事,还说她可以打个书面报告给组织上。朱处长说不通她,只好表示会给领导汇报此事,看领导决定。朱处长哪里晓得,张玉兰是实在不想在这个院子里多住一天了。自从白向仁的事后,再加上王老大、王氏家族的人上门乱闹,院子里头各种传言,还有那些马列主义老太太们看她的奇怪眼神,压得她都像喘不上气了,她只想平静地生活,更不想牵扯到女儿,让女儿跟到承受不是她该承爱的舆论压力。

调换房子的这件事情差不多拖了一个月,朱处长带来机关的决定,按张玉兰的要求,在近郊给她调换了一套较新的三室一厅的单元房,并由机关安排人手帮助张玉兰搬家。对于张玉兰调换住房这件事,女儿王婉香没任何异议,说不管妈妈做啥子决定,她都支持。

搬家的所有事情都安顿好了,张玉兰母女继续平静的生活。每天王婉香上班以后,张玉兰独自在家看书画画看电视,心情也好了不少。不过张玉兰发现,女儿最近下班后按时回家的时间少了,问起来经常以工厂加班来搪塞,但是,女儿并没得过去加班的那种疲惫感,心情似乎还特别好,进出门的脚步是那么轻快,还经常轻声哼着歌曲,特别是她那带着两个小酒窝的本来就粉红的小脸,变得更像要开的桃花。作为过来人的张玉兰明显看出,她的女儿终于恋爱了。

这天,当女儿又哼着小曲走出门时,张玉兰装出疾言厉色的样子,一声“给我站住”喝住了女儿已跨出大门的前脚,王婉香转过身子,有些撒娇地说:“哎呀,我的妈吔,你吓到我了。你今天有啥子事哦,一本正经的。”

张玉兰眼睛里头已带有笑意,但还是正儿八经地说:“你不要在那嬉皮笑脸的哈,你说你最近在干啥子,有啥子事情瞒到妈妈的,还不从实给我招来!"

"妈,我会有啥子事情瞒到你嘛!"王婉香继续撒娇,脸上已出现红云。

张玉兰绷不住了,脸上也露出笑意,说:"看你满脸红霞飞,还说没得事情瞒到妈妈。"

王婉香脸更红了,看来是应该给妈妈坦白谈恋爱的事情了。她拉住张玉兰的手臂摇着说:"妈吔,既然你都猜到了,就饶了我吧。"

"你说我猜到啥子了?"张玉兰不依不饶,"那你还不带他上门让妈妈看下子。"

王婉香撒娇地回答:"人家这不是不好意思嘛。"张玉兰刚想继续问,王婉香看了一下表,说:"哎呀,我的母亲大人,我上班要迟到了,这样子,晚上,晚上下班回来后我一定原原本本向你汇报。"

当天晚上,王婉香准时回了家,吃过晚饭后,他们母女两个坐在客厅里,王婉香主动说起了男朋友的情况。她告诉张玉兰,她的男朋友叫陈文质,比她大四岁,是一个厂的,但以前并不认识,是她外出参加培训才熟悉起来的。她说陈文质业务能力很强,艺术鉴赏能力也很厉害,曾经帮工厂看出好几幅准备高价收买的所谓名家的画是赝品,让工厂减少了好几十万的损失。

张玉兰说:"这么说,我倒找到一个才女婿了,不过,他年纪轻轻的,哪来那么大的本事?"

王婉香回答说:"他哪来的本事,我还不是好清楚,可能有一点家学渊源吧,听说他爸爸是文学教授。"

"小香,这样说来,我看你对这个陈文质了解得并不是很清楚,这不行。"对于王婉香的轻描淡写,张玉兰很不满意,于是发表了一通长篇大论,"俗话说,情人眼里出西施,对男女都一样,当一对男女热恋时,彼此的智商就降得很低,叫做热昏,恋得越热,头脑就越昏,昏头昏脑便会说出许多昏话,做出许多昏事。我在大学的时候就亲眼看到有女同学，由于恋爱热昏，只有冲动的情感而没得理智，酿成许多悲剧。所以妈妈要给你说的是，一个女人的恋爱，往往决定了她的一生，因此，在两件事上必须好好把握住。

"这两件事，第一个是选择，这是很重要的，选择出了差错，就会痛苦一生。像妈妈大学有个女同学，看上了体魄强壮魁梧、孔武有力的男人，就认为是英雄，迷醉于英雄配美女的说法，可是当她和这个男人结了婚，就真像走进爱情的坟墓，男人对她打骂虐待，随意践踏，悔之晚矣。也有的女同学喜欢所谓翩翩公子，就是大家说的小白脸，这种人扮相迷人善于逢迎周旋，说的比唱的还好，他们朝三暮四，玩弄女性最有本事，掉进他的壳里，便只有当活寡妇了。第二件事，就是守身。在恋爱中任何时候，任何情况，必须头脑清醒，不可轻易许身更不能随便失身。女人的贞洁还是很重要的，只有真正相爱，正式办了结婚手续后，你才能把自己交给他。

"我的女儿，要貌有貌，有才有才。"张玉兰说到这儿有些骄傲，"你又有个高干子女的身份，妈妈猜追你的人一定不少吧？那你是咋个会选上陈文质的，他的家世、性格、为人、品学到底咋个样？从你刚才说的，他是有才识的，其他方面你了解了多少？小香，你要明白，他将来是要陪伴你走过一生的人，是一生一体不可分的人，你一定要慎之又慎。妈妈想问一下，你和他的恋爱关系，走到哪一步了，进入深水区了吗？"

王婉香回答："我是冲出重围，仔细观看，才选定他的。我们相识并不久，还只是一同在浅水区，准备携手走向深水区。"

妈妈肯定说："走进深水区，一定会有风浪，就像大海里必定是有风浪一样，但越有风浪帆才挂得更高。恋爱有时候也会有波折，这也是正常的，爱得越深，两人的长短更明显，有矛盾必须化解，化解了两人相知更深，爱情的堡垒就会构筑得更牢靠。所以有一句话叫风雨之后才见彩虹，我希望你和陈文质，能顺利地走过深水区，到达风和日丽的彼岸，携手走进婚姻的殿堂。”

“哎呀，我的妈吔，你给我传了这么多的恋爱经，想必你是恋爱老手吧。”王婉香似玩笑地这么一说，顿时使张玉兰沉默了。

张玉兰为啥忽然沉默？因为王婉香肯定问的是和她爸有关的事，要想一想咋个回答才好。她想了一下，回答说：“妈妈不是恋爱老手，也不是情场老手，而是爱情的失落者，至今还觉得遗憾。”

“妈妈，你这话是指……那你和爸爸……”王婉香有点惊诧了，在她的印象里头，妈妈和爸爸应该是相爱的，从小到大，她都没看到过他们之间红过脸，那为什么妈妈会这样说？

张玉兰马上接过女儿的话，“不是的，小香，你误解了，妈妈和你爸爸之间没得啥子问题，嫁给你爸我一点也不后悔，反而认为那是应该的、必须的、必然的、当然的，也是我自愿的。而且嫁给你爸以后，我的生活也是幸福的，我们还有了你这个宝贝。现在你爸过世了，我很难过也很怀念他。这和我说的失落的爱情和永久的遗憾完全是另外一回事，唉，该咋个说才好呢？”

王婉香张大眼睛，有些疑惑地问：“妈妈，你说话我咋个听不懂呐，说啥子应该的、必须的、必然的、当然的，这话里头好像还有话。还有，既然和我爸在一起生活是幸福的，咋个又会有失落的爱情和永久的遗憾？妈妈，你心里头到底有啥子想说的，就给我说嘛，我已经是成年人了，你应该相信我。”

张玉兰说：“不是我不相信你，是不晓得咋个给你说，那时的复杂情况，妈妈的处境和个人的心愿真正是难以简单地几句话就说得清楚的。”

“可是，妈妈，我很想听。”王婉香摇着张玉兰的手臂，“简单说不清就复杂了说嘛。”

看着王婉香期待的眼神，张玉兰长长吸了口气，说：“好吧，那就从C市刚解放的时候说起吧。那一年，我还正在大学上学，解放大军进入C市,我们大家都兴奋得不得了,背起'天亮了'的大标语,上街去迎接威武雄壮的解放军,大家向往革命,都想和这些解放军一样,参加革命,投身革命。我也不例外。学校里头新成立了新青团,就是现在共青团的前身,我们都踊跃地参加了。有一天,接管大学的领导和新青团的支部书记来我们中文系,对我们这些女同学说,当天晚上在沙利文舞厅有个和解放军的联欢会,让大家打扮得漂亮点去参加。听到这个消息,几乎所有女同学都欢喜雀跃,赶忙回宿舍把自己最好最漂亮的衣服裙子找出来,把最香的化妆品用上,尽量让自己能把自己最好的一面在联欢会上展现出来。

"说起那个沙利文舞厅,是解放前为了满足来华美军的需要,为他们修的一座当时认为比较豪华的舞厅,过去我们只从门口走过,听到优雅的音乐从里面传出,但谁都没进去过。想到联欢会在这个舞厅开,我们可以进去,多少也有点兴奋。

"那天傍晚,我们都坐上解放军派来接我们的大卡车,到了沙利文舞厅。在舞厅灯光辉煌的二楼上,中央舞池边是许多小桌椅,有水果,还插有鲜花。我们走进大厅,一片鼓掌欢迎声,站立两边的是一批威武雄壮的解放军军官,看模样大半是中高级干部,也有还比较年轻的军官。我们按照安排,分头和这些军官一起,在茶座坐下喝茶闲谈。和我同桌有一个中年军官,没和我搭白,却老是在看我,弄得我都不好意思了。舞曲声响起来的时候,这个军官首先起立邀请我,别看他有点粗夯模样,却显得文雅。下到舞池后,这军官非常松弛地搂着我的腰,保持距离,非常谨慎地不踩我的脚,可还是常常踩了我的脚,一直对我说对不起。他边跳舞边和我交谈,问我读的是啥系,是哪里人,我都一一作了解答,他也简单地向我做了自我介绍。

"那次联欢晚会后过了大概半个多月,学校领导和新青团支部书记找我去谈话,说到了那次和我一起跳舞的王政委——小香,你不用问,对头,这个王政委就是你爸——他们极力称赞王政委是为革命立下大功的英雄，讲了很多他英勇战斗的革命事迹，从他在川北农村参加红军到全国解放。起初，我还有点奇怪，领导给我说这些是啥子意思，后来他们越说越明朗化了。他们说到王政委为人正直厚道，有原则性，虽然文化低一点，但是在速成学校学习时十分勤奋，文化水平还是有的。又说到王政委的妻子解放前就已经病故，他现在孤单一人，没人照顾，他自己又由于公务繁忙，无法去自己再找一个，因此党组织不得不关心他。

“他们说到这些，我其实已经明白是咋个一回事了。心里头开始其实是排斥的。学校领导告诉我，说王政委看上了我，因此，组织上决定把照顾王政委的光荣任务交给我这个新青团的团员去完成，他们相信我能完成得很好。还说，中国革命的胜利就是靠像王政委这样的英雄英勇斗争流血牺牲才取得的，这样的人是值得我们尊敬的，我们应该帮助他，解决他的实际困难。嫁给王政委就是嫁给了革命，这是一个革命团员应该有的高尚情操，组织上希望你能够同意。这不是一种牺牲，而是革命青年应该做的事。

“我现在已无法回忆起我当时是啥子心情了，不过在那个年代，我们崇尚革命，几近狂热，能为革命做出牺牲，当然是很光荣的事情。所以到最后，对革命的热情战胜了我个人那个时候所谓的小资情调，我嫁给了你爸爸，还有了你这个被你爸爸疼爱之极的宝贝女儿。”

“妈妈，听你讲的这些，我好像有点明白了。”王婉香说，“可你还是没告诉我，你的失落和遗憾……”

“这个话题要说起来，就更长了，也没得啥子意义了。我对你爸肯定是有情有爱，当然，更多的是敬爱，尊敬和爱戴。”张玉兰打断女儿的话，“不说妈妈了，小香，现在还是继续来说你的事情。你对这个小陈，到底了解到啥子程度？他的家庭情况、他个人的情况，还有性格甚至还有身体状况，我都想晓得。”

“妈妈吔，刚才都给你说了噻，未必你还要我填一张他的履历表啊？”小香有点撒娇似的不耐烦了，但在张玉兰严肃的眼神催促下，只好妥协：“好嘛，我就详细点给母亲大人汇报一下。他名叫陈文质，比我大四岁，是美术学院毕业的高才生，大学毕业分到我们厂头，主要任务是鉴定古画名画，用新技术把这些古画名画精心仿制出来，卖给那些欣赏古画名画，但对真品无力购买的爱好者。现在大家生活水平普遍提高了，对艺术的欣赏需求也高了，所以这方面的选题和制作还是很重要的。陈文质对古画、名作很有研究，鉴别能力强，少有假品能逃过他的眼睛，很受厂里头的重视。至于他的家庭，书香门第，爸爸和妈妈都是大学的教授，爸爸是教中文的，妈妈是教美学的，他对古画的研究，很大程度上应该是受了他家庭的影响。哦，对了，还有，身体健康，性格很好。”

张玉兰对王婉香说的“书香门第”很看重，问了一句：“你去见过他的爸爸妈妈吗？尤其是他妈妈，怎么样？”

“他都没来过我们家，我咋个可能去他们家嘛。”

“那小香，你啥时候把他带过来，让妈妈看一下。”张玉兰说完又问了一句，“你有没得他的照片？妈妈想看一下。”

王婉香从她的手包里取出一张照片，张玉兰接过来看，她“噫”了一声，好像心头有一道电光闪过：“这个青年，我咋个觉得在哪里见过。”她心头想，但是没说出来，大概像这样的所谓帅气的年轻人，样子，打扮都差不多，见得多了，不足为怪。

几天后，是个星期天，王婉香约到陈文质上门拜见张玉兰。陈文质没想到王婉香母女只住在这么一套平常的单元房里，进门不大的客厅里，家具和摆设都是比较老旧的，几面墙壁上挂满了大小长短不一的画轴，山水花鸟俱全，有的挂久了，显得有些陈旧。陈文质一幅幅地仔细欣赏，忽然指着一幅画对王婉香说：“这一幅号称名家之作，却不是，不过临摹的功夫算是上等。”

王婉香却说："不会吧，这一幅画是赝品？过去不少人到我们家，都夸这幅画是这里几幅名画中最好的一幅呢。要说那些人是外行，不懂画，可白向仁老师你是晓得的噻，他都说这幅画好。"

陈文质说："白老师是我尊敬的老画家，也是我们厂特聘的临摹高手，他的临摹功夫，纤毫毕露。按理说他应该看得出来呀，未必是我看走眼了？不过，我看到这幅画，怎么总觉得有哪不称心。"于是他又靠近细看，用手摸一下，说，"不对，这幅画的纸和颜料都有问题，还有，这个老画家的画，我研究过，别看他笔墨有些粗疏，但任情挥洒中，却仍见他的精气神味，他的人品修养，他的那种特有的气质，总透过他自己的画隐现出来。可是在这幅画却没得。我看到的是匠气，这大概和临摹这幅画的人的修养有关吧。"

张玉兰这时买菜回来了，才打开门，便听到了这一番话。

"这是哪个，敢到我的客厅来撒野，对名画说三道四，还评论别人的人格修养呀？"张玉兰走进客厅大声说话，她当然晓得是自己的准女婿应约和女儿一块到来了，却故意要给准女婿个下马威。

"妈妈你回来了？这就是陈文质。"王婉香连忙引见。陈文质也赶紧走到张玉兰面前，很恭敬地叫了一声："张阿姨好！"

"哦，这就是小陈啊，不要客气哈，坐嘛。"张玉兰说这个话的时候，正眼看到陈文质，一下有些愣神，忽然又生出"好像在哪里见过"的感觉。她目不转睛地盯着陈文质，看得陈文质都有些不知所措了。对了，就是这个神态，还有那脸盘和身形，深埋在张玉兰心中的那个形象忽然清楚地突现在眼前，那个她曾经追求过的，和她恋爱过的大学同班同学，就好像是这个样子。

王婉香看出了她妈妈的失态，叫了一声："妈妈，你盯到我们看啥子？你看人家文质，都被你看得不好意思了"

张玉兰这才回过神来，故意打趣其实是想掩饰尴尬地对王婉香说："这或许是将来要娶你的人，妈妈当然要看仔细了。"王婉香听张玉兰这样一说，那不明摆着陈文质是过了她妈妈的法眼了，她高兴地紧紧扣着陈文质的手，两个年轻人相视而笑。

这个男女青年相交，初时照例是要保持一定距离的，这个距离的尺寸，便是两情相悦程度标尺。尺寸越来越小，就证明两人相爱越来越深了。张玉兰看到自家的女儿和陈文质挤坐在沙发上，相距尺寸几乎等于零，几乎是没得距离地融合在一起，那么亲密，还有他们两个那么心有灵犀地相视一笑，看来，是她要认定这个女婿的时候了。

她含笑说："小陈，哦，或者叫你文质吧。最初听小香说起这个名字，我很奇怪，难道你是叮住了她的蚊子吗？后来才晓得是'文质彬彬'的那个'文质'。这个名字取得好啊，你倒也很符合这个名字，真是文质彬彬。"

"我这个名字是我爸取的。"陈文质说，又想一下想起了啥子，从他的书包里取出一本书来，递给张玉兰，"张阿姨，我这儿带来一本书，想送给您。"

张玉兰接过书一看，书名《陈言杂文集》，著者标明是陈钟文。她说："这是在本地晚报辟了杂文专栏的陈钟文写的杂文集吧。这个杂文专栏是很受欢迎，敢触时忌，文辞精锐，大家都喜欢读，我们也喜欢读。我说的是我们，包括小香她爸。"

"妈妈，你说我爸也喜欢读这个杂文专栏？"王婉香高兴地用眼斜瞟一下陈文质，颇有点得意。

张玉兰说："你爸爸可喜欢了，我刚才称赞的那八个字'敢触时忌，文辞精锐'，就是你爸爸的话。他说如今的社会太需要这样正气昂然的杂文了。我还想起一件事，当时你爸爸认识的一位宣传部的领导，来我们家时和你爸爸谈起这个陈钟文写的杂文，很不满意，说陈钟文矛头指得不对，文章哗众取宠，太尖刻刺人了，你爸爸义正词严地和他争执起来，还对他说，你们这些管意识形态的同志，不要老用过去'左'的那一套来评判人和事，不要随随便便就把这样正气昂然的专栏作家棒杀了。”张玉兰说到这儿，深深叹了一口气，感慨地补充了一句，“可惜你爸爸没来得及读到这本《陈言杂文集》。”

王婉香问张玉兰：“妈妈，你晓不晓得陈钟文是哪个吗？”没等张玉兰回答，她有些兴奋地接到说：“他就是文质的爸爸呀。”

张玉兰有些奇怪了，女儿不是曾经告诉她陈文质的爸爸是一个名叫陈放炎的大学教授吗？陈文质看出了张玉兰的疑问，他解释说：“张阿姨，是这样的，我爸爸现在的名字叫陈放炎，陈钟文是他开这个专栏时用的笔名”

“你爸爸现在的名字？”张玉兰心中动了一下，陈文质接到补充说：“听我妈妈说，我爸爸过去上大学的时候用的名字叫陈郁文，陈放炎是他后来改的名字，一直用到现在。”

“陈郁文。”张玉兰在心头念着这个名字，啥子都清楚了，眼前女儿的男朋友居然是自己初恋情人的儿子，怪不得看着眼熟。她强压住自己的情感，随后正色地说：“好了，我弄清楚了。说了这么多，我有点累，要去休息了。”说完强装镇定地走进自己的房间，关上了门。弄得王婉香和陈文质两个都不晓得咋个回事了。

张玉兰坐在房间的书桌前，胡乱翻动拿在手上的《陈言杂文集》，心里头发酸，眼泪不自觉地流了出来，滴在《陈言杂文集》上。三十多年前的往事如洪水一般涌现，历历在目，有如昨天。

当年上大学的张玉兰，是众多男生追求的对象，可她却无视那些争相拜倒在她的石榴裙下的公子哥儿，反而看上了出身贫寒的陈郁文，死心塌地去追求去爱，用真情打动了陈郁文，他们相爱了。张玉兰回忆起她当年和陈郁文在一起的美好时光：他们选同一门课程，一起上课复习完成作业，他们还一起在学校旁边公园竹林间的茶座喝茶谈论文学，陈郁文对文学的独特见解让张玉兰折服……张玉兰更难忘和陈郁文的最后一次约会，她记不清是她们去和解放军联欢后第几天了。那天晚上，她和陈郁文坐在公园江边的石阶上，一起欣赏沉静的月夜美景和月光下缓缓流动的江水。陈郁文望着她的目光充满了深情，轻轻的呼吸声惹得她心潮澎湃，不由自主地吻了陈郁文，但是陈郁文并没有热烈的反应，却叹了一声："月光如水，其奈良夜何？"当时，张玉兰并没觉得有啥子，她以为她会和陈郁文相亲相爱，结婚生子，白头到老。她自己都没料到的是，他们那次约会竟然是最后一次。半个月之后，在爱情和革命之间，她选择了革命，嫁给了王部长，也就是嫁给了革命。

想到这里，张玉兰决定给陈郁文写封信，向他表述自己的感情和希望得到他的谅解。信写好后她让女儿交给陈文质带给他父亲，说是为了感谢他的书和对王部长的尊敬。

陈郁文接到儿子交给他的信后，很快给张玉兰回了一封信。信中先是谈到，儿子陈文质回家告诉了他关于王部长的事，很感激王部长对他这个普通知识分子的爱护和对他杂文的评价。然后他说，他并不怨恨张玉兰，因为他觉得张玉兰嫁给王部长的决定是理所应当的。陈郁文还提到，其实在他们最后一次约会前，他就已经听到风声了，所以对张玉兰的热吻，没有回应。虽然他会因此而痛苦，但比起那些为了中国人民的解放流血牺牲的老革命，他个人忍受一点精神上的牺牲，是值得的，也是必要的。他对张玉兰信中提到的道歉请求谅解的话，表示没得必要这样说，因为他认为张玉兰牺牲小我，成全大我的选择是伟大的……信的最后，陈郁文写道："让我们逝去的爱情在我们的儿女身上延续吧，这是上天为我们做出的最好安排。"

张玉兰收到陈郁文的回信后，很是感慨。她没想到陈郁文能这么理解她当初的选择，忽然觉得，此生曾和有这样情怀的人相爱过，即使最终没能在一起，她曾经的遗憾，好像已经不是永远，而是珍藏心头美好的回忆了。她现在，完全可以和陈郁文夫妻，也就是她未来的亲家坦然地相对了。就像陈郁文说的，让爱情在儿女们身上延续，这是上天为他们做出的最好安排。

张玉兰放下了心头所有的过往，一门心思地操心女儿和陈文质的婚事,这对她来说，就是幸福了。就在这个时候，白向仁突然又找上门来，这到底是咋个一回事呢？我又要从头摆起了。

大概是大家对没名堂人的张玉兰的龙门阵觉得很是精彩，又或者是大家对没名堂人的“从头摆起”已经习惯，没人再对“从头摆起”说三问四，直见催没名堂人继续摆

王婉香和陈文质的婚事被两家的大人提到议事日程上来后，陈文质往张玉兰家跑得更勤了，还帮到张玉兰做家务事。一个星期天，艳阳高照，张玉兰想起把一些衣物被褥拿到楼下院坝头去晒一下，这些衣物中，就有我前头摆到的王部长最珍贵的那件军大衣。陈文质帮到把大衣晾到牵在两个柱子间的铁丝上，王婉香伸手去拍打这件大衣，觉得大衣内口袋头好像有啥子东西。她掏出来一看，是一张折叠起来的画纸。她把画纸抖开，陈文质凑过来一看，眼睛都亮了，他看了画上的落款，告诉张玉兰母女说，画这幅画的画家已经过世了，原来并不出名，可是不晓得咋个的，近两年来，书画界一些权威人士把这个画家遗作找出来研究，认为这个画家的作品很富有创造性，是国画的推陈出新之作，于是群起而炒之，这个画家和他的画一下子出了名。最近有美术界办的画展中就有他的旧作，评价非常高。

张玉兰他们三个晾好衣物后回家，王婉香问起画的来由，张玉兰想了一阵子，才回忆起，那年一个晚上，一个知识分子模样的人到家头拜访，拿出这幅画，说是谢谢王部长帮他平了反，他一个穷书生，身无长物，只有把自己画的画送给王部长，聊表心意了。说完留下画就告辞了。王部长并不认识这个人，也记不起啥时候帮过这个画家的忙 。至于这幅画咋个后来会放在王部长的军大衣内口袋头，张玉兰一无所知。

陈文质拿到这幅画认真看了一下,说他个人认为这幅画应该是真迹,而且可以看出画家画这幅作品时非常用心,是不可多得的精品,比起客厅里挂的那些字画,价值高得多。这不仅仅是欣赏价值,如果拿去参加拍卖的话,估计起价可能会超过十万吧?

张玉兰母女目瞪口呆了,家里头还有这样珍贵的东西?王婉香随口对陈文质说了句:"你确定?"本来她这句话是无心的,却让陈文质愣了一下,连忙表示毕竟自己年轻,对字画的认识也是才刚起步,如果要确认真假的话,可以找这方面的专家认真鉴定一下。王婉香"哈哈"笑了起来,自己就随口那么一说,陈文质还当真起来了。不过,张玉兰倒是赞同陈文质的建议,说可以再找专家确认一下。

陈文质陪到张玉兰,到文史馆找到他妈妈推荐的一个对字画很有研究的专家——我前头摆到过,陈文质的妈妈是大学教美学的教授——据说这个老专家既能慧眼识珠,也能锐眼辨假,几乎没走过眼。那位专家拿着放大镜,认认真真地鉴赏了好一阵子,结论和陈文质的一样,是真迹,是不可多得的精品。在征得张玉兰的同意后,他还拿出相机,对着这幅画照了好几张照片。

几天之后,有美术界的领导上门到张玉兰家拜访,弄得张玉兰搞不清楚咋个回事了,交谈中才晓得,原来那个专家把照片拿给了美术界的朋友看了,这才有了领导上门,希望张玉兰能把她珍藏的找专家鉴定过的画放到最近办的画展中展出。张玉兰和王婉香陈文质商量后,把画送去展出了,不过,她非常有心地在画面的一个角角那儿用铅笔画了个不仔细看根本看不出来的记号。

这幅新发现的特别富于创造性的中国画,在展厅显著板板上展出,许多画家都去参观了,一致的溢美之词几乎要溢出展厅,当地的报纸上也登出一篇颇能哗众取宠的新闻稿,引得更多的人去参观,哪怕是外行人,当然也照样赞不绝口。外边的字画市场上也在起哄,闹得乌喧喧的。王婉香厂头的领导也找到她,说这幅名画可以交给艺术工厂来仿制出售，王婉香当然不好拒绝。可是这个临摹交给谁来做好呢，厂里头自然想到的是他们特聘的画师白向仁了。陈文质听说这件事后，想到画的安全，建议让白向仁到王婉香家头临摹。

张玉兰听女儿王婉香回家说起这件事后，心头很是矛盾，她不想再面对白向仁，但她更不想让女儿特别是准女婿看出啥子端倪，只好同意下来，这就有了我前头摆到的白向仁又到张玉兰家的事。

画展结束后，主办方把画送了回来，白向仁也按照约定，上门来临摹画。张玉兰见到白向仁，还算客气，安顿好白向仁在客厅作画后，她转身回到里面房间去，不再理睬白向仁。可是白向仁却有点忍不到了，他心不在焉地画了几笔，胡思乱想起来。过了一会儿，白向仁以故意要找啥子又找不到的理由，把张玉兰引出了房间，乘机开口："玉兰，其实我们两个……"

"白老师，请你说话注意一点。"张玉兰不客气地打断了白向仁的话，"你要搞清楚，我们两个之间，啥子都没得。"白向仁还想说点啥子，但没等他开口，张玉兰接到说："要不是因为我女儿，还有你们厂头的面子，我根本不得答应你上门临摹。如果你还有啥子非分之想，那就请你高抬尊脚，自便出门，免得我拿扫把赶你出去，大家脸上都不好看。"

白向仁看张玉兰这个态度，他不想把事情搞僵，连忙答应："好，好，我不说了，一切听你的。"白向仁并不晓得张玉兰已经了解了他不光彩的过去，自以为张玉兰是气他在出现流言蜚语时梭了边边①，心头暗自想，这女人嘛，还是好哄的，慢慢来，我就不信搞不定你。此后，白向仁每天上门来就是做他自己的事情，两个人和平共处一个屋檐下，相安无事。

前头我摆到了，张玉兰拿去展览的那幅真迹名画，引起很大轰

---

① 梭了边边：偷懒、躲避之意。这里指逃避、退缩。

动，一些搞艺术品和文物拍卖的商人也蜂拥而来，合谋抬高这幅画的身价，各种谣言四起，据说还有大商人提起可以装百元大钞二十万的老板箱，到王家找张玉兰，要现货现钱拿走这幅画。这让张玉兰很是惊讶。更叫张玉兰吃惊的是，派出所的警察上门告诉张玉兰，说是派出所抓到两起小偷，都供称是踩点想到张玉兰家打启发①，还说小偷供出，他们对张玉兰家的情况很了解，有些啥子值钱的字画，家里有啥子人都晓得。派出所的同志要张玉兰多注意一点安全，说人为财死，有些人为了钱，啥子事情都可能做出来。这下子把张玉兰吓到了，不要因为这幅画，给家头带来灾祸，那就得不偿失了。

本来，张玉兰在听说这幅画的价值时，就有心想把它出手卖掉。女儿和陈文质都不小了，她一直想给两个孩子办一个风风光光的婚礼，但是王部长生前本来也没留下啥子钱，还基本上被王老大拿走了，如果这幅画能卖个好价钱，不就了了她自己的一桩心事了。现在听到说小偷都在打这幅画的主意，她更加想尽快出手了。她和女儿还有陈文质商量，只说为了避祸，还是早点把这幅画买了。王婉香他们也没反对，说这幅画是妈妈你的，你想咋样处理我们都没意见。陈文质还建议，说上海艺术品市场环境更好些，而且在那边卖出，也不会引起太大的动静，不如就到上海去。张玉兰同意了。

但是问题出来了，哪个陪张玉兰到上海去呢？王婉香和陈文质都有工作缠身，一时半会也走不开。鬼使神差的，陈文质提到了白向仁。一来他并不晓得白向仁的过往，从艺术角度说，白向仁是他尊敬的老画家；二来因为白向仁给他套过关系，说在老年大学当过张玉兰的老师，既然是熟人，那更好些。对陈文质的提议，热恋中的王婉香当然是附和，这让张玉兰都不晓得提出个啥子理由来推托。她认真考虑了一下，白向仁这个人虽然人品是不太好，但是到底还是比较熟

① 打启发：占便宜。这里是小偷偷东西的“文明”说法。

悉字画这方面的事，路子也宽，去上海拍卖字画，有他应该不会吃亏。自从白向仁到她家临摹画作，她表明自己的态度后，白向仁再也没说啥子出格的话，都是规矩行事。而且说到底，自己和白向仁也曾有一段缘。于是张玉兰决定，就让白向仁陪自己到上海去。至于到上海住到哪儿，张玉兰已经想好了，就到王老二那儿去住。

你们可能又要问，王老二不是在华北农村的嘛，咋个会在上海。是这样子的。我前头不是摆到的，王老二在他们乡下开了卖日杂货的小店，张玉兰还给过他帮助吗？王老二本来人就勤劳能干，又有点文化，脑袋也灵活，随到市场经济的发展，他的生意自然是越做越好，后来他把在农村收购的土特产运到上海去卖，经营得还不错，就干脆把公司搬到上海了。到上海后，王老二还写信给张玉兰，让她到上海去耍。因为他儿子还在老家上学，所以老婆儿子都没到上海，他租住的房子虽然不宽，但张玉兰去住还是方便的。

火车到上海后，王老二把张玉兰接回自己的住处，王老二本来也邀请白向仁一起到他那儿去住，说是方便些，白向仁当然非常愿意，张玉兰却坚决不同意，她让王老二帮到在附近找个旅馆安顿白向仁，说旅馆费由她来出。王老二不明就里，但还是按张玉兰的意思办了。这让白向仁心头非常不了然①，张玉兰这是啥子意思嘛？想当初得知张玉兰愿意和他一起到上海的时候，白向仁心头是很高兴的，以为张玉兰对他的气已经消了，旧情复燃了，虽然一路火车坐过来，张玉兰对他不冷不热，白向仁仍心存侥幸，以为张玉兰只是故意端起，等到上海同住王老二家，自然有转圜的余地。现在看到张玉兰当到王老二的面，坚持要把他弄到外头去住，一点情面都不留，还说费用由她出，弄了半天，自己是张玉兰雇来跑腿的嗦？白向仁对张玉兰的不满油然而生。

① 不了然：不舒服，不高兴，不痛快。

不过呐，不安逸归不安逸，白向仁还是按出发前商量的，带到那幅画的照片，到上海字画及拍卖市场去打听情况，几天下来，他也基本了解到，张玉兰手上那幅画，可能值到五十万都不止。这么大一笔诱惑面前，白向仁动了歪脑筋。他本来想，只要把张玉兰搞到手，啥子值钱的字画，还不等于是他的。结果现在看张玉兰的态度，他心头晓得，这个女人是很难搞到手了，既然这样子，不如来个干脆，把张玉兰这幅画弄到手，这沾不到腥，总要沾点利噻。白向仁很庆幸自己还留有后手，可以来个以假换真。原来，他在张玉兰家临摹画时，早就起了打猫儿心肠①，多临摹了一幅，这次到上海，他把这幅临摹画偷偷带到身上，心想如果这幅临摹画能代替真画卖出去，那就赚到双倍了。现在，既然张玉兰不仁，那他就不义，直接把画从张玉兰那儿换了，等人发现，那也是张玉兰乘起②卖假画的臭名了。

白向仁打定主意后，去告诉张玉兰，买家要看真迹才肯出价，要张玉兰带起画跟到他去和买家见面，但张玉兰就不是肯，还说就是要约买家，也要喊到王老二一起。这让白向仁很是头痛，他晓得，张玉兰是把画锁到她住的那间房子的柜子头的，于是起了"偷画"的打算。但就在他想乘王老二外出，张玉兰一个人在家的时候偷画时，一个人的到来，打乱了他的计划。这个人就是王老大。

前头我也摆到的，张玉兰手中那幅画，在C城是闹得个满城风雨，这个消息，不晓得咋个的，又传到了在华北农村的王老大耳朵头了，他和与他一起鬼混的兄弟伙商量，啥子承诺哦，有钱就是承诺。他直接跑到C市，听到说张玉兰去上海了，他猜到肯定是找王老二了，又立马赶到上海王老二家。

这天，白向仁在药店买了一些安眠药带到身上去找张玉兰，进到

---

① 打猫儿心肠：贬义词，此处指看到自己喜欢的东西，就想据为己有。

② 乘起：扛起，承担。

张玉兰住的房间后，他装起一副喜气洋洋的样子给张玉兰说，终于找到一个看到照片就确定要买画的买家了，而且出价还不低。张玉兰听了很高兴，画能早点卖出，她就不用整天提心吊胆的，还可以早点回家，为女儿筹备婚礼了。

"不过呢，"白向仁故作神秘地说，"咋个和这个买家商谈，我们还要好生商量一下。"张玉兰一听，自然是个道理，她起身去客厅为白向仁沏茶，白向仁乘这个机会，把安眠药粉倒进了张玉兰喝水的茶杯头。

张玉兰回到房间，把茶放在白向仁座位边上，白向仁突然趁势抓到张玉兰的手，饱含深情地叫了一声："玉兰！"张玉兰使劲甩开白向仁的手，很生气地问他想干啥子。白向仁继续一副深情地说："玉兰，你是晓得的，我从第一次看到你，就爱上你了，我真的想和你好生过一辈子。老年大学传出我们两个黄昏恋的事，我不该让你独自承受别个的流言蜚语，这是我的不对。我现在想通了，不管别个咋个说，我要和你在一起。这次能陪你到上海，我觉得……"

"你觉得啥子？"张玉兰冷下脸来，打断白向仁的话，"我上次就给你说过了，我们两个之间是不可能的了，我现在对你更是一滴点儿感觉都没得，我劝你还是趁早打消你的这个念头，以后不要再提起这件事。"

白向仁听到张玉兰的话，再看到她那张冷冰冰的脸，心头这会是真正彻底凉了，他的花言巧语这一套是管不到用了。他沉吟一会，态度很好地对张玉兰表示，从此不再提起这件事。然后端起手中的茶杯，说以茶代酒祝福张玉兰，一口气把茶水喝干。张玉兰看他这样，自然不好拒绝，端起自己的茶杯，大大地喝了几口。

白向仁心头暗自得意，表面上不动声色地开始和张玉兰说起卖画的所谓细节，东一句西一句，还加些行话术语，听得张玉兰云里雾里的，而且觉得咋个越听越糊涂，脑壳就像反应不过来了一样，身子也越来越困倦，她有些不耐烦地对白向仁说："听了半天，我头都晕了，不行，我要稍微休息一下，你先回去，回头我们再说。"白向仁连声说："好好，那我先走了，你睡一会。"然后走出房间，拉上房门。

接下来，事情都朝着白向仁算计好的方向顺利发展，张玉兰脱下外衣躺到床上昏昏沉沉睡过去了，白向仁进到里屋，从张玉兰外衣口袋里找到钥匙，打开柜子，把自己带的临摹画和真迹调换了，然后偷偷打开大门，准备一溜了之。

可就像老话说的那样，"人算不如天算。"白向仁怎么也没想到，正在这时，王老大找上门来了。

王老大站在王老二家门口，正要敲门，门忽然打开了，一个人手夹到个包包想往外走。王老大看到这个人样子有点贼豁豁①的，第一反应就是对到白向仁当胸一掌，把他推回到屋头，反脚把大门关上了。王老大在老家就是个要横的人，也不诧②事，就算他觉得面前这个人是小偷，也没把文弱的白向仁当回事。他正想开口问话，眼睛却瞥到静静躺在床上睡得像死去了一样的张玉兰，也不晓得他脑壳头啥子灵光一闪，就认定白向仁一定是偷了张玉兰那幅能卖大钱的画，伸手就去抢。白向仁不肯放手，两个人抓扯起来。王老大顺手捞起身边上一个花瓶，使劲朝白向仁脑壳上砸下去，花瓶开花了，白向仁的脑袋也开了花，鲜血流了下来，他一下子栽倒在地上。

恰恰这个时候，王老二回来了，他一开门，就看到血淋淋的场面，差点没一屁股坐到地上。他问吓得瘫坐在沙发上发呆的王老大是咋回事，还没等王老大回答，张玉兰昏昏洞洞地出现在房门口，看到躺在血泊中的白向仁，她大叫起来："杀人了！杀人了！"然后也一头栽倒在地，昏了过去。

---

① 贼豁豁：贼读zui，贼头贼脑。

② 诧：害怕。

王老二顾不得问王老大了，赶快冲过去把张玉兰扶回床上。张玉兰的惊叫声把发呆的王老大惊醒了，他抓到王老二，说："我不是故意的，我真的不是故意的。这个人要偷姨娘的东西，他是小偷！"

接下来的事情自然是警察赶来了，医院的救护车也赶来了，王老大被警察带走，白向仁和张玉兰被救护车拉走，但白向仁因伤得太重，没抢救过来，不过据说临终前，白向仁向警察忏悔了他的罪行。

远在C市的王婉香和陈文质得到消息也赶到上海，他们到医院和王老二一起把已经恢复了健康的张玉兰接回王老二家。一家人坐在一起说起这件因名画带来的惨事，唏嘘不已。王婉香向张玉兰建议，不如把这幅画捐给博物馆，省去好多麻烦。张玉兰说她卖画也只是想给王婉香一个风风光光的婚礼，余下的钱还可以帮助一下王家兄弟，王婉香和陈文质还有王老二都表示用不着，他们的生活应该靠他们自己。

张玉兰他们要回C市了，离开上海之前，张玉兰要王老二记得常去监狱看望王老大，有啥子事及时告诉她。王老二让她放心，说不管王老大做了什么，他都是自己的亲哥哥，他不会嫌弃他的。

后来的事情就不用我多摆了。张玉兰他们回到C市后，不单单是把那幅名画捐给了博物馆，还把家头挂在墙上的有价值的画全部都捐了。报纸上又登出一则张玉兰捐画的消息，再也没得哪个打他们家的主意了。

好了，我的《玉兰记》的龙门阵，拉拉杂杂的，总算摆完了，不得再从头说起了——没名堂人最后戏谑地补充了一句，冲淡了本来还有点沉闷的气氛，让众人从张玉兰的命运和"人为财死"的感慨中解脱了出来。

水月庵姑

方圆记

今天晚上拈阄,我拈到了,那么就该是我来摆这个龙门阵。先声明一下,我可没得各位前辈那么深的阅历,在这里,我是小字辈,见识不如各位前辈。特别是在座的几位从旧社会走过来的老前辈,你们摆的那些旧社会才有的乌七八糟的奇闻逸事、道听途说,还真是我们这些新社会成长起来的后辈们闻所未闻、难以相信的。我终于明白为啥要推翻旧社会,建立新社会了。不过呢,新社会也有新故事,因为不管在啥子社会,不管在哪个时代,人生的苦乐悲欢、爱恨情仇总是生生不息的,人的命运的曲折和坎坷,总是会按照各自不同的足迹写成一个个不同的故事。我今年要摆的是一个发生在我们这一代人身边的嫌贫爱富、姐妹易嫁的龙门阵,这个龙门阵中的主人公让我很是感叹,印象十分深刻,所以我就把这件事记了下来,写成了一篇文章,但一直没敢拿出来公开,怕写得不好,遭人笑话。今天晚上轮到我来摆龙门阵,没啥说的,只好把这个稿子拿出来照到念一下。前辈们不要笑哈,进到这个龙门阵会,我就想,说不定哪天就轮到我了,所以这个稿子我一直是带到身上的,算是不打无准备之仗吧。

不过呢,在念这个文章之前,先说一下我写这个文章的起因。

我这个文章里头的主人公是一对谢姓孪生姐妹,小时候和我家住在一个片区，不过我们家和她们家中间还隔了一条巷子，不算近邻，和她家也并不熟悉，双方父母最多只是点头之交，但是我们小时候都在一个学校读书，放学后有时也会走到一路，多少还算认识。这谢家两姐妹从小在我们那一片就是出了名的漂亮，一双水灵灵的大眼睛上面挑着一对柳叶眉，加之白皙的皮肤透着粉红的水色，硬是人见人爱，花见花开。而且她两姐妹人也乖巧，大人们凑到一起，一说起这对姐妹花就欢喜，都说谢家好福气。所以虽然长大后没得来往，但我对她们的模样还是有很深的印象。

那年子腊月间，我回娘家去给爸妈送年货，因为那边的街道窄，一直没通公共汽车，下车后还要穿两个巷巷才到得了。我当时手上摞着大包小包的，东西太多，走到走到就有点来不起①了，这时正好走到一户人家门口，门外有一个石礅子，方形但去掉了四只角，所以又有点像圆形，我顺势把手头的东西放上去顺便也歇下气。我站在那儿甩动累酸了的手膀子时，就听到屋里有争吵声，只听到一个有些沙哑的声音在说："你这样下去总不是个办法，自己早点拿定主意，不要东一下西一下的……"这个苍老的声音还没说完，另外一个年轻一点有点刺耳的声音大声叫了起来："我晓得，我晓得！不要你们一天到黑东说西说的，烦都烦死人了！"然后我旁边的门突然被打开，又"砰"的一声摔上。我吓了一大跳，回头看到一个黄皮寡瘦的女子冲出门来，她和我打了一个照面，我们互相都愣了一下，随即她看了一眼石礅子上面我的大包小包，大概明白我是顺路歇下脚的，于是并不理睬转身就走了，把满腔的怒气留在了身后。就这一瞬间，因为是近距离面对面，我并非有意但也把她的脸看得很清楚，这个女子的五官其实长得十分精致，就是被密布的细细皱纹、更被太多的怨怒给遮盖了本应该有的美丽。

---

① 来不起：疲惫不堪。

我无意间撞到了别人家的私密家事觉得很不好意思,连忙提起东西继续走我的路。刚走了几步,我下意识地又回头看了一眼,突然想起,这不是那个生了一对姐妹花的谢家吗?好多年都没从这儿走过了,居然一时间都没反应过来。我刚才放大包小包东西的那个又方又圆的石礅就是个标志呀,据说那个石礅是那所房子修建时就立在那里的,是谢家祖传下来的。所以谢家生了双胞胎姐妹以后,取名为方方圆圆,也是以此为据的。

未必然[①]刚才那个夺门而去的女子就是双胞胎姐妹中的一个吗?如果是的话,她是方方呢还是圆圆呢?但不管是方方还是圆圆,咋个成了那个样子了呢?和她们当年的美丽相比可真是相去甚远了。我在心里嘀咕着,不知不觉已经回到我爸妈家。和爸妈一阵寒暄,把送给他们的年货一一拿出来让他们过目,然后坐下来,照例是陪到爸妈摆点闲龙门阵,说点家长里短的闲话。我想起才将[②]看到的事情,就问我妈,前面那条巷子头门口放得有个石礅那个房子,是不是还是谢家在住?我妈说是的,一直是老谢家住在那里。我说我在门口歇气的时候,看到从房子里头冲出来个女子,那是不是双胞胎姐妹中的一个?我妈说应该是圆圆吧,方方在北京工作,只有过年才回来。我给我妈摆起我刚遇到的事,我妈长叹一口气,说圆圆好像一直在和她男人闹离婚,所以才回娘家住的,听说是关于房子和娃娃归哪个所有,他们两口子都不让步,所以扯了好久的皮,离又离不脱,好也好不起来了。谢家老两口眼看着又心痛又着急,两娘母难免是三天两头也有些争吵。我说看在娃娃的面子上,两口子最后还是和好了才对。我妈一听我这话就使劲摇手:“好不了,好不了,听说那男的是个花心大萝卜,在外头不要说小三,担怕小四小五的数起来都要数到

① 未必然:难道。

② 才将:刚才。

小七小八了，哪个女的忍得下这个？”我说那个圆圆也怕是受了些煎熬，看上去好老相哦，和她当年完全没得可比。我妈说那是当然的，哪个女子受得了这个气，这种磨难的日子久了，再好看的模样怕都会长变形。说到这儿，我妈提到了方方，说不要看方方是姐姐，滴点儿都不出老，还是那么漂亮，见到街坊邻居都笑眯眯的，随便哪个看了都喜欢，还感叹这两姐妹这几年的差别也太大了。

后来过春节，我们全家回去过年，我有意从谢家门口过时，还真看到了方方，她依旧是皮肤白皙，眼睛明亮，一头乌黑的美发披在肩上，只是稍微长胖了一点，显得有些丰腴。果然如我妈所说那样，她现在的长相更甜美，见人都笑眯眯的，和她妹妹圆圆的那张显得尖刻凌厉的脸形成鲜明对比。这双胞胎两姐妹，长大后的相貌发生了这么大的变化，如果不是知根知底的老街坊邻居，还真是有些不敢相信。她们身上究竟发生过啥子事情呢？我有些好奇，通过和长辈们的交谈，我才了解到了一些，我觉得，我应该把这姐妹俩过去的事情记下来，也算是一种人生经历。所以就有了现在这个文章。

好了，不说那么多了。我开始念了哈。对了，先声明一下，因为我是照到原先写好的稿子念的，里头好多话就不全是我们四川话了喔，不过呢，我的普通话也不咋个好，只能算是川普话。

（一）

这个故事要从我们这一代人在广阔天地当知青说起。说到知青，我想从那个年代走过来的人，没哪个不知道的。那个时候，全国的中学生响应毛主席“知识青年到农村去接受贫下中农再教育”的号召，整个老三届（指六六、六七、六八三届生活在城镇的高、初中学生）基本上是整（音 gen）抬下去的。恐怕大家屋里头都有知青，我就不废话了。不过，我是属于新三届（指六六、六七、六八三届生活在城镇里的小学生，“文革”中期进入中学）的，下乡那阵子政策有了变化，不再是连锅端，每家屋头可以起码留一个在城里头了。

谢方方和谢圆圆这一对孪生姐妹也到了下农村当知青的年龄了，因为政策发生了变化，每家可以留一个孩子在城里了。可是她们的父母拿不定主意，该让谁下乡谁留城呢？按理说，方方是姐姐，正该她下去，但是方方打从娘胎里出来，身体就一直比圆圆差，农村里的活路，恐怕她吃不消；圆圆算是家里的幺女，从小就比较乖巧，一直被宠着，啥事都没让她做过，农村里的活路，恐怕她承不起。没有办法，她们的爸妈只有把她们俩叫到一起，让她们姐妹两个自己来选。

方方抢先开了口：“我是姐姐，该我下去。”

“姐什么嘛姐，你不就比我早生出来几分钟。”圆圆打断方方的话，转头对她们爸妈说，“爸，妈，反正我们家早晚都必须下去一个，姐身体不好，那还是我去算了。”

“圆圆……”

“哎呀，不争了，就这样了。”圆圆从小主意就特别大，她继续说，“现在他们老三届下去当知青的，都有招工回城的了，说不定哪天我也就被招回来了。”

“哪有那么轻巧的事。”她们的爸爸发话了，“圆圆，你要是真的打算下去，就要好好干……”

“哎呀，我晓得了晓得了，”圆圆撒着娇打断她爸的话，“人家就是那样说，不是怕你们担心嘛。”

事情就这样定了。妹妹圆圆下到农村去当了知青，姐姐方方留在了城里。后来街道“革委会”给留在城里的青年安排工作，因为家里就是一般的工人，也没什么关系，方方她被安排在街道上一个集体所有制的工厂当工人。

圆圆的不少同学都到云南生产建设兵团去当知青了。家里的意思，本来也是想让圆圆去兵团的，那里好歹是国有农场，知青到了那里，是农场制式，据说每个月还有工资可拿到，总比插队落户强。

但是圆圆没同意，她坚持跟着她父亲所在系统的一些子弟下到川北农村里去插队落户，因为在这些子弟中，有她喜欢的一个人。

圆圆心中喜欢的人叫陈世刚，和她们姐妹从小学就是同学。他不但学习成绩在年级名列前茅，人长得也很好看，浓浓的眉毛下，有一双明亮的大眼睛，很是讨人喜欢。进到中学后，整个人长开了，更显得挺拔伟岸、相貌堂堂。那个时候，虽然思想很禁锢，但也挡不住进入青春期的少男少女情窦渐开，圆圆对陈世刚从单纯的喜欢到萌发爱慕之情，陈世刚也不抗拒圆圆的乖巧美丽，所以两个人便一起下到同一个生产队去接受贫下中农再教育了。

两年的时间说快不快地过去了。在这期间，和他们同时插队的同学中，有的被内招当了兵或进了工厂，有的被推荐上了大学。圆圆和陈世刚的父母都是工人，无权无势，自然没有什么机会。虽然在大学到县里来招工农兵学员时，陈世刚也被贫下中农推荐过，但名字报上去却以大学名额有限而被刷了下来。

这件事，陈世刚倒没有觉得什么，他正一心一意地为队上果树品种的改良和病虫害除治进行试验呢，如果真要上大学，他也想上个农学院什么的。但是圆圆心头却不了然了。他们队上新来的那个叫喻晓军的知青，据说父母都是高干，在生产队里没待两天，连锄头把子都没摸过，居然就“被推荐”上大学去了。想到这些，圆圆心头除了不了然更多的是感慨，果然是权势压死人，自己和世刚再怎么努力，也比不过人家的好出身。

日子在一天天过去。一天，圆圆在劳动时忽然肚子痛得不得了，一起劳动的农民不知所措，陈世刚得到消息后，放下手头的活路，跑到地头，背起圆圆就往公社卫生院跑。

那个公社卫生院，其实就只有两个医生和一个护士，这两个医生，一个是那时被称为赤脚医生的，一个是因为“文化大革命”大学都没读完就被分配来的医学院学生。不过，好在这个医学院学生也是名牌大学出来的，他在检查一番后，说圆圆得的是急性阑尾炎，必须尽快送县医院做手术，如果阑尾穿孔就不好办了。

陈世刚二话不说，又背起圆圆往县城跑。在半路上，他拦到了一辆大卡车。司机把车停了下来，也没问什么，帮着陈世刚把圆圆抱上车，一踩油门，朝县城开去。到了医院门口，陈世刚下车后向司机表示感谢，司机却告诉陈世刚说，他自己也有孩子在当知青，看到他们就想起自家的孩子，说不定也正在哪个山路上拦车呢。他让陈世刚快把病人送进医院，说自己还要赶到去拉货，开车走了。

陈世刚背起圆圆往急诊室冲去，在通道拐角处，只见一个人推着躺着病人的病床迎面过来。过道有些狭窄过不了，陈世刚急忙转身，顺手把圆圆从后背揽在怀里，圆圆让他把自己放下来，世刚没有搭理，他整个人紧贴着墙站，双手已把圆圆举了起来。病床擦着他身体过去了，但轮子却从他的脚上压了过去。一阵疼痛向他袭来，可他哪还顾得上自己，一瘸一拐地抱着圆圆继续往急诊室去。

医生及时给圆圆做了阑尾切除手术，但却又并发了肠粘连，医生说只能是静养，而且要特别注意病人的饮食。县城里物质缺乏，陈世刚拖着伤腿回到生产队，用父亲刚给他寄来的两件新衣服和穿过的旧衣服，还有公社奖给他的一支英雄钢笔，一并向周围的农民换了些鸡蛋，背到县城，除了给圆圆留了十几个补充营养外，其他的偷偷拿到自由市场换成了钱，帮圆圆交了医药费。

在陈世刚的精心护理下，圆圆的伤口愈合得很好。拆线后，虽然圆圆感到肚子还是有点扯着痛，大概是肠粘连还没完全好吧，但他们已没有多余的钱交医药费了，两个人商量了一下，决定先出院回生产队，如果圆圆还觉得不舒服的话，就回城去休养一段时间。

陈世刚扶着圆圆，慢慢走出医院。他看圆圆走路还是有点艰难，于是对她说："圆圆，我还是背着你走吧。"

圆圆深情地看着陈世刚，微微一笑："你还没背够啊？"

"没有。我还想背你一辈子呢。"

圆圆脸红了，双手轻捶陈世刚的胸膛，嗔笑着说："你胡说什么呀。"

"我没有胡说，我是认真的。"陈世刚一边说着，一边背对圆圆蹲在地上，"上来吧，我背你一段。"

面对这样实诚对自己好的人，圆圆不知说什么了，她默默地趴在陈世刚的背上，双手紧紧地搂住他，心中竟有了一种幸福的感觉，只是她不知道，这种感觉能持续多久。

这时正值秋天，漫山遍野盛开着山菊花，一阵阵特有的清香随着山风四处飘散。陈世刚和圆圆坐在山道边休息。陈世刚顺手折下道边的山菊花，递给圆圆："你闻闻，好香。"

"再香也是山花，只能在山坡上闻牛臊味。"圆圆想到她和陈世刚的境遇，叹了口气。

陈世刚笑了笑，把手中的花轻轻插在谢圆圆的头发上："听公社那个赤脚医生说，山菊花疏风清热，消肿解毒，可以治不少病，药用价值是很高的。它虽然不登大雅之堂，默默无闻，却根扎大地，最香最美。"

"我说不过你。"圆圆有点赌气地抱怨说，"你就知道根扎大地，一天到晚围着果树打转转。你好歹也是公社知识青年再教育领导小组的副组长，你就不能去走走路子，找点关系，争取早日回城啊？内招的我就不说了，你看人家喻晓军，才下来几天，泥巴都没沾一下手，就回城上大学去了。你要是能去上大学，我多少也能跟着沾点光嘛。"

陈世刚没有再说话，他只是把圆圆紧紧搂在怀里，望着遍野的山菊花，轻叹了一口气。

圆圆终于还是决定回城休养，由于正是秋收秋种的时节，队里活路忙，陈世刚选择了留在队上，没有陪圆圆一起回城。他把圆圆送到县里长途汽车站，千叮咛万嘱咐，要圆圆注意身体，还说城里现在治安不是很好，要圆圆天晚了就不要单独外出，还有要多给他写信……

“行了行了，真是的，我又不是三岁小孩，你操心操心自己就好。”圆圆笑着打断世刚的话，然后口气一转，接着说，“等这阵子忙过了，大家闲下来，你该去公社还有县里面走动的还是要走动一下。听说县里的崔书记很欣赏你，你年前还是应该去拜望一下。”

圆圆说的走动，陈世刚心里也是明白的，但他最不擅长且最讨厌的恰恰就是这种“走动”，当然，他知道圆圆也是为了他好，也就没说什么。只是请圆圆方便的时候，代他到家里看望一下身体不太好的父亲和还在上初中的小妹。

（二）

谢圆圆回到家里。

这天晚上，姐妹俩闲话，方方问起圆圆和陈世刚的事。因为都是中学同学，又是一个系统的子弟，方方对陈世刚多少还是有所了解而且很有好感的。听到圆圆谈起她和世刚的事，方方一来为妹妹高兴，二来也很羡慕。她对圆圆说，世刚是个值得托付的男人。

圆圆回答说：“人倒是好人，就是太老实本分了。”

“老实本分有什么不好？”

“我也没说什么不好。”圆圆说，“只是世刚在乡下，一门心思都是他的那些果树呀良种啊什么的，也不为自己的将来打算。你看我们公社，不少知青当兵的当兵，进工厂的进工厂，当然，这些都说是内招指标，我们也不好说什么。可是大学招工农兵学员，我们公社明明贫下中农推荐的是世刚，结果报上去批下来，走的却是来队上才镀了几天金的喻晓军。”

“喻晓军？”方方吃惊地问。

“对呀。这个喻晓军，到我们队上没几天，从来没有出过工，你想，贫下中农恐怕连认识他的人都不多，咋个可能推荐他。”圆圆说到这，突然意识到什么，问，“姐，难道你也认识这个人?”

方方“嗯”了一声，说喻晓军确实是个典型的纨绔子弟，自己从心底里是很瞧不起的。这种人，仗着家庭出身好，自以为高人一等，其实什么都不是。就像一本小说里写的，“除了一双白嫩的手和爱花钱的习惯外并没有半点谋生的本领”。

方方和喻晓军认识是在一年之前。那时，市里面搞文艺汇演，方方所在街道工厂业余演出队的节目被选上参加演出，最后还获了奖。或许是方方在表演中表现突出吧，演出结束后没多久，工厂就接到宣传部的调函，让方方到宣传部办公室当打字员。得到这个消息后，方方全家都很高兴，虽然仍是工人身份，但在机关当工人比在街道工厂当工人那是强上千倍万倍了，况且还是以工代干。

方方到宣传部报到上班后，发现打字员的工作比起在工厂的工作难多了，工厂的工作主要是力气活，而打字员的工作那就是技术活了。

打字机上那个长方形的字盘里，大约有近3000个铅字块，铅块上的字和标点符号全都是倒置并且是反面体，不好辨认。打字室里的老打字员张姐对她很热情，耐心教她操作方法。但是她上机操作时，发现每打一个字都得找好半天。可看张姐打字，就听连续“嗒嗒”的打字声，一分钟能打三十多个字呢。张姐告诉她，万事开头难，让她把字盘里的每一个铅字按顺序用复印纸打下来，有空就背，抓紧时间熟习。于是那段时间，方方不论走到哪儿，都把打在纸上的字盘顺序带着，抽空就背。功夫不负苦心人，很快地，她就能够独立打印文件了。

一天，办公室领导来找她，说是她打印的文件受到部里领导的称赞，副部长夏凌叫她去办公室，要找她谈谈，当面表扬。

虽说是领导表扬，方方还是心中忐忑，她走到夏凌副部长的办公室，敲门进入。夏凌原来是一位和她母亲年龄差不多的女干部，很客气地接待了她，还拉着她坐在办公室的沙发上，上下打量，问长问短。还提到文艺汇演，夸奖她表演得不错。

这时，给她送茶水过来的秘书接口补充说："谢方方，你知道吗？你能调到宣传部来，全是因为夏部长。否则你一个集体所有制的街道工厂职工，怎么能进党的机关。古话说得好，滴水之恩，当涌泉相报……"

"小郑，"夏凌打断秘书的话，"你这话就不对了，我这也是不拘一格选人才嘛。我们宣传部，就是需要像方方这样根红苗壮的工人阶级后代。"然后，她转过头对谢方方说，"方方，你先在打字室干着，就是辛苦一点，以后有机会再慢慢调整。"

"夏部长，谢谢您！"方方听说是夏部长将她调到宣传部工作的，自然是万分感激，"我能在打字室工作已经很好了，不辛苦的，我一定努力工作，为革命多做贡献。"

"小郑，瞧瞧，这就是工人阶级的后代，思想觉悟多高。我就喜欢这样的孩子。"说完这话，夏凌拉着谢方方的手说："这个星期天，到我家里来玩玩，到时我让小郑去接你。"

"夏部长，我……"方方本想以家里有事之类的理由谢绝，可夏部长打断了她的话。

"方方，跟我，就不要客气了。"夏凌说，"我没有女儿，就喜欢你这样乖巧的女孩子。说好了，这个星期天，一定到我家来玩。"

夏部长打感情牌，让谢方方不好拒绝，只能点头答应了。

星期天，方方在郑秘书的陪同下，如约到了夏凌的家。她没有想到，夏部长的家竟然在军区大院里。

夏凌热情地把方方接进家门，还带着她在家中各个房间参观了一下。她们刚在客厅坐定，一个人从外面进来，嘴里嚷着："累死我了。"

“小军，快过来，家里来客人了。”夏凌高兴地叫着，然后对方方说，“我的儿子喻晓军，是大学生哦。”

喻晓军走进客厅，夏凌把他介绍给了方方，陪着他们说了几句话后就离开了，留下喻晓军和方方在客厅里。

喻晓军两眼发光，直愣愣地盯着方方，心想，这个女子还真不错，虽然穿着朴素，但掩不住她那诱人的身材，还有那吹弹可破的皮肤和精致的五官，活脱脱一个美人坯子，而且一看还是那种没见过什么大世面很单纯的女子，比那些整天围着他转的女子有味道多了。他故意向方方坐的沙发靠近，带着明显挑逗的口气问方方：“方方，哦，我可以叫你方方吧？这样亲切些。”

这时，家里的保姆刘妈给他们端来两杯咖啡，喻晓军抢着端过一杯送到方方面前：“来，方方，尝尝，这是咖啡。你肯定没喝过，外面买不到，这是内部供应的。”

“谢谢！”方方礼貌地表示了一下，但她的口气显然有点冷。

喻晓军又向方方靠近一点，方方再次移开。喻晓军不知是假装没察觉还是真没察觉方方的冷淡，他继续显摆：“方方，刚才我妈带你看了下我们家吧，怎么样，我家的房子可以吧？”

夏部长的家比他们家那个干打垒的工人宿舍自然是强多了，但是方方并不觉得有什么值得羡慕的。她很不喜欢喻晓军看她的那种轻佻的眼神，还有那种自以为高人一等的口气，所以不想搭理喻晓军，但她毕竟是客人，只能是礼貌性地冷冷地笑了笑。

“方方，”喻晓军继续嬉皮笑脸，“你晓不晓得，你笑起来好美。”说着，他的手搭在谢方方坐的沙发背上，“你要是当我的女朋友……”

方方一下站了起来，她不知道自己的耐心还能坚持多久。

“方方，你生气了？哎呀，你生起气来也好好看。”

“请你自重！”方方终于忍无可忍了，她还从来没遇到过这样的人，初次见面不说，说话行事还这样轻佻，他把她当什么了？方方走到过道，叫了一声："夏部长，我家里还有事。走了。"

"方方，怎么就走了，吃了饭再走吧。"夏凌从房间走了出来。

"谢谢，不了。"说话间，方方已开门出去了。

从那以后，喻晓军就对方方死缠烂打，经常在方方上下班的路上堵她，还时不时写些方方感觉不堪入目的信给她，让她烦不胜烦。方方本就很讨厌这种油腔滑调的公子哥，现在听妹妹说喻晓军依仗权势，居然抢了陈世刚上大学的名额。更是厌恶了。

方方把遇到喻晓军的事和自己对喻晓军的看法一五一十地告诉了妹妹。圆圆听得竟入了神，她并没有和姐姐"同仇敌忾"，她关心的竟是另外的东西："姐，他家现在还请得有人啊？那不是在家不用做事？""姐，他家房间很多吧？那不是都有自己的房间？""姐，咖啡好喝吗？""姐……"

方方推了圆圆一把："圆圆，你在想些什么呀？"

"哦，姐，没什么，我只是好奇。"

（三）

圆圆回城养病已经一个多月了，但她一点也没有打算回乡下的意思。爸妈问起，她只是说身体还未完全复原，爸妈自然是心疼她的，要她在城里好好养养。

圆圆从乡下回来时，曾到赵世刚家里去过一次。一个大杂院里，住了好几家人。赵世刚家只有两间不大的房间，房檐下搭个小棚子就算是厨房了，吃的用的水都要到巷子里的公共水站去买，上厕所也得到街上的公共厕所。她不由得想起方方提到的喻晓军家的住房，心里很不平衡。

渐渐地，圆圆开始关注起自家姐姐和喻晓军的情况。她曾悄悄地跟在方方的身后，看到了喻晓军的死缠烂打和他拿出的各种被方方拒收的礼物，不由得心生羡慕，甚至对方方的拒绝虽感到不可理喻但又没来由地高兴。

这天，有人送来了一封喻晓军写的信，方方同往常一样，拆都懒得拆，顺手扔在厨房那堆生炉子引火用的废纸里。圆圆等方方离开后，找到了那封信，并且把它拆开来看。

信里写了很多让圆圆觉得露骨的肉麻话语，看得圆圆脸红耳赤，她嘴里说着“下流”，心里却产生一种说不出的躁动。信中还写道：“今晚我带你去看内部片，是美国的片子。七点钟我在军区大院门口等你，我们一起去电影院。这是我最后一次约你，你也别老端着了。只要你做我的女朋友，我妈答应明年大学招生时，推荐你去上大学。方方，过了这个村可就没这个店了哦……”

“看内部片”“上大学”，喻晓军信中的这些字眼，更让圆圆心念一动。“看内部片”，那不是一般人能享受的；“上大学”，那等于是跃龙门，毕业后是当然的国家干部。如果自己能和喻晓军……也就用不着回到乡下去吃苦受累了。

这时，邮递员送来一封信，是赵世刚寄来的。信中除了关心地询问圆圆的身体状况外，就是谈队上的情况，还有果园树种的改良问题。圆圆看完世刚的信，深深地叹了口气，和喻晓军信中所写相比，这完全是天上地下……

圆圆躺在床上，拿着两封信，交替着反复地看。两封信，两个人，两种完全不同的生活，一高一低，泾渭分明……反复思量后，她终于做出了决定，不管了，今晚上，先去赴了这个约会再说。

晚饭后，精心打扮后的圆圆来到军区大院门外的绿化带后面。不一会，喻晓军出现在大门口，他走出人行的侧门，站在那里东张西望。

圆圆躲在绿化带后，很矛盾地看着喻晓军。无论个头和长相，这个人都不如世刚，可他却有比世刚高得多的门第，圆圆心中叹惜，如果两个人的家庭能对换一下该有多好。不过，这不是圆圆矛盾的主要原因，她其实更担心的是，喻晓军看见自己不是方方，会不会给自己难堪？这可是自己主动，会不会被嘲笑？如果真那样，该有多尴尬。

这时，圆圆看到喻晓军低头看了看表，似乎不耐烦起来，嘴里骂了一句什么，转身向门内走去。圆圆对自己说，不要再犹豫了，她走出绿化带，鼓起勇气，叫了声："喻晓军！"

喻晓军很快转身，"方方，你终于想通了？咦，不对，你不是方方。"

"我叫谢圆圆，是谢方方的妹妹。"圆圆心中忐忑，语无伦次，"我姐她……所以我……其实我们原来是一个大队的知青……"

"哦？"喻晓军又开始两眼放光，打量着圆圆。他当初赶在大学招生前夕下到农村当知青，没待几天就离开了，竟没发现还有这么个妙人儿。这个妹妹，有和方方一样的容貌，但比方方更显丰满，凸凹有致，身姿曼妙，很有女人味。他嬉笑着上前一把抓住圆圆的手说："没关系，你来了，也是一样的。"随后，他向门内招了招手，一辆小车缓缓驶出大门，停在他面前。

"上车，"喻晓军把圆圆拉进小车，"我带你看电影去。"

之后的日子里，喻晓军带着圆圆，除了去公园游玩外，更多的是去干部俱乐部，在那里看电影、吃西餐、喝咖啡、室内游泳馆游泳、桥牌室里打桥牌……有时，他们也在喻晓军家中和一群干部子女学跳交际舞，玩得十分尽兴。圆圆觉得，这才是她应该过的生活。

转眼间，圆圆和喻晓军交往已经快两个月了，这近两个月的时间里，圆圆经常很晚回家。刚开始时，爸妈还有方方都很关心地询问过，可她每次都回答说她是和朋友在一起，问多了，她便不怎么耐烦了。爸妈看她晚上回来很疲倦的样子，也不忍心继续追问，只让她要注意身体。时间长了，也没看有什么事发生，家里人也就习以为常了。

一个星期天，方方在家帮助妈妈打扫卫生，她在收拾时发现混在一堆旧书报里的两封赵世刚寄给圆圆的信，完全都没拆开过。方方有些吃惊，她记得圆圆刚回来时，赵世刚的信一到，圆圆都是第一时间就拆开看的，这两封信是怎么回事？联想到圆圆这两个月的种种表现，她有点担心了。

这天晚上，方方没有先睡觉，一直在房间里等到圆圆回来。她把赵世刚的两封信递给圆圆："圆圆，世刚的信，你没有看到吗？你们之间是不是出什么问题了？"

圆圆接过信，漫不经心地瞥了一眼，随手将信一撕，扔在字纸篓里："姐，这种事，已经过去了，你就不要问了。"

方方吃惊地问："什么叫已经过去了？圆圆，这是世刚的信，你看都不看一下吗？"

圆圆冷冷地说："你有心爱的东西，可是又不得不狠心抛弃的时候，是不是最好不要看它，不要想它？"

"圆圆，你们两个都快三年了，这种感情，怎么能说抛弃就抛弃？"

"世刚不能给我我想要的生活。"圆圆回答。没等方方反应，她接着说："对了，姐，给你明说，我和喻晓军好了。"停顿了一下，又补充了一句，"反正你也不稀罕，不算我抢你的。"

方方被圆圆后面这句话，噎得不知说什么好："圆圆，这不是稀罕不稀罕、抢不抢的问题。喻晓军就是个纨绔子弟，不学无术，哪里比得上世刚……"

圆圆没等方方说下去，直接打断："我不管他啥子弟，他家的权势，能改变我甚至包括我们家的命运，这不好吗？晓军他妈已经承诺，想办法让我上大学，这样户口就能从农村弄出来。姐，你想一下，这对我们来说，是很难的事，可人家不过是一句话而已。当初下乡时，我没想到农村生活会那么难，现在有机会跳出农门，我为什么不抓住。”

“圆圆……”

“还有，姐，我知道你其实对世刚一直有好感的，但请你不要再和我说世刚的事，我不想听。”

当夜，两姐妹睡在一个屋里，通夜未合眼，却不说一句话，各想各的心事。

（四）

第二天，方方上班，刚走进打字室，郑秘书就跟了进来，他一反往常那种过度热情的态度，面无表情地递给方方一沓稿子，“今天上午打出来，要见报的。”

方方接过稿子，翻看了一下，忍不住说了一句：“这种假话都编得出来，也太过分了吧。”正在另一台打字机前做准备工作的张姐抬头看了她一眼：“小谢，所有的稿子都是经过领导签发的，不要乱评论。”

“张姐，这里头写的事我最清楚，都是……”

“小谢，我们只是打字员，完成领导交代的工作就行了。”张姐拦断方方的话，轻轻叹了口气，轻声说了句，“真是年轻气盛！这样会吃亏的。”

方方明白张姐是为她好，没再说什么。她坐在打字机前，很不耐烦地打完这篇稿件，都懒得检查一下，直接把蜡纸交给郑秘书校对去了。

快到中午了，方方给张姐说了声，提前下班回到家，看到圆圆正要出门，她一把拉住圆圆，想和她谈一下文稿里写的事情和一些不好的传言。圆圆用很奇怪的眼神看着她，不等她把话说完，直接打断：“姐，你不食人间烟火啊？这都不懂？我们各有所图，很正常啊。”

圆圆出门后，邮递员送来一封挂号信，方方一看，又是赵世刚的。她想了一下，把信拆开来看。

赵世刚信里的开头是这样写的："圆圆，一别数月，甚是想念，不知你身体现在恢复可好？这两个多月来，我一直未收到你的回信，为保险起见，我这次寄的是挂号，你若回信，也寄挂号吧，以免丢失。"方方读到这里，心里为世刚难过，这哪是邮局丢失信件的事。

方方认真地读着赵世刚的信，为他信中流露出的真情感动，为他的理想抱负感动，为他不畏艰难的奋斗精神感动……这么好的人，这么好的一份情，圆圆却放弃了，她真为圆圆可惜。信的最后，赵世刚提到，听小妹说，他爸最近肝病又发作了，情况不太好，但自己因为生产队的事，一时半会回不来，让圆圆代他去看一下。

方方拿着信，思忖了一下，她按照圆圆曾经讲过的地址，找到了赵世刚家。这时的大杂院里，很是安静，想来大家上班的上班、上学的上学吧。

方方闻到房檐下的厨房里传来一阵阵煳味，她连忙走进厨房一看，原来是炉子上焖着的半锅饭煳了。方方麻利地封了炉子，这时，听到旁边屋子里有什么东西掉地的声音，她急匆匆地走进屋子里。

屋里的床上躺着一位中年男子，方方想，这应该是赵世刚的爸爸。她见床前的地上有打碎的玻璃杯和一摊水，于是反身到厨房，找了一个杯子，重新倒上开水，进屋送到床前："赵伯伯。"

赵爸爸喘息着睁开眼睛，在方方的帮助下，挣扎着坐起来，"姑娘，你是……？"又看看门外，"小娥还没放学？"

小娥一定是赵世刚的妹妹了，"小娥还没放学。"方方回答，"我是世刚的同学……"

"哦，你叫圆圆吧，世刚来信提到过的。"赵爸爸高兴地说，"上次听邻居说你来过我们家，我正好到医院去了，也没见着。世刚说你是回来养病的，瞧你这孩子，身体不好，还跑来看我。"

方方笑了笑，也没解释。她服侍赵爸爸吃了药躺下后，转身又到厨房去做菜。这时,赵小娥放学回来了,看到正在厨房里忙碌的方方,高兴地叫道:“你就是圆圆姐吧? 我哥提到过的,说你最好了。”

方方仍然没做解释,这事,一时半会也解释不清,她想等赵世刚回来后再说。她帮着小娥把做好的饭菜端进屋内,又掏出了十元钱放在桌上,说:“这是世刚托人捎来的,说给赵伯伯您买营养品的。”接着又说:“赵伯伯,小娥,我还有别的事。这就走了。”

“吃了中午饭再走吧。”赵家父女挽留。

“不了,”方方笑着回答,“有空我会再来看你们的。”

方方从赵家出来后,直接回了办公室。一进门,张姐就告诉她,郑秘书找她,样子很生气,问是不是她打的文稿出什么问题了。

她俩正说着话,郑秘书黑着脸进来了,他直接把蜡纸扔在方方的面前,一连串的训斥直接而出:“谢方方,你在想啥子哦,居然把夏部长的文章打错了,还刚好就把限制资产阶级法权这段打错,你晓不晓得限制资产阶级法权是哪个提出来的? 你晓不晓得你这个错有好大? 如果往高了说,你怕是承担不起!”

方方被郑秘书劈头盖脸的训斥弄得莫名其妙,打字员打错字是难免的,郑秘书何至于发这么大的火。她拿过蜡纸仔细一看,才发现她在打文稿时,无意中把夏部长如何带头限制资产阶级法权的关键段落打错了。

郑秘书见她看着文稿一直没有说话,认为她思想有抵触,火就更大了,他说:“领导说了,你这次犯的错误是很严重的,我看你现在也还没能正确认识自己的错误,你这样子,根本不适应在打字室这样的机要部门工作,领导已经决定了,调你去后勤处上班,负责大楼的清洁卫生。”

张姐在旁边听到,很为方方抱屈,对郑秘书说:“小谢的工作一直很努力的,这次不小心打错了字,让她检讨一下,以后多加注意就是了。”

郑秘书冷笑了一下,说:"这个处分已经是轻的了,要不是看在她妹妹是夏部长儿子的女朋友,早就扫地出门,让她回街道上去了。"

郑秘书摔门走了。张姐不知道对方方说什么才好,方方反过来安慰她说:"张姐,没得啥子,到后勤也好,打扫卫生更单纯些。"

"你呀,"张姐叹道,"还是太年轻了。"

这天晚上,圆圆一反往常,比较早地回了家。她一进门,抓住方方的手就抱怨上了:"姐,你不高兴我和喻晓军耍朋友,我也不说啥了。可你看你整的啥事,把晓军妈妈气得不得了,如果上纲上线的话,你那是攻击毛主席呢。要不是我说好话哄着老太太,你还不知会怎么样呢……"

"圆圆,你说啥子?"听得一头雾水的爸妈被圆圆这句话吓得不轻,爸爸着急地问:"方方,你都做啥事了,可别由着性子乱来哦,能在机关工作很不容易的,有些领导你是惹不起的,随便扣个帽子,你这辈子就完了。"

"爸,妈,你们不要捞起半截话就跑,这儿没啥事,我晓得处理。"圆圆看到自己冲动中说出的话吓着了爸妈,急忙刹住话头,把爸妈推进了他们的卧室。

"姐,今天这事……"圆圆正想继续说事,爸妈又从房间出来,妈妈问道:"圆圆,你刚才说那个耍朋友,你的男朋友不是世刚吗?"爸爸添了一句:"交男朋友可以,但不能脚踏两只船。"

"哎呀,爸,妈,你们搞不清楚不要乱说。赵世刚只是我同学,我们下乡在一个队的。"圆圆回答,"我的男朋友叫喻晓军。本来想过几天正式带他过来给你们说的,我们准备先订婚,晓军他妈说了,到时候要请你们过去的。"爸爸听她这样说,摇摇头说了句:"现在的年轻人,真是搞不懂了,一会儿是这个一会儿是那个,哪像我们那时候哦。"

（五）

在圆圆和喻晓军订婚的那天，方方借口人不太舒服，没有去参加。她惦记着赵爸爸的身体，又去到赵世刚家。

一进门，方方看见家里只有小娥一个人，正哭着收拾东西。她紧张地问："小娥，怎么了？赵伯伯呢？"

"圆圆姐，"小娥哭着扑向方方，"我爸他吐血了。吴伯伯他们把他送医院去了。医生说……是肝癌，还是……晚期了……"

"怎么会这样？前两天看着赵伯伯精神还可以呀。"方方有些吃惊，"小娥，给哥说了吗？"

"周叔叔去给我哥发电报了。"小娥说，"他们让我回家来收拾东西，给我爸送到医院去。"

方方帮着小娥收拾好东西，一起送到医院。

进到病房，只见赵爸爸脸色苍白，双眼紧闭，静静地躺在病床上，床边站着几个人，经小娥介绍，知道都是她爸爸同厂的工友。大伙听小娥说方方是她哥哥的女朋友后，都松了口气，希望方方能帮着小娥照顾病人。方方红着脸应了下来。接下来的几天，方方向单位请了假。她让小娥继续上学，自己留在医院照顾赵世刚的爸爸。为怕自己爸妈担心，她抽空回了趟家给爸妈写了个留言。

这天晚上，方方守在病床边，忽然，一个人从后面拥住了她，耳畔传来轻声呼喊："圆圆！"方方一惊，猛地站了起来，她知道，来的人一定是赵世刚。她二话没说，拉着赵世刚走出病房。

走道上，灯光下，赵世刚这才发现，拉着他的人并不是圆圆："你是……"

方方连忙放开赵世刚的手，红着脸说："我是谢方方，谢圆圆的姐姐。你可能不记得我了，我们是小学同学，中学同校不同班。"

“哦，对不起，刚才病房里黑，我把你当成圆圆了。”赵世刚看着谢方方，想起刚才自己的猛浪，不好意思地说。

方方脸更红了，急着解释：“我刚才怕影响别人，所以拉你出来……”话到这，又觉得这解释是不是多余，更觉得尴尬了。

两人一时无语。愣了一会，赵世刚主动打破这种尴尬，他感激地对方方说：“你真好，还帮着圆圆来照顾我爸，实在太感谢了。”

“不用谢，应该的。”方方慌忙接过赵世刚的话，又好像觉得这话哪里不对，脸彻底红透了。

看着方方窘迫的样子，赵世刚虽然弄不清楚状况，但也有点不好意思了，他对方方说：“那个，方方……姐，今晚我在这儿，你回去休息吧。顺便帮我带个话给圆圆，说我回来了。”

“带话……”方方重复着赵世刚的话，红潮从脸上退尽，表情有点严肃起来，她知道赵世刚对圆圆的感情，有些不忍，心中想着措辞，吞吞吐吐：“圆圆她……”

“圆圆怎么了？”赵世刚似乎有所察觉，着急追问，“告诉我，到底出什么事了？放心，我可以承受的。”

“圆圆她……”方方虽不忍见赵世刚痛苦，但转念一想，反正早晚他也会知道，不如直接告诉他，或许更好些。

“圆圆她已经和喻晓军订婚了。”

“喻晓军？”

“嗯，就是到你们队上不几天就上大学了的那个喻晓军。”

“可是我爸来信说，圆圆经常到我家，照顾他和小娥的。”赵世刚说到这，似想起什么，问方方：“难道一直照顾我爸的不是圆圆，而是你？”方方点头默认。

赵世刚一下蹲在地上，他伤心地抱着头，嘴里喃喃地说：“我就知道，从圆圆不再回我的信，我就有不好的感觉了，只是没想到，这么快，这才几个月。我总以为……”

方方也蹲下身子，她鼓足勇气，终于说出："世刚……没有了圆圆，还有我。"

"你？"赵世刚一下站了起来，"你说什么？"

方方也站了起来，既然话已经说出，她也没什么好害羞的了。她目光坚定，看着赵世刚："我说，我愿意和你在一起。"

"你要知道，我和圆圆……"

"我知道你现在还放不下圆圆，"方方打断赵世刚的话，"毕竟你们相处了那么长时间，这种感情也不是说放下就能放下的。但是，我可以等。"

赵世刚没再说什么，人家一个女孩子，能说出这样的话，得有多大的勇气。他叹了口气，对方方说："我既然回来了，我爸就由我来照顾，你也累了，明天还要上班，快回去休息吧。"

"那好，明天下班后我再过来。"

"明天也不用了。"赵世刚说，"有我在这就好。"

方方微微一笑，未置可否，转身离开了。赵世刚看着微笑着离去的方方，心跳却莫名地加速。他使劲晃了一下头，转身走进病房。

第二天，第三天，接下来的每天，无论赵世刚怎样劝说，方方我行我素，下班后，都会到病房来看望和帮着服侍赵爸。因为赵爸和小娥都很喜欢方方，尤其是赵爸，方方有时来晚一点，他都要念叨，赵世刚怕爸爸担心，也就任由方方来去了。这时间一长，赵世刚被方方的纯朴善良打动，圆圆在他心中的位置正在逐渐被方方代替。

由于他们的悉心照顾，赵爸的病似有好转，医生建议回家休养。可就在赵世刚见爸爸病情稳定，准备返回生产队时，赵爸的身体状况突然急转直下，回天乏术。临终前，他看着方方，拉着儿子的手说："世刚，圆圆是个好姑娘，你可不要辜负了她。"

世刚含着泪应承："爸，你放心，我不会的，我一定对她好。"

方方也含着泪，搂着哭得像泪人的小娥，说："赵伯伯，你放心，以后世刚和小娥，就由我来照顾。”

“圆圆，你受累了……”赵爸长长地出了最后一口气，安心地闭上了眼睛。

赵爸的丧事办完后，赵世刚准备回到乡下去，方方到他家来送他。分别在即，两人却相对无言，小娥借口煮饭，知趣地躲到厨房里去，留下赵世刚和方方在屋里。

“方方，”赵世刚打破沉默，“喝水。”

“嗯。”

“方方，我要回生产队去了……”

“嗯。”

“方方，我们……”

“嗯。”

这“嗯”到底是什么意思？赵世刚有点不知所措，他深深吸了口气，尽可能用平静的声音说：“方方，我爸去世那天，我说的那话……”

“我知道，”方方抢着回答，想是怕听到什么似的，她的语气有点落寞，“你是想让赵伯伯安心才那样说的。”

“不是，方方，那是我的真心话。”赵世刚说出这句，突然有一种如释重负的感觉。

“世刚，”方方有些激动，“你说的可是真的？”

“是真的，”赵世刚索性把话说开，“只是，我现在还在农村，家中可以说是一穷二白，还有个妹妹需要照顾，我怕……”

“我不怕，”方方口气坚定地打断赵世刚的话，“即使你现在一无所有，我也不怕。”

赵世刚终于忍不住了，他一把拉过方方，把她拥入怀中，能和这样好的人相爱真是他的幸福，他不知说什么才好，电影《列宁在1918》中的一句经典台词忽然从他脑海中闪过，那已经成为青年们的口头禅，他在方方的耳边轻声说出：“不要难过，不要哭。会有的，都会有的,面包会有的。”

方方脸唰地红了,除了害羞,更多的是感动和幸福,她搂着赵世刚的脖子,回应道:“是的,一切都会有的。”

好了,我的文章念完了,也不晓得这个龙门阵过得到关不,反正,就这么回事了。那个,后头的事情,你们从我开头摆的情况,肯定猜都猜得出来的。方方和圆圆两姐妹自然分别和赵世刚、喻晓军结了婚。据说才结婚那几年,圆圆还是很幸福的,也凭借喻家的关系上了大学,很出了点风头。方方呢也觉得自己很幸福,因为她是真心爱赵世刚的,不管他是穷是富,不管他是乡下人还是城里人。1977年恢复高考,赵世刚凭自己的努力,考上了中国农业大学,后来还继续深造读了博士,毕业后留在了北京的一个科研单位,他把方方和孩子接到了北京,单位领导为了留住人才,还把方方安排在单位资料室工作。至于圆圆和喻晓军到底离婚没得,以后又会咋个样,这就不好说了,看他们各人的造化吧。

镜花馆娃

重逢记

今晚上的阄居然让我拈到了。不晓得是不是天意，过去拈阄，回回都是你们男的拈到，龙门阵也只有你们男的摆，我们女的乐得只带耳朵听欺头①，上次水月庵姑拈到，我还说破了你们的阵，今天我就拈到了。不过呢，人家水月庵姑在大学是学中文的，会写小说，她的那篇《方圆记》还真有点味道，轻轻松松就过了关。今天轮到我这个学工科的，没得滴点儿文艺细胞，咋个整呢？莫奈何了，我只好把在大学读书时听到的一段故事摆出来充个数，至于像你们摆的那样，曲折生动，有声有色，我恐怕是做不到了。

这个故事的主人公是一对老革命，男的叫许立言，女的叫江薇。他们两个年轻的时候，是C市一个中学的同学，受革命思想的影响，一二·九学生运动在北京兴起后，他们一起参加了C市举行的声援北平学生的爱国集会和示威游行，共同的理想和信念，让他们走在了一起。

抗战全面爆发后，他们和全国的很多爱国青年一样，一同奔赴延安去参加革命。一路上，跋山涉水，历尽千辛万苦。为了应付沿途设

---

① 欺头：四川方言，引申为占了便宜的意思。

卡拦截青年到延安的国民党特务，他们假扮到西安走亲戚的新婚小夫妻，总算平安过关，到达西安。在西安，经八路军办事处的安排，他们到了延安，一起进入抗日军政大学学习。

从C市到延安的这一路上，他们朝夕相处，互相照应，共同面对旅途中的艰难困苦，从相识、相知到相恋，在抗大学习期间，他们的感情更是得到升华，毕业时，经组织上批准，他们结了婚。

他们两个结婚没好久，就分别被派到华北敌后抗日根据地。江薇因为怀有娃儿，被留在后方做妇救会的工作，许立言参加了八路军，在前线英勇杀敌，抗击日本鬼子，立下不少战功。

这年二月，许立言得到后方传来的消息，江薇生了一个女儿，但是还没等他请假回去看的时候，日寇对根据地进行的扫荡开始了，他打消了回去的念头，随部队投入到激烈的反扫荡战斗中。

反扫荡战斗结束后，许立言趁休整时期请假回到江薇所在的村子。走进村子，满目疮痍，断垣残壁处处可见，他心中顿生不安，急不择路地向江薇住的那个院子跑去，最后呆立在残破的院门口。

院内房屋变成一堆瓦砾，大树断在地上，还有火烧过的痕迹。江薇在哪儿？女儿又在哪儿？一种不好的预感搅得他心乱如麻。

在附近清理的老乡看到一个八路军同志捉急忙慌①地进了村，赶紧跟了过来，有人认出他是江薇的爱人，喊了声："许同志！"

许立言回过神来，顺手抓住身边一个大嫂就问："江薇，江薇她怎么样了，她在哪里？"

"江同志她……"大嫂声音哽咽，表情凄然，泪水从眼眶流下。

许立言松开大嫂的手，踉跄后退，还用得着再问吗？他心中存的一点点侥幸顿时化为乌有，突如其来的噩耗如巨雷轰顶，炸得他脑壳头一片空白，连眼泪好像都被烧干了。

---

① 捉急忙慌：非常着急，还带有焦虑不安。

“许同志，人死不能复生。”听到消息赶过来的乡长从身后扶住了他，“江同志虽然牺牲了，但是，你们的女儿还在。”

“女儿？”许立言浑身一抖，他转身抓住乡长，连声问，“你是说我们的女儿还活着？她居然还活着？那她在哪儿？”

乡长回答说：“因为联系不上许同志你，我们这里又不安全，孩子已经交给延安来的同志带回延安去了，听说是送到延安儿童保育院。”

自己的女儿已经送往延安，许立言虽然感到遗憾没能见上一面，但也放下心来。乡长领着他到江薇的坟前去祭奠。从乡长的口里，他晓得了江薇是在帮助老乡转移的时候被弹片击中头部牺牲的。不过他并不晓得，这一大块炸弹弹片削去了江薇的整个脑袋，坟中是具无头尸体。这样的惨状，乡长实在不忍心告诉他。

许立言回到前线不久，就接到上级的通知，让他尽快到中央社会部报到。他赶回延安，社会部一位领导同志接待了他，告诉他为了加强四川的地下党工作，中央决定调他回四川工作，并向他宣布了在白区做地下工作的纪律，让他切断现在自己所有的朋友同志关系，秘密潜回四川。

许立言领受任务后，到延安儿童保育院接出了襁褓中的女儿，给她取名为许晓薇，带着她回到四川，考虑到白区地下党工作的危险性和流动性，他把女儿留在了老家，交由自己的父母抚养。

许立言回四川后，担任了地下党的领导工作。在工作期间，他结识了一位叫白莎的女同志，根据工作的需要，和她结成假夫妻。他们工作配合默契，彼此也有好感，但许立言怀念自己牺牲的妻子江薇，白莎也很尊重他的感情，两个人一致保持着纯洁的同志关系，一直到四川解放。

四川解放后，在上级领导的关心和战友们的劝说下，许立言终于打开心结，和白莎结成真正的夫妻。他们把女儿许晓薇从老家接回他们所在的城市(到底是哪个城市我就不说了,这涉及人家的隐私),虽然后来他们又有了孩子,但白莎对许晓薇视如己出,甚至比对自己的孩子还要好,弄得弟弟妹妹都说:“妈妈最喜欢姐姐!”

你们不要默倒[1]我这个故事到这就差不多完结了,还没得,为啥子呢?因为其实江薇并没有死,那个坟里头埋的是她在抗大时的同学,也是她的好朋友名叫文锦秋。

这个女同学文锦秋,抗大毕业后分配在和江薇相邻的一个县的妇救会工作。日本飞机来轰炸的前一天,文锦秋来到江薇所在县的妇救会公干,当晚顺便到江薇住的村子来看她,俩人本来在抗大时就要好,很久不见了,文锦秋近期又遇到了很多事情,心里埋藏了好多话要和江薇倾诉。

那天天下着雨,文锦秋冒着雨来到江薇屋里,俩人一见面,文锦秋就紧握着江薇的手,眼泪夺眶而出:“江薇,我丈夫他……他……”江薇心头一紧,拥住同学的肩头,她发现她的衣服都被雨淋湿了,连忙说,你先把湿衣服脱下来,不然会感冒的!说着就找出自己的干净衣服,让她换上,也是借此机会让对方平静一下。文锦秋换好衣服以后,果然神色缓和了一些,江薇递给她一杯开水,俩人坐下就慢慢说起了心里话。

原来文锦秋和江薇夫妇一样,也是和爱人一起出来参加革命的,只是他们走的时候已经有了一个男孩,夫妻俩把才满周岁的儿子留在老家了,由文锦秋的哥哥嫂子暂时照看着。俩人虽说一起参加革命,但是因为工作需要聚少离多,和许立言一样,文锦秋的丈夫也参加八路军上前线去了。而最近她得到消息,她丈夫所在部队遭遇了一次不在计划中的战斗,因为准备不充分,所以伤亡很严重,她的丈夫极有可能已经阵亡牺牲了。

---

① 默倒:以为。

江薇其实也早已知道这场我方损失严重的战斗，但她安慰文锦秋说：“既然还没有得到组织上正式通知，你就不要瞎想了，也许他还好好的，你在这里不是白伤心一场吗？”

文锦秋说：“我当然也不死心，但愿阵亡通知根本不会落到我手中。但我有很强的预感，因为他如果活着，早就给我传来消息了。他知道我会特别担心，所以他会想方设法把消息传给我的！”

江薇看着失魂落魄的文锦秋，一时间也无语，因为她同时也想到了许立言，他们夫妻俩不也正是这样吗？正在这里，床上的婴儿嗯嗯吱吱地发出了声音，江薇说：“她是要尿尿了呢！”起身去抱孩子。给孩子把完尿以后她正想送回床上，文锦秋却伸出手来要求：“给我抱抱好吗？我想抱抱孩子！”江薇把女儿给她，文锦秋紧紧把孩子拥在胸口，亲着那张稚嫩的小脸，久久不肯抬头。江薇知道她是想自己的儿子了，只得轻轻拍拍她的肩头安慰着她。

过了很久，文锦秋抬起头来，眼泪已经湿润脸庞，她说：“我的儿子没有爸爸了，江薇……”

江薇捂着她的嘴不让她说下去，用各种话安慰她，说你的儿子有你这个妈妈也有爸爸，他在你河北老家，你哥嫂会好好照顾他的，你不要瞎想了。文锦秋怀抱着婴儿，江薇抱着文锦秋的肩头，两个好朋友说不完的知心话，不知不觉间已是深夜，俩人和衣而眠，婴儿在俩人中间睡得很香甜。

凌晨，日本飞机突然空袭村子，两人同时站起身来，江薇指着孩子说：你抱她赶紧撤离，我得去工作了！文锦秋冲着江薇的背影高声说，你放心去吧，我们一会儿见！江薇飞跑出去帮助老乡往山里边转移，文锦秋抱着婴儿出门来找安全隐蔽之处。在她边跑边躲的路上，日本飞机投下的炸弹在附近爆炸，周围有老乡被炸死，文锦秋也不幸被弹片削去脑袋，她倒地时，正好把搂在怀里的娃儿掩在了身子下面。而这时，帮助老乡转移的江薇也因密集的轰炸受了重伤，她被爆炸的气浪冲击，滚下山坡。当时附近的老乡，有死的有伤的，一片混乱，谁也没注意到江薇的去向。

日本飞机轰炸结束后，劫后余生的老乡们回到村子，掩埋死难者，收拾残破的屋子。突然听到有小娃儿的哭声，循着哭声找到了压在无头女尸身下的娃娃，大家一看，这具无头女尸身上的衣服是认识的，那正是他们熟悉的江薇的衣服。老乡们以为江薇是在帮助大家转移后又返回村子救自己的娃娃，结果被炸死的，而她在倒下去的时候，把自己的孩子藏在了身子底下。他们掩埋了这具无头女尸，理所当然地认定那就是江薇。

几天后，奄奄一息昏迷不醒的江薇被山坡下另一个村子的放牛娃发现，老乡们把她送到后方医院去医治，经医生的全力抢救，江薇的命总算保下来了，但她全身可以说是伤痕累累，尤其是面部，因弹片割伤和爆炸引发的大火烧伤而变得面目全非。组织上安排她到北平的一家医院治疗，但终究还是无法恢复旧日的容貌了。

江薇伤愈后，改名为林枫，留在北平做地下工作。根据党组织的指示，她考入中国大学文学院学习。在沦陷的北平，这个大学的校方坚持“我们是中国人的中国大学”的民族气节，不接受日伪的资助，不搞奴化教育，还掩护过参加抗日的地下工作者，这给林枫在学生中隐蔽地进行抗日救亡工作创造了条件。大学毕业后，林枫因成绩优异，加上统战关系的帮助，她留在了中国大学任教，负责地下学运工作，直到1949年北平和平解放。

在此期间，她一直在寻找自己的丈夫和女儿。想到分别时女儿是被同学文锦秋抱着的，她又想方设法四处寻找文锦秋，但是怎么也打听不到她的消息。北平和平解放，她向组织上请了假，凭着当时文锦秋和她说起的关于老家的记忆，找到了文锦秋在河北农村的老家。但是文锦秋的哥嫂告诉她，他们接到消息说自己的妹妹已经牺牲了，而妹夫早在妹妹之前也阵亡了。江薇也就是现在的林枫听后难受极了,不仅仅是因为失去了一个好同学好朋友,同时也因为没有了寻找女儿的唯一线索。正在这时,一个小男孩跑到她面前,高兴地问:“你是我妈妈?妈妈你回来了吗?”几个大人一下怔住了,林枫很快就明白,这个小名叫石头的男孩子就是自己的同学文锦秋留在哥嫂家的儿子了,看来她的哥嫂还没把父母已经牺牲的消息告诉这个孩子。

看着这个父母双亡的孩子,刹那间林枫心里起了一个冲动:我要收养这个孩子!她一把搂住小石头,大声说:“儿子,是的,妈妈回来了!我就是你妈妈,你长这么大了,妈妈都不认得你了!”

小石头也立刻抱住了她:“妈妈你总算回来了?你是不是来接我的?”林枫忍不住眼泪滚滚流,这些年寻找丈夫寻找女儿的无限艰辛、对亲人的无限思念此刻如雪崩一样涌上心头,她觉得怀里紧抱着的就是自己的女儿,大哭道:“妈妈终于找到你了,妈妈就是来接你的,我们再也不分离了!”

当天晚上,小石头熟睡以后,在一豆油灯的照耀下,林枫给文锦秋的哥嫂述说了自己和文锦秋的不一般的关系和友谊,说起最后分别的那个晚上俩人互相依偎一起,而敌机来袭时,文锦秋怀里还抱着自己的女儿,她永远也忘不了那一刻,因为从此后她们就音信全无……林枫说到这里已经说不下去了,文锦秋的哥嫂早已泣不成声,他们完全相信眼前这位林同志,同意让林枫带走小石头,从此由她来抚养。林枫向文锦秋的哥嫂保证,她会把小石头视如己出,不但要把他抚养成人,而且还会把他培养成才,等小石头长大以后再告诉他的身世。她还对文锦秋的哥嫂说:“今后,我就是你们的亲妹子,你们想小石头了,就到北京来,我也会让孩子回老家来探望你们的。”文锦秋的哥嫂流着泪点头应承了。

第二天,林枫就把小石头带回了北京,给他起了个大名叫林怀文,有怀念他的亲生母亲文锦秋的意思。她把林怀文送进学校念书,精心呵护。林怀文也十分亲近自己的妈妈,更让林枫欣慰的是,林怀文虽然进学校时年龄比同班同学大,但由于成绩优异,小学期间接连跳了好几级,这让林枫非常庆幸自己当时能从河北农村领回这个儿子。

新中国成立了,林枫被分配到教育部工作,主要负责高校方面的工作。她通过各种关系,终于打听到了许立言的情况,但她没和许立言联系,虽然她非常地想念他,虽然和他在一起的那些青春的美好的记忆,已深深地印在她的脑海里,而且还常常在梦中出现。因为她得知许立言已经重新结婚了,已经有了几个孩子,过得十分幸福。而再看看自己满身伤疤和改变了的容颜,林枫完全失去了和许立言相见的勇气。在四川的父母都去世了,老家对她来说也没得多少牵挂了。她没再结婚,和儿子林怀文一起生活,相依为命。

林怀文在林枫无微不至的呵护下,一天天长大了,还一直是品学兼优的三好学生,这让林枫心头十分欣慰。在林怀文接到大学录取通知书的那天,林枫觉得是时候告诉他实情了。她把林怀文叫到身边,把他的身世和自己并不是他的亲生母亲的事实告诉了他,要他记住:“你的亲生母亲名叫文锦秋,在河北乡下的舅舅舅妈其实就是你亲生母亲的哥哥嫂嫂!”

林怀文听完林枫所说的一切,泪流满面,他大声地对林枫说:“妈妈,您虽然不是我亲生妈妈,但您比亲妈还要亲!您放心,我会永远陪在您身边的!”林枫搂着儿子,决心再也不去想许立言和那个消失了的女儿了,往事就让它过去吧!

但有些时候,我们越是想逃避的事情,老天爷偏要让你遇到。

这一年,教育部派林枫带领一个调研组,到四川了解高校教育改革和思想教育的情况,她虽然不愿意回四川,但又没得理由不接受这项工作。

到四川后,他们到一所高校调研,召开与学生代表的座谈会。当学校学生会主席站起来自我介绍时，林枫失神了，这个女孩怎么这么面善呢？在哪里见过似的？再听到这个女学生的名字叫许晓薇，更是让林枫心潮起伏。这个女学生的相貌和年轻时的自己何其相似，而她恰巧姓“许”，名字里还带有个“薇”字。再一看年龄，自己当年生下的女儿要是活着，也有这么大了！难道，这个女学生是……

座谈会结束后，林枫借口想多了解一下学生会的工作情况，单独把许晓薇留了下来。听到许晓薇很有条理的汇报，林枫竟不自觉地想起当年许立言那侃侃而谈的样子，她觉得许晓薇的身上，似乎就有许立言的影子。若不是理智还占着上风，林枫真想直接问许晓薇她父亲是不是叫许立言了。

许晓薇汇报告一段落，林枫什么都没说，却突然问了个与工作无关的问题：“晓薇同学，你的普通话说得很地道，完全不像是四川人说普通话，你父母是北方人吧？”

“哦，不是。我爸妈都是四川人。”许晓薇愣了一下，显然林枫的问题让她一时有点没反应过来，不是在谈学生会工作吗，林主任怎么突然问了这么一个问题？

“看你这样，你父母应该是老革命吧？他们叫什么名字？过去都是做什么工作的呀？”林枫的这一个问题更让学习理论物理的许晓薇感觉找不到逻辑关联了，这哪儿跟哪儿哦。不过，不晓得咋个的，许晓薇觉得，虽然林主任是才认识的领导，却让她有种想亲近的奇怪感觉。

“我爸叫江承，我妈叫白莎。他们确实可以说是老革命了，解放前都是做地下工作的。”说到革命的父母，许晓薇心生自豪，一脸崇拜地补充了一句，“天天在国民党特务的眼皮子底下做事，好危险的。”

林枫没接许晓薇的话，她按着自己的思路继续问：“为什么你和你的父母都不姓许，而你却姓许？”

许晓薇笑了:“林主任,这个问题,我小时候也很奇怪。我的同学不是跟爸姓就是跟妈姓,只有我不是,还有同学说我不是亲生的呢。后来我妈告诉我,我爸原来的名字叫许立言,从延安回四川搞地下工作时,化名为江承,解放后就一直用这个名字了。”

“原来是这样啊。”林枫表面平静,不露声色,心里却如倒海翻江,惊喜若狂。她完全可以确认,眼前这个女孩,就是自己的亲生女儿,那个在襁褓中就和自己分离的女儿。“你妈妈对你好吗?”真是关心则乱,林枫的问话脱口而出。

许晓薇一怔,好奇怪,林主任为啥子这样子问?自己的妈妈怎么会对自己不好?不过,她也没深想,回答说:“家里我妈最喜欢我了,弟弟妹妹都有点嫉妒呢。”停了一下,又补充说,“前两天我爸还在说我妈太惯伺我了。‘惯伺’是我们四川话,就是‘宠爱’的意思。我妈很得意地说她惯伺出一个校学生会主席。”说到这儿,许晓薇想起平常在家里妈妈老护着她,让爸爸无言可对,还有就是弟弟妹妹不服气的样子,不禁开心地笑了起来。

林枫看着许晓薇一脸幸福的微笑,心中酸甜杂陈。刚才座谈会上,听学校的领导介绍许晓薇是学理论物理的,且品学兼优,这家庭教育可见一斑。她很感谢白莎给了女儿自己所不能给的母爱,还把女儿培养得这样优秀。从许晓薇的话里,她也听出了自己的女儿对白莎的真心依恋,这让她心中有一种酸溜溜的感觉,她多想把女儿拥进怀里,告诉她“我才是你的亲生母亲”。但是她不能,也不敢。林枫真有些嫉妒白莎了。

“看来你们这个家很幸福。”

“那是当然了。”许晓薇顺口答出,又觉得在领导面前有点太随便了,不好意思地笑了笑,说,“我爸看似严厉,其实很豁达。我妈是大家闺秀,人也很善良,我就经常看到她帮助那些有困难的叔叔阿姨。我爸妈,怎么说呢,从小到大,我还真没看到过他俩红过一次脸,只不过我爸根本不管家的,大大小小的事都是我妈操心。我还有一个弟弟和一个妹妹,学习成绩都很好,别看我们三个在家经常吵吵闹闹的,但从来不会伤了兄弟姐妹的感情。”

许晓薇说到这里,突然停住了口,她自己也不明白,为什么会在林主任这个应该算是陌生人的面前说这么多家里的事。但看到林枫听得很有兴趣,鬼使神差的,她竟忍不住从书包里掏出一沓照片递给林枫:“林主任,您看,这是我们全家到公园去照的,我今天刚从照相馆取回来,还没带回家呢。”

林枫接过照片,许晓薇在旁边向她一一介绍。其实不用介绍,林枫拿到照片的第一眼就认出许立言了,岁月流逝,相貌依旧,只是他比年轻时更多了几分内敛沉稳。

“真好。”林枫强压住心中的酸楚,把照片还给许晓薇,一股热流哽咽在喉。这样幸福美满的家庭生活,现在对她来说,不但不可即,连望都不能望了。

许晓薇告辞时,林枫情不自禁地紧紧握住她的手,说:“晓薇,你真是个好孩子。我就住在教育局招待所,有事随时可以来找我,哦,没事也可以常来玩。”

“好的,谢谢林主任。”许晓薇礼貌地应承下来,也没觉得有哪里不对,从小到大,她就很讨人喜欢,对这种“待遇”,早已习以为常。

林枫回到招待所自己住的房间,强忍住的泪水从眼眶里奔流而下,当年和许立言一起参加示威游行,一起奔赴延安,一起在抗大学习……还有,那简单而充满着幸福的婚礼,生下小女儿的喜悦,一桩桩、一件件的往事,都清晰浮现在她的面前。原本属于她的幸福,已被日本侵略者的大轰炸彻底摧毁,应该停留在那个幸福阶段的她偏又伤痕累累地活了下来,承受着有亲不敢认的痛苦,还要把这痛苦一片一片地在自己的苦口中咀嚼,装作若无其事地吞下去,这叫人情何以堪?

这时，房门被人敲响，把深陷痛苦中的林枫拉了出来，是调研组的下属来叫她一块去吃晚饭。她努力镇定自己的情绪，用很平和的声音告诉门外的同事，她感觉有点累了，想多休息一下，就不去吃饭了。

或许是刚刚那场无声的痛哭把林枫积郁在心中的伤悲带走了不少吧，同事走后，她的情绪也逐渐平静下来。既然当年是自己选择了放弃，就应该自己承受放弃带来的孤独，许立言已经重组家庭，她也就没必要说出自己还活着的真相了。想着许晓薇充满幸福的微笑，还有他们全家充满欢乐的照片，林枫苦涩的心中也涌起丝丝甜意，毕竟自己所爱的人生活得很幸福，这就够了。

人往往都是很矛盾的。虽然理智告诉林枫要克制，但在她总按捺不住想见女儿的心情。她以要深入了解大学生思想情况为名，多次召开学生会干部座谈会，会后还把学生会主席留下来细谈。甚至她还以调查大学教学质量为由，跑去听理论物理专业的课，这让学校方面和她的下属都有些奇怪了，很快大家发现林枫这些奇怪的行为好像都与那个名叫许晓薇的女生不无关系，那许晓薇有什么为大家所不知的秘密呢？一时间就有了些闲话。

这些闲话回传到了林枫耳中，就像惊天一雷，彻底打醒了她，理智重新回归。她清楚地意识到，不能为了满足自己的一点私心，再这样继续下去了。好在他们的调研工作已基本告一段落，她决定留下其他同志扫尾，自己先回北京。尽快离开这个城市，是她最明智的选择。

就在林枫买好火车票，准备返回北京的前一天上午，他们调研组接到学校的通知，说是市里决定召开一个有关高等教育改革的座谈会，这个座谈会，除了各大学的领导外，还想请教育部来的调研组同志一同参加，听取意见。并说市委市政府都会有领导出席。

听说有市里的领导参加，林枫心中不由得闪过一个念头："许立言会参加吗?”因为有次她与许晓薇闲谈,知道了许立言在市担任领导工作。不过,即使有许立言参加,林枫也是不能回避的,她是调研组的领导,从哪方面来讲,都是应该出席的,况且,她也很想亲眼看到许立言。

第二天,林枫他们一行人来到教育局,已有工作人员站在门口等候,并把他们引到贵宾休息室。走进休息室,林枫一眼就看到了坐在沙发上正和其他人交谈的许立言,虽然她已有心理准备,可还是不由得心中一酸,她这辈子所爱的人就在眼前,她却不能向前相认。

林枫暗暗地深深吸了口气,强制自己放平心境,然后带着礼貌性的微笑,跟着工作人员走到江承也就是许立言的面前,礼节性地伸出手去,与江承握手问好。可当她的手被江承握住时,就像一道电流突然穿透手心,林枫浑身一颤,手也不由自主地抖了一下。江承似乎也感觉到了林枫的异样,不动声色地松开了握着的手,继续在工作人员的引领下和调研组的其他人一一握手问候。

座谈会结束了。林枫看着被众人簇拥着送出去的江承的背影,心中无限惆怅,年轻时没得错过爱恋的他们,却错过了今世的终生相守。这一生,他们已是陌路人了。

不过林枫不晓得的是,江承此刻心中也并不平静。和林枫握手时的异样,以及林枫发言时的声音,还有她的身形,让他有一种说不出来的熟悉感。回到机关办公室,他便吩咐秘书小高去了解一下林枫的情况。

下午,高秘书来向江承汇报,说是林枫主任也是“三八式”的干部,据说曾在延安抗大学习过,解放前是北京地下党的。

“延安抗大?”江承脑子里一闪念,原来也是抗大的,难怪有一种似曾相识的感觉。他吩咐秘书:“教育部来的同志的调研工作快结束了吧?去安排一下,他们回北京前,市委请他们吃顿便饭。”

高秘书答应后往外走,忽然想起什么,回头说:“江书记,听说林主任今天就要回北京去了。”

“林主任今天回北京?”

“是,今天下午四点多的火车。”

江承看了一下手表,对高秘书说:“小高,通知车队马上派个车,去火车站。”

高秘书一时有点反应不过来,问:“江书记,你现在要去火车站送林主任?”

“对呀,”江承一边收拾起办公桌上摊着的文件,一边催促,“还不快去,时间怕来不及了。”

高秘书有点莫名其妙地往外走,他还没搞清楚江书记为啥子突然决定去火车站送林主任。其实这时江承自己也没搞清楚,他为啥子想赶到火车站去见林枫一面。

但是等江承赶到火车站进入站台时,火车正拉响汽笛,缓缓开出车站。江承看着远去的列车,若有所失,虽然,他并不晓得自己到底失去了啥子。

镜花馆娃摆到这儿,好像已经摆完的样子,让在座的听众都有点惋惜。有人很好奇地问:“后来呢,那个许立言有没得向北京打听?要是打听出来林枫就是江薇的话,许立言要啷个办呢?”

镜花馆娃说:“你们要他啷个办?要是他打听了呢?又确实打听清楚了林枫就是他当年的爱人江薇呢?你又叫他如何处理?人家现在和白莎过得上好的,又生了两个娃娃,你们未必要他和江薇破镜重圆?那不难为死他了?”确实是这个道理,看来,许立言和江薇的那一篇已经翻过去了,现在江承和林枫确实各自走在不同的人生道路上了。但有人还是不甘心,悄声嘟囔了一句:“那总该让女儿认一下亲妈嘛……”镜花馆娃一听这话,马上精神抖擞地说:“这个话还差不多!确实,人世间骨肉亲情,只要人还在,一般来说就没得理由不相认！但是你们觉得应该如何让许晓薇和林枫相认呢？”大家互相看了看，都没说话，有人发现了这镜花馆娃好像是在卖关子，于是不耐烦了：“你到底摆完没得？没摆完你就快点往下摆，真是的，整得人心头跟癞疙宝吃豇豆一样，悬吊吊的。”镜花馆娃这才笑了一下，继续往下摆。

江承赶到火车站没能见到林枫，心头总觉得有啥子事放不下。回家后他找来女儿许晓薇，问及林枫的情况，晓薇显然对林枫印象相当好，说起来口气甚至十分亲切。她告诉许立言，说和林主任虽然第一次见面，林主任又是从北京来调研的领导，但不知为啥子，总感觉到她非常慈爱，自己心头也总想和她亲近，这个感觉是她和其他人交往时从来不曾有过的。

听到女儿这样一说，江承内心突然升起一种猜测，常听人家说，这父母和亲生孩子之间可能确实有着某种心灵感应，小薇对林枫的感觉会不会也是某种心灵感应呢？不过他很快否决了自己这种荒唐的猜测，从相貌上看，林枫和小薇的妈妈江薇完全不像是一个人，况且江薇牺牲的消息是他亲耳从和她一起工作的乡长口中听到的，自己也还到江薇坟前祭奠过，不应该有错。

江承虽然从理智上觉得自己的猜测太不可思议，是不可能的。但连他自己也不晓得啥子原因，就是想弄清楚林枫的情况，于是第二天，他就开始打电话，托在北京的朋友打听林枫的情况。

不久，北京的消息来了，说林枫老家是四川的，学生时期到延安参加了革命，上过抗大，林枫这个名字好像是她后来改的。她现在独自和一个儿子生活在一起，不太清楚她丈夫的情况，大概是已经牺牲了吧。

有关林枫的这些情况，虽然和江薇也有一些相似之处，但并不能让江承做出判断。恰好这时，中央统战部有个调研组到四川调研，江承代表市委出面接待时，因为其中一位老同志解放前也是搞地下工作的，两个人在一起难免谈起当年地下工作的往事。交谈中，江承问起了林枫，非常巧的是，这位老同志当年在北平搞地下工作时，正好是林枫单线联系的直接上级。他告诉江承说，林枫原来的名字叫江薇，当年在日军空袭中受了重伤，被转到北京医治，伤好后就留在了北京。还说到林枫现在身边的儿子是烈士遗孤，是她一个战友留下的孩子。

听到老同志谈到江薇的名字，江承像是突然被雷劈了一样，整个人都呆住了，毋庸置疑，林枫就是他以为已经牺牲了的妻子江薇，这实在是太让人震撼了！想到江薇还活着，不久前还出现在自己和女儿的面前，江承心中如有狂澜，翻腾不已。难怪女儿小薇会对林枫有那种想亲近的感觉，原来小薇面对的还真是她的亲生母亲江薇。他一时失了神，直到那个老同志几声“江承同志”的叫声，才让他惊醒过来。他很快稳定住了自己的情绪：“抱歉，突然想起了一些往事。”那位老同志表示理解地点了点头，说：“白区的地下工作，让我们失去了很多好同志。”其实他哪里晓得江承的往事是指什么。

送走客人回到办公室后，江承在房间里不停地来回走动，往事历历，各种复杂的感情交织在他的心头，他实在无法让自己平静下来，但是，他又不愿意让外人察觉他的异常，只能独自在内心里感受这种震撼。

林枫显然是认识他的，也肯定认出了小薇是自己的女儿，她强装笑脸不相认，一定有她的想法，江承不能在不了解她的想法前，捅破这层窗户纸。

晚上回到家里，尽管江承竭力压住了自己的情感，表现得和往常一样正常，但还是被细心的白莎察觉了。她关心地问江承，是不是遇到啥子不好处理的事了？江承原本是不想给白莎说的，但面对白莎柔和温暖中又透出关切的眼神，江承突然觉得，这件事不应该瞒到白莎，于是他把有关林枫的一系列的事情原原本本地告诉了妻子白莎，从自己会见教育部派下来的调研组见到林枫起，到他心中升起的疑问，到女儿小薇对林枫不一样的感觉，以及他打听到的所有关于林枫的消息……总之，毫无保留地向白莎和盘端出。

白莎刚听到这些，和江承一样，也感到非常震撼。当年和江承一起搞地下工作时，她就晓得江承有一个已经牺牲了的妻子，她对这些为革命献身的烈士是很敬佩的，所以和江承结婚后她对小薇倾注了更多的母爱。现在突然听说，女儿小薇的亲生母亲并没有牺牲，还活到在，这简直可以说是一个不可思议的奇迹，让人都不晓得咋个才好了。

江承有些担心地望到白莎，他能理解妻子在听到这个消息时候的心情，他轻轻握到白莎的手，叫了声："小白……"

白莎从震撼中回过神来，稍微冷静以后，她对江承说，"老江，想不到江大姐哦也就是林枫大姐还活着，这实在是太好了。林大姐这一生吃了太多的苦受了太多的罪，比起她来我们实在是幸运者。林大姐这次到四川来，她肯定是认得你的，还有照你的分析，她一定也认出了小薇是她的亲生女儿，但却克制自己不相认，实在是太为难她了。我也是个做母亲的人，我能体会到她那种面对自己亲生女儿却不能相认的痛苦。林大姐这样子做，还不是为了我们这个家庭的团圆和幸福着想，也是为了不影响我和小薇的母女关系。虽然我还不认识林大姐，但从这点就能看得出来，她是一个品格高尚的无私的人，那我们也不能自私，一定要想个办法，让小薇回到她身边。"

江承心存感激地拥着白莎，心中的负担好像一下子都没得了，他们夫妻两个说了整晚的话，几乎一夜未睡。

过了几天，许晓薇从学校回家，江承和白莎按他们两个商量好的，和女儿谈起她的学业，问她大学毕业后有啥子打算，想不想继续深造。许晓薇高兴地回答："爸爸，妈妈，我正想和你们说这事呢。我不想那么早参加工作，我想继续读研。”

“好，我女儿有志气，爸爸妈妈支持你。我们还期望家里头能出一个女博士呢。”江承和白莎相视一笑，江承接到说：“小薇，爸爸呢，一直有个想法，俗话说，在家的孩子长不大。其实你考大学那阵，要不是你妈妈舍不得，非要让你留在本地，我早就让你考出去了。年轻人嘛，就应该出去经经风雨见见世面。所以呢，爸爸有个建议，你到北京去读研吧。北京好大学多，师资力量更强，你选择的空间也大，有助于你学业更上层楼。”

许晓薇说：“去北京当然好哦，但是我对那边学校和导师的情况都不熟，也不晓得考不考得起。”

白莎搂过许晓薇，既是骄傲又是鼓励地说：“我们这么优秀的女儿，哪有说考不起的话。”然后她又故作为难地说，“不过呢，爸爸妈妈都不是教育系统的，北京那边的大学，还真整不清楚。”紧接着又像灵机一动，对江承说，“老江，你在北京不是有朋友啊战友的，可以让他们帮到打听一下嘛。”

江承心领神会地回答：“我那些朋友，还不和我们一样，哪搞得清楚这些事。哦，对了，我想起来了，”他转向许晓薇，“小薇，我记得你上次给我说过，到你们学校来调研的那个教育部的林主任，对你特别好，你不如向她请教一下，她既然在教育部工作，一定很了解情况，说不定还真能帮到你。”

白莎连忙附和：“对呀，这个主意不错。小薇，不如这样，马上就要放暑假了，你干脆到北京去一趟，找林主任好好请教一下，顺便也去看望一下爸爸妈妈的老战友。至于住嘛，你就到胡伯伯家，他原来也在四川工作，你小时候见过他的。”

于是，许晓薇在她爸爸妈妈一唱一和的鼓动和安排下，暑假刚开始，就带起大包小包的礼物到了北京，住到胡伯伯家，然后按照爸妈开的老朋友老战友名单，一个个的长辈家拜访，问候。这些“任务”都完成后，就只剩下去拜会林主任了。

许晓薇按胡伯伯帮她打听到的电话，先往教育部林枫办公室打了个电话。当林枫接起电话听到“我是许晓薇”这句话时，非常激动，她让许晓薇马上到办公室找她，什么事情见面再详细说。

林枫放下电话后迫不及待地到单位门口去等许晓微，她完全忽略了一个问题，北京城那么大，许晓薇到她单位来是需要时间的。她实在是无法控制自己的心情了。上次从四川回北京后，她再三告诫自己要克制，可听到后回来的调研组其他同志说起江承书记曾急匆匆地赶到火车站给她送行，结果扑了个空，林枫心头还是微微一动。后来又听说有人在打听她的情况，再加上听当年地下党的一个老领导说，在四川调研的时候，江承同志专门问起她的情况。林枫猜想，江承大概已经怀疑到她的身份了。刚刚从电话头，听到许晓薇说是爸妈让她来的，林枫还有什么不明白的，江承和白莎这是有意把女儿送到她面前，要让女儿来和自己多接触。

许晓薇赶到教育部，老远就看到林枫主任在那里等她，她很感动也更加忐忑不安，毕竟人家林主任是教育部的领导，她甚至有些怀疑自己此行会不会有点唐突了。她快步走到林枫面前招呼：“林主任，您好，实在不好意思，这么热的天，您还到门口来接我……”

林枫察觉到许晓薇的不安，她轻轻地拍拍许晓薇的肩膀，说：“晓薇，没什么，见到你，我真的很高兴。”然后拉到许晓薇的手带她到自己的办公室去。

在办公室，许晓薇有些不好意思地说起爸妈鼓动她到北京找林枫的目的，又想起什么，从提包里头拿出一点四川的土特产，说是爸妈让她送的，说完又觉得好像哪儿不对，又连忙解释说，这不是送礼，是心意，爸妈在北京的老战友那些叔叔阿姨家都送了的……又发现这个解释好像也不对，更加不好意思了。

林枫看到许晓薇这个样子，欣慰中带到心酸，她说：“晓薇，你就不要见外了。我和你爸妈一样,也算是老革命了,你就把我当成你爸妈在北京的老战友一样,也叫我阿姨吧,你爸妈让你带来的心意,阿姨就收下了。"

许晓薇听到这话,眼睛一亮,心情一下子就放松了。她把自己想考研的一系列想法和考虑,仔仔细细地告诉了林枫。林枫听了非常高兴,心头更感慨江承和白莎的良苦用心。她告诉许晓薇说,会通过在北京高校的朋友,帮着了解各学校理论物理专业考研的情况。随后,林枫问起许晓薇在北京的住处,建议她搬到自己家住,这样更方便些。许晓薇很高兴地答应了,从在大学认识这个林阿姨开始,她一直有一种异样的感觉,总想和她亲近,现在能到林阿姨家住,当然是再好不过的了。

林枫陪许晓薇到胡伯伯家取了行李,然后带到她回到自己的家里。听到动静的林怀文从自己的房间里头走出来,眼前一亮,他被妈妈身边那个身材高挑、气质文雅、全身散发出青春气息的姑娘吸引住了。林枫看见他,叫:"石头,还愣在那儿干吗,快过来帮着拿下行李。"林怀文这才赶紧迎上前去,伸手把许晓薇手中的行李接了过来,提到客厅放下。

林枫对许晓薇介绍说:"这是我的儿子,大名林怀文,小名石头。他比你大一点,你可以叫他石头哥,亲切点。"又对林怀文说:"这是许晓薇,从四川来的。这个暑假就住在咱们家。"

许晓薇看到面前这个高大英俊的小伙子正腼腆地朝她微笑,虽然自己也有点害羞,但还是落落大方地伸出手去:"你好,石头哥。"林怀文赶紧握住她的手:"你好,晓薇妹妹。"两个人四目相对,微微一笑,心中都留下了深刻印象。

吃晚饭时,林枫对儿子说起晓薇准备考北京研究生的事,林怀文说:"这好办啊,就让晓薇妹妹考我们学校,我们学校的理论物理专业还是不错的,而且晓薇妹妹考我们学校,还可以有个照应。"林枫给许晓薇解释说，林怀文在师范大学毕业后就留校工作了，现在校长办公室，同时，也在攻读本校的在职研究生。许晓薇一听很高兴地表示，那她就直接报考师范大学，关于选导师的事，就要石头哥费心了。林怀文连声答应。又说："晓薇妹妹，我手边就有一些关于我们学校的现成的资料，还有我考研究生时的一些复习卷子，一会儿吃了饭，我去拿来给你。"许晓薇回答："拿来拿去的太麻烦，石头哥，不如一会儿我去你房间看吧。"他们两个人的对话自然亲切，根本不像是才认识的。看到两个年轻人说话间还有点兴奋的神情，让林枫颇感意外，心中一震，似乎预感到了什么。

晚饭后，两个年轻人到房间去了，把林枫留在了客厅，听到儿子房间里传出的笑语声，林枫微微笑了。如果以后真能发生点什么，她当妈妈的，还真是乐见其成呢。

第二天一早，林怀文带到许晓薇到师范大学去了，说是要让她先去看下学校的环境，熟悉熟悉。第二天，林怀文又带许晓薇去天安门，去故宫。第三天……总之，每天都有安排。林怀文带到许晓薇遍游北京的名胜古迹。碰上周末，两个年轻人又拉到林枫一起出去游玩……林枫担心许晓薇累到，许晓薇却表示她在北京很快乐。其实不只是许晓薇快乐，林枫母子甚至比她还快乐，尤其许晓薇开朗的性格，让林枫家里头的欢声笑语比过去多了很多。

暑假快结束了，许晓薇准备回四川。林枫准备了一些北京的特产，让许晓薇带回去。她还以工作忙走不开，特意让儿子林怀文单独送许晓薇上火车。林枫看得出来，短短的一个暑假，两个年轻人之间已经产生了一种微妙的感情。林怀文依依不舍地把许晓薇送上火车，红着脸对许晓薇说："我在北京等你。"许晓薇很认真地回答："我一定会努力。"

许晓薇回到四川家里，还没等江承和白莎开口问，就迫不及待地从提包里拿出林枫送的特产，说是林阿姨送的，然后就开始说起北京之行如何如何，主要讲的都是在北京的快乐事，还直见说林阿姨如何如何好，石头哥哥如何如何好，搞得在旁边的弟弟妹妹非常羡慕，说明年暑假，他们也要去北京玩。江承故作严肃地说："晓薇，你这次到北京，主要是为了考研的事去的，咋个只说玩耍的事了。"许晓薇愉快地回答，说她已决定考师范大学，还补充了一句，和石头哥哥一个学校。

江承夫妇望着满心欢喜的女儿，两个人心领神会地相视一笑，看来他们的目的正在达到。细心的白莎更是从许晓薇的话里听出，女儿对林枫的儿子已经有了好感，而且还不是一般的好感。晚上，她把这件事告诉了江承，这更让江承喜出望外。他们原来只是想把小薇送到北京去深造，借着这样的由头，使小薇可以离她的生母林枫近一点，让林枫也有机会经常可以看到自己的女儿。而看现在的发展，不是离林枫近一点的问题，小薇完全可能直接进到林枫家头了。这真是意外之喜！只是……江承有些担心地看向白莎，白莎却回给他一个坦然的微笑："老江，这是好事。"

或许是爱的力量吧，本来学业就相当拔尖的许晓薇顺利通过了师范大学的研究生考试，如愿以偿地到了北京。在三年读研的时光里，许晓薇每到周末，都会到林枫家看望，她和林怀文的感情也有了更进一步的发展。许晓薇拿到硕士学位的那天，林怀文正式向她求婚，又在林枫的支持下，利用假期，陪到许晓薇回四川，正式向她爸妈提亲。

江承夫妻早就盼到这一天了，林怀文刚一提出，他们就满口答应，还希望他们两个能尽快结婚，最好就在国庆节，这让林怀文和许晓薇都有点吃惊，许晓薇还开玩笑地说了句，你们这么想把我嫁出去呀？江承笑说："你妈妈想抱外孙了。"

玩笑归玩笑，作为父亲，江承还是很认真地和林怀文谈了一次话。在谈话中，林怀文很坦诚地告诉了江承，说他并不是林枫的亲生儿子，他的父母在抗战时就已经牺牲了。林枫是他亲生母亲文锦秋在抗大时的同学，后来收养了他，给了他最好的条件，精心抚养他成人。他把林枫当年告诉他的一切都告诉了江承。还说，尽管林枫不是他的生母，但养育之恩大于天，他非常爱自己这个妈妈。

听到文锦秋这个名字，江承一下想起来了，因为在抗大时，江薇和文锦秋就十分要好，所以他也认识并且记住了这个名字。只是那时的江薇现在已经成了林枫，而那时名叫许立言的他，现在也叫江承了。真是人世沧桑、物是人非啊。他非常感慨地说了句："你的妈妈，是位品格高尚的母亲。"又说，"这样的母亲教育出来的儿子，我怎么能不放心，我把小薇交给你了，希望你们两个能幸福。"

林怀文和许晓薇回到北京，把许晓薇爸妈提议国庆节就完婚的事告诉了林枫，林枫也很高兴，开始忙着为他们布置新房，筹办结婚用品。只是独处时，她望着一屋子的喜色，内心深处却涌出一丝复杂的情感，眼前明明是自己的亲生女儿，却要以儿媳妇的名义嫁给并非自己亲生的儿子，转念又宽慰自己，不管咋个说，晓薇以后可以名正言顺地叫自己一声妈妈了，只要晓薇住进了这个家，又何必在乎是女儿还是儿媳这个名分呢。

国庆节前一天晚上，江承和白莎夫妇俩赶到了北京。国庆节的当天，在林怀文和许晓薇简单而隆重的婚礼上，江承对大家说，他有一件事情要宣布。他牵到许晓薇的手，把她带到林枫的面前，一语双关地对林枫说："江薇，这是我们的女儿，我把她交给你了。"不等林枫说话，他大声地对在座的宾客们宣布："我要告诉大家的是，我的女儿许晓薇，其实也是林枫的亲生女儿。"

在座的宾客被江承的话震到了，有反应快一些的人，把目光投向了白莎，白莎却很坦然地坐在那里，微笑着回应看她的目光。人群中已有嗡嗡的议论声。

江承继续说："这是一个很长的故事，如果大家愿意，我可以讲给大家听。”得到众人的肯定答复后，江承把他和林枫，不，是他和江薇的故事，一五一十地全部讲了出来，这当中，顺便也谈到了江薇和她儿子，还有他自己和白莎。

听完江承讲的故事，在座的宾客感慨不已。而最感到震撼的自然是许晓薇。她在听明白是咋个一回事后，扑进林枫的怀头，一声“妈妈……”泪如雨下。林枫拥抱着女儿，抬起泪眼，对走近她的江承和白莎说：“谢谢，谢谢你们想方设法把女儿送到我身边……”白莎激动地说：“林大姐，要说谢，应该是我们谢谢您，当初您为了成全我们，才没认自己的女儿。让小薇回到您的身边，这是我们应该做的。”

江承注意到了还站在那儿发呆的林怀文，他走过去拍了拍他的肩膀，林怀文回过神来，他看向江承：“江伯……哦，不是，爸，这也太戏剧化了吧？小薇竟然是我妈妈的亲生女儿！”江承笑答了一句：“天下无巧不成书啊。”

就这样，林枫迎娶了儿媳，也接回了女儿。江承夫妇把女儿交给这样的“亲家”，自然是再放心不过了的。此后两家人常来常往，亲如一家。

镜花馆娃的龙门阵摆完了，在座的听众都不由得长出了一口气，觉得这个龙门阵真是太曲折也太精彩了，而最后的结果又是那么称心如意。有人感慨了一句：“好人好报，求仁得仁啊。”

浣花女史

重逢又记

这天晚上，参加龙门阵茶会的人刚走进屋子，刚刚坐下，茶都还没沏归一①，浣花女史突然开腔："那天晚上镜花馆娃摆了个《重逢记》的龙门阵，我听了非常感动。那个不辞而别的江薇，宁肯自己忍受一生的孤寂，也要成全丈夫和亲生女儿的幸福美满，让人钦佩不已。这也让我联想起另外一个有些相近的也是'重逢'的故事，不过我这个'重逢'似乎比馆娃的那个'重逢'要曲折一些，也没得完满的结局。今天晚上，就不拈阄了，就让我来摆一个《重逢又记》的龙门阵，大家看要得不？"

"要得。"

"咋个要不得。"

"当然要得。"

……

嘿，居然有人自告奋勇来摆龙门阵，哪有不赞成的道理，众人七嘴八舌，一致同意。于是，浣花女史开讲。

① 归一：好，结束。

我摆的这个《重逢又记》是一个真实的故事，这是当事人亲口讲给我听的。他们在讲这个故事的时候，可以说是声泪俱下，几乎难以为继。现在要把他们那些充满血泪的细节都复述出来，恐怕我也得声泪俱下，所以，我就只摆一下我记下的故事大概，可能你们听来会觉得干巴巴的，未免扫兴，只能请谅解了。

我这个故事里头和镜花馆娃的一样，也是有一男一女两个老革命。这男的叫徐江，女的叫王珍，他们两个解放前都在C市，有挂角的亲戚关系，从小往来比较多。

那个时候，徐江在C市一个大学读书，因为他在抗战时期就入了党，所以进大学后不久，就担任了那个大学的地下党组织负责人。王珍比徐江小，还在读中学，不过，受徐江的影响，她思想进步，后来由徐江介绍也入了党，在中学搞进步活动。

1946年，抗战胜利不久，蒋介石发动内战，把刚刚从战争的血泊中挣扎出来的人民再次卷入血的旋涡。C市各界和全国一样，要求和平、反对内战、争取民主的呼声愈来愈高，C市的大、中学学生多次或在学校集会抗议，或走出校园进行示威游行。一次学生们游行示威到省政府时，群情激昂，有人冲进了省政府请愿。受到军警的开枪镇压，有一百多学生被逮捕关进监狱，徐江也在里头。后来，地下党采取紧急措施，组织各大学学生集会抗议，很多教授也发表宣言支持学生，再通过联系的一些地方绅良的努力，省长不得不释放全部被抓的学生。

徐江出狱后，地下党组织考虑到他已经暴露，让他离开大学，撤退到边远农村去做发动农民的工作。

徐江离开后，王珍心中非常挂念，碍于组织纪律，她又不便打听。这个时候，她才发现，在她的心头，徐江已不仅仅是让自己钦佩的大哥哥，实际上，她已经爱上他了。徐江何尝不是这样子的呢？在那个边远的山村，他常常回忆起和王珍在一起的情境，那个乖巧的小妹妹，那个被自己领上革命道路的同志，已经占据了他的心。但是，在那个白色恐怖的年代，地下工作的严酷危险，让他们都不晓得相互还有没得再见的一天。

1949年，C市解放。在党组织公开召开的全体地下党员会师的大会上，他们两个不期然相遇。如同劫后余生，他们情不自禁地拥抱在一起，欣喜的泪水交汇而流。

那个时候，因为刚刚解放，百废待兴，徐江和王珍结婚后放下儿女情长，各自投入到建设新中国的工作中。两年后，他们有了一个女儿，一家三口，生活非常幸福。

可是，命运太喜欢给人开玩笑了，先给你一点甜头，而后却让人陷入无尽的苦难之中。

1954年，全国抓"胡风反革命分子"，王珍被莫名其妙地卷了进去，受到审查。说她在解放前曾参加过胡风分子组织的文化活动，她所在的青年团体也邀请过胡风分子参加活动，而她是那个团体的骨干分子。王珍对这些批判很不以为然，据理力争，说她所在的那个青年团体是地下党领导的，邀请胡风集团的人参加文化活动和他们参加胡风集团的文化活动都是当时的党组织决定的。况且，那个时候，党组织明确告诉自己，胡风等人都是进步分子，是党的统战对象、同盟军。

当时，地下党涉入胡风案的也不止王珍一个人，原四川地下党领导同志专门为这个事联名向省委反映情况。但是，王珍的辩解还是被某些思想很"左"的人认为是为胡风反党分子开脱，虽然最后没把她列入胡风反革命集团，还是把她定为"受胡风反革命思想影响的分子"，保留了党籍，被下放到一个少儿刊物去做编辑。王珍虽然觉得委屈，但她什么也没再说，全身心地投入到新的工作中。

对于王珍的委屈，徐江心头非常清楚，他曾为王珍叫屈，可是却被批评，看着王珍从单位被下放，他除了心痛，却无能为力。

1957年，党的整风运动开始，提出反对官僚主义、宗派主义、主观主义，发动群众大鸣大放，给党提意见，帮助党整风。徐江在一次整风会上，提到了前两年地下党一些同志被列入“胡风分子”或“受胡风反革命思想影响的分子”的问题，为这些同志抱不平，说这是某些领导对地下党同志的不公平。这一下，就捅了马蜂窝了，不但他的发言马上被报到上级党委，连他在解放前被捕释放的事也给翻了出来，说他有叛徒嫌疑，对他严加审查，各种莫名其妙的诬陷、千奇百怪的不实之辞铺天盖地而来，在最终转入的疾风暴雨式的反右派斗争中，他被不由分说地打成了“右派”，开除了党籍，发配到一个边远农场去接受思想改造。

在这个农场里，徐江和其他同时发配下来的右派一样，忍受着严重的政治歧视，被强制从事难以胜任的体力劳动，甚至连他们的通信自由也被剥夺了。

物质的匮乏，半饥饿的生活，繁重的体力劳动，这些对徐江来说，倒也算不到个啥子。最让他不能忍受的是，自己忠心耿耿干革命，却成了反党反社会主义的反革命右派分子。于是他把劳动之余的时间，几乎都用在写申诉材料上。他写了一份又一份，每份都上万字，但寄出去后都石沉大海，得不到任何回复。他不甘心，还是不断地写了又写，他总怀着希望，有一天党组织能看到他的冤屈。

一天，一个徐江并不认识的人找到他，说他“当了右派不死心，天天写申诉”的事在农场都传开了，对他一个老革命反被打成反革命的境遇表示非常的同情，随后，这个人顺着右派的话题，说了一些挑拨的话语，还劝徐江逃出国去，说有办法帮他出境。徐江刚开始还以为这个人是一个和他一样错划右派的人，但听着听着，越听越觉得不对头。再咋个，他也不会背弃当初加入中国共产党的誓言，决不会受了冤屈就背叛自己的国家和共产党的。他当场痛斥了这个人，随后将这件事向农场告发了。

农场公安部门,顺着这个线索,破了一个真正的反革命案件。农场领导认为徐江这算是立了一个大功,准备为他记功。可徐江却说:“这是一个共产党员应该做的。”农场领导居然无言以对。

和徐江一起劳动的难友听到这件事后,一些人说他太笨,如果记了功,对他将来是有好处的。还有人对他说:“啥子共产党员应该做的哦,你未必不晓得你已经被共产党开除了啊?你已经不是共产党员了。”

徐江回答说:“从我入党的那天起,我就把这一生都献给党了。不管咋个,我都是共产党员,一辈子都是,就是把我烧成灰,我仍然是中国共产党党员。”听到他这句话的人,有人唏嘘,有人感慨,有人不以为然,甚至有的人怀疑徐江精神已有点不正常了。

龙门阵摆到这儿,你们肯定都在想,徐江被打成右派,多少也和王珍的事扯得上边边,徐江被整得那么惨,那王珍呢?是不是也没躲脱?

咋个说呢,王珍算是躲脱了,没得被打成右派。

王珍本来就是那种性格比较内向的人,被扯进胡风案后,她变得更加内敛,在单位里除了工作就是工作,很少表态发言。在大鸣大放的时候,除了按要求到会外,她啥子都没说,就连有人鼓动她为自己申诉,她都没发一言,所以在后来“抓右派”的时候,她很幸运地躲过了劫难。只是她没想到,自己躲过了,丈夫徐江却陷了进去。听到徐江在单位被批斗的消息后,王珍很是担心,她几次到单位去想见一下徐江,都没能如愿。

一天晚上,被审查数月的徐江终于回家了。他面带痛苦的倦容,很沉重地告诉王珍,他已经被开除党籍,还被发配到一个山沟里的农场劳动改造,这次回家,是来拿行李的。

王珍听到这个不幸的消息,内心几乎崩溃了。这算咋个一回事嘛?想当年在白色恐怖下,他们为党的革命事业,出生入死,从来没得过半点动摇，为啥子新中国建立了，反而被自己人诬为“反党”“反革命”？自己好歹还保留了党籍和公职，可是徐江，一个抗战时期就加入了中国共产党的党员，就这样被扣上右派的帽子，不分青红皂白地被开除了党籍……

王珍不敢想象，徐江在那些大批小斗中是如何坚持下来的，她觉得心里头好痛。当徐江面带愧疚地对她说“对不起”的时候，她紧紧地抱住自己的丈夫，泪流满面地回答说：“没得啥子对不起的，我相信你。我跟你一起去农场，不管咋个，我们一起来承受。”

徐江强忍住内心的痛苦，紧紧搂着王珍，告诉她说：“你不能跟我去，听说那里很艰苦……”

王珍打断徐江的话，用手抹去脸上的泪水，坚定地说：“我不怕。只要和你在一起，再苦我也不怕。”

徐江心中叹息，他拉着王珍的手，走到熟睡着的小女儿床边，告诉王珍，为了女儿，她必须留在城里，尽可能给女儿一个比较好的成长环境。他说：“我这一走，也不晓得啥时候才能回来，教养女儿的责任，只能由你来独自承担了。”说到这里，泪水已不自觉地流了下来。

门外有人在催了。王珍顾不得其他，急忙帮着徐江收拾行李。一边收拾，一边叮咛，泪水无声下落。临送徐江出门时，她第一次主动吻了丈夫，她告诉徐江，不管咋个，一定要好好活着，她会等到他回来。

徐江走了后没好久，组织上找王珍谈话，说她是一个共产党员，必须带头和右派分子划清界限，让她主动与徐江离婚，王珍开始还以女儿不能没爸爸的理由婉拒，三番五次以后，谈话的人老拿“一个共产党员必须站稳立场”来压她，王珍忍不住了，她说：“我是一个共产党员，更相信在我们英明伟大的党的感召帮助下，徐江一定能重回革命队伍。”断然回绝组织上让她和徐江离婚的要求。

但是过了没好久，组织上再次找到王珍，拿出有徐江亲笔签字同意和她离婚的文书给她看，告诉她组织上已批准徐江和她离婚了。王珍看到那个文书，根本不相信是真的，她仔细辨认文书上的签名，又确实是徐江的。王珍伤心了，说好的相守一辈子呢？自己都没放弃，徐江为啥子就放弃了？

王珍从幼儿园接回女儿，一进家门，她再也忍不住了，压在心头的酸苦喷涌而出，她抱着女儿，放声大哭。边哭边语无伦次地对女儿说："妈妈对不起你，你爸爸再也不会回来了，他不要我们了……"年幼的女儿似懂非懂，根本搞不清楚咋回事，看到妈妈哭，她害怕了，也哭了起来。两娘母①哭成一团。

徐江同意离婚，让王珍痛不欲生，那时候她根本不晓得，徐江是迫不得已的，他的痛苦不少于自己。

原来，让他们两个离婚的事，组织上看和王珍说不通，就派人到农场找到徐江，态度很强硬，要徐江同意和王珍离婚。徐江也是一口回绝了，坚决不签字。和他谈话的人见估倒②来不行，就改从情感上打动他。

其中一个人说："你好生想下子，你是个右派，这辈子也就这个样子了。你不在乎王珍的前途也没关系，最多不过她工资少些，生活困难些，但是你的女儿就恼火③了。生活上不说了，政治上你想过没得？右派的女儿，啥子概念，你应该清楚得很。"

徐江没答话。另外一个人补充说："其实王珍作为一个共产党员，已经表示要和你彻底划清界限，组织上考虑，这个离婚由你主动更好。"

啥子叫"由我主动更好"？徐江心头琢磨，他想起离别那天晚上王珍的深情，这才好久，就一百八十度大转弯了？未必然④王珍真对

---

① 两娘母：母女俩。
② 估倒：强迫，强行。
③ 恼火：麻烦。
④ 未必然：难道，莫非。

自己失去信心了？徐江不敢相信。不过，前头那个人软中带硬的话却触动了徐江的心事。

自己成为右派，确实已经给王珍母女带去了很大的痛苦和困难，而且这些痛苦和困难在现在看来似乎是无穷尽的，不晓得哪天才能到头。一个女人，独自带个年幼的孩子，还要承受“右派家属”的歧视，确实有点太难了。王珍迫于政治上和生活上的压力，就算是真的要离婚，那也是无可奈何的事。自己已经很对不起王珍母女了，就更应该体谅，多为她们着想。

“我同意和王珍离婚。”徐江说完这句话后，接过同意离婚的文书，在上面签上了自己的名字。随后，他把钢笔朝桌上狠狠一扔，转头出了场部办公室的门。

徐江发疯似的在农场的田地里狂奔，任由泪水随风飘洒，他冲进农场的山林，大声呼喊，发泄心中的愤懑。晚上，农场的难友找他时，他已人事不省，后来大病一场，差点被收了命。

离婚以后的王珍，带着女儿，孤苦伶仃地过日子。因为她不愿意和右派离婚，属于阶级立场不坚定，行政级别被降到最低，住房也重新分配。微薄的工资收入，让她们母女的生活水平大打折扣，再遇上后来的三年困难时期，更是缺衣少食，几乎到了难以度日的地步。虽然有徐江过去的战友暗地里给她一些资助，但那也是杯水车薪，无济于事。

一个好心的领导了解到王珍的困难，给她介绍了个名叫范文的报社的记者，让她重组家庭，王珍谢绝了。但领导再三劝她，说徐江这辈子十有八九是回不来了，她即使不为自己想，也要为女儿想。

领导说：“就你那点工资，现在你们两娘母维持生活还勉强混得过去，但是往后头走，你女儿逐渐长大，需要的费用会更多，上中学、上大学，哪样不花钱，你负担得起不？还有，就算你离了婚，你女儿只要一填表，父亲的政治面貌那栏就得写‘右派’，搞不好就算她成绩考得再好，政审过不了关，也就上不成学了。这种情况，你又不是不晓得。”

王珍的心被狠狠刺了一下，领导说的这些话，是她一直从心里刻意回避去想的。生活上的困难不说，在政治是统帅的前提下，女儿的前途确实很有可能毁在“政治”上。

领导见王珍没说话，证明她听进去了，于是继续说：“那个范文同志，其实你们工作上也有过来往。从政治上讲，他也是共产党员，历史清白。从生活上讲，他是个鳏夫，没得任何拖累。你们两个在一起，相互都有所帮助，可以说是两全其美。而且，”领导补充了一句，“这不光是我个人意见，组织上也是这样认为的。这是对你好，因为只有这样，才能表示你已彻底和右派划清了界限，站稳了无产阶级立场。”

只有这样，才能算是站稳了无产阶级立场吗？只有这样，女儿才有前途吗？王珍只觉得心头好痛好痛，看来，她不得不屈从于现实了。

领导不愧是做政治工作的，她看出王珍的心已被触动，只是还有犹豫，于是她说：“马上就说让你们结婚，是有点难为人了。我看这样子，你们先搬到一起住，互相也好有个了解。对外就说是结了婚了，别个也没啥子说头。”

“我有个条件，和范文同志，我们虽然搬到一起住，但同居不同房。”

听王珍这样子说，领导愣了一下，随后回答：“好吧，我去和范文同志谈一下。还没正式结婚嘛，感情要慢慢培养。”

——喂，那个，心远居士，我听到你说的了。你说五六十年代，人比较封建，观念也很保守正统，如果没结婚就同居算是道德败坏，王珍和领导都不可能这样做。让我咋个给你说呢？那个荒诞的年代，啥子荒诞的事没得发生过？算了，不扯远了，继续摆。

单位行政处按照领导的指示，给王珍重新分配了一套两居室的单元房，王珍带到女儿搬了过去，紧接到，范文也搬到进来。两间居室，王珍和女儿住一间，范文自己住一间。

开头，范文还算规矩，按照他们同居前在领导面前的协定，他拿出部分工资交给王珍补贴家用。每天见到王珍，范文也都是客客气气的，有时候还帮到王珍抹个桌子洗个碗倒个垃圾啥子的。可是时间久了，也不晓得是他原形暴露还是天天和王珍相处按捺不住了，有天晚上，他突然猛捶王珍住的房间门，还不停大声武气[1]地喊开门，吓得王珍抱着被惊醒的女儿坐在床上，不晓得咋个办才好。

第二天一早，王珍拉着女儿出门，正好和范文迎了个面对面，范文又像往常一样客气，对王珍说他头天晚上酒喝多了，没控制住。王珍也没再说什么。可是从那以后，范文三天两头半夜三更地来敲王珍的门，连打带踢，还大吼大叫。王珍很害怕，女儿也吓得夜夜哭闹，连白天看到范文都浑身打抖。王珍只好天天晚上进了房间就把桌椅拖来把门抵到，白天也是尽可能地躲避范文。

终于有一天晚饭后，王珍还在厨房里收拾，范文走了进来，从身后抱住王珍，意图不轨。王珍拼命挣脱出来，顺手抓起灶台边上的菜刀，对范文说："你想要做啥子，我就死给你看。"范文吓到了，直叫王珍把刀放到再说。王珍又鼓起勇气说："还有，说好了是同居不同房的。你要是晚上再来踢门，我就去找领导，告你说话不算数，让领导来处理。"

从那以后，范文老实了，又是像过去一样客客气气的。但是有一天，王珍刚进家门，范文突然把一本笔记本朝她脸上扔过来，说："原

① 大声武气：说话嗓门很大。

来你从头到尾就根本不想和我结婚,你的心头只有那个右派分子。"

王珍捡起本子一看,原来是自己锁在房间抽屉里的日记本,那里面有她给徐江写的寄不出去的信,记载着她的情、她的爱、她的苦、她的痛、她无法诉说的失悔和无处发泄的屈辱……她很愤怒地对范文说:"你竟然偷看我的日记。"

"看了又咋个?我要是不看,啷个[1]晓得你心头到底咋个想的。哼,要不是组织上的安排,说啥子先将就到,日久就会生情,我怕是吃多了,有钱没得地方花,跑来管你们俩娘母的死活!幸好哦,看到你写的东西了。闹了半天,你根本就无心和我成真夫妻,不过是借房子躲雨而已!既然这个样子,那就算了,我又不是找不到,非要跟带到个拖油瓶的你过!"范文大大发泄了一通,提起收拾好的东西往外走,临出门时,补充了一句,"你各人[2]去跟领导说清楚。"

王珍没想到,范文居然自己退出了,这样的结局对她和女儿来说,实在是太好了。她仿佛有了一种"解放了"的感觉,一段时间以来精神上的战战兢兢突然就解除了,人都轻松了好多。当她把女儿从幼儿园接回家,告诉她范叔叔离开这个家了,再也不用怕了时,女儿高兴地搂住她笑了。

看着乖巧的女儿,王珍对自己说,就算她和女儿的生活又会陷入贫困之中,就算以后可能还会遇到很多的问题,她也要尽自己所能,让女儿健康成长。

现在再说徐江那头。徐江自那场大病以后,整个人就像变了一样,他不再继续写申诉,发了疯似的除了干活就是干活,经常加班加点,强度越大的活他越是抢着干,难友们劝他也没得用,就连农场领导有时都看不下去了,强制他休息,可是他就像不知累为何物,谁也

① 啷个:怎么。
② 各人:自己。

难以阻止他。难友们都知道,他这是在用肉体上的折磨来压抑心灵上的痛苦。

这样连续高强度的体力劳动,不说徐江,就算是普通劳动者,也是难以为继的。徐江再次病倒,再次住进农场医院。不过,这次住院,又一次改变了他的命运。

医院里有个叫罗瑞芳的女医生,她是一所名牌医学院毕业生,因为成绩优异留在了学校任教,但在后来的政治审查中,由于家庭出身不好而被发配到农场医院来当医生。她生性善良,医术也好,对病人一视同仁,大家都很喜欢她。

徐江前一次住院,罗瑞芳发现,这个所谓的右派竟然是曾到她们学校作过报告的老革命。罗瑞芳还记得,当时徐江在报告中讲了他们解放前如何革命的故事,不过,让她记忆最深的是,徐江列举了一些革命前辈的例子,鼓励家庭出身不好的同志,放下思想包袱,积极投身新中国的革命和建设中。“出身不由己,道路可选择。”罗瑞芳一直用徐江报告中提到的这句话鼓励自己,即便是被发配到农场,她仍然坚信这一点,用认真工作来证明自己的选择。

但是,让罗瑞芳难以置信的是,像徐江这样的老革命怎么就成了“反革命”的右派分子。于是她从侧面多方打听徐江的情况,总算有了个大致的了解,尤其是听到徐江的妻子和他离婚的事,罗瑞芳忽然有一种莫名的心痛,她开始有意地关心徐江的举动。看到徐江出院后不顾一切地拼命,罗瑞芳更是替他难过,但又不知如何帮助他,她曾以医生的名义告诫徐江要注意身体,但完全被徐江漠视。

徐江再次住院,让罗瑞芳有了接近徐江、关心照顾他的正当理由,除了细心的治疗外,她还根据在医学院学到的知识,在徐江不知不觉间,给他做心理疏导。农场生活条件差,医院伙食也好不到哪儿去,罗瑞芳利用自己的休息时间,跑到周边乡场去买鸡蛋之类的回来给徐江补充营养。在她的精心治疗和照顾下,徐江逐渐恢复了健康,也不再纠结在离婚的痛苦中。

徐江出院后，罗瑞芳仍经常以定期检查身体的名义去看顾他，对难友们的打趣，罗瑞芳一笑置之，既不反驳也不解释。不过，大家好像很乐意促成她和徐江一样，经常提供方便，就连农场领导也不管不问，任其发展。

人在最艰难的时候，他人的哪怕是微不足道的一点点关心和帮助，都最容易被打动。徐江非常感谢罗瑞芳的关心和帮助，更被她的善良打动，在后来相处的日子里，他对罗瑞芳的好感进一步升华，而且他也感受到了罗瑞芳对自己的爱意。但是，他的右派身份，阻止了他的情感。徐江心头明白，自己不能接受罗瑞芳的爱意，为此，他开始躲着罗瑞芳。

罗瑞芳才不管徐江怎么做呢，她一如既往地对徐江好，后来，她索性主动向徐江表示，无论徐江是什么身份，无论徐江怎么对她，她都会等，等到徐江接受她的那一天。

这一天终于来到了。

1978年，在徐江被打成右派二十年后，中共中央做出了全部摘掉右派分子帽子的决定。这个决定很快传遍了全中国，也传到了徐江所在的农场。农场领导在召开的大会上宣布了中央这个决定，并且说，根据中央文件精神，今后，任何人不能再叫他们“右派分子”或“摘帽右派”，不得歧视他们和他们的家属子女，在上面对大家的具体安置意见未下来之前，他们就是这个农场的正式职工，享受应有的生活和政治待遇。

在场所有“右派”和“摘帽右派”听到这个决定都很激动，不管将来要到哪里去，起码现在，他们不再是打入另册的人了。他们中有的人失声痛哭，甚至无以自制。

虽然只是右派摘帽，但徐江相信，这就是个开头，最后的政策落实一定会到来。想到这二十年来，罗瑞芳一直默默守候，不离不弃，徐江敞开心扉，接受了罗瑞芳的爱。他们向农场党组织提出结婚的申请。这个申请很快就批了下来，农场还专门为他们两个举行了简单而热闹的婚礼，并腾出一间房子作为他们的新房。

1979年，中央就右派问题，再次做出决定，要求对划为右派分子的人进行全面复查，把错划为右派分子的同志的错误结论改正过来。这个决定没下来多久，省里组织部门派人到农场找到了徐江，宣布为他平反，恢复他的党籍，并且是官复原职。还告诉他，过两天，他原来所在的单位会派车来接他和他的爱人回城。

徐江激动地跑到医院，把这个令人振奋的消息告诉了罗瑞芳，不等她反应，又匆匆忙忙地跑向地头，向着正在工作的曾经的难友们大喊："我终于彻底平反了！"

大家听到徐江的喊声，都围了过来。他们真心地为徐江高兴，而且从徐江身上，他们也看到了自己的希望，有人感叹说："真正的春天终于要到来了。"

当天晚上，农场李场长和党委赵书记来到徐江家里，向他们夫妻表示祝贺。寒暄几句后，徐江对两个领导说："我被打成右派发配到你们农场来，但是我感觉得到，你们并没得把我当成反党反社会主义的反革命分子，而且有时还想方设法帮助我，我们夫妻都很感谢你们。"

赵书记说："我和老李原来也都是地下党的，你一直是我们尊敬的革命前辈、老领导，我们根本不相信，解放前出生入死闹革命的人会反党反革命。"

"就是就是，"李场长接过赵书记的话头，"当初你一直在写申诉材料，说自己不是右派分子。有人借口你想翻案，提出要对你进行大批判。当时老赵和我商量，把此事阻止了。我们这里是农场，你们是来劳动改造的，只要认真劳动，就说明在认真改造，啥子翻案，不关我们的事。"

徐江听到这里,心里更是感动,他根本没想到农场领导这样维护他,他感慨地对两位领导说:“李场长刚才说的有些话,如果当时让别有用心的人上纲上线的话,恐怕你们二位都得受到牵连。你们冒这么大的风险维护我,叫我都不晓得咋个感谢才好。”

两位领导异口同声地表示“那是应该的”。李场长还补充了一句:“你现在不是平反了嘛,说明我们当初做的是对的。”

说到平反,徐江突然想起一事,他对两位领导谈到他们一同下来的所谓右派分子,希望农场领导也关心一下他们的平反问题。赵书记说这个事情他们已接到上级指示,正在配合这些人的原单位进行甄别,他让徐江放心,会尽快地落实这些人的政策,决不会冤枉一个好人。

徐江又提出,他走之前,想在农场各处走走看看。李场长说:“那是自然的。医院那边已打过招呼了,明天让罗大姐陪到你转下子。”

第二天,徐江在罗瑞芳的陪伴下,在农场各处走了一走。这里的一地一坡,一沟一水,都是他们流过汗水的地方。过去很多的荒山荒地,在他们的辛勤劳动下已是树木葱茏,庄稼铺地,一片生机盎然。虽然在这里,有许多伤情的回忆,但是,还是让徐江流连忘返。睹今思昔,不胜感慨。

两天后,徐江带着罗瑞芳回到他一别二十年的成都,来接他们的秘书把他们带到宿舍大院一套三居室的单元住房,说是公家新分配给他的。

第二天早饭后,家里来了个四十多岁的男子,自我介绍说姓周,是单位办公室主任,一把手到北京去开会去了,临走前交代过,让他来接徐书记先到单位熟悉熟悉情况。徐江看着他面生,想是自己离开后才调过来的。

站在单位大楼门口,徐江感慨万分,二十年了,自己终于重新回来了。他在周主任的引领下走进大楼,在过道上,遇上不少下属,无论是熟面孔还是生面孔，都是满满的热情，欢迎老领导官复原职。

徐江来到办公室，周主任说想请他先和中层干部见个面讲个话，互相认识一下。徐江笑笑，说："我刚回来，不熟悉情况，讲话就免了，至于认识，可以在工作中慢慢认识。"周主任也不勉强，退出办公室。

徐江坐在椅子上，看着窗外明媚的阳光照射进净几明窗的办公室，心中又生感慨，这个环境，对他来说，已经变得陌生了。他顺手拿起办公桌上一个文件夹翻看，忽然，一份简报上的一个名字跳入他的眼睛，让他浑身一震："王珍！"

原来，这是一份省委组织部关于落实右派政策的简报，在有关他的那部分提到，最先向上级党委领导提出为徐江右派冤案平反的人，竟然是王珍。徐江心中一阵恍惚，他和王珍分开已二十年了，可王珍并没忘记他，还为他的事奔走，难道当年，王珍要和他彻底划清界限，也如自己一样，是被迫的？徐江突然有一种很想见到王珍问个清楚的冲动。还有，自己心爱的女儿，现在怎么样了呢？

徐江努力让自己冷静下来。二十年了，自己已经再婚，那么王珍呢，或许也重组家庭，往事重提，对两个家庭都会带来伤害，他不能这样自私。

中午，徐江回到家里，罗瑞芳一眼就看出他心事重重的样子，也马上明白了他的心事所在。因为上午她在大院里进出时，也隐隐约约听到一些议论，是关于徐江和王珍的，而且有指责徐江的意思，或许说话的人是故意要让她听到吧。她记得最清楚的是说徐江当年主动提出离婚，差点把王珍逼上绝路，这和她在农场听到的完全两码事，而且徐江因为被迫离婚，大病一场，差点丢掉性命，也是她亲见的。看徐江的样子，是不是在单位里也听到了什么呢？

午饭时，徐江带着几分尴尬吞吞吐吐地主动谈起，他在单位看到一个简报，最先提出为他平反的是王珍。罗瑞芳爽快地接过他的话，说:“那真得好好谢谢王珍大姐了。老徐,你看啥子时候,我们去看望一下她。”

看到妻子如此开通,徐江心生感激,但也说出他的犹豫:“如果王珍也重组家庭,我怕……”

耿直的罗瑞芳打断徐江的话,情不自禁脱口而出:“王珍大姐没再结婚。”。

徐江有些奇怪地问:“你从哪儿晓得的?”

“今天无意中在院子头听到的。”

“院子头听到的?还听到啥子了?”

“哎呀,老徐,你问那么多做啥子嘛。”罗瑞芳有点娇嗔地拦断徐江,继续发问,“你就抓紧时间去打听一下王珍大姐家在哪儿,我们好哪天去。”

徐江没想到他认为很难办的一件事,罗瑞芳轻易就化解了,他由衷地说道:“瑞芳,你人真好。”

打听王珍的情况,对徐江来说,不算难事,他下午上班时,找到原来地下党的老朋友一问,就啥子都晓得了,对王珍的愧疚之情也油然而生。

当天吃过晚饭,徐江和罗瑞芳带着准备好的礼品,找到王珍家。或许是父女之间真有心灵感应吧,他的女儿徐静已等在房门口,一见徐江,就快步迎了上来:“爸爸!”叫声一出,已是泪流满面。徐江搂着女儿,一声“小静”,也是泪水长流了。

徐静拖着徐江的手往屋里头拉,大声叫道:“妈妈,爸爸回来了!”

王珍有点吃力地从旧沙发上站起来,刚进门的徐江看到,不由自主地快步过去扶住了她。王珍不动声色地推开徐江的手,淡淡地说:“你总算回来了。”

徐江喉中哽咽,又一次握住王珍的手,动情地说:“是,我终于回来了!”

王珍注意到站在徐江身后有几分尴尬的罗瑞芳，她挣脱徐江握着的手，又是淡淡一笑，“老徐，不介绍一下呀？”

徐江这才回过神来，连忙从身后把罗瑞芳拉到王珍面前，介绍说：“这是罗瑞芳，我们去年结的婚。”又对罗瑞芳说：“这是王珍大姐。”

罗瑞芳亲热地扶着王珍坐下，搂着她的肩膀说：“王姐，早就听说过你们解放前地下斗争的故事，也看过不少这方面的回忆录，我好佩服你们哦。”

王珍仍是淡淡地笑笑，没答话，她对女儿说：“小静，叫人。”

徐静很不情愿地叫了声“罗嬢嬢”，声音中不带丁点感情。罗瑞芳连忙从礼品包里拿出一条纱围巾，说：“这是送给小静的。”

徐静冷冷地说了声：“谢谢，我不需要。”转身进了自己的房间。

王珍看着表情有点难堪的罗瑞芳，主动接过她手中的围巾，说：“不好意思哦，小罗。徐静这孩子，从小被我惯伺了，都二十好几了，还不懂规矩。”

罗瑞芳也是一笑，说：“王姐，莫来头①，小孩子嘛，没得啥子。”然后，她把带来的一些土特产放在茶几上，说，“王姐，这是我们农场的土特产，不是啥子好东西，你尝个鲜。”

王珍还是淡淡地说：“你看你们，还带啥子礼嘛。谢谢了。”

徐江坐在旁边，听着两个女人你一句我一句客客气气的对话，很是尴尬，不晓得如何打破这个局面。这时，罗瑞芳像忽然想起了啥子，说：“哎呀，看我这个记性，今天白天洗的衣服还晾在坝坝头的，刚才出门都搞忘收了。这样子，老徐，你陪王姐再坐会儿，我回去收衣服。”她站起身来，对王珍说，“那王姐，我就回去了哈②，改天有空再来

① 莫来头：没关系，不客气之类客套应答。

② 哈：四川话里放在词尾的语气词。

看你。”

王珍心头清楚，罗瑞芳这是故意给她和徐江单独相处的机会，她也确实有话想问徐江，因此，她没挽留罗瑞芳。徐江自然也是明白了罗瑞芳的用意，妻子的这个情，他领了。

徐江把罗瑞芳送下楼，回到房里，只见沙发上的王珍已是泪眼婆娑，不由一阵内疚，他走过去，陪坐在旁边，但又不晓得说啥子才好。二十年的冤屈，二十年的离别，甚至还有二十年的误会，到底从何说起？王珍此时心情也是如此，她这二十年的委屈，二十年的痛苦，还有二十年的日思夜念，话在心头，话在口边，还能对这个主动提出离婚且已经重组家庭的男人诉说吗？

女儿徐静从房里走了出来，含着眼泪对王珍说：“妈妈，这二十年来，你常常晚上一个人悄悄地哭，我都晓得的，还有，你一直在本子上给爸爸写信，我也都晓得。现在爸爸回来了，有啥子，你就给爸爸说嘛。”她没等王珍开口，又对徐江说：“爸爸，我和妈妈盼了你二十年了，你都不晓得，这二十年我们是咋个过的。现在你回来了，但是，你……”

王珍猜到女儿想说什么，她打断女儿的话：“小静，这是爸爸和妈妈之间的事！”

徐静眼泪流了下来：“可是，妈妈，我是你们的女儿啊。”

徐江听到女儿这样说，心头很是难过，他有点语无伦次地对着王珍说：“小珍，对不起，我昨天才知道……当年在农场，我以为你……所以我也就签字了。我被骗了，我不该不相信你的……我还以为这是对你们好……我还以为……”

王珍终于说话了，接连几个问题出来：“你说啥子呢？被骗了？这是啥子意思？还有，你还以为啥子？”

徐江清理了一下思路，把当年在农场，组织上派人来如何告诉他的话和他当时自己咋个想的，都一五一十地告诉了王珍，顺便还谈到了他在离婚书上签字后如何发疯生病，罗瑞芳如何关心照顾他，又如何始终如一地等他，直到他右派摘帽……

听到这里，王珍心里那个痛哦，她苦苦盼了二十年的男人，终于还是和别人结婚了。她该去怪哪个，又该去恨哪个呢？造成这一切的一切，到底是谁的错？她仰面朝天，泪水却像断了线的珍珠，不停地从眼角滚落下来。

徐江靠上前去，这时，情感完全战胜了他的理智，他紧紧地搂着王珍："小珍，对不起，对不起，都是我的错，是我没坚持。"泪水亦如泉涌。

他们的女儿徐静也扑了过来，搂住爸爸拥住妈妈，放声大哭。徐江没再说什么，这个时候，任何语言都是苍白的，唯有眼泪才是真真切切的。

泪水横流，徐江的思想也被感情的激流冲得乱七八糟，王珍是和他从血与火的斗争中走出来的，罗瑞芳是和他在农场患难与共过的，两个女人都是他真心所爱，都让他难以割舍，鱼和熊掌为什么不能兼得呢？他甚至生出"如果能像过去那样允许平妻该多好"的荒唐想法。

一顿痛哭，冲刷着心中的伤痕，也让王珍恢复了理智，木已成舟，一切既然都不可挽回了，她又何必还纠结在过去，把所有的人都拖下水呢？王珍抹了把泪，推开徐江站了起来，说："老徐，天晚了，快回去吧。"

徐江还陷在感情中，他说："我想今晚留在这里，我们有好多话都还没说。"徐静也在旁边帮腔："妈妈，就让爸爸留下来嘛。"

王珍毅然决然地回答："不行！"她略略提高嗓门，"老徐，你清醒一点，理智一点，好不好？我们现在已经不是夫妻了，你今天晚上留在这儿算咋个一回事？我可不想你刚回来就引起一堆闲言闲语。"

"可是，小珍……"

“老徐，没得可是了。”王珍接着徐江的话说，“况且，小罗是个好人，你可不能负了她！”

徐江能够感受到王珍的话后面被理智压制住的情感，这让他心头很是难受，他也知道一切都不可能挽回，但心头还是放不下，总想能弥补点什么。

王珍看到徐江难过的样子，心里其实也不好受，她轻轻叹了口气，放缓了语调：“老徐，有啥子话，以后再说吧。”说完，让徐静送徐江出门。

徐江是晓得王珍的脾气的，没再坚持下去，他和徐静出门后，告诉徐静，让她好好照顾妈妈，他有空就会来看她们。

徐江回到家头，罗瑞芳看到了他红肿的双眼，显然是痛哭过的，她明白徐江的心情，啥都没问。

这个夜晚，注定他们三个人都不能安睡了。

第二天徐江下班回到家头，罗瑞芳不在家，客厅的茶几上放着一封信。徐江拿起信，心头有了一种不好的预感。他急急忙忙从信封里头抽出信纸，展开来看，信果然是罗瑞芳留的。

罗瑞芳在信中对于她自己并没得多说，主要写的是她听到的关于王珍和徐江当年的革命斗争故事和他俩的爱情，以及这二十年来王珍母女的情况……罗瑞芳提到，自己不愿意将个人的幸福建筑在他人的痛苦之上，决定和徐江离婚，还徐江一家三口的幸福美满，她希望徐江能在自己写的离婚报告上签字。信的最后，她让徐江不要去找她，好在工作调动还没办，她决定先回农场去。

徐江读完信，又是感动又是心痛。他为罗瑞芳的高尚情操所感动，能有机会弥补对王珍母女的亏欠，自然是好的。但是，在农场的那些岁月里，罗瑞芳对他的照顾和不离不弃，已经在他心里深深扎下了根，要让他把这份爱连根从心头拔出来，也不是那么容易的事。

因为他们刚回到成都没几天，徐江完全不知道罗瑞芳在成都有什么亲戚朋友，他只记得当初小罗给他说过，因父亲随国民党去了台湾，母亲为了生计，带着弟弟改了嫁，她被下放到农场后，就和母亲没得了联系。那么，小罗待在成都的可能性不大，说不定真的回农场了。徐江心慌意乱，不晓得唧个办。慌乱中，他首先想到的竟然是王珍。

王珍读着信，罗瑞芳信中写的那些往事，勾起了她对美好过去的回忆，也联想到和徐江分离二十年的惨痛过往。能和徐江重述旧情，对她对女儿来说，当然是最好不过的，甚至有那么一刻，她真想对徐江说，我们就顺着小罗的意愿吧。但是，理智告诉王珍，不能这样做，怎么能用别人的高尚来满足自己的私欲？王珍很清楚，小罗是真心爱徐江的，所以才会做出“离婚”的决定，王珍更清楚，这些年来，徐江心头实际上是有小罗的。小罗说不愿意把自己的幸福建筑在他人的痛苦之上，自己何尝不是如此呢？况且，就算徐江和小罗离婚而和自己复婚，徐江那样的人，必定会一辈子揣着对小罗的愧疚，那么，会有真正的幸福吗？

王珍把自己的想法直接告诉了徐江，劝徐江想办法找到小罗，把感情问题说清楚。她告诉徐江说：“老徐，你不用担心我。二十年了，我已经习惯了一个人过日子，生活的磨难对我来说，已经算不得个啥子了，等把小静的婚事安排好，我也就没啥子牵挂的了。”随后，她再次强调，“老徐，小罗是个好人，是你的良配，你千万不能负了她！”

徐江为王珍圣洁的情怀再次感动，同时理智也告诉他，目前来说，王珍的想法不失为解决他们三个人之间问题的最好办法，他没再说什么，而是把话题转到家常上。

王珍也顺着徐江，平静地转移了话题。临送徐江出门时，她淡淡笑着对徐江说，“其实，我们这个样子，像朋友一样说说话，摆下龙门阵，也挺好嘛。”随后补充说，“以后常带着小罗来耍哈。”徐江听到这话，心里头还是有些苦涩，但他不想破坏这种气氛，也笑笑道别。

徐江回到家里，按王珍的建议，给农场李场长挂了个电话，说是小罗一个人回农场了，场长看到了的话，让她给回个电话。李场长有些奇怪地问徐江怎么回事，徐江打了个哈哈，就挂了电话。

第二天，徐江接到了罗瑞芳从农场医院回过来的电话，说她的意思已在信中表达清楚了，希望徐江能尊重她的选择，不要再往农场打电话干扰她了。然后，没等徐江解释，就挂断了电话。徐江拿着话筒愣了下神，正当他放下电话准备回拨时，电话铃声又响了，是徐静打来的。

徐静带着哭腔说："爸爸，妈妈住院了，我一个人不晓得咋个办，你快点来嘛。"

徐江一听王珍住院了，也没问缘由，向徐静要了个医院的地址，就直奔医院。罗瑞芳的事也只好暂时放在一边了。

徐江一头冲进病房，张口就问："咋个回事？"

没等徐静说话，王珍抢先回答："老徐，我没事。小静这孩子，就是大惊小怪的。你看我不是好好的吗？"

"啥子好好的嘛。"徐静着急地接话，又对徐江说，"爸爸，有段时间了，妈妈一直说胃不好，有时还痛，昨天晚上更厉害了。今天一早还是我估倒让她到医院来检查的。结果医生检查了一下，又化验了一下，二话不说，就让妈妈住院了。妈妈的病要是不严重，医生咋个喊她住院呢？"

确实，如果王珍只是一般的胃病，医生怎么会让她住院。徐江隐隐地感到不安。他对徐静说："小静，不着急，你陪着妈妈，我去医生那儿问一下。"王珍像是有啥子预感一样，在徐江出门时喊到他："老徐，有啥子问题，不要瞒到我。"

徐江到医生办公室找到王珍的主管医生，医生告诉他说，已初步诊断王珍得的是胰头癌，而且应该是晚期了，按照一般的常例，可能最多也就只有半年的存活期。现在正在考虑是否要对病人进行手术治疗，或许会有奇迹，存活更长时间。

医生的话，如一声霹雳，在徐江耳边震响，他都不晓得自己是咋个走出医生办公室的。“胰头癌”“半年存活期”，王珍叫不要瞒她，可是这些实情，他如何说得出口。

徐静在病房走道上找到对着窗外发愣的徐江，心中立刻有了不好的感觉，问道：“爸爸，妈妈的病……”

徐江转过身来，声音哽咽地对女儿说：“小静，你妈妈是胰头癌晚期，医生说可能最多也就只有半年时间了。”

徐静一下抱住爸爸，饮泣不止，要不是因为在医院，她真想大声质问苍天，为何如此不公？自己妈妈是那么善良的人，为什么要把所有的苦难都降在她的身上？她甚至发狠地在心中说道：“天道这么无常，我要与你同亡！”

徐江脱下被泪水打湿的外套，又帮女儿擦去眼泪，对她说：“小静，我们要坚强，只有我们坚强，你妈妈才会放心，才有利于她的病情。”

徐江等女儿基本平静下来，才和她一起走进病房。王珍从这对父女两个出去久久不归就猜到了自己病情的严重性，现在看着他们父女进来，她平静地甚至带着几分戏谑地对徐江说：“老徐，说吧。还有好久，是缓期执行还是立即执行？”

徐江也尽可能地让自己声音平静，他说：“小珍，是胰头癌。医生正在考虑是否进行手术治疗。医生也说了，只要我们积极配合治疗，就会有奇迹发生。”

王珍很镇定地接受了这个结论，她甚至微笑着对徐江说：“老徐，比起解放前牺牲在敌人屠刀下的战友，我是不是已经很幸运了？”

徐江听到王珍这样说，再也忍不住心中的悲痛，他不顾一切地紧紧抱住王珍，泪水无声而下。

从这以后，徐江也不管什么闲言闲语的了，每天下班后，他都到医院帮着女儿照顾王珍。罗瑞芳那边他没主动去联系，只是把大致情况告诉了李场长，委托他帮着照应一下。

王珍晓得自己或许只有半年的活头后，没再向徐江提起罗瑞芳的事，看到徐江每天巴心巴肝地照顾自己，王珍坦然接受，她想，或许这样子，在自己死后，徐江也就不会再有内疚感，会和小罗过得很好吧。

王珍终于还是没抗过癌细胞在体内的肆虐，弥留之际，她要徐江在她走了以后，尽快去农场接回小罗，以后好好过日子。她还对女儿说："小静，罗孃孃是一个不可多得的好妈妈，你要珍惜。你要学会尊重她、爱她。你已经不小了，爸爸和罗孃孃的感情，你要懂得体谅。"

徐静哭着扑在王珍的身上，她说："妈妈，你放心，我一定听你的话。我一定把罗孃孃当成自己的妈妈一样对待。"

听到女儿这样说，王珍勉强露出一丝微笑，慢慢地闭上了眼睛，最后一滴泪珠从眼角滑落而下。

徐静俯在王珍的身上，号啕大哭："妈妈呀，我的妈妈呀，你一生受苦，到死都还关心别人的幸福。可怜的妈妈呀……"

浣花女史讲出她最后一句话："可怜的妈妈呀！"大哭不止。一周围听她摆龙门阵的人都呆了。她这是在哭谁的妈妈哦。

不第秀才向大家示意："让她哭吧，哭够了，才能够平息心头的伤痛。"

四周沉寂，时间凝固了。

后　记

我写的《夜谭续记》终于定稿。这本书稿的创作过程与其姊妹书《夜谭十记》近似，也经历了曲折的近四十年。因此得作个交代。

20世纪的1982年，我在人民文学出版社当时的总编辑韦君宜的推动下，出版了《夜谭十记》。初版印了二十万册，随后还加印，一时颇为红火。于是韦君宜专门来成都找我——我们本就是1937年冬鄂豫皖苏区为湖北省委办的党训班的同学，以后在白区一同做过地下工作，成为朋友——她一来就对我提出一个文学创作建议。她知道我长期从事党的地下工作，曾经以各种身份为职业掩护，和社会的三教九流多有接触，亲历或见闻过许多奇人异事，她说，《夜谭十记》出版后反映很好，你不如把你脑子里还存有的那些千奇百怪的故事拿出来，就用意大利著名作家薄伽丘的《十日谈》那样的格式，搞一个"夜谭文学系列"。我当时就脑子发热，在我的记忆库里搜索，一口气就说出十个故事的题目和几个故事的梗概。韦君宜很高兴，我们当场商量先出一本《夜谭续记》。不久，我就动笔写故事提纲了。但是不幸的是，韦君宜突然中风，没有人再继续督促我，加之我确实公务繁忙，就放下了这个写作计划。

我这一放，就是三十年，前面出版的《夜谭十记》也随着岁月流逝，理所当然地逐渐淡出读者的视线。直到2010年，著名演员和导演姜文将《夜谭十记》中的《盗官记》改编成《让子弹飞》搬上银幕，一上映就出人意料地大行于市，听说突破了当时的电影票房。各大媒体，包括互联网，也大加宣扬，轰动一时。于是，作为这个电影的原著小说《夜谭十记》，也附丽于《让子弹飞》而飞了起来，跟着红火起来。几个出版社争着出版，连台湾也来凑热闹，出了一版繁体字的《夜谭十记》。因此，我头脑又开始发热，想把原来和韦君宜一起计划好的《夜谭续记》重新完成，也算是纪念韦君宜吧。但是，刚开篇写了“缘起”，又被琐事耽搁，转念一想，许多著名的老作家都已封笔，我这个年逾九十，半路出家的作家，还不自惭形秽，去做这件力不从心的事吗？

在这之后的几年中，我忽然被两度授以文学方面的终身成就奖，我深觉惭愧。在颁奖的答谢词中，我说我在文学创作上没有终身成就，只有终身遗憾。我的终身遗憾是，我虽然经历了百年中国的大动荡大变化，所见所闻、所思所感不少，也积累了大量素材，却因各种原因，没能把这些题材写成好的作品，更不要说传世之作了。许多故事，将随我埋入地下了。

这时，文学界的几位朋友对我说，你虽无力再写鸿篇巨制，但可以讲出一些故事来，供大家用以遣闲时、消永夜嘛。听朋友如此之言，我又动了心思，开始着手《夜谭续记》的写作。

但就在我开笔不久，癌魔第二度入侵我身，我住进了医院，这本书稿的创作也面临半途而废的可能。家里人为我的病情担忧之际，我却想起了司马迁发愤写《史记》的故事，这激励了我，我也要发愤而作。我曾经对朋友说过，我的生活字典里没有“投降”二字，我决不会就此向病魔投降，我要和病魔斗争，和它抢时间，完成这本书稿的创作。我让子女把稿纸带到医院继续写作，出院后我也是一面积极治疗，一面坚持写作。医院的医生护士认为我得了这么危险的病满不在乎，还奋力写作，真是怪人。其实这毫不可怪，我就是要和病魔战斗到底，正像当年我作地下革命斗争不畏死一样。

一个人只要不怕死，便会勇气百倍，一有勇气，更有力量战胜危险和痛苦。就在我完成了这本书的初稿之际,我的保健医生告诉我,经过半年多的药物治疗,我肺上那个肿瘤阴影竟然看不到了,查血的指标也完全正常了。一家人皆大欢喜,我戏说道:“咋个,癌魔和我斗,落荒而逃了吗?”

当然,我写成的初稿是不能送往出版社的,自然应该再加工进行修改,但是我的确已是百零四岁,虽然还不是气息奄奄,却也真是日薄西山,人命维浅,且和病魔战斗时也消耗了大量精力,已无力对初稿进行再加工修改了。幸得有两个人出手为我解难,才得真正完稿。在此,请允许我在这篇《后记》末尾再啰唆几句,让我表述必须感谢的人。

我要感谢——或者应该说要表扬——我的女儿马万梅,她多年来在服侍我的同时,对我的每篇作品进行文字整理工作,这次又对《夜谭续记》的文稿进行了逐篇整理。我更要感谢作家高虹,她曾是《四川文学》的主编,和我一直很熟,这次她听说我要请她帮忙修改文稿时,欣然表示愿意帮助我,并且拒绝报酬。

于是我的女儿马万梅和作家高虹合作,对这本文稿进行辛苦的修改。她们怎么进行的,无须我过问,因为我知道她们都是四川人,对四川的风土人情、语言俚俗都很熟悉,能做到我提出的四川人说四川话讲四川故事的修改要求。

高虹对我的文稿某些篇章段落进行了结构性的调整和文字处理。但最使我惊异和宽慰的是我的女儿马万梅,她在整理我的文稿的同时,还对部分文字进行了润色。我戏对她说,她似乎带有我的文学基因,但是她却拒绝当作家,我有点失望,却也能理解。

2018年7月　于成都未悔斋